KELLY MORAN

Wildflower Summer

IN DIESEM MOMENT

Roman

Aus dem Englischen von
Vanessa Lamatsch

Kyss

Die Originalausgabe erschien 2017
unter dem Titel «Benediction».

Deutsche Erstausgabe
Veröffentlicht im Rowohlt Taschenbuch Verlag,
Hamburg, August 2020

Redaktion Stefanie Kruschandl
Covergestaltung ZERO Werbeagentur, München
Coverabbildung Shutterstock
Satz aus der Dolly
Gesamtherstellung CPI books GmbH, Leck, Germany
ISBN 978-3-499-27621-7

Die Rowohlt Verlage haben sich zu einer nachhaltigen Buchproduktion verpflichtet. Gemeinsam mit unseren Partnern und Lieferanten setzen wir uns für eine klimaneutrale Buchproduktion ein, die den Erwerb von Klimazertifikaten zur Kompensation des CO_2-Ausstoßes einschließt.
www.klimaneutralerverlag.de

FSC
www.fsc.org
MIX
Papier aus verantwortungsvollen Quellen
FSC® C083411

1

April

Ihre Rippen schmerzten heftig. Blut tropfte aus ihrer Nase und von ihren Lippen. Durch das zugeschwollene rechte Auge konnte Amy Tarcher vage das Tor zur Wildflower Ranch erkennen, die ihrer besten Freundin gehörte. Amy stolperte durch das Tor hindurch und lief weiter. Der Kies der Einfahrt knirschte unter ihren Flip-Flops – bei ihrer überstürzten Flucht aus dem Haus hatte sie sich einfach die erstbesten Schuhe geschnappt, die sie finden konnte.

Amys winziges Haus lag ein gutes Stück entfernt von Olivias weitläufiger Ranch. Was bedeutete, dass sie es irgendwie geschafft hatte, drei Meilen zu laufen, um hierherzukommen. Das Auto zu nehmen war unmöglich gewesen. Bevor ihr Ehemann ausgerastet war und sie grün und blau geschlagen hatte, hatte er ihre Reifen aufgeschlitzt, ihr Handy zertreten und ihre Fotoausrüstung mit einem Hammer bearbeitet. Das hatte fast mehr weh getan als die Prügel, die er ihr verpasst hatte.

Doch das Ende ihrer Flucht war nahe. Am liebsten hätte sie sich hier und jetzt fallen gelassen, doch Amy zwang ihre Beine, sich weiterzubewegen. Langsam schlurfte sie die Einfahrt entlang. Sie blinzelte ins helle Sonnenlicht, um das dreistöckige Gebäude vor sich zu betrachten, dann ließ sie den verschwommenen Blick über den Rest des Grundstücks gleiten. Jetzt, zur Mittagszeit, hielt sich wahrscheinlich niemand außer vielleicht Olivias Tante Mae im Haupthaus auf. Als Amy näher kam, bog sie nach rechts ab und konzentrierte sich auf die Scheunen. Drei von ihnen, nebeneinander.

Ihre Rettung.

Feuchtes Gras raschelte unter ihren Sohlen, und Pappeln wiegten sich in einer leichten Brise. Der Duft von Heu und Erde erfüllte die Luft, so vertraut, dass sie am liebsten geweint hätte. Der Frühling hatte die Temperaturen steigen lassen; trotzdem war ihr kalt. Wahrscheinlich würde ihr nie wieder warm werden.

Die Schmerzen waren schrecklich, aber – das sagte sich Amy immer wieder – jetzt war es endlich vorbei. Sie war damit durch. Sobald sie dazu fähig war, würde sie die Scheidung von Chris einreichen und ihren Nachnamen wieder zu Woods ändern. Verzweiflung und Scham erfüllten sie, bis ihr Körper davon zu pulsieren schien. Aber das war ja nichts Neues. Allerdings würde sie diesmal etwas dagegen unternehmen.

Endlich. Sie hatte es geschafft.

Am Rande des Zusammenbruchs, mit protestierenden Muskeln, lehnte sie sich an den Türrahmen der ersten Scheune. Erleichterung flackerte in ihr auf. Das vordere und hintere Tor standen offen, sodass Sonnenlicht den Gang zwischen den Pferdeboxen auf beiden Seiten erhellte. Ihre beste Freundin Olivia stand am anderen Ende der Scheune, ein Klemmbrett in der Hand. Olivias kastanienrotes Haar war zum Pferdeschwanz gebunden, und ihr schlanker Körper steckte in Jeans und einem eng anliegenden Flanellhemd. Amy hatte noch nie in ihrem jämmerlichen Leben etwas so Wunderbares gesehen.

«Liv?» Sie räusperte sich und versuchte es noch mal. «Liv, ich brauche Hilfe.» Ihr Gesicht musste schlimmer zerschlagen sein, als sie gedacht hatte, weil ihre Worte sehr undeutlich klangen.

Olivia riss den Kopf herum. «Oh ... oh mein Gott. Amy? Was ist passiert?» Das Klemmbrett fiel klappernd zu Boden.

Amy stolperte vorwärts. Sie trafen sich in der Mitte, dann sank Amy mit einem schmerzerfüllten Seufzen zu Boden. Ihre Rippen protestierten heftig gegen die Bewegung. «Chris ...»

Olivia ließ sich sofort neben ihr nieder. Sanft zog sie Amys Kopf auf den Schoß und strich ihr das verklebte Haar aus dem Gesicht. «Oh Gott, Amy, sag mir, was passiert ist.»

Die tröstende Berührung sorgte dafür, dass Amy die Augen schloss. «Bin ... ein wenig ... lädiert.»

«Hat ... hat Chris dir das angetan?»

Sie nickte, unfähig, mehr zu tun.

«Warum hast du mich nicht angerufen?», fragte Olivia. Es gelang ihr nur mühsam, ihre Stimme ruhig zu halten. Das hörte Amy sogar in ihrem jetzigen Zustand.

«Konnte nicht. Er hat ... das Handy ... zerstört. Und mein Auto.»

«Scheiße, Amy. Du bist hergelaufen?»

Doch Amy war zu schmerzerfüllt und erschöpft, um noch einmal zu nicken. Stattdessen fiel sie in Ohnmacht.

Als sie wieder zu Bewusstsein kam, lag sie noch immer mit dem Kopf auf Olivias Schoß. Ihre Freundin hielt ein Walkie-Talkie in der Hand. «Ich habe Tante Mae gesagt, sie soll Hank anrufen. Und Rip.» Der Sheriff. Gute Idee. «Es wird alles gut, Amy, wir helfen dir.»

Dann hob Olivia das Funkgerät ans Ohr «Nakos?» Ihre Stimme durchschnitt förmlich die Luft in der stillen Scheune. «Ich brauche dich. Sofort.» Sie sah auf Amy herunter und erklärte: «Er ist mit Nate auf der südlichen Weide und repariert Zaunpfähle. Es wird etwas dauern, bis er hier ist.»

Bevor sie mehr sagen konnte, erklang ein lautes Klicken. Amys Herzschlag setzte einen Moment lang aus, als sie das Geräusch erkannte: eine Waffe, die entsichert wurde. Hinter Olivias Kopf erschien ein Lauf aus Metall, der gleich darauf gegen die Schläfe ihrer Freundin gedrückt wurde.

Aus ihrer liegenden Position konnte Amy nur ein Hosenbein sehen, doch der saure Geruch von Bier verriet ihr, dass ihr Ehemann beschlossen hatte, ihr zu folgen.

Chris stolperte um sie herum, bis Amy ihn ganz sehen konnte. «Her mit'em Funkgerät, Miststück.»

Olivias weit aufgerissene blaue Augen wurden noch größer, als sie Chris mit zitternder Hand das Funkgerät reichte. Dann sah sie auf Amy herunter, Entsetzen im Blick.

Chris warf das Gerät auf den Boden, zertrat es und verteilte die Bruchstücke mit einem schnellen Kick in der Scheune. Die Pferde wieherten und schnaubten, sodass zusammen mit Staubpartikeln auch der Duft von Heu und Fell aufstieg.

Gott, das konnte nicht passieren. Das war einfach nicht … möglich. Nicht mal sie konnte so viel Pech haben. Sie hätte versuchen sollen, zum Polizeirevier zu laufen, statt zur Wildflower Ranch zu kommen. Jetzt hatte sie ihre Probleme mit hierhergeschleppt.

Aus dem Augenwinkel bemerkte sie Maes weißes Haar im Türrahmen hinter Chris. Die ältere Frau erfasste die Situation mit einem Blick, dann verschwand sie eilig wieder, bevor Chris sie entdecken konnte.

Gott sei Dank. Mae konnte alle informieren.

Amy schloss kurz die Augen. Erneut drohte die Dunkelheit nach ihr zu greifen, Punkte tanzten vor ihren Augen. Doch sie musste ihren Ehemann von ihrer Freundin wegbekommen. Er war offensichtlich sturzbetrunken, noch schlimmer als vor ein paar Stunden, daher war unmöglich vorherzusagen, was er tun würde.

«Lass Liv gehen. Sie hat nichts getan. Du bist ...» Verdammt, reden tat weh. «Du willst mich, nicht sie.»

Chris schob seinen Hut nach hinten und senkte seine Waffe Richtung Boden. «Das is' alles deine Schuld, du selbstsüchtige Schlampe. Schau dich an. Absolut nutzlos.»

Die folgende Tirade hatte Amy schon oft gehört. Tausende Male, um genau zu sein. Also blendete sie den Strom der Beleidigungen so gut wie möglich aus.

Chris' Jogginghose war dreckig, und sein Sweatshirt sah nicht viel besser aus. Sie fragte sich, wo zur Hölle er hingegangen war, nachdem er sie als zerschlagenen Haufen auf dem Boden ihres Hauses zurückgelassen hatte. Er war dünn, eher sehnig als muskulös, und sein ausgezehrtes Gesicht machte nur selten Bekanntschaft mit einem Rasierer. Als sie sich vor drei Jahren getroffen hatten, hatte sie sein Gesicht auf raue Weise anziehend gefunden. Wenn sie sein strähniges braunes Haar und die blutunterlaufenen Augen jetzt betrachtete, hatte sie keine Ahnung mehr, wieso sie ihn je für attraktiv hatte halten können.

Er grinste höhnisch und spuckte auf den Boden. «Ich sollt' dich bestraf'n. Auf 'ne Art, die du nie vergessen wirst. Aber beim Gedanken, dich zu ficken, faul'n mir die Eier ab. Du has' die Prügel verdient. Das hätt' ich schon vor Jahr'n tun soll'n, Fettarsch.»

Amy hätte nicht gedacht, dass sie sich noch mehr schämen könnte, aber nun schoss ihr die Hitze in die Wangen. Sie spürte Olivias Körper unter sich erzittern. Falls ihrer Freundin etwas zustieß, würde sie sich das nie verzeihen. Sie musste Chris von seinem Trip herunterholen, daher bemühte sie sich, die Kraft zu finden, ihm mit vernünftigen Argumenten entgegenzutreten.

Jemand trat in das Scheunentor, die Waffe auf Chris' Rücken gerichtet. Jeans und ein schwarzes T-Shirt umhüllten einen ... Riesen von Mann. Tätowierungen zogen sich über die kräftigen Muskeln an seinen Armen, und er hielt die Waffe, als wäre sie eine natürliche Verlängerung seines Körpers. Soweit sie das unter der Baseballkappe erkennen konnte, schien er seine Haare abrasiert zu haben, doch auf seinem Kinn glänzten hellbraune Bartstoppeln. Sein Blick huschte zu Olivia und über Amy hinweg und saugte sich dann an Chris fest.

Heilige Maria. Das musste Nate Roldan sein. Der Soldat, der vor ein paar Wochen ganz plötzlich vor Olivias Tür gestanden hatte. Er hatte Justins *Wenn-du-diese-Zeilen-liest*-Brief überbracht, damit Olivia die letzten Worte ihres Bruders lesen konnte. Amy hatte den Kerl bis jetzt nicht getroffen – aber er war in derselben Einheit wie Justin gewesen und hatte offenbar miterlebt, wie der junge Soldat gestorben war. Olivias Beschreibungen waren keineswegs übertrieben gewesen, wie Amy jetzt bemerkte. Der Mann war ein Berg aus Muskeln und Testosteron.

Leise schlich Nate vorwärts, bis er nur noch ein paar Meter entfernt stand.

Hinter ihr erklangen Schritte. «Lass die Waffe fallen, Chris.»

Nakos. Gott sei Dank. Amy hätte diese tiefe Stimme überall erkannt.

Chris zuckte zusammen und presste erneut den Waffenlauf gegen Olivias Stirn. Ihre Freundin schloss wimmernd die Augen. Gleichzeitig rann eine Träne über ihre bleiche Wange.

Nein! Nicht Liv. Panik schnürte Amy die Kehle zu.

Nate hob seinen Revolver ein wenig höher, stützte ihn mit

der zweiten Hand ab, sein Blick kühl kalkulierend. «Er hat gesagt, lass die Waffe fallen.»

Chris drehte den Kopf und stolperte zur Seite. «Wer bis'su?»

«Nimm die Waffe runter, oder du wirst das nie herausfinden.»

Nakos' Stiefel kratzten über den Boden aus festgestampfter Erde, bis er neben Amys Kopf anhielt. Damit hatten die beiden Männer Chris in die Enge getrieben. Nakos hielt ein Gewehr in der Hand, doch er schien Nate die Führung zu überlassen.

«Das is' 'ne Privatsache.» Chris rammte Olivia die Pistole so heftig gegen die Stirn, dass ihr Kopf nach hinten gerissen wurde.

Sie schnappte nach Luft und sah voller Panik auf Amy hinunter.

Kalter Schweiß bildete sich auf Amys Haut, und ihr Puls raste.

Obwohl er keine Bewegung machte, wirkte Nate, als würde er jeden Moment austicken. «Privatsphäre kannst du in deiner Gefängniszelle haben. Lass die Waffe fallen. Sofort.»

Hätte Olivia nicht so begeistert von dem ehemaligen Soldaten erzählt, hätte sein Tonfall ausgereicht, dass Amy sich vor Furcht zusammenkauerte. Er klang vollkommen kontrolliert. Tödlich. Unerbittlich.

Nakos und Nate wechselten ein paar Worte, die für Amy nach Unsinn klangen. Nach einem kurzen Zögern fragte Nate: «Bist du sicher?»

«Positiv.»

«Wassur Hölle ...?» Chris wirbelte herum und löste den Lauf dabei von Olivias Kopf.

Nate nickte einmal, als hätte er genau darauf gewartet. «Olivia, Baby. Beweg dich nicht.»

Ein Schuss zerriss die Luft und sorgte dafür, dass Amy das Herz stehenblieb. Olivia dagegen zuckte heftig zusammen.

Lautes Wiehern erfüllte die Scheune. Hufe stampften auf den Boden.

Eine ganz neue Dimension von Entsetzen erfüllte Amy, als sie den Kopf herumriss, ohne auf den Schmerz zu achten. Sie starrte Nakos an. Wie Olivia war er schon seit der dritten Klasse ihr Freund. Oh Gott sei Dank ... er wirkte unverletzt. Und Olivia? Amy drehte erneut den Kopf, dann stieß sie ein Seufzen aus. Auch keine Verletzung zu entdecken.

Und dann verstand Amy endlich, was geschehen war. Nate hatte den Schuss abgefeuert, die Krempe von Chris braunem Cowboyhut getroffen und so dafür gesorgt, dass der Hut zu Boden gesegelt war.

Chris taumelte und ließ die Waffe fallen.

Schnell wie der Blitz trat Nate vor, stopfte seinen Revolver in den Hosenbund und warf Chris mit dem Gesicht voraus in den Staub. Mit einem Knie zwischen den Schulterblättern und einer Hand im Nacken hielt er Chris am Boden fest, während er die Pistole aus seiner Reichweite trat.

Dann riss er den Kopf zu Olivia herum. «Hat er dich verletzt?» Er musterte sie, scannte sie nach Verletzungen ab. Dabei wirkte er so angespannt, als würde er gleich einen Herzinfarkt bekommen.

Olivia schüttelte den Kopf. Tränen rannen über ihre Wangen. Dann senkte sie den Blick auf Amy. «Aber Amy hat er übel zugerichtet.»

Amy öffnete den Mund, um ihre Freundin zu beruhigen, aber Nakos stellte das Gewehr ab und ging neben ihr in die Hocke. Vertraute mitternachtsschwarze Augen glitten besorgt über ihr Gesicht. Seine dunkle Haut wurde bleicher, je länger er sie ansah. Mit gerunzelter Stirn und zusammengebissenen Zähnen streckte er eine zitternde Hand nach ihr aus, zog aber die Finger sofort wieder zurück.

«Du hast schon besser ausgesehen, Ames.» Die Anspannung in seiner Stimme traf sie tief.

Sie versuchte zu lächeln, doch dabei platzte ihre Lippe wieder auf, sodass Blut über ihr Kinn rann.

Panik und Entsetzen überlagerten die Sorge in seinem Blick. «Mae!» Nakos ließ seine Hände über Amys Beine und Arme gleiten. «Glaubst du, es ist etwas gebrochen?»

Amy gab sich Mühe, nicht zusammenzuzucken, schüttelte den Kopf und schloss die Augen. Jeder Atemzug jagte scharfen Schmerz durch ihre Lunge, und eine Seite ihres Gesichts pulsierte. Jetzt, wo sie in Sicherheit war – wo sie wusste, dass es auch ihren Freunden gut ging –, ließ das Adrenalin nach. Tränen stiegen ihr in die Augen, und sie begann zu zittern.

«Hank ist da.» Tante Mae rannte in die Scheune, sah sich kurz um und kniete sich dann neben Nakos. «Rip fährt auch gerade vor. Wir sorgen dafür, dass es dir bald wieder besser geht, Süße.»

Körperlich vielleicht, aber alles andere? Ihr Leben war schon vor dem heutigen Tag ein einziger Scheißhaufen gewesen. Diese Verletzungen würden nicht so leicht heilen wie eine geplatzte Lippe. Sie heilten überhaupt nicht. Doch Amy wusste die Wärme in den Augen der älteren Frau zu schätzen. Mae war immer so nett zu ihr gewesen.

«Lass mich los!» Chris versuchte, sich freizukämpfen, erreichte damit aber überhaupt nichts.

Nate drückte sein Knie fester gegen die Wirbelsäule ihres zukünftigen Exmanns. «Wenn du deine Beine jemals wieder benutzen willst, hältst du jetzt die Klappe.»

Hank betrat die Scheune, eine Arzttasche in der Hand, die aus dem neunzehnten Jahrhundert stammen musste. Sie war eine hundert Kilo schwere, fünfzig Jahre alte Frau mit schwarzem Haar, das ihr bis zum Hintern reichte.

«Also, jetzt macht mal ein bisschen Platz.» Sie stellte die Tasche ab, öffnete sie und ging vor Amy in die Hocke, um ihr mit einer kleinen Taschenlampe in die Augen zu leuchten. «Wo hat er dich geschlagen und womit?»

«Mit seinen Fäusten.» Amy kämpfte darum, Luft zu holen, zuckte jedoch sofort schmerzerfüllt zusammen. «Hat mich in die Seite getreten. Und ins Gesicht geboxt.»

Neben ihr versteifte sich Nakos und stieß ein tiefes Knurren aus.

«Nichts an Rücken oder Hals? Bist du irgendwann gestürzt?»

«Nein.» Amy schloss die Augen, zu müde, um sie weiter offen zu halten. Schwindel drohte, sie zu überwältigen, und ihr Magen verkrampfte sich.

«Sie braucht einen Krankenwagen.» Nates Stimme klang nicht so emotional wie die von Nakos, doch der scharfe Befehl zeigte trotzdem deutlich seine Besorgnis. Der arme Kerl wusste nicht, wie isoliert diese Gegend war. Man kam nur in die Notaufnahme, wenn Glieder abgetrennt wurden oder kein Puls mehr spürbar war.

«Das nächstgelegene Krankenhaus ist in Caspar. Wir kommen schon klar.» Hank seufzte. «Olivia, hättest du ein Zimmer für sie? Ich muss sie genauer untersuchen.»

«Ja. Wir können sie im freien Gästezimmer unterbringen.»

«In Ordnung.» Hank stand auf. «Nakos?»

«Ja. Ich habe sie.» Nakos lächelte leicht, als wolle er sie beruhigen. Vorsichtig schob er einen Arm unter ihre Knie, den anderen unter ihren Rücken, dann hob er sie hoch und drückte sie so sanft an sich, als bestünde sie aus Glas.

Trotzdem zuckte sie vor Schmerzen zusammen.

Nakos erstarrte. «Tut mir leid. Ich werde mich langsam bewegen.»

Gott, er war so ein anständiger Kerl. Gefühle schnürten Amy die Kehle zu, und sie ließ ihren Kopf gegen seine harte Brust sinken. Sein Flanellhemd war warm und roch nach ihm, erdig und sonnenwarm.

Rip watschelte in die Scheune, wobei er das Bein schonte, das im Golfkrieg verletzt worden war. Sein Fu-Manchu-Bart und die braune Uniform passten irgendwie nicht zusammen. Er fuhr sich mit der Hand über sein schütter werdendes braunes Haar. «Die Verzögerung tut mir leid. Die Hendersons dachten, es wäre eine gute Idee, ihren Minivan in den Graben der Garrisons zu fahren und dabei auch gleich den Briefkasten zu erledigen.» Er sah von Nate über Chris zu Amy in Nakos' Armen, bevor sein Blick auf Olivia landete. «Sieht aus, als hättet ihr alles im Griff.»

«Ich bringe Amy ins Haus», verkündete Nakos. Amy schmiegte sich an seine Brust, als er die Scheune verließ, Mae und Hank auf den Fersen.

Sie nahm nur verschwommen wahr, wie sie über den Kiesweg ins Haus getragen wurde, dann stieg Nakos Treppen hinauf, bevor weiche Kissen ihren Rücken stützten und das sichere, schwebende Gefühl verschwand. Die festen, tröstenden Arme, die sie gehalten hatten, wurden zurückgezogen.

Plötzlich – und ohne dass sie etwas dagegen tun konnte – überwältigten sie die Ereignisse des Tages. Ihr Magen verkrampfte sich, als die Erinnerungen auf sie einströmten: die Faust, die ihre Wange traf, und das knackende Geräusch, das gefolgt war. Ein weiterer Schlag auf ihren Mund und der metallische Geschmack von Blut auf ihrer Zunge. Ein Stiefel in die Rippen, der ihr jede Luft aus dem Körper getrieben hatte. Die Schreie. Der säuerliche Gestank nach Alkohol.

Angst und Entsetzen schnürten ihr die Kehle zu, raubten ihr den Atem. Zitternd riss sie die Augen auf und griff nach Nakos' Ärmel. «Lass mich nicht allein ... Bitte, Nakos. Lass mich bitte nicht allein.»

«Hey, es ist in Ordnung.» Er setzte sich neben sie auf die Matratze.

Ein Schluchzen entrang sich ihrer Brust. Wenn sie wieder bei klarem Verstand war, würde sie sich dafür hassen. Aber sie ... brauchte ihn einfach. Aus irgendeinem Grund brauchte sie nur ihn. Den stoischen, manchmal grüblerischen Kerl, der sich vor einen heranrasenden Zug werfen würde, wenn er damit sie und Olivia schützen könnte. Den scheuen Jungen, der zu einem Mann herangewachsen und ihr so vertraut war wie der Schlag ihres Herzens.

Er drehte kurz den Kopf zu den beiden Frauen, die ihnen in den Raum gefolgt waren. «Gebt uns einen Moment.» Als die Tür sich hinter Tante Mae und Doc Hank geschlossen hatte, richtete er seinen Blick wieder auf Amy. «Shhh. Ich bin bei dir. Du bist in Sicherheit.» Er beugte sich über sie und drückte seine warmen Lippen auf ihre Stirn, ohne sie irgendwo anders zu berühren. «Shhh», flüsterte er.

Amy schluchzte nur lauter. Ihre Rippen taten jetzt richtig weh, und ihre Tränen brannten in den Platzwunden auf ihrem Gesicht.

Die Lippen immer noch an ihrer Stirn, streichelte Nakos mit zitternden Fingern über ihre Schläfen und ihr Haar. «Lass los. Wir sind allein. Lass einfach los.»

Und das reichte aus, um die schreckliche Angst verschwinden zu lassen. Seine tröstende Stimme, seine sanfte Berührung, sein Duft, der sie umgab.

Sie atmete tief durch und bekam sich wieder unter Kontrolle. «Es tut mir leid.»

«*Hihcebe*, Ames. Entschuldige dich nicht.» Er hob den Kopf. Seine Augen waren zwar trocken, doch gleichzeitig gerötet, als hätte er selbst mit den Tränen gekämpft. Er nahm seinen schwarzen Stetson ab, sodass sie sein schulterlanges schwarzes Haar sehen konnte, das er zum Pferdeschwanz gebunden trug. Nachdem er den Hut beiseitegelegt hatte, rieb er sich mit Daumen und Zeigefinger die Augen. «Du hast mich gerade zehn Jahre meines Lebens gekostet.»

«Es geht schon wieder», flüsterte sie, um ihn zu beruhigen.

Er schüttelte ungläubig den Kopf, dann warf er ihr einen Blick zu, in dem Wut und Sorge miteinander kämpften. «Hat er ...» Er stieß ein gequältes Stöhnen aus. «Hat er ... dir noch etwas anderes angetan? Dich auf andere Weise verletzt?»

Oh Gott. «Nein. Er hat nur seine Fäuste benutzt.» Als wäre das okay. Aber Nakos befürchtete offensichtlich, dass ihr Mistkerl von einem Ehemann sie zudem noch vergewaltigt hatte. Was Gott sei Dank nicht der Fall war. «Wirklich.»

Er nickte so entschieden, dass sie fast fürchtete, sein Kopf könnte von seinen Schultern rollen. Dann legte er seine Stirn an ihre und schloss die Augen. «Was ist passiert? Bitte, sag es mir.»

Sie kannte ihn gut genug, um zu wissen, dass sie ihm alles erzählen sollte, damit sein Hirn die Lücken nicht selbst füllte. Das zumindest konnte sie tun. «Wir haben über Geld gestritten. Er wollte meine Kamera-Ausrüstung verkaufen, um die Rechnungen zu bezahlen, aber ich habe mich geweigert.

Er ist … vollkommen ausgetickt. Ich bin hierhergelaufen, und es geht mir gut. Alles ist gut.»

Himmel, was für eine talentierte Lügnerin sie inzwischen war.

Nakos richtete sich auf, dann ließ er einen etwas ruhigeren Blick über ihren Körper gleiten. Er sah kurz zur Tür, bevor er sich ihr wieder zuwandte. «Ist das die Wahrheit?»

«Ja.» Bis auf den Teil, dass es ihr gut ging.

«Wie lange hat er dir das schon angetan?» An seinem Kinn zuckte ein Muskel. «Ich kann mich nicht erinnern, vor heute schon einmal blaue Flecken an dir gesehen zu haben.»

«War das erste Mal.» Sie mochte ein Ladenhüter sein, deren Zukunft grau und langweilig aussah, aber Misshandlungen hätte sie sich nicht gefallen lassen. «Ehrlich. Es war das erste Mal.»

Wieder ein Nicken und ein erneuter Blick zur Tür.

Und plötzlich wurde ihr etwas klar. Schmerzhaft klar. Nakos war seit ihrer Teenager-Zeit in Olivia verliebt. Amy war nicht die Einzige, die Chris mit der Waffe bedroht hatte. Daher musste Nakos sich schreckliche Sorgen um Olivia machen. Wahrscheinlich schrie alles in ihm danach, zu ihr zu gehen.

Obwohl ihre Schultern enttäuscht nach unten sackten und eine schreckliche Leere in ihr aufstieg, tat Amy, was sie immer getan hatte – sie akzeptierte die Realität und ignorierte die Einsamkeit. «Geh nur. Mir geht es gut. Danke für deine Hilfe.»

Sie würde nicht wieder weinen. Auf gar keinen Fall.

«Bist du dir sicher?» Er musterte sie einen Moment. «Doc Hank sollte dich wirklich untersuchen.»

«Ich bin mir sicher. Geh.»

Und natürlich tat er das.

2

Drei Monate später …

Der heutige Tag würde schlimm werden. So richtig übel. Obwohl er gedacht hatte, er wäre bereit, verriet ihm das flaue Gefühl im Magen jetzt etwas anderes.

Nakos Hunt unterdrückte ein Seufzen. Er betrachtete die beiden Männer neben sich und ließ dann den Blick über die Weiten der Wildflower Ranch gleiten. Zweitausend Hektar hügeliges Grasland und Hochebenen. Die Laramie Mountains im Süden waren kaum mehr als ein blauer Schatten in der Ferne, doch eine leichte, kühle Brise glitt von dort heran, um die Hitze ein wenig zu mildern.

Für Wyoming brannte die Sonne ungewöhnlich heiß vom wolkenlosen Himmel herab, während das Präriegras leise im Wind knisterte. Nakos schob den Zeigefinger zwischen seinen Hals und den weißen Kragen des Anzugshemds, um sich etwas abzukühlen. Dank seiner eher dunklen Haut – ein Erbe seiner Arapaho-Vorfahren – war er eigentlich nicht so sonnenempfindlich. Aber in diesem verflixten Hemd kochte er förmlich vor sich hin. Wenigstens hatte Olivia ihm erlaubt, Jeans und Cowboystiefel zu tragen, auch wenn er sich ohne seinen Stetson-Hut nackt fühlte. Außerdem hatte sie darauf bestanden, dass er die Haare offen trug.

Für sie. Nur für sie tat er das.

Olivia, Besitzerin der Wildflower Ranch, auf der er inzwischen seit zehn Jahren als Vorarbeiter tätig war, hatte ihn schon mit neun Jahren um den kleinen Finger gewickelt, als seine Familie das Reservat verlassen hatte, um für ihre Eltern zu arbeiten. Sie war eine seiner besten Freundinnen und gleichzeitig eine der stursten, dickköpfigsten Frauen der Welt ... Aber ihr Herz war größer als der ganze verdammte Bundesstaat. Niemand hatte Glück mehr verdient als sie, also riss Nakos sich zusammen.

Und wieder: Nur für sie.

«Geht es dir gut?» Nathan Roldan musterte Nakos von Kopf bis Fuß. Seine goldenen Augen wirkten hart, als hätte er das Schlimmste gesehen, was die Menschheit zu bieten hatte, und es mit bloßen Händen bekämpft.

Was ja auch der Wahrheit entsprach. Sofort nach der Geburt hatte ihn seine Junkie-Mutter im Stich gelassen, sodass Nate in Pflegefamilien aufgewachsen war. In seinen Teenager-Jahren hatte er sich einer Gang angeschlossen und sich dann beim Militär verpflichtet, um aus dieser Welt zu entkommen. Dort hatte er Olivias Bruder kennengelernt. Nur dass Nate, kaum dass er zum ersten Mal einen echten Freund gefunden hatte, mitansehen musste, wie Justin bei einem Einsatz getötet wurde. Olivia war nicht die Einzige, die endlich mal etwas Glück im Leben verdient hatte. Bei diesem Kerl hier war ein wenig Zufriedenheit schon lange überfällig.

«Es geht mir gut.» Nakos verlagerte sein Gewicht. «Und sollte ich diese Frage nicht dir stellen? Schließlich bin ich nicht derjenige, der heute heiratet.»

«Eben.»

Okay. Das schon wieder. Weil jeder hier wusste, dass Nakos eine Schwäche für Olivia hatte.

Er machte den Kulturschock dafür verantwortlich. Nachdem er mit anderen Arapaho aufgewachsen war, hatte ihn bei ihrem ersten Treffen der Anblick von Olivias rotem Haar und ihrer hellen, sommersprossenverzierten Haut getroffen wie ein Schlag in die Magengrube. Und der Effekt hatte nie nachgelassen. Nicht einmal nach all diesen Jahren.

Doch Nakos hatte geglaubt, er hätte die Sorgen der anderen ausgeräumt. Fühlte er sich von Olivia angezogen? Ja. Hatte er sich manchmal gewünscht, sie würde mehr für ihn empfinden als Freundschaft? Ja. Aber es war nicht geschehen, und das war okay. Obwohl er jederzeit für sie sterben würde, war er nicht der Mann, den sie wollte. Irgendwo in seinem Hinterkopf und den hintersten Ecken seines Herzens hatte er das immer gewusst. Daher hatte er sich nie erlaubt, sich nach ihr zu verzehren oder sich wirklich Hoffnungen zu machen.

Na ja, zumindest nicht allzu viele Hoffnungen.

«Ich wäre nicht dein Trauzeuge, wenn ich nicht denken würde, dass du der richtige Mann für Olivia bist.» Nakos hatte das schon einige Male gesagt und würde es auch noch unzählige Male wiederholen, wenn es nötig war.

Diese Wahrheit hatte Nakos erkannt, nicht lange nachdem Nate zum ersten Mal auf seiner Harley vorgefahren war. Und der Exsoldat war geblieben. Was genau das war, was Justin und Olivia gewollt hatten. Und Nakos war bereit, fast alles zu tun, damit die beiden bekamen, was sie wollten. Er war sogar so weit gegangen, den beiden einen Schubs zu geben, als sie Probleme gehabt hatten, zueinanderzufinden.

Und wenn sich das angefühlt hatte, als hätte ihm jemand mit einer stumpfen, rostigen Klinge die Eingeweide rausgehackt ... Tja, das musste ja niemand erfahren.

Da Nate ihn immer noch stumm und abschätzend musterte, wie er es so gerne tat, sah Nakos ihm direkt in die Augen. «Ich liebe sie. Das werde ich immer tun. Aber ich bin nicht in sie *ver*liebt. Und weil du den Cattenachs viel bedeutest, habe auch ich dich ins Herz geschlossen. Und auch wenn das Risiko besteht, dass du gleich eine Waffe ziehst und mich erschießt, weil ich so sentimental werde, muss ich noch etwas sagen, dann sind wir mit dem Thema durch. Ich werde als Freund neben dir stehen, während zwei Leute, die ich liebe, ihr Happy End bekommen. Ich werde euch immer unterstützen. Okay? Sind wir jetzt fertig?»

Nates Augen wurden für einen kurzen Moment groß, wie es immer geschah, wenn jemand ihm seine Zuneigung zeigte. Ob es nun um Freundschaft, Liebe oder Familie ging – er hatte nichts von alledem gehabt, bevor er nach Meadowlark gekommen war, also musste er sich noch daran gewöhnen. Das war Nakos klar. Er verstand diese Reaktion sogar. Und er hatte jedes Wort ernst gemeint. Nate war verdammt noch mal ein guter Kerl.

«Danke», murmelte Nate und rieb sich den kahlen Kopf, als fühle er sich unsicher. Die Armykleidung in Tarnmuster, die er auf Olivias Drängen hin trug, dehnte sich über seinen Muskeln. Der Kerl war riesig und hatte am ganzen Körper Tätowierungen. Doch unter diesem martialischen Äußeren schlug ein Herz aus Gold. «Das bedeutet mir eine Menge.»

Rip, der örtliche Sheriff und Nates Chef, der die Trauung vornahm, fuhr sich mit der Zunge über die Zähne, sodass sein Fu-Manchu-Bart zuckte. «Mir kommen gleich die Tränen.» Sein sarkastischer Tonfall sorgte dafür, dass Nakos die Augen verdrehte. «Und meine Eier sind gerade geschrumpft.»

«Gott.» Nate sah hilfesuchend zum Himmel. «Wenn du noch mal in meiner Gegenwart die Worte *meine Eier* verwendest, sorge ich dafür, dass du wegen einer ernsthaften Verletzung in Frühruhestand gehen musst.»

«Ich helfe dabei.» Nakos stieß den Atem aus und sah sich um.

Neben ihnen standen vier Reihen weißer Klappstühle, geteilt durch einen Gang in der Mitte, an dessen Ende ein weißer Bogen voller Blumen aufgebaut war. Es waren nur ungefähr fünfzig Personen anwesend, da die künftigen Eheleute eine kleine Zeremonie gewollt hatten. Nakos und die zwei anderen Männer warteten an der Seite darauf, dass es endlich losging. Seit fünfundvierzig Minuten.

«Wieso brauchen sie so lange?»

«Frauen», sagte Rip als Erklärung.

Als hätte er Nakos' Gedanken gelesen, joggte Kyle auf sie zu. Er arbeitete auf Olivias Ranch und war Amys kleiner Bruder. Amy war Brautjungfer und Trauzeugin, aber Nakos hatte sie heute noch nirgends gesehen.

Kyle wischte sich mit dem Arm über die Stirn. *Er* musste kein Anzughemd tragen. «Sie sind bereit. Ich soll euch sagen, dass ihr eure Plätze einnehmen sollt.» Er warf einen schnellen Blick zu Nakos. «Geht es dir gut, Mann? Alles okay?»

Als Nate leise lachte, kniff Nakos die Augen zusammen und warf Kyle einen Blick zu, der vermutlich sehr deutlich sagte: *Ich springe dir gleich an den Hals.*

Kyle schluckte. «Tu einfach so, als hätte ich nicht gefragt.» Er ging zu den Stuhlreihen, um sich einen Platz neben Nakos' Eltern zu sichern.

Nate presste die Lippen aufeinander, konnte sein Lächeln aber trotzdem nicht unterdrücken.

«Halt die Klappe.»

Nate hob abwehrend die Hände. «Ich habe nichts gesagt.»

Würde dieser Tag jemals enden? «Bist du nervös?» Nakos musterte den Bräutigam aus den Augenwinkeln, wobei er sich wünschte, wenigstens einen Schweißtropfen zu entdecken. Aber nein. Dieser Kerl war kalt wie eine Hundeschnauze.

«Zur Hölle, nein. Ich kann es kaum erwarten.»

Typisch. Nicht, dass Nakos es ihm hätte übelnehmen können.

Die Männer nahmen ihre Positionen unter dem Blumenbogen ein, wie sie bei der schnellen Hochzeitsprobe gestern festgelegt worden waren, und warteten darauf, dass die Musik einsetzte. Falls jemand es seltsam fand, dass die Hochzeit direkt vor dem schmiedeeisernen Tor des Familienfriedhofs stattfand, kannte diese Person die Familie nicht besonders gut. Olivias Eltern waren dort begraben, zusammen mit drei Generationen ihrer Vorfahren. Genau wie Justin, der sowohl Braut als auch Bräutigam unendlich viel bedeutet hatte. Es war absolut verständlich, dass sie ihm an ihrem großen Tag nahe sein wollten, und sei es nur im Geiste.

Rechts der Stuhlreihen begann die Highschool-Band von Meadowlark zu spielen. Der Klang von Gitarren und Flöten erfüllte die Luft. Wenige Momente später erschien Amy, Olivias beste Freundin, am Fuß des grasbewachsenen Hügels, über den ein Kiesweg nach oben und zum Gang zwischen den Stuhlreihen führte.

Verdammt, Nakos blieb sofort die Luft weg. Wie es seit ein paar Monaten jedes Mal in ihrer Gegenwart geschah.

Er konnte die Reaktion seines Körpers einfach nicht kapieren. Er hatte Amy am selben Tag kennengelernt wie Olivia, und danach waren sie drei quasi unzertrennlich gewesen. Er kannte ihr hübsches ovales Gesicht, die langen kakaofarbenen Locken und die blaugrünen Augen, die ihn immer an eine Meerjungfrau denken ließen, ebenso gut wie sein eigenes Spiegelbild. In letzter Zeit aber war es, als sähe er Amy zum ersten Mal. Ein Gefühl von Anziehung und Zärtlichkeit, das früher nie da gewesen war, schnürte ihm die Kehle zu.

Wenn er ehrlich war, konnte er auf den Tag genau benennen, wann dieses Phänomen zum ersten Mal aufgetreten war. Fast auf den Tag genau vor drei Monaten.

Amy mit Prellungen übersät und blutend auf dem Boden der Scheune zu finden hatte irgendetwas in seinem Hirn zum Explodieren gebracht.

Gewöhnlich war Nakos ein ausgeglichener Mensch, der seinen Zorn gut zügeln konnte. Aber an diesem Tag, als er gesehen hatte, was Amys Exmann – aka der Antichrist – ihr angetan hatte? Da hatte Nakos *so kurz* vor einer Verurteilung wegen Totschlags und einem langen Knastaufenthalt gestanden.

Aus irgendeinem Grund machte Amy ihn ein wenig nervös. Das wiederrum war schon seit ihrer Kindheit so. Bevor sie das Arschloch geheiratet hatte, war sie eine selbstbestimmte Frau gewesen, die sich nicht die Butter vom Brot nehmen ließ. Sie fraß nicht nur Männer zum Frühstück und spuckte sie wieder aus … oh nein. Sie tat dasselbe auch zum Mittag- und Abendessen. Nichts und niemand machte ihr Angst. Sie packte den Stier immer an den Hörnern – oder Eiern – und gab ihr Bestes.

Daher war die Verzweiflung, mit der sie sich am Tag des Angriffs an ihm festgeklammert hatte, für ihn wie eine Szene aus einem Horrorfilm, die seitdem immer wieder in seinem Kopf ablief. Er hatte nicht gewusst, ob er weinen oder sie einfach in seine Arme ziehen sollte. Aber er hatte sich solche Sorgen gemacht, dass sie innere Verletzungen oder andere Wunden hatte, dass er sich gezwungen hatte, den Raum zu verlassen, damit Doc Hank sie untersuchen konnte. Stunden hatte er danach vor diesem Zimmer verbracht, für den Fall, dass Amy Hilfe brauchte. Verzweifelt und krank vor Sorge.

Nakos wurde in diesem Moment klar, dass er sich nicht erinnern konnte, wann er das letzte Mal ein ehrliches Lächeln auf Amys vollen Lippen gesehen hatte. Diese Erkenntnis verkrampfte ihm den Magen, als Amy jetzt langsam den Weg hinaufkam.

Verdammt. Dieses Kleid war darauf ausgelegt, jeden vernünftigen Gedanken unmöglich zu machen. Blau wie der Himmel und schulterfrei, umschmeichelte es ihre großzügigen Brüste und die schmale Taille, um kurz über den Knien zu enden. Amy Tarcher – nein, Amy Woods, seit sie ihren Mädchennamen wieder angenommen hatte – hatte unendlich lange, wohlgeformte Beine. Sie trug ihr Haar in einem sehr weiblichen, komplizierten Turm aus Locken, der ihren schlanken Hals betonte. In ihrem Arm lag ein Bouquet aus weißen Lilien. Ihre Haut war fein wie Porzellan, was Nakos deshalb so genau wusste, weil er eine Menge von dieser Haut sehen konnte. Die baumelnden, silbernen Ohrringe passten zu ihren Schuhen und glänzten im Sonnenlicht.

Gott helfe ihm, diese Schuhe. Mit einem kleinen Riemen und hoch genug, dass sie ihm damit wahrscheinlich bis ans Kinn reichen würde. Wenn sie damit denn überhaupt bis zum Altar kam. Plötzlich schien sich die Welt um ihn herum in Zeitlupe zu bewegen.

Nate brummte und lehnte sich leicht zur Seite, um ihm aus dem Mundwinkel zuzuflüstern. «Mein Fehler. Ich glaube, du bist wirklich okay. Du solltest allerdings mal wieder atmen, bevor du in Ohnmacht fällst.»

Nakos warf ihm einen bösen Blick zu. «Was soll das? Du kommst unter die Haube, also müssen jetzt alle anderen auch vor Liebe den Kopf verlieren?»

Der Trottel lachte nur leise. «Ich bin nicht derjenige, der

aussieht, als hätte man ihm gerade mit einem Ziegel ins Gesicht ...» Die Worte verklangen in einem Keuchen, dann erstarrte Nate, den Blick auf den Weg gerichtet. «Heilige Scheiße», hauchte er.

Nakos drehte den Kopf und verstand sofort, was Nate meinte.

Einundzwanzig Jahre seines Lebens kamen in einem Brautkleid den Weg entlanggeschritten. Olivia sah so schön aus wie immer. Ihr Haar schwang offen um ihre Schultern, und ihr Lächeln strahlte auch aus ihren kornblumenblauen Augen. Das einfache Kleid ähnelte dem von Amy, nur dass es ihr bis auf die Knöchel fiel und elfenbeinfarben war. Schlichte Eleganz.

Ihre Tante Mae, die Olivias letzte lebende Blutsverwandte war, führte sie in einem pfirsichfarbenen Kostüm zum Altar. Die weißen Strähnen ihres Bobs bewegten sich leicht in der Brise. Stolz und Glück leuchteten in Maes feuchten Augen.

Als sie endlich den Torbogen erreichten, küsste Olivia ihre Tante, umarmte Amy für einen Moment, dann nahm sie Nakos' Hand und erhob sich auf die Zehenspitzen, um ihm ins Ohr zu flüstern: «Danke, dass du all diese Jahre für mich da warst und dass du es jetzt auch für Nate bist. Das bedeutet uns beiden unglaublich viel.» Sie küsste seine Wange, sodass ihr an Regen erinnernder Duft ihn umhüllte. «Ich liebe dich.»

Nakos schloss die Augen und atmete tief durch. Verdammt sollte sie sein. «Ich liebe dich auch, Little Red.» Der Spitzname, den er ihr mit neun verliehen hatte. Sein Magen verknotete sich, und seine Augen brannten. Nach einem Augenblick nahm er ihre Hände und führte sie mit Nates zusammen. Kurz hielt er die Finger der beiden fest, bevor er losließ.

Und genau das tat er. *Er ließ los.* Olivia. Die Vergangenheit.

Alles, was sie von nun an brauchte, stand direkt neben ihr, und das war es, was Nakos sich immer für sie gewünscht hatte. Von nun an würde er nach vorne schauen, in die Zukunft.

Er drehte den Kopf und … erblickte als Erstes Meerjungfrauenaugen, die ihn von der anderen Seite des Altars ansahen. Amy musterte ihn in einer Mischung aus Verständnis und etwas, das er nicht benennen konnte. Sehnsucht?

Nein. Das konnte nicht sein. Vielleicht war sie nach ihrer Scheidung etwas melancholisch. Hochzeiten konnten so etwas auslösen, konnten dafür sorgen, dass Leute sich einsam fühlten.

Trotzdem hielt Amy seinen Blick ein paar Sekunden fest. Und je länger sie sich in die Augen sahen, desto heftiger schlug sein Herz. Ein seltsames Gefühl von … Bewusstsein stieg in ihm auf und verwirrte ihn vollkommen.

Rip musste zweimal um die Ringe bitten, bevor Nakos ihn hörte. Als er den Blick wieder auf Amy richtete, hatte sie ihre Aufmerksamkeit der Zeremonie zugewandt.

Ernüchtert tat er dasselbe.

3

Amy versuchte, das unangenehme Schweigen ihrer Tischgenossen zu ignorieren. Stattdessen beobachtete sie, wie ihre beste Freundin und Nate den ersten Tanz als Ehepaar in der Mitte der großen Scheune tanzten. Die beiden zusammen zu sehen, wirkte so süß, so perfekt, so *richtig*, dass es Amy fast die Zehennägel aufrollte. Wäre sie nicht so verdammt glücklich für die beiden, hätte sie sich wahrscheinlich übergeben.

Sehnsucht durchfuhr sie. Niemand hatte sie je so angesehen, wie Nate Olivia ansah. Als wäre sie sein Ein und Alles und es gäbe für ihn niemand anderen auf der Welt. Nach dreißig Jahren als das Mädchen, über das die Männer hinwegsahen, um ihre Freundin anzustarren, sollte Amy das Leben im Schatten inzwischen eigentlich gewohnt sein. Doch so, wie sich ihr Magen verkrampfte, war das anscheinend nicht der Fall.

Da diese Scheune vor allem als Arbeitsfläche diente – zum Beispiel wurden hier auch die Schafe geschoren –, gab es keine Boxen in dem dreißig mal dreißig Meter großen Raum. Alle Maschinen und sonstige Einrichtung waren entfernt worden. Amys Bruder Kyle stand in der gegenüberliegenden Ecke und bediente statt eines DJs die Anlage. Ungefähr zehn runde Tische mit weißen Tischtüchern und Kerzen waren entlang der Wände aufgestellt worden. Sowohl das vordere als auch das hintere Tor standen offen, sodass die kühle Brise durch den Innenraum wehen konnte. Lichterketten hingen von den Deckenbalken wie Sternenregen und erzeugten zusammen mit dem Mondlicht, das durch die Deckenfenster fiel, eine verträumte Atmosphäre.

Etwas in dieser Art hätte sie sich auch für ihre eigene Hochzeit gewünscht. Einfach, hübsch. Rustikal-schick. Stattdessen hatte sie nach einer stürmischen Romanze von gerade mal drei Monaten eine fünfminütige Zeremonie im Rathaus bekommen, gefolgt von Essen zum Mitnehmen aus der Bar im Ort.

Andererseits war es ja auch nicht so, als hätte ihr je jemand große Bedeutung beigemessen.

Nakos' Vater drehte sich auf seinem Stuhl zu ihr um. Ein Lächeln umspielte seine Lippen. «Unser Sohn sagt, alles läuft gut im Haupthaus. Dass du dich einlebst und Mae beim Kochen hilfst.» Er sprach in einem tiefen, angenehmen Bariton. Zusammen mit seinem ledrigen Gesicht, der dunklen Haut und den mitternachtsschwarzen Augen hätte er beängstigend oder unnahbar wirken können. Aber er hatte die sanfteste Seele, die Amy je erlebt hatte.

«Olivia war sehr nett zu mir.» Nach dem Martyrium mit ihrem Exehemann hatte Amy keine andere Wahl gehabt, als bei ihrer Freundin einzuziehen. Sie war mittellos zurückgeblieben, nachdem er wegen Körperverletzung und Kidnapping verurteilt worden war. Ihr Haus war an die Bank gefallen. Hätte Olivia sie nicht aufgenommen und ihr Arbeit gegeben, wäre sie geliefert gewesen. «Ich koche gerne.» Es war entspannend, und außerdem fühlte es sich gut an, sich nützlich zu machen.

Amys Vater, der an der anderen Seite des Tischs saß, wirkte vollkommen desinteressiert, während ihre Mutter abfällig schnaubte.

Jep. Diese Missbilligung war nichts Neues. Nach Meinung

ihrer Eltern sollte Amy zu Hause sein, um für ihren Ehemann zu kochen und das perfekte Bild einer ergebenen Ehefrau abzugeben. Doch stattdessen hatte sie sie mit einer Scheidung beschämt, das heilige Sakrament der Ehe beschmutzt und lebte nun angeblich in Sünde mit ihrer besten Freundin.

Nakos, der neben ihr saß, zwinkerte ihr aufmunternd zu, ohne ihre Eltern zu beachten. «Ames macht den besten Hackbraten auf dieser Seite des Platte River.»

Es war lieb von ihm, das zu sagen.

Seine Mutter nickte. «Amys Suppe, die du letzten Monat ins Reservat mitgebracht hast, als ich die Grippe hatte, war köstlich.»

Das kommentierte ihre eigene Mutter nur mit einem weiteren Schnauben.

Die Hunts starrten unangenehm berührt auf den Tisch.

Amy schämte sich für das schlechte Benehmen ihrer Eltern. Sie waren fromme Protestanten und so engstirnig, wie man nur sein konnte. Allein aufgrund ihrer Hautfarbe betrachteten sie die Hunts nicht als ebenbürtig. Warum zum Teufel sie sich entschlossen hatten, sich an diesen Tisch zu setzen, war Amy vollkommen schleierhaft. Eigentlich fragte sie sich sogar, wieso ihre Eltern überhaupt gekommen waren.

Ach, natürlich. Sie liebten Olivia, die Tochter, die sie sich immer gewünscht hatten.

Amy suchte verzweifelt nach etwas, womit sie das Schweigen füllen konnte. «Danke für das Kompliment. Ich will mir allerdings möglichst schnell eine andere Unterkunft suchen. Natürlich helfe ich Mae weiter in der Küche.» Sie hatte gar keine andere Wahl. Meadowlark war eine Kleinstadt mit wenigen Jobangeboten, und ihre Eltern weigerten sich, sie in ihrer Eisenwarenhandlung arbeiten zu lassen.

Nakos' Blick bohrte ihr quasi Löcher ins Gesicht, aber sie ignorierte ihn. Sie wusste seine Sorge zwar zu schätzen, doch gleichzeitig verstärkte das nur ihre Schuldgefühle. Hätten er und Nate nicht verhindert, dass Chris' Überfall sich zu etwas Schlimmerem entwickelte, würde sie wahrscheinlich gar nicht hier sitzen.

«Aber warum? Olivia hat dich doch sicher nicht gebeten, das Haus zu verlassen.» Mrs. Hunt lehnte sich vor, Besorgnis in ihren braunen Augen. «Ihr beide seid schon seit eurer Kindheit befreundet.»

«Nein, hat sie nicht.» Stattdessen hatte ihre Freundin das Angebot, weiter bei ihr zu wohnen, immer wieder erneuert. Olivia hätte Amy ihr letztes Hemd geschenkt, und andersherum galt dasselbe. «Aber sie ist jetzt verheiratet. Die beiden brauchen Zeit für sich. Ich werde heute Nacht in Kyles Zimmer übernachten, um ihnen ein wenig Privatsphäre zu geben.» Olivias zehn Farmarbeiter, zu denen Amys Bruder gehörte, lebten in zwei Blockhäusern, die ein Stück entfernt vom Hauptgebäude standen. «Ich werde mir etwas Dauerhafteres einfallen lassen, sobald die beiden von ihrer Hochzeitsreise zurück sind.» Irgendeine Lösung würde sich schon finden.

Ihr Dad versteifte sich. «Was meinst du damit, dass du bei Kyle schläfst?»

«Als hättest du uns nicht schon genug Schande bereitet. Jetzt willst du auch noch deinen Bruder in die Angelegenheit verwickeln?» Ihre Mutter schüttelte den Kopf, die dünnen Lippen missbilligend verzogen. «In einem Haus mit all diesen Männern schlafen.» Sie sprach das Wort *Hure* nicht aus, aber es klang deutlich in ihrem Tonfall mit.

Nakos atmete tief ein. Seine Nasenflügel blähten sich, und die Hände auf dem Tisch ballten sich zu Fäusten. «Wenn Sie sich solche Sorgen um Amy machen, sollten Sie Ihrer Tochter vielleicht einen Ort bieten, an dem sie bleiben kann, statt sie zu beleidigen.» Seine tiefe Stimme war kaum lauter als ein Flüstern, doch gleichzeitig hart wie Stahl und fast schneidend.

Vollkommen schockiert starrte Amy ihn an, während er und ihre Eltern sich ein Blickduell lieferten.

Nakos war kein Mann großer Worte. Gewöhnlich redete er nur, wenn es absolut nötig war. Ja, sie waren gute Freunde, und ja, er hatte sie schon früher verteidigt. Doch in diesem Fall wusste er es besser. Er würde ihre engstirnigen Eltern nicht ändern, indem er sie daran erinnerte, dass ihr Blut durch Amys Adern floss. Das hatte nie eine Rolle gespielt. Nicht, als sie ein Kind gewesen war, und sicherlich nicht jetzt.

Vor ein paar Jahren noch wäre sie die Erste gewesen, die aufgesprungen wäre und ihre Meinung kundgetan hätte. Doch ihre *Ich-komme-mit-allem-klar-Sag-mir-wem-ich-in-den-Hintern-treten-muss*-Einstellung war an dem Tag verschwunden, als sie vor den Altar getreten war. Und diese Attitüde würde auch nicht zurückkommen. Das war der Tag gewesen, an dem ihre selbstbewusste Fassade eingestürzt war; der Tag, an dem die Hoffnung begonnen hatte, langsam zu ersticken. Bis dahin hatte sie es ziemlich gut geschafft, Selbstbewusstsein vorzuspielen. Doch das uralte Mantra, dass echtes Selbstbewusstsein folgen würde, wenn man sich nur lang genug selbstbewusst gab, hatte sich irgendwie nicht bewahrheitet.

«Nach dem, was sie getan hat, werde ich ihr nicht erlauben, auch nur einen Fuß in unser Haus zu setzen.» Dad schüttelte entschieden den Kopf.

Amys erstes Verbrechen hatte darin bestanden, nicht in der Kirche zu heiraten. Aber sie hatte sich nur eine Eheschließung im Rathaus leisten können. Das zweite Verbrechen war ihre Scheidung. Doch schon vor diesen beiden Vorfällen war Amy eine Ausgestoßene in ihrer Familie gewesen. Aber der Grund dafür war eine Erinnerung, die sie begraben hatte und auch nie wieder hervorholen würde.

Nicht zum ersten Mal musterte Amy ihre Eltern und fragte sich, ob die beiden sie je geliebt hatten. Sie hatte das dunkle Haar und das schmale Gesicht von ihrem Vater geerbt, während ihre Augen denen ihrer Mom ähnelten, auch wenn sie etwas intensiver leuchteten. Die kurvige Figur kam ebenfalls von ihrer Mutter. Ihre beiden Eltern richteten den Blick auf sie, als wäre Nakos keine Antwort wert. Und das stellte es endgültig klar: Das Einzige, was sie mit diesen Leuten gemeinsam hatte, waren äußerliche Ähnlichkeiten.

Dad rümpfte die Nase. «Du hast deine Fehler gemacht. Jetzt lebe damit.»

Genau. Sie hatte darum gebeten, dass ihr Ehemann aufhörte, die Hypothekenraten zu zahlen und Tausende Dollar an Kreditkartenschulden anhäufte. Sie hatte darum gebeten, dass er sie zu Brei schlug, um ihr dann den Lauf einer Pistole vors Gesicht zu halten. Und sie hatte ihn darum gebeten, die einzige Sache zu zerstören, die ihr irgendein Vergnügen bereitet hatte – ihre Foto-Ausrüstung. Es war nur ein dummes Hobby. Trotzdem hatte sie zwei Jahre lang jeden erdenklichen Job angenommen und das Geld gespart, um sich die Kamera zu kaufen. Ein Schlag mit Chris' Hammer hatte den Apparat – und sie – vernichtet.

Nakos erhob sich so schnell, dass sein Stuhl umfiel. «Tanz mit mir, Ames.» Keine Frage. Ein Befehl. Der ihm gar nicht ähnlich sah. Sein Blick richtete sie auf sie. Bittend. Wortlos flehte er sie an, ihn von diesem Tisch wegzubringen, weil er sonst nicht dafür garantieren konnte, was als Nächstes geschah.

Sie sah sich um und stellte fest, dass der erste Tanz vorbei war und sich inzwischen auch andere Paare auf der Tanzfläche tummelten. Als sie erneut Nakos anschaute, blieb ihr Blick an den langen Wimpern hängen, die die schwarzen Augen umrahmten. Diese Wimpern waren das Einzige, was seine finstere Intensität ein wenig dämpfte und seine Züge ein wenig weicher machten.

«Bitte.» Er streckte ihr die Hand entgegen und senkte seine Stimme zu einem Flüstern. *«Ich werde tanzen. Und zwar mit einer wundervollen Partnerin.»*

Ernsthaft? Ein *Dirty-Dancing*-Zitat? Dieser Mann war einfach unglaublich. Was sich schon allein an der Tatsache zeigte, dass er sich an den Satz erinnerte. Denn bisher hatte er stets protestiert, wenn Olivia und sie mal wieder darauf bestanden hatten, den Film anzuschauen.

Amy lachte, warf ihren Eltern ein kurzes, entschuldigendes Lächeln zu, weil sie sie am Tisch zurückließ, und ergriff Nakos' Hand.

Er führte sie zu der freien Fläche in der Mitte der Scheune und zog sie an sich. Nah genug, um seine Hitze zu spüren und seinen erdigen Duft in sich aufzunehmen, aber nicht so eng, dass ihre Oberkörper sich berührt hätten. Eine warme Handfläche fand ihr Kreuz, während er mit der anderen ihre Finger umschloss.

Plötzlich nervös, folgte sie seiner Führung zu den Klängen der langsamen Ballade, die aus den Lautsprechern drang. Nach der Trauung hatte er seine Hemdärmel bis über die Ellbogen aufgerollt, sodass seine sehnigen Unterarme sichtbar waren. Auch die ersten zwei Knöpfe am Kragen hatte er geöffnet. Außerdem hatte er sein langes, seidiges Haar zu einem Pferdeschwanz gebunden und sich den schwarzen Stetson wieder aufgesetzt, ohne den er eigentlich nie zu sehen war.

«Ich schwöre, Ames, hätten diese beiden Idioten nicht dich hervorgebracht, würde ich sie noch mehr hassen.»

Sie lachte atemlos. Ihre bornierten Eltern waren wirklich schrecklich, aber sie hatte schon vor langem gelernt, nicht auf sie zu achten. «Ignorier sie einfach. Sie sind den Frust nicht wert.»

«Sie haben dich verletzt, und das ohne jeden Grund.»

Ihre Eltern verletzten Amy schon ihr gesamtes Leben lang. Sie hatte sich daran gewöhnt. «Mir geht es gut.»

Sie bemühte sich, gleichmäßig zu atmen, während sie sich im Takt der Musik wiegten. Amy starrte Nakos' Kehle an, den dunklen Bronzeton der Haut, das markante Kinn. Er war so ein gutaussehender Mann. Nicht so muskelbepackt wie Nate, aber trotzdem groß und schlank, mit einem durchtrainierten Körper. Lässig. Geschmeidig. Hohe Wangenknochen und ein ausdrucksstarkes Kinn. Breite Schulter und schmale Hüften.

Sie hatte immer ein wenig für ihn geschwärmt. Mit der Zeit hatte sich das gegeben, aber der Tanz sorgte trotzdem dafür, dass sie sich seiner Nähe unglaublich bewusst war. Was heute genauso dämlich war wie damals. Er hatte immer nur Augen für Olivia gehabt. «Wir haben seit unserem Abschlussball nicht mehr getanzt.»

Nakos war im Reservat in die Schule gegangen, aber zu Schulbällen und Tanzveranstaltungen hatten Olivia und sie ihn immer gebeten mitzukommen. Er war Amys Date für den Abschlussball gewesen. Sie hatte lächerlicherweise darauf gehofft, mit ihm auszugehen, würde dafür sorgen, dass er sie endlich als Frau wahrnahm. Sie hatte Stunden damit verbracht, das richtige Kleid und die richtigen Schuhe auszuwählen und sich zu schminken.

Er war mit dem gewohnt freundlichen Lächeln vor ihrer Tür aufgetaucht, ohne irgendein Aufflackern von Interesse in seinen Augen.

«Ist das wirklich so lange her?» Er sah auf sie hinunter, sein Blick zärtlich. «Nur für den Fall, dass ich es noch nicht gesagt habe: Du siehst heute Abend wirklich sehr schön aus.»

«Danke.» Wenn er das Kompliment ernst gemeint hätte, statt einfach nur höflich zu sein, hätte sie sich gefreut. Sie sah über seine Schulter, um seinem Blick nicht begegnen zu müssen, und versuchte sich an einem Lächeln, auch wenn sie vermutete, dass es eher unecht wirkte. «Und du bist so halb ordentlich angezogen auch ziemlich attraktiv.»

Er lachte rau, dieses Lachen, das er für spezielle Momente reservierte. «Ich bin nur dankbar, dass ich keine Krawatte tragen musste. Bei besagtem Abschlussball hast du mich dazu gezwungen.»

«Das ist zwölf Jahre her, und du bist immer noch nicht darüber hinweg.» Sie seufzte. «Gib es doch zu. Schick steht dir.»

Er brummte, dann drehte er sie in einer schwungvollen Tanzbewegung von sich weg und zog sie im nächsten Moment wieder an sich. «Wenn ich mit dir und Olivia aufgetaucht bin, hat niemand darauf geachtet, was ich getragen habe.» Er zwinkerte ihr zu. «Damals bei dem Ball sahst du süß aus. Aber inzwischen bist du wirklich zu einer besonderen Frau geworden.»

Verflixt. Genau solche Sätze waren dafür verantwortlich, dass es ihr so schwerfiel, ihre närrischen Kleinmädchenphantasien hinter sich zu lassen. «Dito.» Sie ließ ihre Hand von seiner Schulter zu seinem Bizeps gleiten, der die Baumwolle des Hemds dehnte, und drückte zu. «Wann hast du solche Muckis bekommen?»

Sein Mund öffnete und schloss sich, doch es drangen keine Laute heraus. Stattdessen runzelte er verwirrt die Stirn.

«Im Ernst: Reitest du die Pferde und trägst sie dann noch ein wenig durch die Gegend, um zu trainieren?» Denn ... verdammt!

Er schüttelte den Kopf und blieb stehen. «Ziehst du mich auf? Bei dir bin ich mir nie sicher. Dieses Interesse – ist das echt?»

«Wieso sollte ich dich nicht interessiert mustern? Du bist ein äußerst attraktiver Mann.»

Er erstarrte noch mehr, soweit das überhaupt möglich war. Tick, tick, tick zuckte der Muskel an seinem Kiefer im Takt ihres Pulsschlags. Er starrte sie aus diesen unergründlichen, dunklen Augen an, als hätte er sie noch nie gesehen. Und er schien das Atmen eingestellt zu haben.

Hatte sie dafür gesorgt, dass er sich unwohl fühlte? Es war ja nicht so, als hätte sie ihn richtig angebaggert. Sie hatte einfach nur Fakten festgestellt. Andererseits hätte Nakos es sowieso nicht bemerkt, wenn sie mit ihm flirtete. In all den Jahren ihrer Freundschaft hatte er sie kein einziges Mal als Frau wahrgenommen. Sie hätte sich nackt ausziehen und sich einen Pfeil in Richtung ihrer Intimteile auf den Bauch malen können. Und selbst das hätte ihn wahrscheinlich nicht mal zum Blinzeln gebracht.

Und da lag vermutlich das Problem. Ihr Interesse, so harmlos es auch sein mochte, war nicht erwünscht. Natürlich war Nakos erschüttert, vielleicht sogar angewidert von ihren Kommentaren. Es war ihm heute wahrscheinlich sehr schwergefallen, Olivia dabei zuzusehen, wie sie einen anderen Mann heiratete. Bei dieser Erkenntnis spürte Amy einen stechenden Schmerz im Herzen, und Bedauern schnürte ihr die Kehle zu. Hatte sie in den letzten Jahren ihre Lektion denn noch immer nicht gelernt? Sie war nicht die Prinzessin in einem Märchenbuch. Ganz im Gegenteil: Sie war schon kaputt gewesen, lange bevor Chris auf der Bildfläche erschienen war.

Das Letzte, wirklich das Allerletzte, was sie jetzt brauchen konnte, war ein Zerwürfnis mit Nakos. Amy stieß langsam den Atem aus. «Sorry. Vergiss, dass ich etwas gesagt habe.»

Nakos bewegte sich nicht. Keinen Millimeter. Tatsächlich schien er sich noch mehr zu verspannen. Schwarze Augen musterten sie intensiv, doch seine Miene verriet nichts. Manchmal konnte er wirklich stoisch und mysteriös wirken. Wenn Nakos Hunt seine Gedanken nicht preisgeben wollte, hätte selbst ein Angriff mit Napalm nichts an seiner ausdruckslosen Miene geändert.

Eine Ewigkeit später wandte er den Blick ab und zog sie erneut in seine Arme, um weiterzutanzen. Einfach so. Als hätten die letzten paar Minuten gar nicht stattgefunden. Er schwieg eine Weile, dann packte er ihre Finger fester, und die Hand an ihrem Kreuz zuckte leicht. Nachdem er in Gedanken versunken schien, war ihm das vielleicht gar nicht bewusst.

Unfähig, das Schweigen länger zu ertragen, biss Amy sich auf die Unterlippe. «Ich bin mir sicher, das war kein einfacher Tag für dich. Wenn du reden willst, bin ich da.» Das konnten sie gut. Reden. Das war das eine, was Olivia ihm anscheinend nicht bieten konnte, aber sie schon. Zumindest führte er mit Olivia nicht diese Art von ernsthaften Gesprächen. Aus irgendeinem Grund war er Amy gegenüber offener, ehrlicher, und daran klammerte sie sich fest.

Er stöhnte. «Nicht du auch noch, Ames. Lass einem Mann seinen Stolz, ja?»

Sie blinzelte zu ihm auf. «Schäme dich niemals dafür, dass du jemanden liebst, egal, ob dieser Mensch deine Gefühle erwidert oder nicht.» Er würde wahrscheinlich nicht verstehen, wie kostbar ein Mann war, der zu seinen Gefühlen stand und nicht versuchte, sie zu verstecken. «Ich weiß, das hier ist nicht das Ende, auf das du gehofft hattest.»

Seine Miene wurde weicher, als er ihr in die Augen sah. «Nein, ist es nicht. Aber ich habe die Vorstellung von Olivia und mir als Paar schon vor langer Zeit aufgegeben. Heute habe ich lediglich einen Schlussstrich gezogen. Hat es ein wenig weh getan? Sicher. Aber bei weitem nicht so sehr, wie du vielleicht denkst.»

Überrascht von der Ehrlichkeit, die sie in seinen Augen erkannte und in seinem Ton hörte, nickte sie.

«Was ist mit dir?» Sein Daumen glitt über ihre Handfläche, ohne dass er sich der Bewegung bewusst zu sein schien. «Das muss doch Erinnerungen an deine eigene Hochzeit heraufbeschwören.»

Eigentlich nicht. Nur an ihre Fehler. «Ich hatte keine Hochzeit.»

«Ich erinnere mich.» Sein barscher Tonfall ließ sie leicht zusammenzucken. Warum klang er plötzlich so wütend?

Er bemerkte ihre Verwirrung offensichtlich, denn seine Augenbrauen wanderten höher. «Du bist ein paar Monate mit dem Kerl ausgegangen. Dann höre ich plötzlich von Olivia, dass du im Rathaus geheiratet hast.»

«Ich hatte keine Ahnung, dass dich das so sehr gestört hat.»

Wieder stoppte er ihre Tanzbewegungen. «Soll ich mich umdrehen? Dann fällt es dir leichter, das Messer aus meinem Rücken zu ziehen.»

«Nakos ...»

«Verdammt richtig, es hat mich sauer gemacht. Ich habe diesen Mistkerl gehasst. Er war nie nett zu dir. Und dass du mir nichts von deiner Hochzeit erzählt hast? Einfach davon ausgegangen bist, dass ich nicht für dich da sein will? Das war wirklich scheiße.»

Sie schloss die Augen und atmete zitternd ein. «Du hast recht. Tut mir leid. Es ist nur ...»

Sie hatte sich geschämt. Wegen allem. Dass sie den erstbesten Kerl heiratete, der irgendein Interesse an ihr zeigte, auch wenn es die falsche Art von Interesse war. Dass sie so schnell zugestimmt hatte, dass nicht mal ein Verlobungsring nötig gewesen war. Dass sie kein Geld für nichts hatten, nicht mal für einen Brautstrauß.

Sie schüttelte den Kopf und starrte auf Nakos' Hemd. Ihre Wangen brannten. Allein sich vorzustellen, wie es gewesen wäre, wenn er sie zum Rathaus begleitet hätte, löste schon ein Gefühl der Schande in ihr aus. Was auch der Grund dafür war, warum sie ihm nichts erzählt hatte. Genauso wenig wie Olivia. Kyle war ihr Trauzeuge gewesen. Für Chris sein Bruder Mark. Die Erinnerung an diesen unpersönlichen Raum und das Gelübde, das sich als bloßes Lippenbekenntnis entpuppt hatte, sorgte dafür, dass sich ein stechender Schmerz in ihrem Herzen einnistete.

Einsamkeit und Verzweiflung brachten Leute dazu, dumme Dinge zu tun. Wie zum Beispiel einen Mann zu heiraten, der einen nicht liebte, einem nicht erlaubte zu arbeiten. Jemand, der das Interesse seiner Frau an Fotografie nicht unterstützte und sie komplett ignorierte, bis er betrunken genug war, um einen Ständer zu bekommen.

«Es ist nur ... was?» Nakos' ruhige Stimme sorgte dafür, dass sie ihn ansah. «Beende den Satz.»

Niemals würde sie ihm die ganze Wahrheit gestehen. «Ich dachte, dass du vielleicht versuchen würdest, mich davon abzuhalten.»

Irritation, Schmerz und Entschlossenheit huschten nacheinander über sein Gesicht. «Wenn du jetzt zurückblickst – wäre das so schlimm gewesen?»

«Ich kann jetzt wirklich kein *Ich hab's dir doch gesagt* brauchen.»

Er blinzelte langsam, dann seufzte er. «Ich hätte mich nicht eingemischt, Ames. Ich wäre gekommen, um dich zu unterstützen. Aber diese Möglichkeit hast du mir genommen.»

Verdammt sollte er sein. «Es tut mir leid. Ich kann mich nur wiederholen.»

Nakos' dunkler Blick huschte nachdenklich über ihr Gesicht. Eine fast zärtliche Musterung ihres Haars, ihrer Wangen, ihrer Lippen, bevor er ihr wieder in die Augen sah. Sie hatte keine Ahnung, was er dort entdeckte, aber er presste frustriert die Lippen zusammen. Wie seine Wimpern waren auch seine Lippen an einen Mann verschwendet. So unendlich verführerisch.

«Wieso hast du es getan?» Seine Stimme war ein tiefes Rumpeln, das sie über die Musik kaum hören konnte. «Warum zur Hölle hast du dieses Arschloch geheiratet?»

Sie konnte das Gespräch einfach nicht mehr ertragen. Eilig löste sie sich von ihm, sodass seine Arme schlaff an seine Seiten sanken. Über dieses Thema hatten sie aus irgendeinem Grund nie geredet ... wofür sie dankbar war. Es jetzt plötzlich zu tun – an der Kruste zu kratzen – würde die Wunden nicht besser verheilen lassen. Eine Frau konnte nur ein gewisses Maß an Schmerz ertragen, bevor sie zusammenbrach.

«Warum, Ames?»

Zum Teufel damit. Es war ja nicht so, als wäre ihr noch Selbstbewusstsein geblieben. «Er war das Beste, was ich je kriegen würde.»

Nakos zuckte zusammen. «Was zur Hölle soll das bedeuten?»

Sie wandte seinen weit aufgerissenen Augen und der schockierten Miene den Rücken zu und ging Richtung Tür. *Ein Tequila, zwei Tequila, drei Tequila und dann auf dem Boden schlafen.* Das war ihr Plan für den Rest des Abends. Sie würde sich eine Flasche Cuervo-Tequila aus dem Haupthaus schnappen, eine Ewigkeit zu den Wohngebäuden der Rancharbeiter laufen und sich im Zimmer ihres Bruders verkriechen, um sich dort zu betrinken.

Nur dass sich ein muskulöser Arm von hinten um ihre Taille schlang, um sie hochzuheben. Direkt danach wurde ihr Rücken gegen eine harte Brust gedrückt. «Die Diskussion ist noch nicht vorbei, *anim.*»

Anim. Dieses Wort hatte er in ihrer Gegenwart noch nie verwendet. Sie hatte keine Ahnung, was es in seiner Muttersprache Arapaho bedeutete, aber sie vermutete, dass es ein Fluch war.

Ihre Beine baumelten über dem Boden, als Nakos mit ihr zum Ausgang stiefelte, als wäre sie leicht wie eine Feder. «Wir werden uns ein wenig unterhalten.»

«Nein, werden wir nicht.»

«Doch, werden wir.» *Stampf, stampf.* «Ich schlage mich schon mein gesamtes Leben mit deiner speziellen Art von

Sturheit herum. Glaubst du, ich wüsste nicht, wie ich mit dir umgehen muss?»

Wieso erregte sie das? Wieso bekam sie plötzlich keine Luft mehr? Hitze sammelte sich in ihrem Bauch, und die Muskeln in ihrem Inneren zogen sich zusammen. Alpha Nakos war heiß.

Mehrere Köpfe drehten sich in ihre Richtung, verfolgten ihren Weg durch den Raum, an den Tischen vorbei und durch das offene Scheunentor.

Ein Pumps plumpste von ihrem Fuß. «Ich habe meinen Schuh verloren.»

«Wir werden ihn später holen, Aschenputtel.»

«Du verursachst eine Szene.» Sie wand sich, doch er hielt sie unerbittlich fest.

«Ist mir egal.» Er marschierte über das Gras, bog um die Ecke und stellte Amy außer Sichtweite der Partygäste auf die Beine. Dann drängte er sie gegen die Scheunenwand und starrte böse auf sie herunter, sein Gesicht nur Zentimeter von ihrem entfernt. «Erkläre deinen letzten Satz.»

Dunkle Schatten umgaben sie. Grillen zirpten. Eine warme Brise bewegte ihr Haar. In der Ferne blinkten Glühwürmchen. Eine Eule schrie.

Und sie? Sagte nichts. Gar nichts.

Er verschränkte die Arme.

«Ich kann das die ganze Nacht durchhalten.»

Jep, genau das befürchtete sie.

4

Er war das Beste, was ich je kriegen würde.

Die Worte hallten in Nakos' Kopf wider und verursachten ein zorniges Pochen in seinen Schläfen, während er unverwandt Amy anstarrte und darauf wartete, dass sie nachgab. Es war nur eine Frage der Zeit.

Die Schatten, die die Bäume im Mondlicht warfen, erzeugten wilde Muster auf ihrer alabasterhellen Haut. Amys kakaobraunes Haar fiel ihr über die Schultern, sodass er gegen das Verlangen ankämpfen musste, seine Hände darin zu vergraben und diese Frau zu zwingen, ihn anzusehen. Während er mit ihr getanzt hatte, hatte sie ihm kaum mehr als flüchtige Blicke geschenkt, und genau das bewirkte – mehr noch als ihre Worte –, dass Sorge an seinen Eingeweiden nagte.

Er verschränkte die Arme und schüttelte den Kopf. Das war doch nicht Amy. Diese hängenden Schultern, die traurige Wölbung ihrer Lippen, das fehlende Funkeln in den Meerjungfrauenaugen – das war nicht seine Ames. Wo war ihr Feuer geblieben? Wo war die Frau, die ihn jederzeit in eine Ecke argumentieren konnte? Normalerweise war sie voller Energie und Lebensfreude.

Aber seit dem Vorfall mit dem Antichrist war sie nur noch ein Schatten ihrer selbst. Eigentlich hatte die Veränderung sogar schon begonnen, bevor Chris auf der Bildfläche erschienen war. Aber es war zuvor nicht so deutlich gewesen. Himmel, Nakos hätte schwören können, das Amys Feuer erloschen war.

Er war von zwei liebevollen, aufmerksamen Menschen erzogen worden, und seine besten Freunde waren weiblich. Dank dieser Tatsache hatte Nakos ein, zwei oder fünfzig Dinge gelernt. Zuallererst, wie man liebte. Dass man vor Gefühlen oder Bindungen nicht zurückschrecken, sondern sie als etwas Positives betrachten sollte. Er hatte nur ein Leben und wollte später nicht voller Reue zurückblicken, weil er zu viel Angst gehabt hatte, den Menschen, die ihm etwas bedeuteten, das auch zu sagen.

Außerdem hatte er gelernt, aus den Mienen und der Körpersprache der beiden Mädchen und später Frauen zu lesen, was sie brauchten. Die Nähe zu ihnen hatte seinen Beschützertrieb gestärkt, bis der quasi Teil seiner DNA geworden war. Olivia und Amy. Sie kamen immer zuerst. Und genau diese Instinkte waren jetzt aufgewacht und begannen, an seiner ohnehin schon angeschlagenen Selbstkontrolle zu rütteln.

Amy stand vor ihm – so nahe, dass er ihr dezentes Parfüm riechen konnte – und weigerte sich, ihren hübschen Mund aufzumachen. Wie oft hatte er sich gewünscht, sie würde die Klappe halten? Und jetzt hatte das Schicksal ausgerechnet diesen Moment ausgewählt, um seinen Wunsch zu erfüllen?

Einer von ihnen musste nachgeben. Das konnte genauso gut er sein.

«Was du eben gesagt hast – das war nicht dein Ernst, oder?» Denn anderenfalls hatte dieser Bastard mehr Schaden angerichtet, als Nakos vermutet hatte. «Du hast etwas viel Besseres verdient als ihn.»

Ihre einzige Antwort bestand darin, dass sie langsam die Augen schloss.

Irgendetwas stimmte absolut nicht. Ein Kribbeln der Erkenntnis überlief seine Haut. Gleichzeitig bildete sich ein eisiger Knoten in seinem Magen. Wenn sie dachte, sie hätte nichts Besseres verdient als diesen ... Kerl, dann hatte sie schon Probleme gehabt, lange bevor sie mit dem Antichrist ausgegangen war und ihn letztendlich geheiratet hatte. Was zur Hölle hatte Nakos übersehen? Denn er war vollkommen ratlos.

«Schau mich an.» Er wartete, bis ihre Lider sich hoben, wobei er dem Drang widerstehen musste, sie in die Arme zu ziehen. Sie berührten sich nicht oft – so war ihre Beziehung einfach nicht. «Du wirst mich auf keinen Fall davon überzeugen, dass er der beste Mann war, um mit ihm dein Leben zu verbringen. Ein Mann, der mit dir gesprochen hat, als wärst du sein Besitz. Ein Mann, der es gewagt hat, die Hand gegen dich ...» Himmel, schon bei diesem Gedanken hätte er töten können. Wobei Amy Stein und Bein geschworen hatte, dass Chris sie nur dieses eine Mal geschlagen hatte. «Ich kann diesen Tag einfach nicht aus meinem Gedächtnis löschen.»

«Ich weiß.» Sie nickte. Endlich flackerte ein Funken Wut in ihren Augen auf. «Weil Olivia in Gefahr war.»

Zur Hölle, nein. Sein Körper wurde so starr, dass er fast dachte, er müsse zerbrechen. Sie konnte doch nicht ernsthaft glauben, dass sie ihm so wenig bedeutete. Niemals wäre er auf diese Idee gekommen. Aber ... *Scheiße.*

«Ja, Olivia war in Gefahr. Ihr *beide* wart in Gefahr.» Nakos rammte die Handflächen gegen die Holzwand über ihrem Kopf, in dem jämmerlichen Versuch, all seine widersprüchlichen Emotionen irgendwie zu zügeln. Wut auf das, was dieses Arschloch getan hatte. Angst, dass den zwei Frauen, die er liebte, etwas zustoßen könnte. Und – am schockierendsten – Trauer, dass Amy ebendiese Liebe bezweifelte.

«Du musst es nicht leugnen, Nakos.»

Er brauchte einen Drink. Und eine Zwangsjacke. «Hast du irgendeine Ahnung, was es mit mir angestellt hat, dich so zu sehen?» Seine Fingerspitzen krallten sich ins Holz, bis Farbsplitter unter seine Fingernägel drangen. «Dich so auf dem Boden zu sehen, verletzt, voller Blut, kaum fähig, die Augen zu öffnen …»

Lass mich nicht allein … Bitte, Nakos. Lass mich bitte nicht allein.

Ein Knurren stieg in seiner Kehle auf.

Amy kniff zweifelnd die Augen zusammen, als versuche sie zu entscheiden, ob sie ihm glauben sollte. Eisige Kälte breitete sich in seinem Körper aus, bis er dachte, seine Muskeln müssten gefrieren.

Die Tatsache, dass sie ernsthaft an ihm zweifelte, traf ihn wie ein Schlag in den Magen. Irgendwann, irgendwo, hatte er Amy im Stich gelassen. Was vollkommen inakzeptabel war. Weil es hier um Amy ging. Olivia hatte fast ihre gesamte Familie verloren, aber sie war vertrauensselig. Kümmerte sich um andere. Strahlte wie ein Licht in dunkler Nacht. Amy war das absolute Gegenteil. Sie besaß noch Blutsverwandte, direkt hier in der Stadt, die sie allerdings wieder und wieder gedemütigt hatten. Sie ließ fast niemanden an sich heran, und ihr erster Instinkt war es immer, Schutzmauern um sich zu errichten. Sie *war* die Dunkelheit.

Weil dieses Gespräch so zu nichts führte, versuchte Nakos es mit einer anderen Herangehensweise. «Warum schläfst du bei Kyle? Das wird Olivia nicht gefallen. Und du gehörst dort nicht hin.» Das hatte nichts mit den Arbeitern zu tun, die in den Blockhäusern lebten. Vielmehr ging es hier um Komfort. In diesen Bauten gab es wenig Platz – ganz zu schweigen von Privatsphäre.

«Ich gehöre nirgendwohin.» Obwohl sie ihm entschlossen in die Augen sah und diese Aussage mit ihrer *Ich-fresse-süße-Häschen-zum-Frühstück*-Stimme verkündete, verriet sie sich durch das leichte Zittern ihrer Unterlippe.

Bevor Nakos auch nur darüber nachdenken konnte, was er erwidern sollte, hörte er Schritte von rechts. Kyle trat um die Ecke und sah ihn skeptisch an. «Gibt es hier ein Problem?»

Mehrere. Zur Hölle, die Probleme prasselten nur so vom Himmel. Trotzdem atmete Nakos tief durch. «Es geht uns gut. Gib uns eine Minute.»

«Olivia sucht dich.» Kyles Blick huschte zwischen ihnen hin und her, als befürchte er, er hätte seine Schwester bei etwas gestört, was kein Bruder sehen sollte.

Verdammt. Er konnte Olivia kaum warten lassen. Er stieß sich von der Wand ab und deutete auf Amy. «Geh nicht weg. Wir sind noch nicht fertig.»

Ihre Antwort bestand darin, dass sie sich vorbeugte und den verbleibenden Stöckelschuh auszog, um sich dann wieder aufzurichten. Mit herausfordernd hochgezogenen Augenbrauen ließ sie den Schuh in einer *Fang-mich-wenn-du-kannst*-Geste erst von einem Finger baumeln und dann zu Boden fallen.

Hihcebe. Es gab in ganz Wyoming nicht genug Whiskey, um ihn gegen dieses Verhalten immun zu machen.

Frustriert folgte er ihrem Bruder in die Scheune, nur um direkt hinter dem Tor wieder zu stoppen und Kyle am Arm zu packen. «Wofür braucht Olivia mich?»

«Ich glaube, sie will ihr Strumpfband werfen.»

Was in aller Welt hatte er getan, um das zu verdienen? «Amy hat gesagt, sie schläft heute Nacht bei dir?»

«Ja, auch wenn ich keine Ahnung habe, wo.» Kyle verschränkte die Arme, womit er sehr an seine Schwester erinnerte, wenn auch mit weniger Kampfgeist. «Eine Tupperdose ist größer als mein Zimmer, und ich habe nur ein Bett. Das sie übrigens nicht nehmen will. Letztendlich wird sie vermutlich unter dem Bett landen.»

Nur über seine Leiche, dachte Nakos. «Schnapp dir zwei der Männer und geh ins Haupthaus. Ich will, dass ihr in einer Stunde all ihre Sachen zusammengepackt und in mein Haus geschafft habt.» Er grub in seiner Hosentasche nach den Schlüsseln und gab sie Kyle. «Erster Stock, zweite Tür rechts, das Gästezimmer. Räumt ihre Sachen dort rein.»

«Okay», meinte Kyle langsam. «Aber du weißt, dass unsere Erzeuger ausflippen werden, wenn sie das mitbekommen, oder? Sie haben sich nicht gerade vor Freude überschlagen, als Amy bei …»

«Das ist mir vollkommen egal. Tu es. Und …» Er lehnte sich vor, die Hände in die Hüften gestemmt, «… du wirst ihr nichts von dieser kleinen Mission erzählen. Geh rein, geh raus, dann bring mir meine Schlüssel zurück.»

«Was auch immer du sagst, Mann.» Kyles lässiger Tonfall stand im Widerspruch zu der Dankbarkeit in seinen Augen. «Ist quasi schon erledigt.»

Nakos starrte einen Moment auf seine Stiefel und atmete tief durch. Musik und Lachen erfüllten die Scheune. Wieso zur Hölle fühlte er sich, als hätte ihm jemand den Boden unter den Füßen weggerissen?

«Nakos.»

Er sah zu Olivia, die auf der anderen Seite des Raums nach ihm rief. Ihr Lächeln beruhigte das Chaos in seinem Kopf ein wenig. «Ich komme.»

Eine halbe Stunde später wünschte er sich inständig, er

wäre weggelaufen, als Kyle ihn holen gekommen war. Nate hatte Olivia auf seinen Schoß gesetzt und ihr mit großer Geste das Strumpfband heruntergezogen. Doch statt die unverheirateten Männer antreten zu lassen und das Band zu werfen, hatte er es einfach mit einem Nicken Nakos in die Hand gedrückt. Dann war der Brautstrauß geworfen worden, ohne dass Nakos einen blassen Schimmer gehabt hatte, wieso er dafür anwesend sein musste. Und auf dem Weg zum Ausgang war ihm ständig auf die Schulter gehauen worden, und er hatte Leute abwimmeln müssen, ohne grob unhöflich zu werden.

Auf keinen Fall hatte Amy auf ihn gewartet, doch er sah trotzdem hinter der Ecke nach. Das Einzige, was er dort noch fand, war ihr Schuh und die unangenehme Erinnerung an ihr Gespräch. Aschenputtel, kein Zweifel.

Da er seine Schlüssel noch nicht zurückhatte, konnte er nicht in den Arbeiterquartieren suchen. Außer, er wollte die halbe Nacht zu Fuß dorthin laufen. Zumal er noch nicht mal sicher war, ob sie diesen Weg eingeschlagen hatte. Er hoffte, dass sie stattdessen zum Haupthaus gegangen war. Sie besaß nicht besonders viel. Ob die Jungs schon mit Packen fertig waren? Wenn nicht und sie war dort, dann hatte sie die Männer vielleicht schon vollkommen eingeschüchtert.

Er machte sich auf dem Weg zum Haus. Dort würde er als Erstes nach ihr suchen. Doch ungefähr auf halber Strecke bemerkte er aus den Augenwinkeln eine Bewegung. Abrupt blieb er stehen.

Er drehte sich um und entdeckte Amy zwischen der dritten Scheune und dem Friedhof. Ungefähr fünfzig Meter entfernt ragte die Krone einer Eiche über einen kleinen Hügel. Von einem der dicken Äste hing eine alte Reifenschaukel, die es schon seit ihrer Kindheit gab. Es war so dunkel, dass Nakos kaum etwas erkennen konnte, doch der Schnitt ihres Kleids und die nackten Füße verrieten Amy.

Er ging in ihre Richtung und spürte plötzlich, wie die Vergangenheit mit der Gegenwart kollidierte. Als er Amy zum ersten Mal getroffen hatte, hatte sie auf diesem Reifen gesessen, genau wie jetzt – weit zurückgelehnt, sodass ihr Haar zu Boden strömte wie ein Wasserfall. Jetzt war sie allein, doch damals war Olivia bei ihr gewesen.

Seltsam, er hatte ganz vergessen, dass er zuerst Amy gesehen hatte. Etwas an der fragilen Wölbung ihrer Wirbelsäule hatte im Widerspruch zu ihrem ungehemmten, fast sinnlichen Lachen gestanden. Von Beginn an war er von Olivias kastanienrotem Haar fasziniert gewesen, das so ganz anders war als alles, was er aus dem Reservat kannte. Wenn er daran zurückdachte, war es fast so gewesen, als hätte Olivia ihn hypnotisiert.

Aber Amy? Sie hatte eine körperliche Reaktion ausgelöst, die er sogar im zarten Alter von neun als besonderes Bewusstsein für diese andere Person erkannt hatte. Beschleunigter Puls, zugeschnürte Kehle. Neugier, hatte er angenommen. Er hatte keine Ahnung, wie er es jetzt nennen sollte.

Das Mondlicht ließ ihre Haut leuchten, als sie sich auf der Schaukel zurücklehnte, die schlanken Finger um die Halteseile geschlungen. In dieser Position drängten ihre Brüste und Hüften gegen den Stoff des Kleids. Er wollte verdammt sein, wenn sein Herz nicht raste. Schon wieder. Was zum Teufel hatte sie vor drei Monaten mit ihm angestellt? Seitdem stimmte irgendetwas nicht mit ihm.

Er trat an die Schaukel heran, bis er über Amy aufragte und in ihr umgedrehtes Gesicht sehen konnte. «Du siehst aus wie eine Nymphe, die im Mondschein von einem Baum hängt.»

«Quatsch. Nymphen kriegen mehr Sex als ich.»

Diesen Kommentar würde er einfach ignorieren. «Du weißt eine Menge über Nymphen, hm?»

«Ich kenne keine persönlich, aber in den Sagen sind sie sinnliche Kreaturen, die im Einklang mit der Natur leben und eine unwiderstehliche Anziehungskraft besitzen.»

Nakos fragte sich, ob ihr bewusst war, dass sie sich gerade selbst beschrieben hatte. Und natürlich wusste sie Bescheid über mystische Kreaturen. Eigentlich wusste sie zu jedem Thema etwas. Amy war intelligent, ohne herablassend oder angeberisch zu wirken. Sie besaß die Begabung, sich über fast alles unterhalten zu können.

Wieso er das plötzlich unglaublich heiß fand, wollte er gar nicht wissen. Also ignorierte er diese Tatsache ebenfalls so gut wie möglich.

«Ich bin schockiert, dass du auf mich gewartet hast.» Er entspannte sich, als Amy sich wieder aufrichtete und er erkennen konnte, dass sie nicht mehr so angespannt wirkte wie vorhin. «Du hörst – wenn überhaupt – nur sehr selten auf mich.»

Sie schüttelte voller Mitleid den Kopf. «Ich warte nicht auf dich. Bitte merk dir, dass ich mich nicht mit angehaltenem Atem neben der Scheune nach deiner Rückkehr verzehrt habe.»

Ihr Tonfall und diese Worte waren auch nicht heiß. Nein, waren sie nicht. «Ich werde mir das auf ein Post-it schreiben, damit ich es nicht vergesse.» Für einen Moment dachte er darüber nach, wie wichtig es ihm war, dass sein Kopf blieb, wo er hingehörte. Denn sobald Amy herausfand, dass ihre Sachen gerade in sein Haus geräumt wurden, würde sie mehr als nur ein wenig gereizt reagieren. Es bestand definitiv das Risiko, von ihr den Kopf abgerissen zu bekommen. «Mir ist gerade wieder eingefallen, dass wir uns hier zum ersten Mal begegnet sind.»

«Gerade wieder eingefallen, hm? So unvergesslich war der Moment also?»

Sie hatte ja keine Ahnung, aber diese Diskussion konnte er nicht gewinnen. «Ich habe mich an die Details erinnert, meinte ich damit. Mach mal halblang. Wir waren neun.»

Ihre Antwort bestand darin, dass sie sich mit dem nackten Fuß im Gras abstieß, sodass der Reifen sich langsam drehte. «Hast du einen Anfall von Nostalgie, Nakos?»

Nostalgie, Verwirrung. Letztlich kam es auf das Gleiche heraus. «Es ist eine schöne Erinnerung.»

Ihr plötzliches Grinsen sorgte dafür, dass alle Gedanken sich aus seinem Hirn verabschiedeten. Vermutlich tat sie das absichtlich.

Mit der Ferse stoppte Amy die Bewegung der Schaukel. «Weißt du, woran ich mich erinnere? Dass du Olivia angestarrt hast, als hättest du dich an deiner eigenen Zunge verschluckt.»

Wieder hatte sie alles falsch gedeutet. Olivia beruhigte den Wahnsinn in ihm. Amy stachelte ihn an. «Und du hast meinen Cowboyhut gestohlen. Vielleicht gibst du ihn mir eines Tages zurück.» Er kniff die Augen zusammen. «Wieso lächelst du wie ein James-Bond-Bösewicht?»

Sehr zu seinem Missfallen stellte Amy sich plötzlich auf den Reifen, griff nach oben und schwang ihre Beine auf den Ast über sich. Komplett mit Kleid und allem.

Um nicht aus Versehen eine Peep-Show zu bekommen, legte er eine Hand vor die Augen. «Komm runter, Ames.» Als sie nicht antwortete, spähte er zwischen den Fingern hindurch und stellte fest, dass sie auf dem Ast stand und sich Richtung Stamm streckte. Verdammt, das war wirklich weit oben. «Ames, komm runter. Jetzt.»

«Nur eine Sekunde.»

Er wusste nicht, was sein Herz heftiger schlagen ließ – die Sorge, dass sie fallen könnte, oder die unendlich langen Beine unter ihrem Rock. «Verdammt. Amy, komm schon.»

Sie zog einen Gegenstand aus einem Astloch, um dann – er würde gleich tot umfallen – auf den Zehenspitzen herumzuwirbeln. Etwas traf ihn ins Gesicht, bevor der Gegenstand vor ihm auf den Boden plumpste.

Ein kurzer Blick, dann starrte er böse seinen ... alten Hut an. Er war zerdrückt, der schwarze Stoff war zu stumpfem Grau verblasst, und es klebten Blätter daran. Trotzdem war es eindeutig sein Hut.

«Wieso machst du das?» Er stemmte die Hände in die Hüften und sah stirnrunzelnd zu ihr auf. «Und damit meine ich, warum hast du ihn damals da oben versteckt? Und warum gibst du ihn mir jetzt plötzlich zurück?»

«Es ist das Vorrecht eines Mädchens, sich nicht erklären zu müssen – weder einem Jungen gegenüber noch dem Mann, zu dem er heranwächst.»

Amy hätte mit einer Bedienungsanleitung ausgeliefert werden müssen. Möglichst einer, die nicht in einem obskuren Kauderwelsch geschrieben war. «Schön. Dann sag es mir nicht. Komm einfach nur runter.»

Zum Glück machte sie sich bereits an den Abstieg. Sie schlang ihre Beine um den Ast, drehte sich, bis sie das Seil greifen konnte und ließ sich – geschickter als jeder Zirkusartist – daran nach unten gleiten.

«Gern geschehen», sagte sie, sobald ihre Füße wieder auf festem Boden standen. Erst dann lächelte sie, als würde es ihr nachträglich einfallen.

Zum Teufel mit der Bedienungsanleitung. Diese Frau sollte mit einem Warnschild versehen werden: *Vorsicht: Zufälliger Kontakt könnte geistige und körperliche Schäden verursachen.*

Nakos rieb sich übers Gesicht, bevor er sich wieder auf Amy konzentrierte. So gern er auch Antworten auf seine Fragen bekommen würde, vor allem was ihre Aussagen vorhin betraf, ihm fehlte gerade die Kraft dazu. Amy schien wieder zu alter Form aufgelaufen zu sein. Er spürte, wie der Nerv unter seinem Auge zu zucken begann. Plötzlich fühlte er sich verdammt erschöpft.

Sie beugte sich vor und griff nach dem Hut auf dem Boden. Obwohl sie ihn kräftig schüttelte, blieb er zerdrückt. «Könnte sein, dass du ihn wegwerfen musst.»

Er konnte einfach nicht anders: Er lachte. Ein raues Lachen, das tief aus dem Bauch kam. Zum Teufel, an den meisten Tagen schaffte es nur Amy, ihn zum Lachen zu bringen. «Was zur Hölle soll ich nur mit dir anfangen?»

«Du könntest mich zu Kyle fahren, damit ich nicht laufen muss. Meine Füße haben ziemlich unter diesen hochhackigen Folterinstrumenten gelitten.» Sie blinzelte ihn an. Legte den Kopf schräg. «Aber das hast du nicht gemeint, oder?»

«Nein, eigentlich nicht.» Ach ja, und wo sie gerade vom Zimmer ihres Bruders sprachen ...

«Falls du dich dann besser fühlst: Meine Eltern haben sich dasselbe während meiner gesamten Kindheit und Jugendzeit gefragt, und sie haben auch nie eine Antwort gefunden.»

Wieso bitte sollte das dafür sorgen, dass er sich besser fühlte? «Die beiden sind Arschlöcher, und mir wäre es lieber, wenn du mich nicht mit ihnen vergleichst – oder sie und mich auch nur im selben Satz erwähnst.»

«Aye, aye, Sir.»

Er fand es auch nicht gut, dass sie immer alles so herunterspielte. Besonders diese Sache. Heute Abend war ihm absolut klargeworden, dass Amys Eltern sie auf eine Weise runtergemacht hatten, die er nicht einmal für möglich gehalten hatte. «Sie hat dich quasi eine Hure genannt, Ames.» Und damit ignorierte er noch eine Menge anderer Punkte. Nakos ballte die Hände zu Fäusten.

Sie zuckte mit den Achseln, als hätte er lediglich angemerkt, dass es morgen regnen könne. «Ich widerspreche dir ja nicht. Ich frage mich nur, wieso du plötzlich den aggressiven Alpha raushängen lässt. Du benimmst dich, als hättest du meine Eltern noch nie getroffen.»

Beweisstück A. Ja, Amy war eine Meisterin im Herunterspielen und Ablenken.

Ihre Miene wurde auf eine Weise weich, die er bisher nur selten bei ihr gesehen hatte, dann trat sie einen Schritt vor. «Hey, beruhige dich. Du zitterst ja vor Wut. Das sieht dir gar nicht ähnlich. Ich habe es doch schon mal gesagt: Ignoriere sie einfach, okay?»

Nicht. Okay. Eltern sollten ihre Kinder unterstützen und lieben, egal, wie viele Fehler sie auch machten. Nicht die eigene Tochter als Flittchen beschimpfen, aus dem Haus werfen und sie kein einziges Mal besuchen, nachdem sie von ihrem Ehemann blutig geschlagen worden war. Noch jemand, der sie eigentlich hätte lieben sollen und sie auf schlimmste Art verraten hatte.

Nakos war mit dem heutigen Tag so fertig, dass es eigentlich schon morgen war. «Ich muss meine Sachen aus der

Scheune holen, bevor du mich zu den Blockhäusern fährst.» Nope. Er würde sie zu seinem Haus fahren. Sie würde ihn umbringen. Hoffentlich war Kyle inzwischen mit den Schlüsseln zurück. «Komm. Dann sammeln wir auch deine Schuhe ein.»

«Die könnten wir auch einfach an die Pferde verfüttern.»

Er lachte schnaubend. «Ich mag die Pferde. Wir werden die Dinger einfach verbrennen.»

Ihr Bruder wartete tatsächlich schon auf sie, als sie über das Gras zur Scheune gingen. «Alles erledigt.» Kyle gab ihm die Schlüssel, nickte seiner Schwester zu, dann verschwand er in der Menge der Feiernden.

Ein schneller Blick verriet Nakos, dass seine Familie bereits aufgebrochen war. Er würde sie später anrufen. Eilig schnappte er sich seine Jacke von einem Stuhl, während Amy ihre Sachen zusammensuchte, dann führte er sie zu seinem Truck, der in Olivias Einfahrt stand.

Sobald sie im dämmrigen Innenraum saßen, seufzte er. Lang und laut. Dann ließ er den Motor an. «Du weißt, dass du mir wichtig bist, oder?» Er konnte Amys Blick fühlen, doch er sah sie nicht an. «Denk bitte daran, wenn wir an unserem Ziel ankommen.»

5

Olivias Eltern hatten Nakos' zweistöckiges Blockhaus ein paar Jahre vor ihrem Tod als Quartier für den Vorabeiter errichtet. Das Haus lag auf dem Grund der Wildflower Ranch, tief in den südlichen Weidegründen. Von der Vorderseite aus hatte man einen guten Blick auf die Laramie Mountains. Hinter dem Haus erstreckte sich die Prärie und im Norden war ein kleines Pappelwäldchen zu sehen.

Amy hatte das Haus nicht mehr betreten, seitdem sie ein Kind gewesen war. Doch jetzt war sie hier und stand im Gästezimmer im zweiten Stock, wo nur eine dünne Wand sie von dem Raum trennte, in dem Nakos schlief. Er ... hatte sie mit zu sich nach Hause genommen. Er hatte dafür gesorgt, dass all ihre Sachen hergebracht wurden. Diese Aktion war typisch für ihn.

Aber es fühlte sich nicht richtig an. Nakos war genauso wenig für sie verantwortlich wie Kyle. Der Verlust ihrer Selbständigkeit, den sie in letzter Zeit erlitten hatte, war schwer zu ertragen, doch noch schlimmer war das Gefühl, sich nirgendwo zugehörig zu fühlen. Das Schicksal riss sie einfach mit sich, wie einen Löwenzahnsamen im Sturm. Haltlos. Hilflos. Sie hasste es, nicht auf eigenen Füßen stehen zu können.

Aber ihr blieb keine Wahl. Olivia und Nate brauchten Zeit für sich. Zweisamkeit, die nicht von jemandem gestört wurde, der sich im Haus herumdrückte und ihr frisches Eheglück beeinträchtigte. Kyles Zimmer in den Angestellten-Quartieren war gerade groß genug für ihn selbst. Ihre Eltern würden sicherlich nicht helfen. Obwohl sie einen Lohn dafür bekam, dass sie Tante Mae beim Kochen für Olivias Arbeiter half, kämpfte Olivia immer noch mit den Kreditkartenschulden, die Chris hatte auflaufen lassen. Letzten Monat hatte sie alles zu einem Kredit zusammengefasst, was schon ein Fortschritt war, aber trotzdem blieb ihr nicht genug Geld übrig, um noch irgendwo Miete zu zahlen. Sowieso gab es kaum Unterkünfte in Meadowlark. Die kleine Stadt war hauptsächlich eine Farmersiedlung. Und Amys Bonitätsbewertung war unterirdisch.

Gefangen zwischen dem Wunsch, laut zu schreien oder sich wahlweise die Augen auszuweinen, stand Amy seit ihrer Ankunft bewegungslos in der Mitte des Gästezimmers. Immer noch in ihrem Brautjungfernkleid.

Zwei Taschen mit der wenigen Kleidung, die sie besaß, lagen auf dem großen Bett mit dem gelb-grün gemusterten Quilt. Ihr Kosmetikkoffer wartete auf einer langen Kommode an der gegenüberliegenden Wand auf sie. Und ihre Fotoausrüstung stand sorgfältig gestapelt neben einer Truhe, die sich unter dem nach Süden gerichteten Fenster befand. Gelbe Vorhänge bewegten sich im Wind, der von den Bergen herabwehte.

Amy krallte die Zehen in den Parkettboden und sah zwischen den Bildern an den Wänden und ihrer Fotoausrüstung hin und her. Zwei Wochen nachdem sie bei Olivia eingezogen war, hatte der Postbote ein Paket für sie abgeliefert. Darin hatten sich eine nagelneue Kamera, ein Drucker und ein Laptop befunden. Ersatz für alles, was Chris zerstört hatte, im Wert von mehreren tausend Dollar. Es hatte keine Nachricht beigelegen, und sie hatte keine Ahnung gehabt, wer ihr die Sachen geschenkt hatte. Bis sich ein paar Tage später herausgestellt hatte, dass das Geschenk offenbar von Nakos stammte.

Warum hatte er das getan? Nicht, dass die Geste nicht zu seiner mitfühlenden Persönlichkeit gepasst hätte ... Aber er hatte nie den Eindruck vermittelt, dass er ihre Bilder mochte. Da er kaum etwas gesagt hatte, wenn sie ihm ihre Fotos zeigte, hatte sie irgendwann ganz damit aufgehört – damit er nicht glaubte, sie loben zu müssen, auch wenn er es nicht ernst meinte.

Nur ... dass drei ihrer Fotos in seinem Gästezimmer hingen – ein Strahl Sonnenlicht, der durch ein Loch in einem alten Holzzaun fiel, ein Bild von einem Cowboystiefel neben einem Pferdehuf und eine große Hand im Handschuh, die Zügel hielt. Unten, über dem Kaminsims, hing ein weiteres ihrer Bilder. Bones – Olivias Sheltie – der eine kleine Rinderherde trieb.

Und Nakos hatte keinerlei andere Kunst an den Wänden hängen. Zumindest hatte sie vorhin nichts gesehen. Sie hatten sich aufgrund der Uhrzeit nicht lange unten aufgehalten, aber soweit sie hatte erkennen können, zierten ausschließlich ihre Fotos sein Zuhause. Sie wusste ... sie wusste einfach nicht, was sie damit anfangen sollte.

Ihr Blick huschte wieder zu ihrer Fotoausrüstung. Sie hatte all die Dinge, die er ihr geschenkt hatte, bisher nicht einmal aus den Kartons genommen. Das Geschenk anzunehmen hatte sich falsch angefühlt ... So wie sie sich jetzt schuldig fühlte, weil sie sich hier in seinem Haus aufhielt.

Nie hätte sie vermutet, dass ihr Leben sich so entwickeln würde.

Im Flur erklangen Schritte, aber sie blieb einfach stehen, im rechten Winkel zur offenen Tür; unfähig, den Blick von den Kartons abzuwenden, die alles enthielten, was ihr im Leben Freude bereitete. Das Gefühl einer Kamera in ihrer Hand. Das

Spielen mit dem Fokus, um ein gutes Foto zu schießen. Das Warten auf die perfekte Stimmung oder das perfekte Licht, um einen kurzen Moment für die Ewigkeit einzufangen.

Durch eine Kameralinse betrachtet, war die Welt schöner. Es gab keine Zurückweisungen oder verletzenden Worte oder Enttäuschungen. Die meisten Leute glaubten, Fotografie wäre eine brutal ehrliche Darstellung von etwas – sei es von einer Person, einem Gegenstand oder einem Ereignis. Das sah Amy anders. Fotografieren war ihre einzige Fluchtmöglichkeit vor der harschen Realität.

«Hey, du bist noch wach.» Nakos lehnte sich an den Türrahmen, die Arme verschränkt. Amy drehte nicht einmal den Kopf. Unbeweglich blieb sie stehen und betrachtete ihn lediglich aus den Augenwinkeln.

«Jep.»

«Und noch angezogen.»

«Jep.»

«Und stehst genau dort, wo du auch vor einer Stunde gestanden hast.»

«Jep.» Das fasste ihr Leben eigentlich ganz gut zusammen. Stagnierend. Zu Stillstand verdammt. Sie hätte über die Ironie gelacht, hätten in ihren Augen nicht Tränen gebrannt.

Schweigen.

Sein Zögern war entweder ein Nakos-typischer Versuch, sie zum Reden zu bringen, oder er grübelte darüber nach, wie er weiter vorgehen sollte. Immer vorsichtig, ihr Freund. Er sprach nie viel, und wenn er es doch einmal tat, dann nie, ohne vorher nachgedacht zu haben. Wenn andere Leute nur auch so taktvoll wären wie er.

Kleidung raschelte, dann betrat er das Zimmer. Barfuß, in einer lockeren Trainingshose und einem weißen T-Shirt ging er zum Fenster. Er hatte seinen Pferdeschwanz gelöst, und die rabenschwarzen Strähnen reichten bis zu den breiten Schultern. Er war so verdammt gut gebaut. Der schlanke, muskulöse Körper. Olivfarbene Haut. Er sah ... zum Anbeißen aus.

Etwas an der Intimität der Situation ließ Amys Atem stocken. Es fühlte sich auf eine Weise ... zwanglos an, wie sie es seit langer Zeit nicht mehr erlebt hatte. Im selben Schlafzimmer. Nur eine schwache Lampe und das Mondlicht, um die Schatten zu vertreiben. Obwohl er am anderen Ende des Zimmers stand, schien Nakos den gesamten Raum für sich zu beanspruchen. Sie war sich seiner Gegenwart sehr bewusst. Selbst seine unausgesprochenen Gedanken waren fast greifbar.

Er beugte sich vor und hob den Karton mit der Kamera vom Boden, musterte das Paket in seinen riesigen Händen genau. «Wieso hast du sie nicht benutzt? Du hast die Kamera schon seit Monaten.»

Weil sie das Geschenk nicht verdient hatte, deswegen. «Warum hast du es getan? Mir all das gekauft?»

«Ich habe zuerst gefragt.»

«Beantworte meine Frage, und ich werde auf deine antworten.»

Nachdenklich ließ er seine Finger über die Verpackung gleiten. «Ich habe das nicht gekauft. Das war Nate.» Als sie die Stirn runzelte, zuckte er nur mit den Achseln. «Er ist mit Olivia zu deinem Haus gefahren und hat ihr geholfen, deine Sachen zusammenzupacken, nachdem Chris verhaftet worden war. Nate hatte ein paar deiner Bilder bei Olivia gesehen und war beeindruckt. Er hat mir gesagt, er hätte Ersparnisse und keine Ahnung, was er damit anfangen soll.»

«Warum hast du dann gelogen? Warum hast du behauptet, das Geschenk wäre von dir?» Das sah ihm gar nicht ähnlich. Er war ein sehr ehrlicher Mensch.

«Damals war Nate noch neu hier. Er dachte, du würdest das Geschenk eher annehmen, wenn es von mir kommt.» Nakos schürzte die Lippen und stellte den Karton mit der Kamera auf die Truhe. «Aber da hat er sich wohl geirrt. Du hast immer noch nichts davon ausgepackt.» Er musterte Amy ernst. «Ich hatte überlegt, dasselbe zu tun, aber er war schneller.»

«Warum?» Verdammt, sie klang wie ein Papagei, doch ihr Herz schlug wie wild, und sie wusste nicht, was sie von diesem Geständnis halten sollte.

Plötzlich wirkte er frustriert. «Weil dich die Fotografie glücklich macht.» Sein Tonfall war sachlich und machte deutlich, dass das ja wohl offensichtlich war.

Aber ... «Also hat es nichts damit zu tun, dass du mich für begabt hältst.» Und da sagte man, Frauen wären schwer zu verstehen. Wieso sollte jemand Tausende Dollar für ein Geschenk ausgeben – oder darüber nachdenken, sie auszugeben – wenn ...

«Wie begabt du bist, spielt für mich keine Rolle. Soweit es mich betrifft, könntest du auch unscharfe Bilder von dampfenden Misthaufen schießen.» Er stemmte die Hände in die Hüften. Offensichtlich ging ihm die Geduld aus. «Mich interessiert nur, dass dir Spaß macht, was du tust. Und das ...», er deutete mit dem Daumen über die Schulter zur Truhe, «... macht dich glücklich.»

«Woher weißt du das?» Ihr Körper wusste genauso wenig wie ihr Verstand, wie er auf Nakos reagieren sollte. Einerseits war das das Süßeste, was sie seit langer Zeit zu hören bekommen hatte. Andererseits war ihr seine Meinung wichtig.

Und er hatte gesagt, sie könnte genauso gut Misthaufen fotografieren.

Er seufzte tief, dann richtete er den Blick zur Decke, als flehe er um die Hilfe des Allmächtigen. «Weil ich dich kenne, Ames.» Diese sündhaften, mitternachtsschwarzen Augen richteten sich auf sie. Sein Bizeps wölbte sich unter dem Stoff des T-Shirts.

Zum Teufel noch mal. Ihre Gedanken schlugen sofort eine unangebrachte Richtung ein. Sie malte sich aus, wie es wäre, von diesen starken Armen umfangen zu werden, ihre Brüste gegen den muskulösen Oberkörper gepresst, während ihre Finger über seinen Waschbrettbauch glitten ...

«Lass uns mal für eine Sekunde vergessen, dass du die Fähigkeit besitzt, mit jedem Klicken der Linse die Zeit anzuhalten und Leute zu Tränen zu rühren.» Nakos trat einen Schritt vor, nur um sofort wieder anzuhalten. «Dass jedes einzelne Bild von dir eine einzigartige Geschichte erzählt und es mir jedes Mal wieder schwerfällt, den Blick abzuwenden. Das alles ist mir egal. Mich interessiert nur, dass du es genießt.»

Amy stieß ein überraschtes Lachen aus. Würde sie nicht lachen, müsste sie sich weinend auf dem Boden zusammenrollen. Nakos ... er ... er liebte ihre Arbeit. In all den Jahren, in denen sie fotografiert hatte, hatte noch nie jemand ihre Fotos mit so wunderbaren Worten beschrieben. Gegen ihren Willen stiegen Tränen in ihre Augen.

Nakos drückte sich eine Hand an die Brust. «Du bist eine wandelnde Naturkatastrophe.»

Ein weiteres, scharfes Lachen. «Du meinst, es liegt in meiner Natur, Katastrophen zu verursachen? Du machst wirklich tolle Komplimente.»

Er erstarrte. Blinzelte. Rieb sich das Gesicht. «Ich meinte

damit», stieß er durch zusammengebissene Zähne hervor, «dass du dich scheinbar immer in einem Zustand von Chaos befindest. Doch du findest Ruhe, wenn du durch den Sucher einer Kamera schaust. Das kann man deutlich an deinem Gesicht erkennen.» Er sah sie erneut an. Seine Züge entspannten sich, und als er wieder sprach, war seine Stimme rau. Leise. «Ehrlich, Ames, das sind so ziemlich die einzigen Momente, in denen ich mir keine Sorgen um dich mache.»

Sie öffnete den Mund. Schloss ihn wieder. Und fragte sich, was wohl nötig wäre, um ihr Herz wieder zum Schlagen zu bringen. Es hatte einfach angehalten, völlig überfordert. Ihre Lunge allerdings arbeitete auf Hochtouren. Jep, sie keuchte, als wäre sie gerade vor einem Rudel Höllenhunde geflohen.

«Wieso siehst du mich so an?»

«Wie denn?» Sie hoffte nur, dass sie keine Macke im Parkett verursachen würde, wenn sie gleich nach vorne umkippte.

Sein Stirnrunzeln vertiefte sich. «Als hätte ich dir gerade mit den Händen das Herz aus der Brust gerissen.»

Tatsächlich beschrieb das recht gut, wie sie sich fühlte, nachdem sie gehört hatte, wie er … *Gah.*

«Du …» Sie rieb sich die Stirn, damit der Raum sich nicht mehr drehte, dann räusperte sie sich. «Du musst dir keine Sorgen um mich machen.»

«Klar, *anim*. Und ich muss auch nicht essen, schlafen oder atmen.»

Sie ignorierte seinen trockenen Kommentar und konzentrierte sich auf den Begriff. «Was bedeutet dieses Wort?» Er hatte das vorhin schon einmal verwendet.

«*Anim?* Das bedeutet Engel.»

Engel. *Engel?* Er hatte einen Kosenamen für sie, und … Gott rette sie vor diesem sanften, liebenswerten Mann. Sie konnte es nicht ertragen. Er hatte Olivia schon seit der Kindheit Little Red genannt und sicher, er nannte sie *Ames*. Aber er hatte noch nie einen Kosenamen für sie gehabt.

«Engel», hauchte sie. Weiter kam sie nicht.

«Was stört dich daran?»

Sie schüttelte heftig den Kopf, um ihre Gedanken zu klären. Nakos benahm sich schon die den ganzen Abend seltsam. Sie hatte es auf seine Verzweiflung wegen der Hochzeit geschoben, aber jetzt fragte sie sich, ob es nicht andere Gründe gab.

«Du warst nie so …» Sie wedelte hilflos auf der Hand, auf der Suche nach dem richtigen Ausdruck. «Sicher, du warst beschützerisch. Besonders gegenüber Olivia. Aber nicht so heftig und schon gar nicht mir gegenüber.»

«Ich habe auf dich immer genauso aufgepasst wie auf Olivia. In Bezug auf dich verstecke ich es nur besser. Du kommst ziemlich gut allein klar, und ich mag meine Nase, wo sie ist, vielen Dank.» Nakos kratzte sich am Kinn. Musterte sie. «Was ist wirklich los? Warum bist du immer noch angezogen und stehst mitten im Raum? Und wieso bist du nicht vollkommen ausgetickt, als wir hier angekommen sind? Ich hatte halb damit gerechnet, dass du mich einen Kopf kürzer machst. Also, was geht in dir vor?»

Sie war taub vor Schock gewesen, dann überwältigt vor Erleichterung. Und danach hatten die lähmenden Schuldgefühle eingesetzt. «Es ist falsch, dass ich hier bin.»

Seine Augen wurden schmal. «Was?» Als sie nicht antwortete, trat er näher, bis ihre Körper sich fast berührten. «Vorhin hast du gesagt, du würdest nirgendwo hingehören. Du irrst dich. Ich habe jede Menge Platz, und du bekommst auf diese Weise ein wenig Privatsphäre. Du gehörst hier auf jeden Fall hin.»

Und er nannte sie *Engel*? «Das fühlt sich stark danach an, als würdest du ... dich um mich kümmern. Aber ich will dir nicht zur Last fallen. Du bist nicht für mich verantwortlich.»

Seine Nasenflügel blähten sich, und seine Pupillen erweiterten sich vor Wut. «Bezeichne dich noch ein einziges Mal als Last und schau dir an, was dann passiert, Ames. Selbst meine Geduld kennt Grenzen.» Er schloss fest die Augen und atmete tief durch. Als er die Lider wieder öffnete, sah sie erneut nur Zuneigung darin. «Es ist nichts falsch daran, wenn ich mich um dich kümmere – wenn wir uns umeinander kümmern. Das tun Freunde nun einmal.»

Doch was hatte er davon, dass sie in seinem Haus rumhing? «Ich kann dir nichts zurückgeben.» Ihr Stolz lag jetzt schon in Trümmern. «Unsere Freundschaft wirkte auf mich immer etwas einseitig.»

«Ich weiß nicht, ob ich dich umarmen oder erwürgen soll.» Er marschierte davon, drehte aber nach ein paar Schritten um und kam zurück. «Du willst mich doch verarschen, oder?»

Sie hasste ihre eigene Unsicherheit mehr als das Mitleid, das sie manchmal in Olivias Augen aufblitzen sah. Über die Jahre hatte sie Nakos gegenüber so gut wie nichts von diesem Gefühl gezeigt. Er würde sich nur schlecht fühlen, wenn er herausfände, dass er – mehr als jeder andere – dafür sorgte, dass sie sich unsicher fühlte. So pubertär und jämmerlich es auch klingen mochte – würde man ihn vor die Wahl zwischen Olivia und Amy stellen, würde Nakos immer Olivia wählen. Zur Hölle, jeder würde das. Amy konnte sich glücklich schätzen, dass Olivia und Nakos Teil ihres Lebens waren, also hatte sie ihr Schicksal akzeptiert und sich davon nicht beeinflussen lassen. Nicht sehr. Sie hatte allerdings keine Ahnung, warum sie jetzt plötzlich so ... schwach war.

«Du bringst mich zum Lachen.»

Seine leisen Worte ließen sie den Kopf zu ihm herumreißen, doch er hatte die Hände in die Hüften gestemmt und den Kopf gesenkt, als würde er mit dem Boden reden.

«Das tust du. Du bringst mich zum Lachen». Nakos rieb sich den Nacken, dann sah er sie aus dunklen Augen an. «Die meisten Leute mögen das trivial finden, aber ich war in dieser Hinsicht immer irgendwie gehemmt. Vielleicht, weil ich mich in meiner Jugend so sehr von allen anderen unterschieden habe. Ich glaube, zum Vorarbeiter der Ranch ernannt zu werden und die Verantwortung für all diese Männer zu tragen, hat mich noch ernster werden lassen. Ich weiß es nicht.» Sein Blick huschte über ihr Gesicht. «Aber bei dir zögere ich nicht. Ich ... lasse los.»

Amy starrte ihn an, unsicher, was sie dazu sagen sollte. Zwischen ihnen hatte es immer eine Verbindung gegeben, die es ermöglichte, so gut wie alles auszusprechen. Aber dieses Gespräch wirkte tiefschürfender als alle, die sie bisher geführt hatten.

«Und das hier?» Nakos wedelte mit der Hand zwischen ihnen hin und her. «Dieses Gefühl von Verbundenheit habe ich nur dir gegenüber. Bei dir muss ich mich keiner Selbstzensur unterziehen. Ständig von Arapaho ins Englische und zurückzuwechseln hat mich schon als Kind gelehrt, erst nachzudenken und dann zu reden. Doch aus irgendeinem Grund schaltest du diese Angewohnheit aus. Was dich von allen anderen unterscheidet, ist, dass du nie – nicht ein einziges Mal – über mich geurteilt hast. Sieh uns doch an. Zu wem sonst könnte ich diese Dinge sagen?»

Er wandte den Blick ab und atmete zitternd aus. «Einseitig, dass ich nicht lache», murmelte er ungläubig. «Ich habe die ersten neun Jahres meines Lebens im Reservat verbracht, zwischen Leuten, die genauso aussahen und klangen wie ich. Hast du irgendeine Ahnung, was für ein Kulturschock es war, plötzlich hier zu leben? Ich stand ständig am Rand und habe zugesehen, Ames. Ständig. Und um alles noch schlimmer zu machen, bin ich nach wie vor im Reservat in die Schule gegangen.»

Er sah sie unverwandt an, voller Entschlossenheit. Ruhig. «All die Gewohnheiten der Weißen hätte ich nie kennenlernen und verstehen können, wenn du mich nicht immer mitgenommen hättest.» Er hob abwehrend die Hand, bevor sie etwas sagen konnte. «Und bevor du jetzt erklärst, dass Olivia dasselbe getan hat, das weiß ich bereits.» Er zählte an den Fingern ab: «Lagerfeuer, Footballspiele, Kinoabende mit Freunden, Schulbälle oder einfach abhängen. Ja, Olivia war dort. Aber du hast dafür gesorgt, dass ich Teil der Gruppe war statt nur der Außenseiter. Tatsächlich ist es so, dass ich meistens gar nicht hingegangen wäre, wenn du nicht dabei gewesen wärst. Weil du mich vom ersten Tag an verstanden hast. Du hast ohne ein Wort oder einen Blick oder irgendeinen Hinweis von mir begriffen, wie anders ich mich gefühlt habe. Ich glaube, du warst dir dessen nicht einmal bewusst, was allem nur noch mehr Gewicht verleiht.»

Erneut entdeckte Amy einen Anflug von Wut in seiner Miene, weil seine Lippen dünner wurden.

«Das bist du, Ames. Das ist es, was dich zu etwas Besonderem macht. Wenn hier irgendjemand dem anderen etwas schuldet, dann ich dir. Ich habe einundzwanzig Jahre lang Schulden bei dir angehäuft.» Er erstarrte kurz, als würde ihm erst jetzt bewusst werden, was er da sagte, dann strich er sich über den Hals. «Aber du treibst mich auch in den Wahnsinn.

Vielleicht muss ich noch mal darüber nachdenken, ob ich wirklich so offen mit dir reden sollte. Aber ich stehe zu allem, was ich bisher gesagt habe, und …»

Sie warf sich auf ihn, schlang die Arme um ihn und vergrub das Gesicht an seiner Brust. Nakos stieß einen überraschten Laut aus und machte einen Ausfallschritt, um nicht das Gleichgewicht zu verlieren. Dann erwiderte er ihre Umarmung.

So standen sie einen langen Moment da, während Amy seinen erdigen Duft in sich aufnahm und er ihr geistesabwesend das Haar streichelte.

Gott, sie hatte keine Ahnung gehabt, dass er sich in seiner Jugend so sehr als Außenseiter gefühlt hatte. Er war ein wenig schüchtern gewesen, aber mit zunehmendem Alter hatte er eher wachsam gewirkt als introvertiert. Für sie war es selbstverständlich gewesen, ihn mit einzubeziehen.

Vielleicht hatte das etwas mit dieser unsichtbaren Verbindung zu tun, die sie beide empfanden. Bis auf ihren Bruder hatte sie sich niemals von jemandem willkommen gefühlt außer von Nakos und Olivia. Etwas in ihm musste diesen Teil von ihr selbst angesprochen haben. Zwei Kinder, die nirgendwo richtig dazugehörten.

Obwohl Nakos keine Anstalten machte, sich von ihr zu lösen, fragte sie sich, ob er sich unwohl fühlte. Gewöhnlich war er kein großer Freund von Berührungen. Doch sie empfand ein Gefühl der Sicherheit, der Erleichterung, während er sie festhielt. «Ich weiß, dass du nicht so gerne knuddelst, also danke, dass du mich umarmst.»

Er ließ sein Kinn auf ihren Scheitel sinken und sprach in ihr Haar. «Macht mir nichts aus.» Das Klopfen seines Herzens an ihrer Wange wurde schneller. «Noch mal, und diesmal hör mir bitte zu: Du gehörst hierher, solange du bleiben willst. Es gibt keine Frist. Zur Hölle, bleib, bis wir beide Geister sind, *anim*. Ich würde mich freuen.»

Gott, dieser Mann. «Vielleicht könntest du das nächste Mal einfach ... ich weiß nicht ... genau diese Worte an den Anfang stellen?»

Er zuckte überrascht zusammen, dann ... lachte er. Dieses tiefe, heisere Rumpeln, das sie so liebte, erfüllte ihre Seele bis in die letzten Ecken mit Wärme. Seine Brustmuskeln zuckten, und seine Arme umschlossen sie enger. Himmlisch, es fühlte sich himmlisch an.

Sie vergrub die Finger an seinem Rücken im Stoff des T-Shirts und schloss die Augen, um dieses kurze Aufleuchten von Intimität zu genießen, bevor Nakos sich von ihr löste. «Dich hier zu Hause zu sehen, in Trainingshosen und barfuß? Das ist es definitiv wert, deinem Gelaber zuzuhören.»

Ein weiteres harsches Lachen. Er gab sie langsam frei, schob ihr eine Strähne hinters Ohr. «Ich verstehe es nicht, aber okay.»

«Du trägst immer nur Jeans und Flanellhemden. Außer im Sommer. Dann sind es Jeans und ein T-Shirt. Davon weichst du nie ab.»

«Mir war gar nicht bewusst, dass es eine Rolle spielt, was ich anhabe.» Sein amüsierter Blick huschte über ihr Gesicht, doch gleichzeitig entdeckte sie eine kleine Falte zwischen seinen Brauen, als dächte er nebenbei noch über etwas anderes nach. «Beantworte mir eine Frage: Wieso wolltest du die Kamera nicht benutzen, als du noch dachtest, sie wäre von mir?»

«Meine Antwort wird dir nicht gefallen. Dabei sind wir doch gerade beim Versöhnungsknuddeln angekommen.»

Er verdrehte die Augen. «Wirst du die Kamera jetzt einsetzen, wo du weißt, dass sie von Nate ist?»

«Ja.» Als sie Schmerz in seinen Augen aufblitzen sah, erklärte sie: «Ich habe nach der Sache mit Chris irgendwie meine Inspiration verloren. Aber ich werde sie wiederfinden. Und Nate ... er schuldet mir nichts. Wir haben keine gemeinsame Vorgeschichte. Er hat die Sachen gekauft, weil er meine Arbeit mag, nicht aus einem Gefühl der Verpflichtung heraus. Aus irgendeinem Grund fühle ich mich damit besser.»

Nakos schüttelte langsam den Kopf, dann umfasste er ihr Kinn mit warmen, schwieligen Händen. «Du bist nicht und warst auch nie eine Verpflichtung.» Er murmelte etwas Unverständliches, dann drückte er ihr einen Kuss auf die Stirn und trat zurück. Er ging zur Tür, wo er noch einmal innehielt. «Schlaf ein wenig. Und morgen packst du deine Sachen aus – und das beinhaltet auch die Fotoausrüstung.»

Als er durch den Flur davonging, rief sie ihm hinterher: «Wirst du immer so autoritär sein, jetzt, wo ich deine Mitbewohnerin bin?»

«Was für einen Unterschied macht es? Du hörst ja sowieso nicht auf mich.»

Stimmt. Mit einem Achselzucken wandte sie sich den Taschen auf dem Bett zu.

6

Nakos verfluchte seinen inneren Wecker, als er kurz vor Sonnenaufgang durch den Flur tapste, nur getrieben von dem Gedanken an Kaffee. Er brauchte Kaffee. Jede Menge. Bis sein Blut aus nichts anderem mehr bestand. Sobald er seinen Koffeinschub bekommen hatte, konnte er vielleicht versuchen herausfinden, woher die Spannung in seinem Nacken stammte und wieso zum Teufel er in diesem Zombie-Modus aufgewacht war. Auch an normalen Tagen sprang er nicht gerade fröhlich aus dem Bett, aber *hihcebe*, er fühlte sich, als hätte er gerade eine einwöchige Sauftour hinter sich.

Nakos rieb sich die Augen, trat auf den Treppenabsatz, stieg die Stufen hinunter und ging in die Küche. Und stoppte abrupt. Blinzelte. Kratzte sich die Brust.

Amy stand mit dem Rücken zu ihm und goss Kaffee von der Kanne in eine Tasse auf dem Tresen. Lange, kakaobraune Strähnen fielen ihr bis auf die Schulterblätter. Sie trug eine alte, enganliegende Jeans, die sich perfekt um ihren runden, knackigen Hintern schmiegte. Blauer Nagellack leuchtete auf ihren Zehennägeln. Als sie nach dem Zucker griff, wackelte sie mit den Hüften, als tanze sie zu einer Musik, die nur sie hören konnte, und …

Noch bevor sie den zweiten Löffel Zucker in ihre Tasse rührte, war er halb steif.

Morgenlatte. Das musste es sein. Denn Ames' Anblick hatte noch nie diese Art von Reaktion bei ihm ausgelöst. Zumindest nicht so heftig. Andererseits war er auch noch nie aufgewacht und hatte sie in seiner Küche vorgefunden. So häuslich. Ein fast intimer Moment.

Hitze bildete sich in seiner Brust, zum Teil, weil er den Anblick genoss, und zum Teil, weil ... er die Vorstellung liebte, dass Amy hier war. In seinem Haus. Ihr dezentes Parfüm erfüllte die Küche, als wäre ihr Duft ebenfalls mit eingezogen. Aus halb steif wurde steinhart, doch in seiner Verwirrung konnte er nur starren. Verarbeiten. Für einen Kerl wie ihn, der sonst seine Privatsphäre schätzte, schien das eine verrückte Reaktion zu sein.

Er ließ seinen Blick über ihren kurvigen Körper gleiten, um seine erste Reaktion noch einmal zu testen. Jep. Sein Puls beschleunigte sich, und plötzlich empfand er den barbarischen Impuls, Amy für sich zu beanspruchen.

Das darauf folgende allumfassende *Was-zum-Teufel*-Gefühl schaffte es, diese Gedanken zu vertreiben. Gerade so.

Sie sah über die Schulter, und einfach so war er ... wach. Vollkommen wach.

Die Hochzeit. Wie sie in diesem Kleid ausgesehen hatte. Der Tanz mit ihr. Ihr Streit. Die irren Sachen, die sie gesagt hatten. Seine ständige Sorge. Wie er sie nach Hause gebracht hatte und wie er sie später in der Mitte des Gästezimmers gefunden hatte. Ihr Gespräch. Seine ungefilterten Geständnisse. Ihre warmen Kurven an seinem Körper, als sie ihn umarmt hatte.

Ihre Meerjungfrauenaugen fingen seinen Blick ein. Blaugrün und umrahmt von dunklen Wimpern. Der geringe Abstand zwischen ihnen schien zu schrumpfen, ohne dass einer von ihnen sich bewegte. Er senkte den Blick und blieb an ihren roten Lippen hängen. Was auch nicht gerade hilfreich war in

Sachen Erregung. Amy schnürte ihm nicht einfach nur die Kehle zu. Sie raubte ihm den Atem.

Verdammt. Was zur Hölle passierte mit ihm?

Dann glitt ihr Blick über seinen Körper. Brust, Bauchmuskeln. *Tiefer.* Und ein amüsiertes Lächeln umspielte ihre Lippen.

Er sah an sich selbst herunter. Schwarze Boxershorts. Sonst nichts. Weil er normalerweise keine Gäste hatte und daran gewöhnt war, nicht auf seine Kleidung zu achten. Oder, in diesem Fall, auf seine fehlende Kleidung.

Fluchend wirbelte Nakos auf dem Absatz herum und stiefelte den Weg zurück, den er gekommen war. Ihr melodisches Lachen verklang erst, als er die Treppe quasi nach oben rannte. Er stürmte in sein Schlafzimmer, knallte die Tür hinter sich ins Schloss und presste seine Stirn gegen das Holz.

Er fluchte noch mal. Es war, als hätte jemand anderes in den letzten paar Monaten Besitz von seinem Körper ergriffen, sodass er wie eine Marionette an den Fäden tanzen musste. Nichts ergab Sinn.

Dass er nicht daran gewöhnt war, jemanden bei sich im Haus zu haben, war keine Entschuldigung dafür, das Anziehen zu vergessen. Er stieß sich von der Tür ab und schnappte sich eine Hose vom Stuhl. Als er die Beine in die Hose rammte, wurde er noch wütender. Amy war niemand, den man leicht vergaß. Und was hatte er getan? Schon nach einer Nacht in seiner Hütte hatte er sich quasi vor ihr entblößt. Mit einer Erektion. Er stöhnte, als er sich an ihr amüsiertes Lächeln erinnerte.

Nakos stemmte die Hände in die Hüften und starrte schwer atmend in seinen Schritt. Immer. Noch. Hart. «Schluss damit. Hör auf.»

Er holte ein frisches T-Shirt aus einer Schublade, zog es sich über den Kopf und stellte erleichtert fest, dass sein bestes Stück hinter dem Reißverschluss auf ihn gehört hatte. Er rieb sich noch einmal kurz übers Gesicht, dann ging er wieder nach unten.

Amy saß vor dem Fenster an dem kleinen Küchentisch für zwei Personen, ihre Tasse in der Hand. Sie hatte die Knie an die Brust gezogen, die Fersen auf die Stuhlkante gestemmt. Auf der anderen Seite des Fensters schob sich die Sonne in Pink- und Orangetönen über den Horizont. Auf dem Platz ihr gegenüber stand eine zweite dampfende Tasse.

«Schwarz, wie du ihn magst.»

Mit einem gebrummten Danke ließ er sich auf den zweiten Stuhl sinken. Nachdem er die Hälfte der Tasse geleert hatte, seufzte er. «Tut mir leid. Also das ... du weißt schon. Dass ich kaum was anhatte.»

Sie lachte leise, dann lächelte sie ihn über den Tassenrand hinweg an. «Du bist nicht unbedingt eine Beleidigung fürs Auge, Nakos, und das hier ist dein Haus. Meinetwegen kannst du den ganzen Tag in Unterhosen herumlaufen.»

Okay. Das war jetzt das zweite Mal, dass sie einen Kommentar zu seinem Aussehen losließ. Gestern Nacht beim Tanzen das erste Mal. Und jetzt wieder. *Eine* solche Bemerkung konnte er als Amy-typisch abtun. *Zwei* Bemerkungen bildeten den Anfang eines Musters. Nicht, dass ihn die Kommentare gestört hätten. Er wusste nur einfach nicht, mit wie viel Vorsicht er sie genießen musste. Obwohl er Amy besser kannte als seine eigene Hosentasche, war er sich nie sicher, wann sie ihn aufzog.

Und verdammt, jetzt musterte sie ihn erneut ... voller Interesse.

Sie hatte ihm gestern Nacht den Teppich unter den Füßen weggezogen, und davon musste er sich erst einmal erholen. Einundzwanzig Jahre, und sie hatte ihn nie angesehen. Nicht so wie jetzt. Das hätte er auf jeden Fall bemerkt.

Vielleicht brauchte er einfach nur mehr Koffein.

Nakos ließ den Daumen über den Griff seiner Tasse gleiten. «Flirtest du mit mir?» Denn falls dem so war, würden bald die vier Reiter der Apokalypse über die Farm stürmen.

Ihr Grinsen wurde breiter. Und das traf ihn. Wie. Ein. Schlag. «Wenn es so wäre, würdest du es merken. Vertrau mir.»

Nein. Nein, würde er nicht. «Wieso?»

«Es gibt einen Unterschied zwischen einer sachlichen Aussage, Flirten und einer Anmache.» Als er sie nur stumm anstarrte, stellte sie ihre Tasse zur Seite. «Ich gebe dir ein Beispiel. Sachliche Aussage: Nakos, du hast einen tollen Körper.» Sie sprach so nüchtern, als hätte sie erklärt, dass der Himmel blau war. «Flirten:» Sie ließ ihre Finger über seinen Unterarm gleiten, und ihre Stimme nahm einen höheren, weicheren Klang an. Auch ihr Lächeln gewann an Strahlkraft. «Nakos, du hast ...» Langsamer Blick von oben bis unten «... einen tollen Körper.» Dann – verdammt – stand sie auf und beugte sich über seinen Stuhl. «Und das ist eine Anmache.» Ihre vollen Brüste pressten sich gegen seinen Oberkörper, ihr Haar kitzelte sein Kinn, und ihr warmer Atem glitt über seine Ohrmuschel. «Nakos, du hast einen tollen Körper», murmelte sie in einem *Ich-will-dich-nackt-im-Bett*-Tonfall.

Während er keine Luft mehr bekam und jeder Nerv in seinem Körper plötzlich panisch Signale aussandte, setzte Amy sich wieder hin und zog dann die Augenbrauen hoch, als wollte sie fragen: *Verstanden?*

Er hatte seinen Küchentisch noch nie so geliebt. Wer hätte gedacht, dass dieser Tisch ihn einmal beschützen würde? Er war hart. Schon wieder.

Zwölf Stunden hielt Amy sich jetzt unter seinem Dach auf, und er verlor bereits den Verstand. Wenn es so weiterging, würde er keine zwölf Minuten länger durchhalten. Denn verdammt. Er fühlte sich von Amy angezogen. Ausgerechnet. Von Amy *Wag-es-nicht-auch-nur-daran-zu-denken* Woods.

Die Apokalypse war nicht nur nahe. Oh nein. Sie war bereits hereingebrochen. Vielleicht sollte er einfach seine Hoden in einen Schraubstock einspannen. Das würde Zeit sparen.

«Willst du noch Kaffee?»

Er schüttelte den Kopf. Doch das half auch nicht, um dieses *Heilige-Scheiße*-Gefühl abzuschütteln. «Was?»

«Kaffee. Willst du noch welchen?»

Nur, wenn sie ein paar Psychopharmaka mit hineinmischte. «Nein, danke.»

Sie legte den Kopf schräg. «Das treibt dich wirklich um, oder?» Er dachte schon, sie hätte die gefährliche Richtung, in die seine Gedanken gerast waren, erkannt, als sie weitersprach. «Deine Nackt-Show, meine ich. Ehrlich, es ist ja nicht so, als wäre ich noch Jungfrau. Falls du dich dann besser fühlst, komme ich morgen auch nur in der Unterhose nach unten. Dann sind wir quitt.»

Er erstickte fast. An seiner Zunge.

Vor seinem inneren Auge stieg ein Bild von Amy in einem Dessous-Set aus Spitzen-BH und Höschen in der Farbe ihrer Augen auf. Er schloss die Augen. Schnell. Vielleicht stöhnte er auch noch.

«Also, ernsthaft. Kein Grund, dich gleich zu übergeben. Ich habe nur Spaß gemacht.»

Ihr Stuhl kratzte über den Boden. Nakos öffnete die Augen.

Hatte da ... Verletzung in ihrer Stimme mitgeschwungen? Sicher nicht. Nur, dass sie jetzt mit hängenden Schultern an der Spüle stand und einen dreckigen Teller abspülte, mit dem Rücken zu ihm. Er hätte gerne einen Blick in ihr Gesicht geworfen, um herauszufinden, ob er sie beleidigt hatte, aber er wagte es nicht, sich zu bewegen.

Moment. Wieso spülte sie die Teller? «Hör damit auf.»

Sie hielt einen weiteren Teller unter den Wasserstrahl. «Was?»

«Das ist mein Dreck. Lass das liegen.» Er aß so oft im Haupthaus, dass es sich nur selten lohnte, die Spülmaschine anzustellen. Stattdessen wusch er alle paar Tage ab.

Natürlich ignorierte sie ihn. «Ich bin fast fertig.»

«Du bist nicht mein Dienstmädchen.» Er wollte gerade aufstehen und sie zwingen, damit aufzuhören, als sie schon das Wasser abstellte und das letzte Messer auf dem Abtropfgestell ablegte.

«Ich werde meine Schuhe suchen. Schreib eine Einkaufsliste.» Sie deutete mit dem Kinn auf Block und Stift, die neben einer leeren Obstschale auf dem Tisch lagen.

«Warum?»

Sie warf ihm einen genervten Blick zu. «Damit ich einkaufen gehen kann.»

Richtig. Er hatte nicht viel da, und sie brauchte ihr eigenes Essen. «Ich werde dich begleiten.»

«Unsinn. Wann hattest du das letzte Mal einen Tag frei?»

«Es ist Samstag. Ich arbeite.»

Der Blick, der ihn jetzt traf, war deutlich schärfer. «Jetzt, wo Olivia nicht da ist, gönnen sich alle einen kleinen Urlaub.»

Er nicht. «Irgendwer muss sich trotzdem um die Tiere kümmern.» Er trommelte mit den Fingern auf den Tisch, weil er sich irgendwie fühlte, als müsste er sich verteidigen. «Ich habe Sonntag frei, wie alle Jungs.»

«Aber du gehst trotzdem zu den Scheunen, um Ställe auszumisten und die Pferde zu füttern.»

«Und? Ich bin der Vorarbeiter.» Sein Job war nie zu Ende. Olivia und Nate waren auf Hochzeitsreise. Er würde diese Aufgaben nicht Mae überlassen. Außerdem würde er nicht lange dafür brauchen, sodass ihm noch der ganze restliche Tag blieb, um den Verstand zu verlieren.

«Entspann dich doch mal. Schreib eine Liste. Ich werde zum Laden fahren. Keine Widerrede!» Und damit verließ sie den Raum.

Wer im Glashaus sitzt … Sie selbst ging den Tag auch nicht gerade locker an. Schließlich hatte sie seine verdammte Küche geputzt, noch bevor er aus dem Bett gekrochen war. Er war ohnehin ein recht ordentlicher Mensch, aber gestern hatten die Arbeitsflächen definitiv nicht so geglänzt.

Andererseits könnte er, wenn sie eine Weile das Haus verließ, dem Gespräch von gestern Abend Taten folgen lassen. Seine Eltern hatten einen alten Zeichentisch im Keller stehen gelassen, als sie zurück ins Reservat gezogen waren. Der Tisch hatte die perfekte Größe für Amys Laptop und Drucker. Die sich – jede Wette – immer noch in ihren Kartons befanden.

Nakos zog den Block heran, schrieb ein paar Dinge auf, die Amy besorgen konnte, und trommelte dann mit den Fingern auf dem Tisch herum. Er ging das Gespräch, das sie gerade geführt hatten, noch mal Wort für Wort durch, aber er verstand die ganze Sache immer noch nicht. Es hatte nie sexuelle Anziehung zwischen ihnen gegeben, aber obwohl Amy behauptete, sie hätte einfach nur eine Tatsache festgestellt, warf das Gespräch Fragen auf.

Oder er versuchte einfach nur, die seltsamen Veränderungen, die in ihm vorgingen, Amy in die Schuhe zu schieben. Sie war in den letzten drei Jahren mit dem Antichrist verheiratet gewesen und ihre Express-Scheidung war gerade erst amtlich geworden. Sie war wahrscheinlich noch nicht bereit, wieder zu daten. Und selbst wenn, wäre sie garantiert nicht an ihm interessiert. Denn zum einen waren sie ihr ganzes Leben lang Freunde gewesen. Und zum anderen war er wohl kaum ihr Typ.

Und diese unsichtbare Linie zu übertreten konnte nur in die Katastrophe führen. Doch in letzter Zeit waren seine Gefühle für sie vollkommen außer Kontrolle geraten, chaotisch und wild.

Der heutige Morgen hatte diese wirren Gefühle gebündelt. Ihnen einen Namen verliehen.

Verlangen.

Er kapierte es nicht. Überhaupt nicht. So lange er sich zurückerinnern konnte, hatte er für Olivia geschwärmt. Sich nach ihr gesehnt. Er hatte nicht groß darüber nachgedacht, hatte nichts in dieser Hinsicht unternommen, und die Gefühle hatten auch nicht sein Leben kontrolliert. Die Sehnsucht war einfach immer da gewesen – unaufdringlich im Hintergrund. Das berühmte *Was-wäre-wenn*-Spiel.

Amy dagegen? Sie war wie ein Tsunami, brachte jeden rationalen Gedanken sofort zum Kentern. Er dachte über sie nach, wenn sie in der Nähe war, wenn sie es nicht war und auch in jeder Sekunde dazwischen. Sie hielt ihn nachts wach. Und ihr gehörte nach dem Aufwachen quasi sein erster Gedanke.

Seit dem Zwischenfall mit ihrem Ex in der Scheune hatte er

keine ruhige Minute mehr gehabt, und jetzt ... lebte sie unter seinem Dach. War ständig anwesend. Verbreitete ihren Duft und ihre Gegenwart in jedem Zimmer und ...

«Was für Fleisch?»

Nakos zuckte zusammen und richtete den Blick auf die Frau, die neben seinem Stuhl stand. Wann zur Hölle war sie von oben zurückgekommen?

Das war auch noch so ein Punkt. Er war so tief in Gedanken über – natürlich – Amy versunken gewesen, dass er seine gesamte Umgebung vergessen hatte. «Was?»

Sie hob den Block hoch. «Du hast ‹Fleisch fürs Mittagessen› auf die Liste geschrieben. Was für Fleisch?»

Sie hätte auch *Moby Dick* auf Latein zitieren können, so lange, wie es dauerte, bis die Worte in seinem Hirn einen Sinn ergaben.

Nakos stand auf und ging zu der Hakenleiste neben der Hintertür. «Spielt keine Rolle. Was auch immer du magst, ist okay für mich.» Er zog seinen Truck-Schlüssel von einem der Haken und streckte ihn ihr entgegen. «Ich habe ein Konto bei dem Laden. Kauf auch alles, was du brauchst, und lass es auf die Rechnung setzen.»

Schatten stahlen sich in ihre Augen, die jenen glichen, die er gestern gesehen hatte, als Amy reglos in der Mitte des Zimmers gestanden hatte. Langsam nahm sie die Schlüssel und wandte sich zur Tür um.

«Was ist los, Ames?»

«Nichts. Ich bin bald zurück.»

Nakos gefiel ihr ausdrucksloser Tonfall gar nicht. «Versuch, keine Tiere oder kleine Kinder zu überfahren.»

«Keine Angst. Das spare ich mir für verregnete Tage auf, wenn ich meine Laune heben will.»

Okay. Es ging ihr gut. Er musste sich geirrt haben.

Die Tür fiel leise hinter ihr ins Schloss. Nakos fuhr sich mit einer Hand durchs Haar und starrte hinter ihr her. Als der Motor seines Trucks brummte und der Kies der Einfahrt unter den Reifen knirschte, stieg er die Treppe in den Keller nach unten.

Ablenkung war gut. Sogar lebenswichtig.

Er fand den Zeichentisch im Heizungskeller, hob ihn mit einem leisen Stöhnen hoch und schleppte das Ding nach oben. Der Tisch hatte schon eine Weile im Keller gestanden, also holte er sich einen Lappen aus dem Bad und wischte den Tisch gründlich ab, bevor er das Möbelstück an die freie Wand neben dem Schrank in Amys Zimmer schob.

Sobald die Feuchtigkeit getrocknet war, holte Nakos den Laptop und den Drucker aus ihren Kartons. Er stellte den Computer an und kümmerte sich um das Setup. Nachdem er das Gleiche vor zwei Jahren bei Amys ursprünglicher Ausrüstung getan hatte, erschien es ihm ganz natürlich, ihr erneut diesen Gefallen zu tun. Er installierte auch den Drucker und drei verschiedene Bildbearbeitungsprogramme, die sie mochte. Die CDs mit den Programmen fand er in einer ihrer Taschen.

Sobald Nakos fertig war, packte er auch die Kamera aus. Ein schneller Blick auf die Uhr verriet ihm, dass Amy jede Minute zurückkommen musste. Eilig stopfte er die leeren Kartons in den Schrank im dritten Schlafzimmer, das er als Büro benutzte, verstaute die neue Kamera in ihrer alten Kameratasche, schnappte sich ein paar Memory-Cards und ging nach unten.

Er hatte die Fototasche gerade auf den Küchentisch gestellt, als Amy mit zwei Einkaufstüten ins Haus trat. Sie schubste die Tür mit der Hüfte zu und setzte alles auf die Kücheninsel ab.

«Ich werde den Rest holen.» Nakos wandte sich zur Tür um.

«Das ist alles.» Amy stellte ihre Handtasche auf den Tresen und fing an auszupacken.

Stirnrunzelnd musterte Nakos erst sie, dann die Tüten. Okay, seine Liste war nicht allzu lang gewesen, aber es war genug, um die Tüten zu füllen. Er hatte nichts von Amys Lieblingsessen im Haus. Mit ihren Einkäufen müsste es eigentlich doppelt so viel sein.

Er schlenderte zur Kücheninsel und sah sich die Sachen genauer an. Verwirrt kontrollierte er die Einkaufsliste, die er in einer der Tüten fand. Alles, was sie gekauft hatte, war für ihn. Na ja, alles bis auf zwei Liter fettarme Milch und einen Karton Frühstücksflocken. Nicht, dass es ihm etwas ausmachte, seine Sachen mit ihr zu teilen. Zur Hölle, natürlich nicht. Was ihm gehörte, gehörte auch ihr. Aber sie hatte Mengen eingekauft, die nur für eine Person reichten. Und er hatte keine Scherze gemacht, als er erklärt hatte, dass er nicht viel zu essen im Haus hatte.

«Hast du aus Versehen eine Tüte neben der Kasse stehen lassen?»

«Nein, das sollte alles sein, was du wolltest.» Sie verstaute die leeren Tüten unter der Spüle. «Warum? Habe ich etwas vergessen?»

«Ja. Dein Essen.»

Sie hob den jämmerlichen Karton Frühstücksflocken hoch, bevor sie ihn im Schrank verstaute. «Ich hab alles, was ich brauche.»

Mit einem Karton? Dessen Inhalt hauptsächlich aus … Puffreis bestand? «Was soll das, Ames?»

Geschickt wich sie seinem Blick aus, was ihm schon eine Menge verriet und all seine Alarmglocken zum Schrillen brachte.

«Ich esse im Haupthaus, wenn ich arbeite.»

Vielleicht, aber sie hatten das gesamte Wochenende frei. Sie konnte nicht nur von Frühstücksflocken leben. Und trotzdem hatte sie nur genug für eine Person gekauft. Als ... spiele sie keine Rolle.

Sein Magen verkrampfte sich, während er beobachtete, wie sie Obst in die Schale auf dem Tisch legte. Ein Apfel. Eine Orange. Ein Pfirsich. Eine Kiwi. Eine Birne. Eins ... von allem eins. Oh, Moment. Da war auch eine Rispe voller Trauben und drei Bananen. Sein Fehler.

«Ames ...»

«Fährst du bald zur Scheune, um die Pferde zu füttern?» Sie ging zur Kücheninsel, um *ein* Steak, *eine* Hühnerbrust und *eine* Packung, die vermutliche einen Burger enthielt, in den Kühlschrank zu räumen.

«Ja», antwortete er mit rauer Stimme. «In ein paar Minuten.» Hatte sie heute Morgen etwas gegessen? Bei der Hochzeit hatte sie das Abendessen kaum angerührt.

«Da du die neue Kamera ausgepackt hast, werde ich ein bisschen damit herumspielen, während du weg bist.» Je eine einzelne Dose Mais, grüne Bohnen und Erbsen wanderten in den Hängeschrank. «Ist das okay für dich?»

Er würde sich gleich übergeben, so heftig war das grauenhafte Gefühl, das ihn erfüllte. «Sicher.» Er schluckte. «Du könntest auch mitkommen und dort Fotos schießen.»

«Gern.»

Bevor er voreilige Schlüsse zog, räusperte er sich. «Ich kann auf dem Rückweg kurz beim Laden vorbeifahren. Ich hätte Lust auf Hotdogs. Sollen wir zum Mittag welche essen?» *Sag Ja. Bitte, sag ...*

«Für mich nicht. Aber danke.»

Er schüttelte den Kopf, als sie sich abwandte, um sich mit der Kamera zu beschäftigen. Er versuchte, sich zu erinnern, ob er sie seit ihrem Einzug bei Olivia je dabei beobachtet hatte, wie sie sich hinsetzte und eine richtige Mahlzeit zu sich nahm – und ihm fiel nichts ein. Okay, Nakos und die anderen Männer kamen zum Mittagessen gewöhnlich nicht ins Haus, sondern nahmen sich selbst etwas zu essen mit. Aber sie frühstückten dort und blieben häufig auch zum Abendessen. Amy hatte immer mit Mae an der Arbeitsfläche gestanden. Hatte gekocht. Gemüse oder Obst geschnitten. Geredet. Okay, sie hatte sich auch hin und wieder eine Kleinigkeit in den Mund geschoben, aber sie hatte nie wirklich *gegessen*.

Diesmal musterte er sie mit Adleraugen. Sie hatte immer eine kurvenreiche Figur gehabt. Nicht dick, sondern auf eine attraktive, gesunde Weise gerundet. Jetzt hing die Kleidung locker um ihren Körper. Sie hatte definitiv abgenommen, auch wenn sie immer noch Kurven hatte und anderen Leuten wahrscheinlich nichts aufgefallen wäre.

«Oh, hier ist deine Quittung.» Mit einem Lächeln reichte sie ihm das Stück Papier.

Er wartete, bis Amy sich wieder dem Tisch zugewandt hatte, dann las er die Quittung. Alles war auf seine Rechnung gesetzt worden, genau, wie er sie gebeten hatte. Aber ihre Frühstücksflocken und die Milch tauchten nicht auf. Er rieb sich das Gesicht und kämpfte weiter gegen die aufsteigende Übelkeit.

Hier ging es um Amys Stolz. Er hatte sie kaum davon überzeugen können, dass es richtig war, sein Angebot, im Gästezimmer zu übernachten, anzunehmen. Also waren die Einkäufe wahrscheinlich einfach zu viel. Aber wieso hatte sie nicht mehr gekauft als Milch und einen Karton Frühstücksflocken? Hatte sie so wenig Geld, oder machte sie Diät? Nichts davon ging ihn etwas an, aber er würde Amy dieses Wochenende auf jeden Fall genau beobachten.

Und wenn sie nichts anderes aß als Reisflocken, würde er ihr die Hölle heiß machen. Ihm war egal, ob sie ausflippte. Über diesen Punkt würde er mit ihr streiten. Sie war ihm einfach zu wichtig, um zuzulassen, dass sie sich selbst aushungerte, egal, welche Gründe sie auch haben mochte.

Seine Brust wurde eng, als er beobachtete, wie sie konzentriert die Einstellungen der Digitalkamera veränderte. *Hihcebe*, aber es war so verdammt schön, sie wieder mit einer Kamera in der Hand zu sehen. Ihre Miene war frei von der Trauer und der Anspannung, die er in letzter Zeit so oft dort gesehen hatte. Nakos spürte, wie auch ihn bei diesem Anblick ein Gefühl von innerem Frieden überkam.

«Kann ich dich beobachten?», fragt er rau.

Sie drehte den Kopf und blinzelte. «Beim Fotografieren?»

«Ja. Macht es dir etwas aus?» Man könnte es Neugier nennen, aber nach der Hölle, die sie durchlitten hatte, wollte er Amy einfach wieder … glücklich sehen.

Ihr Gesichtsausdruck verriet ihm, dass er sie kaum mehr hätte überraschen können. Ihre Stirn runzelte sich, und sie schürzte verwirrt die Lippen. «Sicher, wenn du das wirklich willst.»

«Das tue ich.»

7

Als Nakos mit dem Truck vor dem Haupthaus vorfuhr, kam Bones um die Ecke gerast und stoppte dann abrupt ab. Obwohl der Hund fröhlich die Zunge aus dem Maul hängen ließ, schien er in sich zusammenzusacken, als wäre der Anblick der Besucher eine Enttäuschung.

Amy löste ihren Gurt auf dem Beifahrersitz. «Sieht aus, als würde da jemand Olivia vermissen.»

Nakos brummte. «Oder Nate. Der Hund folgt ihm überallhin.»

Warme, schwüle Luft erwartete sie, als sie ausstiegen. Die Luft war geschwängert mit dem Duft von Kiefern und Erde, und eine sanfte Brise umspielte Amys Gesicht. Die Sonne brannte vom Himmel und lieferte das perfekte Licht für ein paar Fotos.

Nakos beugte sich vor, um dem Sheltie das braun-weiße Fell zu kraulen. «Es ist nur eine Hochzeitsreise, Junge. Sie sind zurück, bevor du weißt, wie dir geschieht.» Er richtete sich auf und sah sich um. «Tust du mir einen Gefallen, Ames? Schaust du nach Mae, bevor du dich aufmachst und Fotos schießt?»

Das hatte Amy sowieso vorgehabt. «Klar.»

Sie ließ Nakos bei den Pferden zurück und wanderte zum Haus, um durch die Hintertür direkt in die Küche zu gehen. Der riesige Raum war mit silbernen Küchengeräten, Arbeitsplatten aus Granit und weißen Schränken eingerichtet. Tante Mae saß am Tisch und las, eine Tasse Tee neben sich.

Sie sah auf, richtete ihre warmen, blauen Augen auf Amy und strich sich über das kinnlange weiße Haar. «Hey, Süße. Möchtest du etwas zu Mittag essen?»

Die arme Frau wusste wahrscheinlich gar nicht, was sie mit sich anfangen sollte, wenn die Männer frei hatten und sie nicht kochen musste. «Hast *du* schon etwas gegessen?»

«Ich wollte mir gerade ein Sandwich machen.» Sie stand auf, doch Amy hielt abwehrend die Hand hoch.

«Ich übernehme das.» Sie ging zum Kühlschrank, um alles herauszuholen, dann machte sie sich an der Kücheninsel an die Arbeit. «Wie geht es dir?» Amy gefiel die Vorstellung nicht, dass die ältere Frau ganz allein in diesem riesigen Haus war. Andererseits kam Mae bestimmt klar.

«Oh, gut.» Mae lächelte. «Und wie gefällt dir deine neue Wohnsituation?» Sie wackelte mit den Augenbrauen, als rechne sie mit einer anzüglichen Antwort.

Amy lachte und schüttelte den Kopf. «Du hättest Liebesromane schreiben sollen oder irgendwas in dieser Richtung. Dir gelingt es wirklich, in alles eine geheime Leidenschaft hineinzudeuten.» Sie schmierte Mayonnaise auf das Brot, dann legte sie dünne Truthahn-Scheiben darauf. «Ich versuche, ihm nicht im Weg zu sein, aber das ist gar nicht so leicht.» Amy vervollständigte die Sandwiches mit Salat und Tomate, legte eines für Nakos beiseite und trug die anderen beiden zum Tisch.

«Wieso solltest du Nakos im Weg sein?»

Mit einem Achselzucken setzte sich Amy. «Es ist sein Haus. Ich bin ein Eindringling.»

«Das ist doch lächerlich.» Mae biss in ihr Sandwich, ohne Amy aus den Augen zu lassen. «Wenn er dich nicht in seinem Haus haben wollte, hätte er es nicht angeboten.»

In diesem Punkt war Amy definitiv anderer Meinung. Nakos hatte schon immer ein Helfersyndrom gehabt. Doch sie hielt den Mund und biss in ihr Sandwich.

Immer wieder stieg die Erinnerung an das Gespräch heute Morgen in ihr auf. Genauso wie der Anblick von Nakos nur in Unterhosen. All diese olivfarbene Haut. Die Bauchmuskeln. Die harte Brust. Starke, muskulöse Schenkel. Ihre Phantasie war ihm nicht gerecht geworden. Nakos war wirklich ein Bild von Mann. Und offensichtlich hatte er einfach vergessen gehabt, dass sie da war. Weshalb er sich wie gewohnt verhalten hatte. Sie hatte versucht, Witze darüber zu reißen, aber anscheinend hatte ihre Neckerei ihn so angewidert, dass er sie seitdem kaum noch ansehen konnte.

«Hat er dir ein großes Frühstück serviert?» Mae nickte in Richtung von Amys Teller. «Du hast dir nur ein halbes Sandwich gemacht, und nicht mal das hast du ganz gegessen.»

«Ach, ich habe einfach keinen Hunger.» Das war keine wirkliche Lüge. In letzter Zeit hatte sie so gut wie keinen Appetit. Was beim Kalorienzählen half.

«Du wirst dünn, Süße.»

«Ich versuche, ein bisschen abzunehmen.» Sie hatte bisher erst fünf Kilo geschafft und wollte noch zehn verlieren.

«In Ordnung. Aber du weißt hoffentlich, dass du schön bist – genau so wie du bist.»

Kaum. So oft, wie Chris sie in den letzten paar Jahren *Fettarsch* genannt hatte, hätten seine Beleidigungen selbst dann noch in ihren Ohren widergehallt, wenn sie inzwischen klapperdürr geworden wäre. Und sosehr sie sich auch dagegen wehrte – ein Teil von ihr glaubte noch immer, dass seine Worte der Wahrheit entsprachen. Dabei hatte Chris ihre Kurven einmal gemocht. Oder hatte zumindest so getan. Anscheinend hatte er in diesem Punkt gelogen. Und es war ja nicht so, als hätte irgendein Mann sie in letzter Zeit auch nur angeschaut, was bewies, dass Chris recht hatte.

Nakos' Reaktionen kamen ihr in den Kopf. Auch sie bestätigten Chris' Behauptungen. Nicht nur hatte Nakos heute Morgen bei dem Gedanken an sie in Unterwäsche die Augen geschlossen und war bleich geworden, sondern er hatte sich auch versteift, als sie ihm Komplimente gemacht hatte. Auf der Hochzeit ebenso wie heute Morgen. Von jetzt an würde sie einfach die Klappe halten und so tun, als würde dieser Mann sie nicht völlig aus der Fassung bringen. Ihren Körper zum Leben erwecken.

Sie Sehnsucht, Verlangen und Hitze empfinden lassen.

Gott, lernte sie es denn nie?

Da Mae sie immer noch beobachtete, aß Amy ihre Sandwichhälfte auf und erhob sich, um die leeren Teller zur Spüle zu tragen. «Brauchst du noch etwas, wenn ich schon da bin?» Sie wickelte das Sandwich für Nakos in Klarsichtfolie, um es mitzunehmen, dann ging sie zur Tür.

«Ja. Ich möchte, dass du dein freies Wochenende genießt. Es ist Samstag. Gönn dir was Schönes.» Wieder wackelte Mae mit den Augenbrauen. «Wie zum Beispiel ein nacktes, verschwitztes Intermezzo mit einem gewissen großen, stillen Cowboy.»

Fast hätte Amy gelacht. «Ich bin nicht diejenige, in die er verliebt ist, Mae. Schon vergessen?»

Amy wusste, dass sie keine Frau war, die in Männern Zuneigung auslöste, von Liebe oder Begehren ganz zu schweigen. Sie hatte diese Lüge einmal geglaubt, bei Chris. Und was hatte ihr diese dumme Hoffnung eingebracht? Sie steckte bis zum Hals in Schulden, spürte nach der Tracht Prügel immer noch manchmal einen dumpfen Schmerz in den Rippen, hatte jedes Selbstvertrauen verloren und war auf ihre Freunde angewiesen, um nicht auf der Straße zu landen. Ach ja – und ihre Eltern hatten sie enterbt und verstoßen – wobei das peu à peu bereits seit ihrer Geburt stattfand.

«Nakos ist nicht in Olivia verliebt.» Mae stand auf und kam zu Amy. «Er mag das glauben oder geglaubt haben, aber da irrt er sich.»

In diesem Punkt lag die alte Frau falsch. Olivia konnte mit ihrem Aussehen den Verkehr anhalten. So war es schon immer gewesen. Kastanienrotes Haar, leuchtend blaue Augen, wunderbar schlanker Körper. Und zusätzlich war sie eine unglaublich liebenswerte Person mit jeder Menge Humor. Nakos lag ihr schon seit Ewigkeiten zu Füßen. Amy wäre eifersüchtig gewesen, wenn sie ihre beste Freundin nicht so unglaublich geliebt hätte.

Mae legte eine Hand an Amys Wange. «Versuch es, Süße. Ich weiß, dass du es willst.»

Amy erstarrte. Der wissende Blick in Maes Augen sorgte dafür, dass sie mit den Tränen kämpfen musste. Solange sie sich zurückerinnern konnte, war ihr immer nur in diesem Haus Freundlichkeit entgegengebracht worden. Und einen Großteil dieser Erfahrungen verdankte sie der alten Frau, die jetzt vor ihr stand. Aber deswegen hatte Mae noch lange nicht recht. Sie besaß einfach nur viel Einfühlungsvermögen.

«Es spielt keine Rolle, was ich will. Er will nicht und wird auch nie wollen.» Sie umarmte Mae, denn schließlich meinte Olivias Tante es nur gut. Amy genoss die körperliche Nähe, weil sie sie so selten bekam, und schloss kurz die Augen, bevor sie sich wieder von Mae löste. Gott, sie vermisste es, berührt zu werden. «Außerdem, bin ich nicht …» Unfähig, den Satz zu Ende zu sprechen, schüttelte sie den Kopf.

«Nicht was?»

Gut genug für ihn, hätte sie fast gesagt. Das war die brutale Wahrheit. Selbst wenn Chris nicht in ihr Leben getreten wäre, um die Reste ihres Willens zu zerstören, war sie kaputt. Zerstört. Und so war es seit ihrem zwölften Lebensjahr. Sie hatte kein Recht, sich auch nur in der Nähe eines Manns wie Nakos aufzuhalten. Sein wunderbares Herz und sein atemberaubender Körper sollten einer Frau gehören, die besser war, als sie es je sein würde.

Amy schluckte gegen den Schmerz an, der ihr die Kehle zuschnürte. «Ich bin nicht auf der Suche nach einer Beziehung.» Zumindest war das eine ehrliche Antwort. «Ich werde morgen wieder nach dir sehen.»

Die schwüle Hitze war fast unerträglich geworden, als sie das Haus verließ. Sie ging über den Hof und zum offenen Tor der zweiten Scheune. Nakos hatte alle Pferde auf die Weide hinter dem Gebäude gebracht. Jetzt stand er neben einer Schubkarre an der letzten Box und verteilte Heu darin. Offensichtlich hatte er schon ausgemistet und war fast fertig.

Heilige Maria, er hatte sein T-Shirt ausgezogen. Schweiß glänzte auf seiner dunklen Haut, während Muskeln sich wölbten und Sehnen hervortraten. Seine Jeans hingen tief auf seinen schmalen Hüften, und der schwarze Stetson sorgte dafür, dass sein Gesicht fast vollkommen im Schatten lag. Er bewegte sich mit anmutiger Grazie, ein Kunstwerk aus Muskeln und Knochen.

Amy sehnte sich so sehr nach ihrer Kamera, dass ihre Finger zuckten, aber sie hatte sie im Truck gelassen.

Bones bemerkte sie zuerst und trottete zu ihr. Sie kraulte seine weichen Ohren, bevor sie zu Nakos sah. «Ich habe dir ein Sandwich gebracht.»

Er stellte die Mistgabel zur Seite und kam auf sie zu wie ein bronzefarbener Gott. «Iss du es, Ames. Ich mache mir zu Hause etwas.» Er wischte sich mit einem Tuch das Gesicht ab, bevor er es wieder in die Hosentasche schob.

«Ich habe mit Mae gegessen.»

Er beäugte sie, als würde er ihr nicht glauben, nahm aber das Sandwich entgegen. «Hast du wirklich keinen Hunger mehr?»

«Nein, wirklich nicht. Ich werde mir meine Kamera schnappen und ein wenig herumwandern. Soll ich dir hier vorher noch helfen?»

Er schüttelte den Kopf, dann entfernte er die Frischhaltefolie um das Brot. «Wenn du mir eine Minute gibst, begleite ich dich. Die Pferde müssen sich bewegen. Ich werde sie wieder reinbringen, bevor wir aufbrechen.»

Sie nickte und machte auf dem Absatz kehrt. «Bin gleich zurück.»

Amy schnappte sich ihre Fototasche aus dem Truck, holte die Kamera heraus und legte sich den Gurt um den Hals. Als sie sich wieder umdrehte, lehnte Nakos im Torrahmen der Scheune, als wäre er ein Teil des Gebäudes. Die Beine überschlagen, Bones zu seinen Füßen, den Kopf gesenkt.

Rein instinktiv hob sie die Kamera, um ihn aus der Ferne zu fotografieren. Der Kontrast der blauen Jeans, des grünen Grases und der roten Farbe der Scheune wären an sich schon ein Orgasmus für die Augen gewesen, selbst wenn der atemberaubende Mann dort nicht mit nacktem Oberkörper gestanden hätte. Seine lässige Haltung, das Gesicht hinter der Krempe dieses Hutes verborgen, mit dem Hund zu seinen Füßen – das alles gab ein atemberaubendes Motiv ab. Erzählte eine Geschichte.

Aufregung ergriff Besitz von ihr; gleichzeitig zog sich bei seinem Anblick etwas tief in ihrem Inneren vor Verlangen zusammen. Sie konnte zweimal abdrücken, bevor Nakos in die Hocke ging und den Hund streichelte. Perfekt. Die linke Körperhälfte im Schatten des Scheuneninneren, die rechte Hälfte golden vom Sonnenlicht. Sie drückte noch ein paarmal ab, dann seufzte sie zufrieden.

Gott, wie sehr sie das vermisst hatte. Sich im Sucher zu verlieren, die Kamera in ihren Händen, die Ruhe, die sie dabei erfüllte.

Amy ging zu Nakos zurück. Ohne ein Wort zu sagen, folgte er ihr auf die Weide. Sie hatte keine bestimmten Motive im Sinn, daher hielt sie einfach die Augen offen, bis etwas ihre Aufmerksamkeit erregte. Bald schon erreichte sie den Hügel mit der Reifenschaukel. Bones folgte ihr und streckte sich in einem Schattenfleck aus.

Nakos hatte sein T-Shirt wieder angezogen – was für eine Schande – und setzte sich an den Stamm der Eiche. Er stemmte die Unterarme auf die Knie und beobachtete, wie sie sich neben ihm im Gras auf den Rücken legte. Obwohl er nichts sagte, war Amy sich seiner Gegenwart ständig bewusst. Sie fühlte seinen unendlich intensiven Blick auf sich und fragte sich, wieso er plötzlich so fasziniert von ihr zu sein schien.

Sie sah zum Himmel, in das Sonnenlicht, das durch die Äste fiel und die Blätter zum Leuchten brachte, und hob erneut die Kamera. *Klick, klick.*

«Worüber denkst du nach?», fragte sie. Irgendetwas stimmte nicht mit Nakos. Das Bild allerdings? Da stimmte alles. Farbe und Sonnenlicht, die sich im Blätterdach verbanden. Sommer in seiner schönsten Form.

Als ihr klar wurde, dass er nicht geantwortet hatte, rollte

sie sich auf die Seite, um Nakos anzusehen. Sie waren sich so ziemlich nahe. Amy legte die Kamera zur Seite und stemmte den Kopf in die Hand, während er auf sie herunterstarrte. Nach einem Moment wandte er mit einem Seufzen den Blick ab. Seine Miene verriet ihr nichts.

«Wenn du mir nicht sagst, was in deinem Kopf vorgeht, wenn du nicht mit mir redest, werde ich mir meinen eigenen Dialog ausdenken. Ich könnte ein paar sehr interessante Themen wählen.» Sie strich sich eine verirrte Strähne von der Wange und schlug einen tiefen Tonfall an, um seine Stimme nachzuahmen. «Ames, ich denke darüber nach, mein Haar pink zu färben und mir einen Schmetterling tätowieren zu lassen. Was denkst du?» Sie sprach wieder in ihrer eigenen Tonlage. «Nun, Nakos, wo willst du dich denn tätowieren lassen? An einer unanständigen Stelle?»

Sein Blick schoss zu ihr, dunkel und irritiert, obwohl seine Lippen gleichzeitig zuckten, als wäre er amüsiert. «Ich würde mir eher den Kopf rasieren, als meine Haare pink zu färben.»

«Blasphemie», keuchte sie. «Schneide dir nie dein Haar ab. Es ist wunderschön.» Schulterlange, rabenschwarze Strähnen, die er gewöhnlich in einem Pferdeschwanz trug. Sein Haar sah aus, als müsste es so weich sein wie sein Herz.

Ihre Bemerkung beschwor erneut diesen intensiven Blick herauf, der sich förmlich in sie bohrte. «Wunderschön?»

«Wäre dir ein männlicheres Wort lieber? Ich fürchte, es gibt keines. Dein dichtes Haar ist einfach nur schön.» Verdammt. Sie hatte sich doch vorgenommen, jegliche Komplimente für sich zu behalten. Bisher hatte er nicht besonders positiv darauf reagiert. Oder, um genauer zu sein: Er hatte nicht besonders positiv auf ihre Aufmerksamkeit reagiert.

Nakos kniff die Augen zusammen, dann streckte er die

Hand aus und berührte ihr Haar, das bis aufs Gras hinabfiel. Nur ganz leicht, mit den Fingerspitzen, als wäre er neugierig, wie es sich anfühlte, hätte aber gleichzeitig vor dem Gefühl Angst. Schockiert hielt Amy still.

Er biss die Zähne zusammen, dann hob er ein paar Strähnen hoch und rieb sie zwischen Daumen und Zeigefinger. «Darf ich dir eine Frage stellen?»

Hatten ihre Haare auf wundersame Weise Nerven entwickelt? Sie meinte, die Berührung zu spüren – nicht nur in den Haarspitzen, sondern im gesamten Körper. «Du kannst mich alles fragen.»

Seine langen Wimpern senkten sich, bevor er ihren Blick auffing. *Sehr verführerisch.* «Hast du … darüber nachgedacht, wieder auszugehen? Bist du bereit dafür, meine ich?»

Ihr stockte der Atem. Langsam setzte sie sich auf und schlug ihre Beine im Schneidersitz unter, sodass Nakos ihr Haar loslassen musste. Seine Hand sank nach unten.

«Ist das ein Trick, um mich wieder zu verheiraten und so aus dem Haus zu kriegen?»

Er blinzelte nicht einmal, sondern hielt unverwandt ihren Blick. Sie verstand einfach nicht, was hier vor sich ging. Seine Miene blieb vollkommen ausdruckslos, gab ihr nicht den kleinsten Hinweis.

«Wahrscheinlich», sagte sie langsam, um auf seine ursprüngliche Frage zu antworten. «Ich bin über Chris hinweg. Aber es ist ja nicht so, als würden die Männer Schlange stehen.»

«Hast du jemanden im Auge?»

Wieso konnte sie nicht atmen? «Ich würde nicht nein sagen, wenn Charlie Hunnam mich zum Abendessen ausführen wollte.»

«Wer?»

«Der Schauspieler aus *Sons of Anarchy*.» Als Nakos sie nur anstarrte, zuckte sie mit den Achseln. «Blonder Adonis mit britischem Akzent und ...»

«Ich will mich ernsthaft unterhalten, und du reißt Witze?»

Amy gefiel dieses gesamte Gespräch nicht. Ihr Instinkt meldete sich und wies sie an, den Mund zu halten, weil sonst schlimme Dinge passieren würden. «Ich meine das ernst. Wenn du ihn kennen würdest, würdest du es verstehen.»

Knurrend riss Nakos sich den Hut vom Kopf und warf ihn auf den Boden neben ihre Kamera, um als Nächstes die Handballen auf die Augen zu pressen. Lange Sekunden vergingen. Zikaden sangen, und eine Nachtschwalbe rief.

Schließlich murmelte er, ohne sie anzusehen: «Wieso kannst du nicht eine einzige Frage beantworten, ohne daraus eine Wurzelbehandlung zu machen?»

Weil sein Verhalten sie langsam nervte – und Panik von ihr Besitz ergriff –, sprang sie auf die Beine, um bereit zu sein zu flüchten, in der Sekunde, in der er sie in die sprichwörtliche Ecke trieb. Und das würde er tun. Die Anzeichen waren alle da. «Seit wann kümmerst du dich auch nur im Geringsten um mein Sexleben?»

Nakos hob den Kopf. Der entschlossene Blick, mit dem er sie bedachte, nagelte sie quasi auf dem Boden fest. Sie spürte, wie ihr kalt wurde. Und als er dann langsam aufstand, wurde ihr gesamter Körper taub.

«Was zur Hölle meinst du damit?» Sein leiser, kontrollierter Tonfall war schneidend wie ein Messer.

Verdammt. Sie hätte einfach lügen und *nein* sagen sollen. Nein, sie war noch nicht bereit, wieder auszugehen, und nein, sie hatte niemanden im Auge. Aber es fiel ihr schwer, Nakos gegenüber nicht ehrlich zu sein, daher war ihr eine Ablenkung als die beste Strategie erschienen. Und was jetzt?

«Es hat dich noch nie zuvor interessiert, Nakos. Nicht, mit wem ich Zeit verbringe, ausgehe, ins Bett springe oder heirate.»

Seine Nasenflügel weiteten sich, und sein gesamter Körper zitterte. Muskeln wölbten sich, und Sehnen traten hervor – ein Panther, bereit, sich auf seine Beute zu stürzen. «Ich ...»

«Leugne es nicht», fauchte sie. Ja. Wut war viel besser als Verletzlichkeit. Sie ließ Hitze in ihre Adern fließen. «Nenn mir eine Gelegenheit – in unserer gesamten Freundschaft –, wo du mir deine Meinung gesagt hast. Du hast gestern auf der Feier direkt vor mir gestanden und mir erklärt, ich hätte dich verletzt, als ich dich nicht zu meiner Hochzeit eingeladen habe. Aber du hast deine Verachtung für Chris nie offen angesprochen, nicht vor unserer Hochzeit und auch nicht danach.» Auch wenn diese Verachtung offensichtlich gewesen war, aber darum ging es jetzt nicht. «Also erklär mir bitte, wieso dein plötzliches Interesse an diesem Thema mich nicht verwirren sollte.»

Nakos' Gesicht wurde bleich. «Ames ...» Er wischte sich über die Stirn und wandte den Blick ab. Seine gesamte Haltung drückte Verzweiflung aus. «Ich habe nicht ...» Er seufzte. «Du hast recht. Es stand mir nicht zu, etwas zu sagen, und ich habe es nicht getan. Das bedeutet aber nicht ...» Er schloss die Augen, ließ den Kopf hängen. «Das bedeutet nicht, dass es mir egal ist.»

Amy sackte in sich zusammen und stieß den Atem aus, den sie angehalten hatte. «Ich weiß, dass es dir nicht egal ist. Ich verstehe nur dieses Gespräch nicht.»

Nakos sah zum Horizont, doch sein leerer Blick verriet ihr,

dass er in Gedanken verloren war. Nachdenklich runzelte er die Stirn. «Du bist anders.» Seine Stimme war so leise, dass sie sich anstrengen musste, ihn zu verstehen. Er sah sie an, und sie erkannte Sorgen in den dunklen Tiefen seiner Augen ... und noch ein anderes Gefühl, das sie nicht benennen konnte. «Seit dem Tag, an dem er dich verprügelt hat, bist du nicht mehr dieselbe. Genauso wenig wie ich. Etwas zwischen uns ... hat sich verschoben.» Nakos trat näher heran, bis er nur Zentimeter von ihr entfernt stand, sein Blick flehend. «Fühlst du dich von mir angezogen?»

In einer Zehntelsekunde schnürte sich ihre Kehle zu. Wahrscheinlich war das eine Verteidigungsreaktion, weil selbst ihr Körper wusste, wie dumm es wäre, auf diese Frage zu antworten.

Er sah ihr unverwandt in die Augen. Suchend. Forschend. Beschwörend. «Aus dem Nichts heraus hast du plötzlich angefangen, Dinge zu mir zu sagen, die du noch nie vorher gesagt hast, und ...» Er rieb sich den Nacken. «Und ich weiß nicht, was ich denken soll.»

Ah. Da lag das Problem. Ihre Kommentare über seinen Körper und das leichte Flirten hatten ihn durcheinandergebracht. Denn das passte nicht zu den Regeln, nach denen ihre Freundschaft funktionierte. Und jetzt wollte er mehr über ihre Motive wissen, damit er damit umgehen konnte. Das alles unterbinden konnte.

Die Erkenntnis zerriss ihr fast die Eingeweide, auch wenn sie in ihrem Leben schon oft zurückgewiesen worden war. Seltsam, dass es immer noch weh tat. Jedes. Einzelne. Mal. «Ich werde damit aufhören. Tut mir leid. Offensichtlich ist es dir echt unangenehm, zu viel Aufmerksamkeit von mir zu bekommen.»

«Das habe ich nicht gesagt. Leg mir keine Worte in den Mund.»

«Das musstest du gar nicht. Dein Widerwille und Unbehagen sind mehr als deutlich.» Sie straffte sich. «Schau mich nicht so an. Ich weiß, was du gedacht hast.»

«Du weißt …?» Er schüttelte entgeistert den Kopf, dann blinzelte er, als käme er zu sich. «Hör auf damit. Du ziehst wieder diesen Amy-Juju ab und versuchst, mich abzulenken.» Er trat vor, bis ihre Körper sich berührten, dann senkte er den Kopf, um ihr in die Augen zu sehen. «Ich will eine Antwort, und zwar eine ehrliche. Fühlst du dich von mir angezogen?»

«Ich habe dir doch schon versprochen, dass ich …»

«Fühlst du dich von mir angezogen?»

«Nakos, hör auf damit. Das ist lächerlich. Es spielt keine Rolle, was ich empfinde. Du musst dir keine Sorgen um …»

«Weich mir nicht aus.» Er packte ihre Schultern. «Fühlst. Du. Dich. Von. Mir. Angezogen?»

Amy presste die Lippen aufeinander. Fest. Nur nützte das leider auch nichts. Denn als ihre Atmung sich beschleunigte und sie erzitterte aus Angst vor einem Schmerz, von dem sie sich womöglich nie erholen würde, bekam er irgendwie seine Antwort. Ohne dass sie ein einziges Wort sagte.

Ein kaum wahrnehmbares Schütteln seines Kopfes und schon hatte er sie durchschaut. Langsam löste er seine Finger von ihren Schultern und trat zurück. Starrte sie schockiert mit offenem Mund an. Verloren. Verwirrt.

Er brauchte so lange, um sich zu fangen, dass sich tektonische Platten verschieben und die Erde einmal um die Sonne kreisen konnte. Schließlich löste Nakos den Blick von ihr und starrte auf den Boden, als könnte er nicht glauben, dass er immer noch auf den Beinen stand. Hätte sie nicht von Anfang an gewusst, dass seine Reaktion so aussehen würde, hätte sie das vollkommen zerstört. Konnte das Schicksal nicht einmal, nur einmal, auf ihrer Seite sein? Oder das Glück? Irgendwas?

Wenn sie es nicht schaffte, den Moment zu überspielen – Nakos nicht zeigte, dass es keine große Sache war –, würde sie ihn verlieren. Das war ihr ebenso bewusst wie die Tatsache, dass er ihre Gefühle niemals erwidern würde.

Und weil sie eine Idiotin war, sprach sie das Erste aus, was ihr in den Kopf kam. «Willkommen zu Staffel drei meines Lebens. Die Drehbuchautoren streuen unglaubliche Wendungen ein, um es interessant zu halten.» *Bitte, Gott, sorgt dafür, dass Nakos sich ans Drehbuch hält.* «In der nächsten Folge wird ein Dämon ein Einhorn reiten. Schalten Sie dann wieder ein.»

Nakos starrte sie ungläubig an. Sobald er ihre Worte verarbeitet hatte, ballte er die Hände zu Fäusten und presste sie sich in einer Geste vollkommener Hilflosigkeit an die Stirn. Er schloss die Augen. Atmete schwer. Stöhnte.

«Nakos, ich ...»

In einer Sekunde war er mehrere Schritte entfernt und in der nächsten presste er seinen Körper gegen ihren. Er umfasste mit entschlossener Miene ihren Kopf. Sie atmeten dieselbe Luft. Ihre Nasen berührten sich. Sie spürte seine Körperwärme.

«Was tust du?», flüsterte sie mit klopfendem Herzen. Weil sein Blick zwischen ihrem Mund und ihren Augen hin- und herwanderte, als würde er gleich ...

«Ich bringe dich zum Schweigen, damit ich nachdenken kann.»

Oh. «Funktioniert es?»

«Nein.» Er schluckte schwer. «Ich versuche sehr, mich zusammenzureißen und das Richtige zu tun. Nur habe ich leider keine Ahnung, was das im Moment sein soll.»

Hitze füllte ihre Adern, und die Welt drehte sich um sie, als hätte sie zehn Whiskey in zehn Minuten gekippt. Wahrscheinlich träumte sie gerade. In der Wirklichkeit würde Nakos sie nie so festhalten, er würde keine Wellen von sexueller Frustration aussenden und insgesamt wirken, als wollte er sie küssen.

Vorsichtig, um das wilde Tier nicht zu erschrecken, legte sie ihre Hände an seine Taille. «Mach dir nichts draus. Das kenne ich. Ich habe meistens auch keine Ahnung, was das Richtige ist. Wobei ich jeden zweiten Tag das Gefühl bekomme, jetzt hätte ich mein Leben endlich unter Kontrolle und alles würde in die richtige Richtung gehen. Dieses Gefühl hält genau zwei Minuten an. Aber, hey, nicht schlecht, oder?»

Er murmelte etwas in seiner Muttersprache und ... nun, dann brachte er sie tatsächlich zum Schweigen.

Mit seinen Lippen.

8

In der Sekunde, in der Nakos mit seinen Lippen Amys berührte, wusste er, dass er in Schwierigkeiten steckte. In einem Meer von Schwierigkeiten, in dem man sich verlieren konnte. Ohne jede Hoffnung auf Rettung. Er hatte Amys Gesicht umfasst, den Kopf gesenkt und die Lippen auf ihren nie stillstehenden Schmollmund gedrückt.

Und dann war jeder klare Gedanke aus seinem Kopf verschwunden.

Sie bewegten sich kaum, hingen in einem Moment der Schockstarre fest, doch Bewegung spielte ohnehin keine Rolle. Auch so konnte er die federleichte Berührung ihrer Lippen in jeder Zelle seines Körpers spüren.

Hihcebe, diese Frau trieb ihn in den Wahnsinn. Die ständigen Diskussionen und Ablenkungsmanöver. Das reichte aus, einen Mann irre zu machen. Was ihre momentane Situation bewies.

In all den Jahren, die er für Olivia geschwärmt hatte, hatte er nicht ein Mal die Kontrolle verloren. Er hatte nie den Drang verspürt, Grenzen zu überschreiten, unsichtbare Linien zu übertreten oder seinem Verlangen nachzugeben. Bei Amy allerdings? Sie startete ständig Angriffe auf seine Selbstkontrolle, bis jede Zurückhaltung sich in Luft auflöste. Zu Staub zerfiel. Amy ging ihm unter die Haut, beherrschte seine Gedanken, bis nichts mehr Sinn ergab.

Der Wind wehte den Duft ihres Parfüms in seine Nase,

vertraut und doch irgendwie neu. Ihr Duft war schwer zu beschreiben. Er erinnerte ihn an Sommernächte und Mondlicht und warme Brisen. Atmosphärisch, natürlich und sinnlich zugleich. Unverwechselbar Amy. Das erste Mal hatte er ihren Duft damals in der Highschool bemerkt, beim Abschlussball. Seitdem hatte er immer mal wieder einen Hauch davon wahrgenommen – woraufhin er dann stets so durcheinander gewesen war, dass er sich kaum mehr konzentrieren konnte.

Amy stieß ein leises Geräusch aus, fast wimmernd und unendlich feminin. Ihre Finger krümmten sich an seiner Hüfte, bis sie den Stoff seines Hemds in den Fäusten hielt. Doch sie versuchte nicht, ihn von sich zu stoßen. Oder ihn näher heranzuziehen.

Zur Hölle damit. Wenn er schon alles in den Sand setzte, dann konnte er es auch richtig machen.

Nakos vergrub seine Finger in ihrem weichen Haar. Den anderen Arm legte er um ihre Taille. Dann schob er sie langsam zum Baum, drängte sie dagegen. Mit rasendem Herzen presste er seinen Mund fester auf ihren.

Zwei Dinge fesselten sofort seine Aufmerksamkeit.

Zum einen, wie sich ihre weichen Kurven an seinem harten Körper anfühlten. Es war, als wäre sie speziell für ihn erschaffen worden. Genau hierfür. Perfekte Harmonie. Trotz des Größenunterschiedes zwischen ihnen passten sie perfekt zusammen. Amys volle Brüste drängten sich an seine Brust, und sie hatte die Beine gespreizt, damit er zwischen sie treten konnte.

Und zum zweiten: Er hatte ja schon immer gewusst, dass ihr Mund eine Waffe war. Ob nun ihre scharfe Zunge oder dieses Grinsen, mit dem sie den Verkehr stoppen konnte ... das Militär hätte sich beides sichern sollen. Doch obwohl er das gewusst hatte, hatte er die Verheerung unterschätzt, den ihr Mund wirklich anrichten konnte.

Er war vollkommen hilflos. Ausgeliefert. Sie hatte seine Burg gestürmt. Die Invasion war abgeschlossen. Zumindest dachte er das, bis Amy die Lippen öffnete und ihre Zunge seiner begegnete. Eine heiße, süße Berührung, die ihn traf wie eine Explosion. Die Burg gestürmt? Von wegen! Sie hatte sie gesprengt, so dass kein Stein mehr auf dem anderen geblieben war.

Er hätte nie erwartet, dass Amy sich ihm ergeben würde. Hätte jemand das ihm gegenüber behauptet, wäre er wahrscheinlich vor Lachen gestorben. Zweimal. Doch hier stand sie nun, von ihm an den Baum gedrängt, aber nachgiebig und willig. Bereit, ihn tun zu lassen, was auch immer er wollte.

Und er wollte Amy. Mit seinem gesamten Sein.

Wobei es irgendwie typisch war: Ausnahmsweise einmal war Amy bereit, sich ganz hinzugeben und ihm die Führung zu überlassen. Und dann geschah das ausgerechnet in einem Moment, in dem er sich kaum an seinen eigenen Namen erinnern konnte. Heiß wie Magma schoss das Blut durch seine Adern. Sein Herz konnte sich nicht entscheiden, ob es stehenbleiben oder schnell genug schlagen wollte, um ihm die Rippen zu brechen. Nakos nutzte die unverhoffte Chance und vertiefte den Kuss, eroberte und erkundete die warmen Tiefen ihres Munds. Amy schmeckte nach Limonade, deren Süße das Feuer in seinen Adern weiter anfachte. Seine Brust wurde eng, und er drängte sich fester an sie.

Amy wölbte sich ihm entgegen. Ihre Hände glitten an seiner Wirbelsäule auf und ab, als wäre sie sich nicht sicher, wo oder wie sie ihn berühren sollte. Ihre Atmung beschleunigte sich. Ihre harten Nippel glitten über seine Brust und verlangten nach Aufmerksamkeit. Nakos grub die Finger in ihren Rücken, streichelte mit dem Daumen über ihr Shirt. Noch lieber hätte er die Hand daruntergeschoben. Ihre Haut gespürt.

Er hatte sich selbst immer als geduldigen Mann gesehen. Bei seinen bisherigen Partnerinnen hatte er es vorgezogen, langsam vorzugehen, ein schrittweiser Aufstieg zum Höhepunkt. Gemächlich. Genießerisch. Doch bei Amy ließ sein Körper das nicht zu. Der primitive Drang, sie zu beherrschen, erfüllte ihn. Intensiv. Barbarisch. Dieses Verlangen erschütterte ihn bis ins Mark. Verdammt, er wollte sie mit Haut und Haar.

Der Kuss wurde wilder, verzweifelt, und er stieß ein Knurren aus. Als müsste sie sich vergewissern, dass wirklich er dieses Geräusch erzeugt hatte, ließ Amy die Fingerspitzen über seine Brust gleiten. Also tat er es wieder. Er brauchte ihre Nähe, immer mehr davon. Es war zu viel und doch nicht genug. Amys andere Hand fand seinen Nacken; ihre Fingernägel kratzten leicht über seine Haut – ein Gefühl, das seine Nervenbahnen augenblicklich zu seiner Erektion weiterzuleiten schienen. Er erschauerte.

Mit einem Keuchen löste er seinen Mund von ihren Lippen. Stattdessen drückte er die Wange gegen ihre und starrte die Baumrinde an, nur Zentimeter vor seinem Gesicht, und schnappte nach Luft.

Lange Augenblicke vergingen, in denen sich keiner von ihnen bewegte. Er wagte nicht, sie anzusehen. Sie hatte auf ihn reagiert – war genauso verloren gewesen wie er –, aber er hatte keine Ahnung, was er jetzt in den blaugrünen Tiefen ihrer Augen entdecken würde. Die Unsicherheit war nervenaufreibend. Dass sie immer noch zitterte – nach einem einzigen Kuss –, setzte noch ein Ausrufezeichen hinter das Gefühl, das ihn gerade beherrschte: *Heilige Scheiße!*

So etwas war ihm noch nie passiert. Anziehung, Verlangen, Zuneigung? Sicher. Aber animalische Triebe? Ungezügelte Leidenschaft? Eine seelenzerreißende, jede Selbstkontrolle vernichtende Verbindung? Nein. Niemals.

Nach einer gefühlten Ewigkeit hörte er Amy schlucken, dann holte sie Luft, als wolle sie etwas sagen.

Bitte nicht. Er konnte jetzt keinen Amy-typischen, wegwerfenden Kommentar ertragen. Oder, noch schlimmer, dass sie ihm mit einer weiteren Wahrheit die Eingeweide herausriss.

Also löste er die Hand von ihrem Hinterkopf und drückte sie sanft auf ihren Mund. «Sag nichts.» Er schloss die Augen, drehte das Gesicht zu ihr und presste seine Stirn gegen ihre Schläfe. Seine Nase glitt über ihre Wange, und sein Herz verkrampfte sich. «Gib mir fünf Sekunden, um zu verarbeiten, was gerade passiert ist. Bitte.»

Amy konnte immer einen Witz reißen oder eine schlagfertige Antwort aus dem Ärmel schütteln. Aber er war nicht so clever. Er brauchte viel länger, um sich Worte zurechtzulegen. Schon unter normalen Umständen hatte er meist keine Ahnung, wie er auf sie reagieren sollte. Und nun hatte sie ihm quasi noch das Gehirn gesprengt. Was bedeutete: Er war wirklich geliefert.

Sie hatten soeben einundzwanzig Jahre Freundschaft über den Haufen geworfen. Und er war immer noch hart.

Sie murmelte etwas an seiner Handfläche.

Obwohl er wusste, dass er es bereuen würde, senkte er die Hand.

«Das waren jetzt fünf Minuten, nicht fünf Sekunden.» Sie atmete tief ein und ließ ihre Finger über seinen Pferdeschwanz gleiten. «Nicht, dass ich mich beschweren will, aber hast du vor, in nächster Zeit auch mal was zu sagen?»

Die Unsicherheit in ihrer Stimme riss ihm zum zweiten Mal den Boden unter den Füßen weg. Oder zum dritten Mal? Zum fünften Mal? Egal. Wenn Amy sich nicht sicher war, dann gab es absolut keine Hoffnung für ihn.

Wie er jetzt reagierte, konnte alles retten oder zerstören, was sie einander bedeuteten. Sie war schon einmal verletzt worden, zutiefst, und das von einem Mann, der sie eigentlich hätte lieben sollen. Das Selbstbewusstsein eines Menschen war ein unglaublich fragiles Gebilde. Und auch wenn Amy ihm nie zerbrechlich erschienen war, hatte er doch gelernt, dass selbst sie brechen konnte.

Vor drei Monaten war sein Herz stehengeblieben, als er sie auf dem Boden der Scheune vorgefunden hatte. Und zu seinem Entsetzen musste er feststellen, dass es gerade erst wieder angefangen hatte zu schlagen. Nichts, was er jetzt sagte, konnte seine Gefühle richtig erklären. Weil er nämlich selbst nicht genau wusste, was er empfand. Und bis er das herausgefunden hatte, musste er eines verhindern: dass er Amy, die schon so viele Verletzungen erlebt hatte, noch weiter verletzte. Denn das wollte er auf keinen Fall. Lieber würde er sterben.

Er ließ die Hand über ihr Haar gleiten, glättete ihre Strähnen und atmete langsam aus. «Wir reden später. Gib mir eine Stunde, um die Pferde in die Boxen zu bringen, dann können wir zurück zum Haus fahren.»

Ohne auf eine Antwort zu warten, trat er zurück und griff sich seinen Hut vom Boden, dann stiefelte er den Hügel hinunter in Richtung Scheune. Wie auf Autopilot striegelte er die Pferde, brachte sie zurück in die Boxen und fütterte sie.

Seine Knie waren immer noch weich und sein Verstand wie gelähmt, als er eine Stunde später erneut nach Amy Ausschau hielt. Er fand sie genau dort, wo er sie verlassen hatte. Sie saß an den Baum gelehnt, die Beine vor sich ausgestreckt, den Kopf des Hundes auf dem Schoß.

Sie starrte ins Leere und schien nicht einmal zu bemerken, dass er näher kam. Ihre Miene war ausdruckslos. Weil er ihren Gesichtsausdruck nicht deuten konnte, wusste er auch jetzt nicht, was er sagen sollte. Sein Körper jedoch kribbelte in ihrer Nähe.

«Bist du so weit?» Er räusperte sich. «Ich dachte, wir fahren noch beim Laden vorbei und kaufen uns etwas zum Abendessen.»

Mit einem Nicken stand sie auf und griff nach ihrer Kamera. Auf dem Weg zum Laden sprach sie kein Wort. Amy wartete im Truck, statt ihn zu begleiten. Auch auf der Rückfahrt zur Hütte schwieg sie eisern. Kaum hatte sich die Tür hinter ihnen geschlossen, ging sie nach oben. Wo sie den gesamten Rest des Nachmittages blieb.

Als er schließlich den Grill anzündete, war seine Sorge bis in ungeahnte Höhen gestiegen. Da er nicht wusste, ob Amy so wenig aß, weil sie eine Diät machen wollte, hatte er zwei Hühnerbrüste und Gemüse gekauft. Das sollte sie auf jeden Fall essen können. Er drehte das Alufolien-Paket mit Brokkoli, Karotten und roten Paprika um und behielt das Hühnchen im Blick, während er darüber nachdachte, wie er das ansprechen sollte, was am Baum geschehen war.

Doch auch als er das Essen auf Tellern verteilt und nach drinnen zum Tisch getragen hatte, war er noch kein Stück klüger. Er stieg die Treppe nach oben und klopfte an Amys offenstehende Zimmertür. Sie saß auf dem Bett, den Laptop auf dem Schoß. Neben ihr lagen einige ausgedruckte Bilder.

«Kann ich reinkommen?»

«Es ist dein Haus, Nakos.»

Er biss die Zähne zusammen. Ein Schritt vor, drei zurück – so lief das bei ihr immer ab. «Und es ist dein Zimmer.»

Sie warf ihm einen bösen Blick zu. «Sicher, aber du musst trotzdem nicht fragen.»

Er fluchte. Es war, als hätte irgendwer ihr eingebläut, dass sie nicht einmal grundlegende Höflichkeit verdient hatte. «Das Abendessen ist fertig.» Als sie ihn nur verwirrt ansah, erklärte er: «Ich habe uns Hühnchen gegrillt.» Sie hatte vorhin nur Sachen für ihn gekauft, jetzt war er mit seinem Gegenzug dran. Diese *Mein-Essen-dein-Essen*-Sache, die sie hier durchziehen wollte, würde heute noch ein Ende finden.

Amy senkte den Blick wieder auf den Bildschirm. «Ich habe keinen Hunger, danke.»

Er unterdrückte ein erschöpftes Seufzen und erinnerte sich daran, dass es nichts helfen würde, sie zu erwürgen. «Du hast den ganzen Tag über kaum etwas gegessen. Und ich habe genug für zwei gemacht. Würdest du bitte mit mir zusammen essen?»

Sie kaute auf der Lippe. Starrte ins Leere. Blinzelte. Schließlich, nach der längsten Stille in der Geschichte der Frauenwelt, stellte sie den Laptop weg und stand auf. «Sicher.»

Gott sei gelobt. Ein Fortschritt. Er deutete auf die Fotos. «Sind die von heute?» Sie nickte. «Bringst du sie mit runter? Ich würde sie gerne sehen.»

Und schon wieder sah sie ihn mit diesem überraschten und verwirrten Gesichtsausdruck an. Gott verdammt.

«Okay.» Sie sammelte die Ausdrucke ein und folgte ihm. In der Küche beäugte sie die Teller. «Das sieht wirklich gut aus. Danke.»

Nakos setzte sich ihr gegenüber, ohne etwas zu sagen. Er hatte sie dazu gebracht, runterzukommen, er sollte besser nichts riskieren. Er wartete, bis sie das erste Stück Hühnchenbrust abgeschnitten hatte, bevor er selbst mit dem Essen begann. Und als sie tatsächlich kaute, fühlte er eine überwältigende Erleichterung.

Amy mochte stark, wild und unabhängig wirken, doch über die Jahre hatte Nakos einen anderen Eindruck von ihr bekommen. Besonders in letzter Zeit. Er konnte seine Gefühle auf keine bestimmte Beobachtung zurückführen, aber sie waren trotzdem da. Ihre Tapferkeit wirkte aufgesetzt. Ohne etwas zu sagen, strahlte Amy manchmal eine widersprüchlich Mischung aus *Nimm mich* und *Nimm mich in den Arm* aus.

Der plötzlich aufwallende Drang, beides zu tun, war einfach zu stark, um ihn zu ignorieren.

Schweigend griff Nakos nach den Fotos und blätterte sie durch. Verdammt, Amy war gut. Das Bild von der Sonne hinter dem Blätterdach des Baums war unglaublich. Dann lachte er über ein Foto von Bones mit einem Marienkäfer auf der Nase.

Er drehte das Bild, um es ihr zu zeigen. «Olivia wird das hier lieben.»

Sie lächelte. «Ich werde es ihr morgen in groß ausdrucken.»

Er nickte, dann sah er sich weiter Fotos an, während er aß. Es gab eine Nahaufnahme von einem Gänseblümchen mit Grashalmen drum herum. Ein schlichtes Bild, doch durch die Farben und den verschwommenen Hintergrund zugleich sehr berührend.

Als er im letzten Stapel ein Bild von sich selbst entdeckte, hielt er inne. Dann blätterte er langsam weiter. Da waren noch mehr. Zwei, bei denen er an der Scheune lehnte, und drei, wie er vor dem Hund kauerte. Er hatte sich nie wohl damit gefühlt, fotografiert zu werden, doch diese Bilder waren eher künstlerisch als entblößend. Und ... sehr emotional, falls das Sinn ergab.

Amy war stets die Erste, die anderen Komplimente machte oder ihnen Zuspruch gab. Immer ehrlich und unterstützend. Doch noch weitaus mehr als ihre Handlungen und Worte verrieten diese Fotos über sie. Sie erzählten die Geschichte aus Amys Blickwinkel, und genau das hatte ihn immer daran fasziniert.

Doch diese Bilder von ihm? Zum ersten Mal erhielt er einen ungefilterten Blick darauf, wie Amy ihn sah. Stark. Nachdenklich. Galant. Und die Fotos strahlten eine seltsam romantische Stimmung aus. Je länger er sie anstarrte, desto enger wurde seine Brust.

Unsicher, ob er nervös oder gerührt sein sollte, drehte er die Bilder um. «Ich wusste gar nicht, dass du mich auch erwischt hast.»

Ihr Grinsen raubte ihm den Atem. «Ich bin ziemlich hinterhältig. Keine Sorge. Ich werde sie niemandem zeigen. Auch wenn das eine Schande ist. Die sollten eigentlich für eine Werbeanzeige oder so was benutzt werden.»

«Was?»

«Ich meine es ernst.» Sie legte ihre Gabel auf den leeren Teller. «Es gibt jede Menge Bildarchivseiten, wo Werbeleute und Journalisten ihre Bilder einkaufen. Manche Leute kaufen sie auch für den privaten Gebrauch. Aber den meisten Umsatz macht man mit Cover-Designern und Autoren. Mit den Bildern von dir könnte ich ein Vermögen verdienen.»

Er legte den Fotostapel zwischen ihnen auf den Tisch, fast schockiert, dass seine Hände nicht zitterten. «Hast du Accounts auf diesen Seiten?» Wie viele Bilder hatte sie noch von ihm?

«Nein, aber ich denke darüber nach. Vielleicht kann ich damit nebenbei etwas dazuverdienen.» Sie presste die Lippen aufeinander. «Es würde eine Weile dauern, mir einen festen Kundenstamm aufzubauen, aber wenn ich die richtigen Tags setze, könnten die Leute meine Bilder finden. Am meisten Geld lässt sich mit Bildern wie diesem verdienen.» Sie tippte auf eines der Fotos von ihm. «Einzelaufnahmen mit Models, vor allem wenn man die Exklusivrechte daran vergibt.»

Huh. Er wusste nicht, was sie mit Tags und all dem Zeug meinte, aber sie sollte sich dringend bei diesen Seiten anmelden und die Sache ins Rollen bringen, wenn sie damit Geld verdienen konnte. Außerdem wäre es wunderbar, wenn sie ihre Arbeit endlich öffentlich machte.

Erneut griff er nach den Bildern von sich und musterte sie. Er hasste jede Form von Aufmerksamkeit – und die Vorstellung, auf einem Buchcover oder in einer Anzeige aufzutauchen, jagte ihm kalte Schauder über den Rücken. Aber wenn ihr das half, würde er nicht zögern. «Wenn du willst, kannst du die hier verwenden.»

Sie erstarrte, die hübschen Meerjungfrauenaugen weit aufgerissen. «Wie bitte?»

«Auf keinem davon sieht man mein Gesicht. Da ziehe ich die Grenze. Ich will nicht erkannt werden. Aber solange du meine Erlaubnis einholst und mir die Bilder vorher zeigst, kannst du sie gerne hochladen und verkaufen.» Er hielt inne. «Wieso schaust du mich so an?»

Sie atmete zitternd aus und rieb sich die Schläfen. «Du …», setzte sie und schüttelte völlig entgeistert den Kopf, als wären ihm gerade Flügel gewachsen und er würde behaupten, er wäre die Zahnfee. «Wieso würdest du mir das erlauben?»

Es gab nur sehr wenig, was er nicht für sie tun würde, und

es nervte ihn ziemlich, dass sie das nicht wusste. Offensichtlich hatte er es nie geschafft, ihr zu zeigen, wie viel sie ihm bedeutete, sonst wäre sie jetzt nicht so schockiert. «Weil *Woods Photography* ziemlich gut klingt.»

Sie legte nachdenklich den Kopf schief, dann ließ sie das Kinn in die Hand sinken. «Stimmt.» Sie sah zögernd ihn an. «Bist du dir sicher? Ich kann das auch ohne deine Bilder machen.»

«Ich bin mir sicher.» Er stand auf und schnappte sich die Teller, um sie in der Spüle abzuwaschen. «Tu es, Ames. Zeig der Welt deine Fotos.» Er trocknete sich die Hände, drehte sich zu ihr um und lehnte sich an die Arbeitsfläche.

Sie musterte ihn mit einer Mischung aus Erstaunen und Ungläubigkeit. Ihre Miene erinnerte ihn an den Zustand, in dem er quasi den gesamten Tag verbracht hatte. Und das erinnerte ihn an das Gespräch, das sie so dringend führen mussten.

«Wegen dem, was vorhin passiert ist ...»

Ein langsames Blinzeln, dann wandte sie den Kopf ab. «Nicht.»

«Wir müssen darüber reden.»

«Nein, müssen wir nicht.» Sie sah ihn an, und die Leere in ihrem Blick brachte ihn fast um. «Es ist passiert. Jetzt ist es vorbei. Lass uns die ganze Sache ignorieren.»

Warum? Er wollte es nicht ignorieren. Zur Hölle, er wusste nicht mal, ob er das *konnte*. Und wenn er schon mal dabei war: Wie konnte sie das? Es war ja nicht so, als hätte sie nicht mitgemacht. Bereitwillig. Eifrig.

Verdammt, die Erinnerung brachte sein Blut erneut zum Kochen. Nakos rieb sich das Kinn und wählte seine Worte sorgfältig. Er hatte keine Ahnung, was gerade in ihrem Kopf vorging. «Das war ein phantastischer Kuss. Einfach so zu tun, als hätte es ihn nicht gegeben, wird nur zu Problemen führen.» Er schickte ein Stoßgebet Richtung Himmel und flehte um göttliche Weisheit, weil er keine Ahnung hatte, was er tun sollte. «Ich ...»

Sie hob eine Hand, um ihm das Wort abzuschneiden, und stand auf. «Du hast es nicht ernst gemeint, und über das Ganze zu reden, bauscht es nur noch mehr auf.»

Nicht ernst gemeint? Machte sie Witze? Er hatte es so ernst gemeint, dass sein Reißverschluss vermutlich einen dauerhaften Abdruck auf seiner Erektion hinterlassen hatte. «Ich verstehe dich einfach nicht.»

«Nicht? Denk doch mal nach, Nakos. Denk wirklich nach.»

Er musste sich den Kuss nicht erst in Erinnerung rufen. Sein Hirn spielte die Bilder in Endlosschleife vor seinen Augen ab. Himmel, er wollte es sofort wieder tun. Und dann noch einmal. Er hatte sie gebeten – hatte sie quasi *angefleht* –, ihm die Frage zu beantworten, ob sie sich von ihm angezogen fühlte. Ihre Verweigerung und die Verzweiflung in ihrem Blick hatten ihm die Antwort geliefert, die er brauchte. Was also beabsichtigte sie damit, wenn sie versuchte, ihn dazu zu bringen, alles zu ignorieren?

«Ich bereue es nicht, *anim*. Nicht ein bisschen», beharrte er auf ihr Kopfschütteln hin.

«Wir werden das nicht tun. Wir werden nicht darüber reden.»

Er stopfte die Hände in die Hosentaschen, um Amy nicht zu erwürgen. «Warum nicht?»

Nichts. Keine einzige Silbe.

Schön. Dann würde er es auf andere Weise versuchen. «Was willst du?»

«Spielt keine Rolle.»

«Natürlich spielt es eine Rolle.»

Sie stemmte die Hände in die Hüften und schnaubte. «Hat es eine Rolle gespielt, was du wolltest, als Olivia deine Gefühle nicht erwidert hat?»

Verdammt! Sie hätte Anwältin werden sollen. «Das hier ist eine ganz andere Situation.» Wie Tag und Nacht. Öl und Wasser. Politik und Ehrlichkeit …

«Inwiefern?»

«Weil du meinen Kuss erwidert hast.» Das hätte Olivia nie getan – wenn er dämlich genug gewesen wäre, es zu versuchen. Amy allerdings? Er musste ein Stöhnen unterdrücken. Diese Anziehung war definitiv nicht einseitig.

Der brutal offene Blick, dem sie ihm zuwarf, traf ihn bis ins Mark. «Dein Körper hat auf unseren Kuss reagiert. Richtig?»

Zur Hölle, ja. Er nickte, weil er sich nicht sicher war, ob er sprechen konnte. Oder sollte.

«Dein Körper hat reagiert, ja. Aber das ist Instinkt, nicht mehr. Dein Kopf und dein Herz wollen mich nicht. Nein.» Erneut hob sie die Hand, um jeden Widerspruch zu verhindern. «Lüg mich nicht an. Kannst du ehrlich behaupten, dein erster Gedanke war nicht: *Oh scheiße, habe ich gerade Amy geküsst? Was zur Hölle soll ich jetzt machen?*»

Okay, da hatte sie ihn kalt erwischt.

Doch das bedeutete nicht, dass er Amy nicht wollte. Körperlich *und* emotional. Er musste einfach nur mit ihr darüber sprechen. Die Möglichkeiten ausloten. Sie hatten nie Probleme gehabt, auch über ernste Themen miteinander zu reden, und er hasste die Art, wie sie ihm jetzt jedes Gespräch verweigerte. Dieses Thema war zu wichtig, um es einfach zur Seite zu schieben, verdammt noch mal. Wie sollten sie beide je herausfinden, was daraus werden konnte, wenn sie den Kuss einfach ignorierten?

Amy verschränkte die Arme. Gleichzeitig sanken ihre Schultern nach unten und sie ließ den Kopf hängen. «Das hatte ich mir schon gedacht. Es ist okay, Nakos. Mach dich nicht wegen eines kleinen Fehlers fertig.» Sie wandte sich ab. «Danke fürs Abendessen. Es war köstlich.»

Und bis er endlich seine Kinnlade vom Boden aufgesammelt hatte, hatte sie den Raum bereits verlassen.

9

Amy lehne am Kopfende von Olivias Bett im Haupthaus, die Beine vor sich ausgestreckt. «Also, wie viele heiße Kerle in Kilts hast du gesehen? Sei ehrlich.»

Lachend zog Olivia ein Oberteil aus dem Wäschekorb und faltete es zusammen. «Ein paar. Allerdings keinen, bei dem ich nachsehen wollte, was er unter dem Kilt trägt, wenn du weißt, was ich meine.» Sie räumte das Oberteil in eine Schublade und griff nach dem nächsten. «Aber Schottland war unglaublich. Nate hat meine Vorfahren recherchiert, und wir haben diesen alten Friedhof gefunden, auf dem ein paar von ihnen beerdigt sind. Ich wollte immer schon nach Schottland, aber jetzt bin ich froh, dass ich auf ihn gewartet habe, um es das erste Mal zu sehen.»

Amy, die Wyoming noch nie verlassen hatte, wäre überall gern hingereist. «Zumindest habt ihr ein paar Touristensachen gemacht. Obwohl es eure Hochzeitsreise war und alles. So ein Trip wäre ziemlich verschenkt, wenn du nur das Innere eines Hotelzimmers gesehen hättest.»

«Ha. Da haben wir auch eine Menge Zeit verbracht.» Olivia zwinkerte Amy zu, doch gleichzeitig errötete sie leicht. Dann strich sie sich eine kastanienrote Strähne aus dem Gesicht und stellte den leeren Korb zur Seite. «Meine Güte. Wir waren nur in den Flitterwochen, nicht auf Weltreise. Keine Ahnung, wie wir es geschafft haben, so viel Wäsche zu produzieren.» Sie setzte sich ans Fußende des Betts. «Aber in einem

Punkt hat mich die Reise enttäuscht. Ich habe Nessie nicht gesehen.»

Amy verdrehte die Augen. «Wie rücksichtslos von dieser mystischen Kreatur.» Es war unglaublich süß, wie besessen ihre beste Freundin vom Monster von Loch Ness war. Und seltsam.

«Finde ich auch. Aber ich habe dir ein Geschenk mitgebracht.» Olivia stand auf und zog etwas aus ihrem Koffer im Schrank. «Wir waren in diesem Laden, und die Sachen, die dort verkauft wurden, sind einfach unglaublich. Das Paar, das ihn führt, stellt Dinge aus Gegenständen her, die andere weggeworfen haben.» Sie legte drei Bilderrahmen aufs Bett – zwei etwas kleinere und einen großen. «Ich dachte, du könntest deine eigenen Bilder reintun.»

«Wow. Wie cool.» Der große Bilderrahmen bestand aus verschiedenen Denim-Fetzen, manche ausgebleicht und zerrissen, andere neuer und noch marineblau. Die beiden kleineren Rahmen bestanden aus Holz. Beim ersten schien es Treibholz zu sein, der zweite bestand aus rohen Planken mit verrosteten Nägeln. «Ich liebe sie. Vielen Dank.» Sie legte sie auf den Nachttisch neben sich, um sie später mit ins Blockhaus zu nehmen.

Olivia setzte sich im Schneidersitz aufs Bett. Ihr Knie stieß gegen das von Amy. «Ist hier irgendetwas passiert, während ich weg war?»

«Nicht wirklich.» Sie zuckte mit den Achseln. «Es war eigentlich immer der alte Trott.» Nur, dass das nicht stimmte. Aber sie überlegte noch, wie viel sie Olivia anvertrauen sollte. Sie war sich einfach nicht sicher, was Nakos davon halten würde, wenn sie Olivia alles erzählte. «Ich habe diese Woche eine Gewerbelizenz beantragt.»

«Wofür?»

«Ich habe meine eigene Foto-Firma gegründet. Irgendwie.»

«Wirklich?» Olivia packte Amys Schultern. «Das ist phantastisch. Und wurde auch langsam Zeit. Gratulation!»

«Danke. Der ganze Papierkram ist wichtig, damit ich nicht persönlich für eventuelle Schulden der Firma hafte. Nur für alle Fälle.» Nach dem, was mit ihrem Ex passiert war, wollte Amy kein Risiko eingehen. Sie erzählte Olivia von den Bildarchivseiten. «Ich habe auch schon über eine Website nachgedacht. Dann müsste ich nicht alle Bilder in diese Archive stellen, sondern könnte ein paar zurückhalten und exklusiv auf meiner Seite verkaufen, zu einem höheren Preis.»

«Schau dich an. Eine echte Künstlerin. Und du benimmst dich, als wäre das keine große Sache.» Olivia schlug sie leicht auf den Arm. «Ich bin so stolz auf dich.»

Glücksgefühle wallten in Amy auf. «Danke. Ich werde damit wahrscheinlich nicht viel verdienen, aber zumindest wird es ein wenig dabei helfen, die Schulden zu tilgen.»

«Du wirst super erfolgreich sein. Das weiß ich einfach. Du bist viel zu talentiert, um zu versagen.» Olivia seufzte. «Da bin ich mal für ein paar Tage weg, und wenn ich zurückkomme, ist alles anders. Du bist bei Nakos eingezogen.»

Ach ja, was das betraf …

Olivia schlang die Arme um Amy und ließ sich seitwärts auf die Matratze fallen. Sie lagen einander zugewandt da, wie sie es als kleine Mädchen immer getan hatten – so nah, dass ihre Nasen sich fast berührten. Diese Position hatte etwas wunderbar Vertrautes. Sie war beruhigend, weil es zeigte, dass ein paar Dinge sich nicht änderten. Amy genoss die Verbundenheit. Wie sehr sie sich immer gewünscht hatte, Olivia wäre wirklich ihre Schwester – besonders in ihrer Kindheit.

«Wie geht's dir? Weißt du, seitdem Chris ins Gefängnis gekommen ist, haben wir nie groß darüber geredet. Ich mache mir Sorgen um dich.» Olivia nahm Amys Hände und drückte sie. «Von den Schlägen ganz abgesehen, hat er auch ein paar wirklich schreckliche Dinge zu dir gesagt.»

Olivia wusste nichts über das wahre Ausmaß seiner Beleidigungen. Und würde es auch nie, wenn es nach Amy ging.

«Es geht mir gut.» Sie lächelte, um die Lüge abzumildern und ihre Freundin zu beruhigen. Eines Tages würde es ihr gut gehen. Auf diesen einen Tag wartete sie jetzt allerdings schon ihr gesamtes Leben. Doch die Hoffnung aufzugeben hieße, ganz aufzugeben. «Du kennst mich. Ich bin wie eine Katze. Ich falle immer auf die Füße.»

Ein leises Lachen, dann seufzte Olivia. «Ja, das tust du. Ich wünschte, ich wäre nur halb so stark wie du.»

Amy war nicht stark. Sie war nur gut darin, Stärke vorzuspielen. «Dafür hast du doch Nate. Der Kerl stemmt schon vor dem Frühstück ein paar Autos.» Olivias Grinsen sorgte dafür, dass Amy einen leichten Anflug von Neid zurückdrängen musste. «Er betet dich an. Ich freue mich für dich.»

«Ich wusste gar nicht, dass Liebe so sein kann.» Olivia wandte die blauen Augen ab. «Ohne ihn habe ich das Gefühl, nicht atmen zu können. Ich denke ständig daran, wie ich ihm zeigen kann, dass er meine Welt ist und dass ich immer da sein werde. Himmel, die Dinge, die er durchgemacht hat. Und obwohl er all diese Scheußlichkeiten erleben musste, ist er immer noch so … sanft.»

«Ich bin mir ziemlich sicher, dass Liebe genau so sein sollte.» Nicht, dass Amy einen blassen Schimmer von dem hatte, wovon Olivia gerade sprach. Die Liebe, egal in welcher Form, hatte nie an ihre Tür geklopft. «Du bist die perfekte Frau für ihn. Diejenige, die ihm zeigt, dass er liebenswert ist. Und viel wichtiger ist noch, dass du ihn genau so brauchst wie er dich, Liv.»

Olivia rümpfte bei dem Spitznamen unwillig die Nase. Sie mochte ihn nicht. Tja, Pech für sie. «Das stimmt.» Olivia atmete tief durch. «Ich finde es traurig, dass du nicht mehr hier wohnst. Erinnerst du dich noch, als wir klein waren? Wir haben gesagt, wir würden immer zusammenwohnen und alles machen, was wir wollen, wann immer wir es wollen.»

Amy lachte. «Drei Monate war doch schon mal nicht schlecht. Außerdem bist du jetzt verheiratet und lebst glücklich bis an dein Lebensende.» Wenigstens hatte es eine von ihnen geschafft. Sie hätte geschworen, dass es keine Märchen gab. Aber der Gegenbeweis lag direkt vor ihrer Nase. «Ich rechne bald mit Nichten und Neffen. Und beachte bitte, dass ich den Plural nicht aus Versehen verwende.»

«Ich hätte kein Problem damit.» Olivia stemmte den Ellbogen auf die Matratze und stütze ihren Kopf ab. Ihr breites Grinsen verrutschte ein wenig. «Ich bin froh, dass du bei Nakos wohnst. Um ihn mache ich mir auch Sorgen. Er lebt so zurückgezogen, geht gar nicht mehr aus. Es ist sicher gut für ihn, dich in seiner Nähe zu haben.»

«Na ja, er ist gern allein.» Amy imitierte Olivias Haltung. «Und ich bin mir ehrlich gesagt überhaupt nicht sicher, ob es was Gutes ist, dass ich da bin.»

«Warum?»

Wo sollte sie anfangen? «Er ist angespannt. Wir fahren jeden Morgen hier rüber zum Haupthaus und dann am Abend zurück. Wir essen zusammen, aber wir reden nicht. Wir sind wie zwei Geister, die im selben Haus spuken.» So war es die ganze Zeit gewesen – seit sie die romantischen Komplikationen zwischen Nakos und ihr im Keim erstickt hatte. Sie war davon überzeugt gewesen, das tun zu müssen, um ihre Freundschaft zu retten, doch leider hatte es den gegenteiligen Effekt. Die Freundschaft verwelkte vor ihren Augen.

Langsam setzte Olivia sich auf. «Das sieht euch beiden gar nicht ähnlich. Er ist bei dir viel offener, als er es je bei mir war. Wir stehen uns nahe, sicher, aber ihr beide seid immer auf einer Wellenlänge gewesen.» Olivia rieb sich mit zitternder Hand über die Stirn. «Du glaubst nicht ... Es hat nichts mit der Hochzeit zu tun, oder? Er schien klarzukommen. Immer hat er für Nate ...»

«Es liegt nicht an dir, Liv.» Amy umfasste Olivias Hand, dann ließ sie wieder los, um sich ebenfalls aufzusetzen. «Er freut sich für euch.»

«Was ist dann los? Dieses Verhalten ist doch untypisch für ihn.»

Amy schloss kurz die Augen und presste sich zwei Finger gegen die pochende Schläfe. «Nakos hat mich geküsst.»

Olivia riss überrascht die Augen auf. «Er hat was getan?»

«Mich geküsst. Am Tag nach der Hochzeit. Und ja, ich war auch überrascht. Vollkommen geschockt trifft es vermutlich besser.»

«Also hat er dich so richtig geküsst, oder war es nur ein kurzes Streifen mit den Lippen? Mund? Wange?»

«Mund, Lippen, Zunge, das volle Programm.» Und er hatte sie an sich gepresst. Bei der Erinnerung seufzte sie wohlig. «Ich konnte hinterher kaum noch stehen.»

«Also war es gut?»

Amys Lachen war so trocken, dass es sie fast wunderte, keine Staubwolke aus ihrem Mund aufsteigen zu sehen. «Lass es mich so ausdrücken. Unser nachdenklicher, grüblerischer Freund versteckt ein wildes Tier unter all seinem Stoizismus.»

Olivia nickte, die Überraschung verschwand aus ihrer Miene, und sie wirkte nun schlicht interessiert. «Tja.» Sie legte den Kopf schräg. «Das kann ich mir sogar vorstellen. Nakos ist ziemlich aufmerksam, kann dominant sein, wenn er will, und besitzt die Geduld eines Heiligen. All das zusammen muss einen ziemlich talentierten Küsser abgeben.»

«Vergiss nicht seine Gründlichkeit.» Und seinen unglaublich heißen Körper.

«Moment.» Olivia wedelte mit der Hand. «Wie kam es überhaupt dazu? Ihr beide habt noch nie miteinander rumgemacht.»

«Wie auch. Er stand ja immer auf dich.»

Olivia starrte ins Leere, den Mund nachdenklich zusammengepresst. «Um ehrlich zu sein, glaube ich inzwischen, dass das gar nicht stimmt. Ich weiß, dass alle das denken, und vielleicht gab es da eine oberflächliche Anziehung, aber ich ...» Sie stieß den Atem aus. «Das klingt jetzt dämlich, aber ich glaube, ich war die sichere Option.»

«Du hast recht.» Amy kniff die Augen zusammen. «Das klingt dämlich.»

«Lass mich ausreden.» Olivia lehnte sich nach hinten und stützte sich auf den Händen ab. «Als wir uns getroffen haben, war ich ganz anders als alle Mädchen, die er bisher gesehen hatte, richtig? Mein Haar, meine Haut ... Er war fasziniert, und im Grunde ist dieses Gefühl nie weggegangen. Zusammen mit unserer Freundschaft wurde dann alles etwas verworren.»

Amy dachte darüber nach, durchleuchtete Olivias Argumentation genauer. Die Theorie hatte durchaus etwas für sich, aber ein Kerl schwärmte nicht sein halbes Leben für jemanden, von dem er sich nicht angezogen fühlte.

«Du kennst ihn genauso gut wie ich.» Olivia strich sich eine Strähne aus dem Gesicht. «Normalerweise versucht er zu bekommen, was er will. Ja, er lässt sich viel Zeit, durchdenkt alles erst mal zu Tode und beobachtet vom Rand aus, bis er seine Chancen einschätzen kann. Aber untätig bleibt er trotzdem nicht.» Sie beugte sich vor, bis ihre Unterarme auf ihren Schenkeln ruhten. «Bei mir hat er keinen einzigen Versuch gestartet. Ein paarmal hat er mir sogar erklärt, dass er nicht der richtige Mann für mich ist. Er hatte jede Gelegenheit, seinen Gefühlen Ausdruck zu verleihen, bevor Nate auf der Bildfläche erschienen ist. Ich glaube, tief im Inneren wusste er, dass die Gefühle nicht echt sind. Und die Krönung des Ganzen? Er hat nicht mit Nate um mich gekämpft. Tatsächlich hat er uns sogar geholfen zusammenzukommen. Wäre er wirklich in mich verliebt gewesen, hätte er mich wirklich gewollt, hätte er das niemals getan.»

Okay, da war etwas dran. Amy konnte Olivias Logik nichts entgegensetzen. Trotzdem dachte Nakos, dass er Olivia liebte – egal, warum –, so war es schon seit Jahren.

«Er hat mich nie geküsst.»

Amy starrte Olivia an.

«Mich hat er nie geküsst, aber dich schon.» Olivia zog die Augenbrauen hoch. «Das bedeutet etwas.»

Sicher, es bedeutete, dass die Frau, die er wollte, plötzlich endgültig unerreichbar war, sodass er einfach die nächstbeste nahm. Amy bezweifelte nicht, dass Nakos sie körperlich attraktiv fand. Das war deutlich zu erkennen. Doch – wie sie ihm ebenfalls erklärt hatte – sie hielt es für eine rein körperliche Reaktion. Und Lust verblasste mit der Zeit.

«Ich finde den Zeitpunkt interessant», beharrte Olivia.

Himmel, soweit Amy wusste, handelte Nakos einfach nur aus Langeweile oder Verzweiflung.

«Gefühle verändern sich nicht so schnell, Amy. Er hätte dich nicht vierundzwanzig Stunden nach meinem Ja-Wort geküsst, wenn er dabei an mich gedacht hätte. Nakos spielt keine Spielchen.» Als Amy nichts erwiderte, fragte Olivia: «Was ist danach passiert? Du hast gesagt, dass es zwischen euch angespannt ist.»

Amy lachte erstickt. Es gab Anspannung, und dann gab es das, was sie da gerade machten. «Er ist erst mal verschwunden, nach dem längsten *Oh-Mist-was-habe-ich-getan*-Moment in der Geschichte der Menschheit. Später hat er versucht, mit mir darüber zu reden, aber ich habe abgeblockt. Habe ihm gesagt, dass wir dieses Gespräch nicht führen werden.»

«Warum?»

«Ach, komm schon, Liv.» Wut und Frust ließen Amys Schläfen pulsieren. «Seine erste Reaktion hat Bände gesprochen. Ich bin nicht diejenige, die er will. Und ich bin auch nicht diejenige, die eine lebenslange Freundschaft wegen vorübergehender Unzurechenbarkeit ruiniert, die sich als Verlangen tarnt.»

Olivias Brauen schossen nach oben. «Also hat deine Abfuhr nichts damit zu tun, dass du keine Gefühle für ihn hast?»

Hinterhältig. Wirklich hinterhältig. Amy seufzte tief, antwortete aber nicht.

«Wir haben über Nakos gesprochen, aber was ist mit dir? Was willst du?»

Ihn. Sie wollte ihn. Sie schaffte es einfach nicht, diesen Gedanken wieder loszuwerden. Und je länger sie es nicht schaffte, desto klarer wurde Amy, dass sie ihn schon immer gewollt hatte. Doch jemanden wollen und jemanden bekommen waren zwei unterschiedliche Paar Stiefel. Dass Olivia in allen Punkten recht hatte, änderte daran gar nichts.

«In Ordnung», brummte ihre Freundin. «Also was hat den Kuss ausgelöst?»

«Ein Streit. Oder eigentlich eine Meinungsverschiedenheit. Er hat versucht, mich in Bezug auf meine Gefühle zur Rede zu stellen, und ich bin ausgewichen. Das hat ihn irritiert und ... Na ja, du weißt schon.»

«Okay, lass mich das mal zusammenfassen.» Olivia zählte die Punkte an den Fingern ab. «Er hat die Kontrolle verloren und dich geküsst. Nebenbei, wann war das letzte Mal, dass Nakos sich nicht vollkommen unter Kontrolle hatte? Richtig», sagte sie, ohne Amys Antwort abzuwarten. «Das ist bisher noch nie vorgekommen. Er hat versucht, mit dir darüber zu reden, aber das hast du nicht zugelassen. Und erst nachdem du ihn hast auflaufen lassen, wurde die Sache seltsam, und das große Schweigen setzte ein. Habe ich damit das Wesentliche erfasst?»

Amy verdrehte die Augen so heftig, dass es fast weh tat. «Jep.»

«Bei mir war er ganz anders», sagte Olivia, die anscheinend grad versuchte ein Grinsen zu unterdrücken – nicht sonderlich erfolgreich. «Er hat vielleicht drei Wörter in meiner Gegenwart gesagt, sobald ich herausgefunden hatte, dass er auf mich steht. Irgendwann haben wir das Problem natürlich gelöst. Aber ungefähr zwei Wochen lang hat er maximal drei Wörter mit mir gesprochen. Vielleicht fünf.»

Stirnrunzelnd richtete Amy ihren Blick auf Olivia, weil sie sich fragte, was gerade im Kopf ihrer Freundin vorging. Das war doch exakt dasselbe Verhalten, das Nakos jetzt wieder an den Tag legte. «Mich schweigt er auch an.»

«Oh nein. Anders als bei mir ist er direkt zu dir gegangen, obwohl er die Situation auch einfach hätte ignorieren können. Er hat versucht, mit dir zu reden … über das zu sprechen, was passiert ist. Du warst es, die das verhindert hat. Er ist weder ausgewichen, noch hat er dich auflaufen lassen. *Du* hast das getan.» Olivia schenkte Amy ein fieses Grinsen, ihr Gesicht nur Zentimeter von dem ihrer Freundin entfernt. «Er kämpft um dich. Zugegeben, er tut das auf seine verdrehte, unendlich umständliche Nakos-Art, aber genau das tut er gerade. So wie ich ihn kenne, spielt er gerade den Gentleman und gibt dir Freiraum, weil du – zumindest hat er das so verstanden – nein gesagt hast.»

Amys Herz klopfte wie wild, und ihr Puls raste, während Hoffnung in ihr aufstieg und sich in ihrer Brust ausbreitete, als wollte sie sich dort dauerhaft einnisten. Was höchst gefährlich war, weil Optimismus in ihrem Leben noch nie funktioniert hatte. Tatsächlich waren ihre Wünsche und Träume so oft zerbrochen, ihre Erwartungen so oft enttäuscht worden, dass es sie fast schockierte, so etwas wie Hoffnung überhaupt noch aufbringen zu können.

Olivia hob die Hand und tippte Amy ans Kinn, das Gesicht immer noch direkt vor ihrem. «Wovor hast du solche Angst? Nakos ist nicht Chris. Er ist ein phantastischer Mann. Warum versuchst du es nicht? Du hast etwas Gutes in deinem Leben verdient.»

Aber Nakos verdiente nur das Beste, dachte Amy, und das war sie nicht. Vielleicht würde sie es eines Tages werden, aber das bezweifelte sie schwer. Außerdem musste sie irgendwann anfangen zu glauben, dass sie mehr sein konnte als die zweite Wahl. Der Trostpreis.

Ein Klopfen erklang. Als Amy den Kopf drehte, entdeckte

sie Nate im Türrahmen. Tatsächlich füllte er den Türrahmen mit seinem riesigen Körper komplett aus. Dieser Kerl schien nur aus Muskeln und Tätowierungen zu bestehen. Aber er lächelte so entspannt, wie Amy es noch nicht oft bei ihm gesehen hatte.

Er legte die Hände an den Rahmen und lehnte sich vor, was den Stoff des schwarzen T-Shirts über all den Muskeln leicht dehnte. «Zwei Frauen im Bett. Verpasse ich hier gerade etwas?»

Amy schnaubte. «Für dich wäre auch noch Platz.»

Olivia schüttelte grinsend den Kopf. «Ist unten alles okay?»

Er betrat den Raum und beugte sich vor, um seiner Frau einen liebevollen Kuss auf den Mund zu drücken. Dieser Kerl war Olivia vollkommen verfallen. «Alles prima. Nakos sucht in der Scheune nach dir.»

«Wenn man vom Teufel spricht.» Olivia warf Amy einen Blick zu, dann erhob sie sich vom Bett. «Weißt du was? Wir sollten heute Abend ausgehen, nur wir vier. Nate muss erst am Montag wieder arbeiten, und du und Nakos wart seit Ewigkeiten nicht mehr unterwegs.»

Nate nickte. «Was auch immer du willst, Baby.»

Amy war nicht so fügsam. «Was hast du vor?»

Olivia drückte sich eine Hand an die Brust und spielte die Unschuldige. «Wer? Ich?» Auf dem Weg zur Tür tätschelte sie Nates Schulter. «Ich werde mit Nakos reden. Sieben Uhr? In der Bar?» Sie wartete nicht auf eine Antwort, sondern verschwand.

«Und dann waren es nur noch zwei.» Amy seufzte. «Ich habe gehört, euer Honeymoon war wunderbar.»

Nate nickte, dann beäugte er die Bilderrahmen auf dem Nachttisch. «Wir hätten mehr davon kaufen sollen, aber wir waren uns nicht sicher, ob wir sie heil nach Hause bekommen.»

«Ich liebe sie. Vielen Dank.»

Er brummte, dann strich er mit den Fingern über die Ausdrucke der Bilder, die Amy mitgebracht hatte. Er fächerte sie auf und lächelte leicht. «Sind die neu?»

«Jep. Habe ich mit der Kamera gemacht, die du mir gekauft hast.»

Er verzog das Gesicht zu einer *Erwischt*-Miene. «Nakos hat es dir erzählt?»

«Ja.» In diesem Moment sehnten sich ihre Finger nach der Kamera. Die Art, wie Nate im Profil vor ihr stand – der Inbegriff von Männlichkeit –, während er mit einem sanften Lächeln ihre Fotos musterte, enthielt genau die Widersprüche, die sie so gern in ihren Bildern einfing. «Ich bin mir nicht sicher, was dich dazu gebracht hat, aber danke.»

Das Lächeln verschwand. «Es war einfach nicht richtig, was dieses Arschloch mit deinen Sachen angestellt hat.» Er sah sie an. «Oder was er dir angetan hat.» Seine Miene wurde hart, und die goldenen Augen glitten über ihren Körper, als suche er nach den Wunden, die schon lange verheilt waren. «Diesen Tag würde ich gerne vergessen.»

«Ich auch.» Nate war allerdings nicht für Chris' Handlungen verantwortlich. Und genauso wenig war es seine Aufgabe, die beschädigten Gegenstände zu ersetzen. «Auch auf das Risiko hin, dass ich klinge wie eine hängen gebliebene Schallplatte: Danke! Für die Fotoausrüstung und für die Rettungsaktion.»

Nate wandte den Kopf zur Seite. Seine Miene ließ vermuten, dass seine Gedanken für einen Moment abdrifteten, bevor er den Blick wieder auf den Nachttisch richtete. Er tippte auf die Bilder. «Mehr Dank als das hier brauche ich nicht.»

Schweig still, mein Herz. Kein Wunder, dass Olivia ihn liebte. «Sie hat Glück, dich gefunden zu haben.»

Ein Lächeln, dann schüttelte er den Kopf, als wolle er sagen, dass er derjenige war, der sich glücklich schätzen konnte.

«Hey.» Amy wartete, bis Nate sie ansah. «Es gibt quasi niemanden, den ich so sehr liebe wie Olivia. Niemanden, der freundlicher ist oder echter.» Aber Nate war ebenso einzigartig. Dass er so tief lieben konnte, obwohl er vor Olivia kaum Zuneigung im Leben erfahren hatte, bewies nur, wie bewundernswert er war. «Sie hat Glück, dich zu gefunden zu haben.»

10

Nakos blieb weniger als eine halbe Stunde Zeit, um zu duschen, bevor er mit den anderen in der Bar verabredet war. Auch wenn er keine Ahnung hatte, wieso er eigentlich zugestimmt hatte mitzukommen. Der Gedanke, Amy gegenüber an einem Tisch zu sitzen, während sie ihn anschwieg und gelegentlich aus schmerzerfüllten Augen musterte, entsprach nicht gerade seiner Vorstellung eines perfekten Freitagabends.

Andererseits ... ein weiterer schweigsamer Abend im Haus, um dann im Zimmer neben ihr zu schlafen, klang auch nicht nach einem Riesenspaß. Sie konnten so nicht weitermachen. Er stand kurz davor, zu explodieren.

Er wusste einfach nicht mehr weiter, also plante er, Amy morgen zur Rede zu stellen, wenn sie allein waren und nicht arbeiten mussten. Nakos dehnte den Nacken, als er die Treppe in seinem Haus nach oben stieg. Als könnte irgendjemand Amy Woods zu irgendetwas zwingen. Und *er* konnte es sicher nicht, wenn man bedachte, dass sie ihn ständig sprachlos und gleichzeitig schwindelig machte, als würde er betrunken Karussell fahren. Und dazu musste sie sich nicht mal anstrengen.

Zumindest würde es heute Abend Alkohol geben.

Er drehte den Knauf der Badezimmertür und blieb dann wie erstarrt auf der Schwelle stehen. Sein Mund war plötzlich staubtrocken trotz der duftenden, feuchten Luft, die ihm ins Gesicht waberte.

Feuchtes, kakaofarbenes Haar, das zu einem Dutt hochgesteckt war. Glatte, helle Haut. Kleine pinke Nippel. Wassertropfen, die über wunderbare Kurven glitten. Ein kleines Dreieck dunkler Locken am Scheitelpunkt von ... Amys Schenkeln. Sie stand direkt vor der Badewanne, ein Handtuch in der Hand, die Augen weit aufgerissen.

«Heilige Scheiße. Es tut mir leid.» Nakos schlug sich die Hand über die Augen und wandte sich ab.

Hihcebe, sie war nackt. Absolut, vollkommen, wunderbar nackt.

«Ich dachte, du würdest dich ...» Er tastete blind nach dem Türknauf, wobei er sich die Knöchel am Türrahmen anschlug. «... bei Olivia ...» Verdammt, wo war dieser verdammte Knauf? «... fertig machen.» Da. Der Herr sei gelobt. Er knallte die Tür hinter sich zu und lehnte mit dem Rücken dagegen.

Erschüttert schnappte er nach Luft. Ihm war heiß, und Lava floss durch seine Adern. In seiner Brust schien eine Herde Pferde herumzutrampeln. *Niemals*. Niemals würde er vergessen, wie sie nackt aussah. Fünf Sekunden. Mehr war es nicht gewesen. Fünf Sekunden lang hatte er buchstäblich seinen feuchten Traum vor sich gesehen, und jetzt war er völlig fertig. Vernichtet.

«Ähm, das wollte ich auch.» Er hörte leise Geräusche hinter der Tür. «Aber mein Make-up und meine Kleidung sind hier, also hat Olivia mich hergefahren.»

Kleidung, sagte sie. Aber sie hatte ... nichts ... an. Und er war einfach ins Bad geplatzt. Weil er über sie und die Folter nachgedacht hatte, die er ihretwegen in den letzten Tagen durchgemacht hatte. Daher hatte er nicht darauf geachtet, dass die Tür geschlossen gewesen war und sie vielleicht gerade aus der Dusche getreten sein könnte. Tropfnass.

Gott, er war hart.

Wieder hörte er leise Geräusche, als würde sie sich abtrocknen. Er presste fest die Augen zu, als sich die passenden Bilder dazu in seinen Kopf drängten. All diese helle, perfekte Haut. Die atemberaubenden Kurven und …

Scheiße. Und das alles wirklich, wirklich nackt.

Er stöhnte. «Es tut mir so leid, Ames.»

«Kein Problem. Ich hätte die Tür zuschließen sollen.»

Kein Problem? Er sah zu seinem Hosenstall hinab. Ganz im Gegenteil.

Es war eine Sache, sich Amys Anziehungskraft auf ihn einzugestehen, sie zu küssen und sich auszumalen, wozu dieser Kuss hätte führen können, wenn er seinen Anstand über Bord geworfen hätte. Aber es war etwas vollkommen anderes, dem Objekt seiner Begierde direkt gegenüberzustehen und von der Realität in die Knie gebracht zu werden. Amy war noch viel wunderbarer, als er es sich je hätte vorstellen können.

Himmel, sie war fast überirdisch schön.

Die Tür schwang auf. Da er sich immer noch dagegenlehnte, verlor er das Gleichgewicht. Eilig griff er nach dem Türrahmen, um sich abzufangen.

«Kann ich vorbei?»

«Ja», presste er hervor und trat einen Schritt zur Seite. Fast schockierte es ihn, dass seine Beine ihm nicht den Dienst verweigerten. Obwohl er den Blick zu Boden gerichtet hielt, bemerkte er, dass Amy angezogen war. Er räusperte sich: «Ich möchte mich noch mal entschuldigen.»

«Es sind nur Brüste. Ich bin mir sicher, du hast schon mal welche gesehen.»

Aber nicht ihre, verdammt noch mal. Und der Humor in ihrer sinnlichen Stimme tat nichts, um sein Herzrasen zu beruhigen. In den letzten Tagen war so gut wie kein Wort aus ihrem hübschen Mund gedrungen, und welches Wort sprach sie dann quasi als Erstes aus? *Brüste.* Und meinte damit ihre eigenen. Weil er sie gesehen hatte.

Das war der sechste Kreis der Hölle.

«Gib mir zehn Minuten, um zu duschen, dann können wir aufbrechen.» Er wirbelte auf dem Absatz herum und stiefelte in sein Schlafzimmer, um sich frische Kleidung zu holen, bevor er ins Bad zurückkehrte.

Das nach Amy roch. Genau wie sein Truck, seitdem sie mit ihm zum Haupthaus fuhr. Und aus irgendeinem unverständlichen Grund galt das auch für die Bar, wie er eine halbe Stunde später feststellte. Zusammen mit den Gerüchen von billigem Bier, kaltem Rauch und Leder umgab ihn auch hier Amys Duft. Quälte ihn. Verhöhnte ihn.

Er lehnte sich auf seinem Barhocker am Tresen neben Nate zurück und ließ seinen Finger durch das Kondenswasser auf dem Glas gleiten. Olivia und Amy hatte beschlossen, eine Partie Pool zu spielen, was ihm zumindest ein wenig Luft zum Atmen verschaffte.

Countrymusik plärrte aus der Jukebox, und ein paar Leute, die er aus der Stadt kannte, wirbelten auf der improvisierten Tanzfläche im hinteren Teil der Kneipe herum. Die Stühle vor der zerkratzten Bar aus Kiefernholz waren für einen Freitag relativ spärlich besetzt, aber Meadowlark war nicht allzu groß, und es war noch ziemlich früh.

Nakos ließ seinen Blick über die helle Wandverkleidung und die Neonschilder daran gleiten, während er sich wünschte, er wäre zu Hause. Er sah keinen Sinn darin, hier herumzusitzen, und es gefiel ihm hier auch nicht besonders. Der Laden ähnelte unzähligen Kneipen in unzähligen Käffern auf der Welt. Selbst wenn er nicht ständig an Amy gedacht hätte, wäre er an den Frauen hier nicht im Geringsten interessiert. Die Hälfte war verheiratet, ein Viertel von ihnen bereits zu alt für seinen Vater, und den Rest hätte er nicht mal mit Gummihandschuhen angefasst. Wenn er eine Partnerin suchte, traf er sich gewöhnlich mit jemandem aus dem Reservat, aber die letzte dieser Begegnungen war über ein Jahr her.

«Benutzt Amy die neue Kamera endlich?» Nate stemmte die Unterarme auf den Tisch. «Sie meinte, du hättest ihr erzählt, dass das Geschenk von mir kam.»

Nakos brummte und warf einen Blick zu den Frauen am Pool-Tisch. Ein paar von Olivias Rancharbeitern hatten sich ihnen angeschlossen. «Ja. Tut mir leid. Aber dadurch hat sie das verdammte Ding schließlich ausgepackt.»

«Ich dachte, es käme besser an, wenn die Kamera von dir stammt. Deswegen haben wir sie angelogen.»

Käme besser an? Tja, hätte man meinen sollen. «Nope.»

Amy beugte sich vor, das Billardqueue in der Hand. Ihre blaue Bluse klaffte dabei weit genug auf, dass er einen Blick auf die Wölbung ihrer Brüste erhaschen konnte. *Hihcebe.* Er konnte nicht gewinnen.

Rasch richtete er den Blick zurück auf Nate und seufzte. «Sie hat ein wenig damit herumgespielt, während du und Olivia unterwegs wart.» Nakos erklärte Nate ein paar von Amys Ideen. «Sie hat ein paar Bilder von mir geschossen, ohne dass ich es mitbekommen habe. Und als sie sie mir zeigte, erzählte sie irgendwas von Buch-Covern oder Werbeanzeigen.»

Nate schnaubte leise. «Mit dir drauf ?»

«Lach nur. Dich wird sie auch noch erwischen.» Er nahm einen Schluck von seinem lauwarmen Bier. «Mittwoch nach der Arbeit hat sie Rico dazu gebracht, mit nacktem Oberkörper auf einem Pferd herumzureiten. Und für nächste Woche hat sie schon Termine mit ein paar anderen Arbeitern ausgemacht.»

«Bei den anderen Jungs kann ich mir das vorstellen. Vielleicht. Aber nicht bei dir.»

«Ich bin auch nicht gerade begeistert. Aber wenn es ihr hilft, ist es mir egal.» Er zuckte mit den Achseln. «Ich habe ihr allerdings gesagt, dass man mein Gesicht nicht erkennen darf.»

«Huh.» Nate schüttelte langsam den Kopf. Es war deutlich zu erkennen, dass er Nakos für verrückt hielt. «Du hast größere Probleme, als ich dachte.»

«Erinnerst du dich daran, wie du in die Stadt gekommen bist und wir uns nicht ausstehen konnten? Waren schöne Zeiten.»

Für einen Augenblick umspielte ein Lächeln die Lippen des Exsoldaten. «Ich sage nur, was ich denke.» Er musterte Nakos einen Moment lang. «Du solltest mit ihr darüber reden.»

Als hätte er das nicht versucht. Wieder und wieder. «Ich mag meine Eier, wo sie sind.»

Nate brummte amüsiert, den Blick auf sein Bier gerichtet. «Du hast mir damals erklärt, ich soll mich zusammenreißen und der Sache mit Olivia eine Chance geben. Es ist doch okay, wenn ich diesen Gefallen jetzt erwidere?»

In Anbetracht der Tatsache, dass er sich gerade wirklich wie ein Trottel benahm, würde es vielleicht helfen, die Meinung eines anderen Manns zu hören. Es war ja nicht so, als wäre er allein auf tolle Ideen gekommen. «Ich habe sie geküsst.» Als Nate ihn ansah, nickte er. «Ich glaube, sie hat mir dabei das Hirn ausgesaugt.»

Wieder ein Lachen. «Wo ist das Problem?»

«Sie hat aufgehört, mit mir zu reden.» Bis heute Abend.

Es sind nur Brüste.

Okay, er brauchte etwas Stärkeres als Bier. Und zwar sofort.

Als Nate die Stirn runzelte, erklärte Nakos: «Es gefiel ihr. So viel habe ich mitbekommen.»

«Und noch mal: Wo ist das Problem? Setz dich mit ihr hin. Redet darüber.»

Nakos fuhr sich mit der Zunge über die Zähne. «Wenn du sie auch nur halb so gut kennen würdest wie ich, wüsstest du, dass es wahrscheinlicher ist, dass ich zum UN-Generalsekretär gewählt werde. Amy gibt nur preis, was sie für richtig hält. Sie hat Ausweichen, Ablenken und Abblocken zu einer Kunstform erhoben.»

«Ich wusste doch, dass es einen Grund gibt, warum ich sie mag.» Nate grinste. «Tut mir leid. Okay. Dann küss sie einfach noch mal. Frittier ihr im Gegenzug ebenfalls die Hirnzellen.»

Das wollte Nakos. Sogar dringend. Aber das, was sie bisher gesagt hatte, hielt ihn davon ab. Diese ganze *Nur-dein-Körper-will-mich*-Tirade war ... Er wusste es nicht. Sie lag damit nicht richtig, aber sie hatte ihm einigen Stoff zum Nachdenken geliefert. Denn es stimmte, dass er ausgetickt war, und das eben weil *sie* es gewesen war, die er geküsst hatte. Jahre der Freundschaft standen auf dem Spiel.

Die Frauen kehrten an den Tisch zurück. Olivia ließ sich auf Nates Schoß nieder, um dann die Hälfte seines Biers zu leeren. «Oh Gott, das war fast so gut wie ein Orgasmus. Ich hatte echt Durst.»

Nates Lächeln wurde strahlend, als er sie ansah. «Ernsthaft? Das Bier ist wässrig und lauwarm.»

Amy kletterte auf ihren Stuhl neben Nakos und schnaubte.

«Orgasmen sind ein Mythos. Wie eine gute Kreditwürdigkeit.» Sie blinzelte nicht einmal, als alle sie nur entsetzt anstarrten. «Was? So ist es doch. Nur siebenundzwanzig Prozent der Frauen kommen beim Geschlechtsverkehr zum Höhepunkt. All dieser Hype wegen drei jämmerlichen Sekunden Aktivität des Nervensystems? Bitte.»

Nach einem langen Schweigen deutete Nate mit dem Finger auf sie. «Du bist bisher wirklich nur Blödmännern begegnet.»

Olivia nickte zustimmend.

Nakos schüttelte nur den Kopf, weil er zu nichts anderem fähig war. Amy war drei Jahre lang mit dem Antichrist verheiratet gewesen, und er bezweifelte schwer, dass ihr Exmann ein besonders aufmerksamer Liebhaber gewesen war. Aber Chris war nicht ihr erster Sexualpartner gewesen. Zumindest ging Nakos nicht davon aus. Sie war vor ihrer Ehe mit einigen Männern ausgegangen.

Er fragte sich, ob Amy einfach nur provozieren wollte oder wirklich noch nie guten Sex gehabt hatte. Das war bei ihr schwer zu sagen. Aber zum Teufel, er wollte ihr beweisen, wie falsch sie lag! Immer wieder. Die ganze Nacht lang. Bis sie nicht mal mehr die Augen öffnen konnte, geschweige denn sich bewegen.

«Wie auch immer.» Sie sprang von ihrem Stuhl und zog ihr Handy aus der hinteren Hosentasche, als es kurz vibrierte. «Ich ...» Sie sah aufs Display und las die Nachricht, dann wurde ihr Gesicht plötzlich bleich, und ihr ganzer Körper versteifte sich.

Olivia runzelte die Stirn. «Was ist los?»

«Onkel Clint kommt zu Besuch.» Ihre Hände zitterten, und sie schluckte schwer.

«Igitt. Wann?» Olivia spähte auf das Handy.

«Ich weiß es nicht. Das schreibt Kyle nicht.» Mit den Daumen tippte Amy eine Antwort.

Nakos' Magen verkrampfte sich, als ihre Gesichtsfarbe von gräulichem Weiß in einen leichten Grünton umschlug. «Ich kann mich nicht erinnern, dass du ihn schon mal erwähnt hättest.» Wieso löste dieser Onkel bei ihr eine solche Reaktion aus?

«Der Bruder meiner Mutter. Er lebt in Texas.» Amys Stimme zitterte fast genauso heftig wie ihre Hände. «Er kommt nicht allzu oft vorbei. Er hat uns ein paarmal besucht, als wir noch Kinder waren, und einmal, als Chris und ich schon geheiratet hatten. Das war das einzige Mal, dass mein Ex wirklich nützlich war. Er hat meinen Eltern erklärt, wir wären nicht da ... dass wir campen gehen würden. Da Chris jegliche Familienzusammenkünfte hasst, hat er mir eine Ausrede geliefert.»

Olivia zuckte mit den Achseln. «Total unheimlicher Kerl, dieser Clint. Wie alt waren wir ... dreizehn? ..., als ich bei dir zu Abend gegessen habe und er auch da war?»

«Zwölf.» Amy atmete tief durch, den Blick immer noch auf ihr Handy gerichtet. «Das war sein letzter Besuch vor dem vor zwei Jahren.»

Olivia rümpfte die Nase, dann sah sie zwischen Nate und Nakos hin und her. «Er erinnert mich an einen Gebrauchtwagen-Verkäufer. Gel im Haar, zu viel Aftershave. Erzählt widerliche, anzügliche Witze. Ich schwöre, er hat mich die ganze Zeit angestarrt, als wolle er ...» Sie schüttelte sich. «Bäh.»

Nates Blick wurde hart wie Zement. «Er hat *was* getan?» Er fletschte förmlich die Zähne.

«Entspann dich. Das ist Jahre her. Er hat mich nie angefasst. Er ist widerlich, aber harmlos.» Olivia sah Amy an. «Trotzdem musste ich hinterher duschen.»

Auch wenn er Olivia nicht angefasst hatte, welches kranke Arschloch sah ein zwölfjähriges Mädchen auf diese Weise an? Oder erzählte ihnen anzügliche Witze? Nakos' Temperament drohte überzukochen. Kein Wunder, dass Amy so reagierte. Jeder würde sich in der Nähe einer solchen Person unwohl fühlen.

«Nächste Woche Freitag.» Amy schloss für einen Moment die Augen, dann steckte sie ihr Handy wieder weg. «Da kommt er und bleibt übers Wochenende bei meinen Eltern.»

«Nun, das ist zumindest ein Vorteil daran, dass deine Leute dich enterbt haben.» Olivia drückte Amys Hand. «Du musst nicht höflich sein. Oder ihn überhaupt sehen.»

«Das stimmt.» Sie atmete einmal tief durch, und ihr Gesicht gewann etwas an Farbe zurück. Dann setzte sie sich wieder. Da es ihr besser zu gehen schien, beruhigte sich auch Nakos. «Was habe ich verpasst, während ich Liv beim Billard fertiggemacht habe?»

«Nicht viel.» Nate schickte ein Grinsen in Nakos' Richtung. «Aber ich habe was Interessantes gehört. Du spezialisierst dich jetzt auf das Fotografieren von Cowboys?»

Sie grinste frech. «Mit einem dezidierten Interesse an tätowierten Exsoldaten.»

Nakos lachte. «Ich hab's dir doch gesagt.» Schätzungsweise würde es nicht mal fünf Minuten dauern, bis sie ihren Willen gekriegt hatte.

Nate schüttelte entschieden den Kopf. «Nein.»

«Komm schon.» Amy wackelte mit den Augenbrauen. «Dich muss man unbedingt für die Nachwelt festhalten.»

«Nein.»

«Probier es doch mal aus. Nur ein Fotoshooting.» Sie klimperte mit den Wimpern. «Schließlich hast du mir die Kamera gekauft. Und Olivia wird die Bilder lieben.»

Nate sah zu seiner Frau, nur um die Schultern sinken zu lassen, als sie zustimmend nickte. «Verräterin.» Mit zusammengekniffenen Lippen sah er ein weiteres Mal zu Amy. Schwieg einen Moment. «Ohne, dass man mein Gesicht sieht, wie du es bei ihm gemacht hast.» Er deutete mit dem Daumen auf Nakos.

«Das lässt sich einrichten.» Amy tanzte auf ihrem Sitz, als wäre sie sich sicher, gewonnen zu haben.

«Und ich lasse mein Hemd an.»

«Das kommt runter.»

«Es bleibt an.»

Sie trommelte mit den Fingern auf den Tisch. «Okay, Kompromiss. Ein aufgeknöpftes Hemd? Oder ein enges Shirt, das deine Tätowierungen zeigt und die Muskeln betont?»

Nate musterte sie einen Moment. «Okay. Abgemacht.»

«Yippie!» Sie riss triumphierend die Faust in die Luft, dann ließ sie den Blick über seinen Körper wandern, als komponiere sie bereits das Foto. «Du wirst auf den Bildern zum Anbeißen aussehen.»

«Zum Anbeißen, hm?» Stirnrunzelnd sah Nate Olivia an, als wolle er ihre Reaktion abschätzen.

Olivia legte nur den Kopf schräg. «Amy hat recht.» Sie drückte ihm lächelnd einen Kuss auf die Lippen, dann konzentrierte sie sich wieder auf ihre Freundin. «Was wirst du Sam sagen?»

Amy zuckte mit den Schultern. «Vielleicht sage ich ja.»

Moment. Was? «Sam, unser Angestellter?» Nakos sah zwischen den Frauen hin und her. Die beiden wechselten die Themen schneller, als ein Steppenfeuer außer Kontrolle geriet. «Ja zu was?»

«Jep, unser Sam. Er hat Amy zum Abendessen eingeladen.» Olivia bedachte Nakos mit einem *Was-willst-du-dagegen-unternehmen*-Blick. «Oder fällt dir ein guter Grund ein, weshalb sie ihn zurückweisen sollte?»

Ah. Also hatte Amy Olivia von dem Kuss erzählt. Super. Wieso setzte sie es nicht einfach in die Zeitung? Und auf keinen Fall würde Amy mit Sam ausgehen. Er war ein toller Arbeiter und durchaus in Ordnung, aber nein. Niemals. Er würde das nicht zulassen.

Hihcebe. Er erstarrte. Nate hatte recht. Er hatte wirklich ein Problem.

«Seltsam, dass er jetzt schon fünf Jahre für dich arbeitet und mich noch nie um ein Date gegeben hat.»

Olivia wedelte wegwerfend mit der Hand. «Drei Jahre davon warst du verheiratet. Und er hat sich gerade erst von dieser Kellnerin aus dem Diner getrennt.»

«Hm.» Amy senkte nachdenklich den Kopf.

Als Nate sich in dem schlechten Versuch, ein Grinsen zu verbergen, den Mund rieb, seufzte Nakos. Er hatte das Gefühl, dass er hier in eine Falle gelockt wurde. Was allerdings keine Rolle spielte, weil er seine erste Reaktion genauso wenig kontrollieren konnte, wie er Amy kontrollieren konnte.

Er stemmte die Ellbogen auf den Tisch und sah sie direkt an. «Mach es. Geh auf das Date und hab Spaß.» Sein linkes Auge zuckte, und er musste sich auf die Zunge beißen, um seine Aussage nicht sofort zurückzunehmen.

Amy kniff irritiert die Augen zusammen, während sie ihn abschätzend musterte, aber … Ja. Ja, ja und zur Hölle ja. Endlich sah er etwas. Er entdeckte Schmerz in den blaugrünen

Tiefen ihrer Augen, als hätte seine Antwort sie verletzt. Sie wollte offensichtlich nicht mit dem Kerl ausgehen. Und er selbst hasste schon allein die Idee.

Tagelang hatte die Unklarheit ihn in den Wahnsinn getrieben. Ständig hatte er hinterfragt, was Amy wollte, und seine eigenen Gefühle seziert.

Das war jetzt vorbei. Dieses Gefühlschaos würde heute Abend enden, sobald er sie nach Hause gebracht hatte. Vielleicht würde er den Abend nicht überleben, aber das war ein Risiko, das er eingehen würde. Es spielte keine Rolle, wie schnell oder wie langsam er vorgehen musste – und er würde sich auch nicht darum kümmern, was für verwirrende Dinge sie so von sich gab.

Diese Chemie zwischen ihnen? Diese knisternde Anziehungskraft? Sie ließ sich nicht leugnen.

Die Tatsache, dass er noch nie etwas Ähnliches empfunden hatte, reichte Nakos als Rechtfertigung, etwas zu unternehmen. Er hatte keine Ahnung, warum Amy abblockte oder sogar die Flucht antrat. Ihre Abwehrmechanismen hatten sich eingeschaltet, kaum dass es zu dieser seltsamen Veränderung in ihrer Freundschaft gekommen war. Aber er würde die Gründe dafür herausfinden, und wenn es das Letzte war, was er tat.

Weil sie ihn auch wollte. Und, ja: Diese Frau war ein wandelndes Pulverfass. Aber er wünschte sich nichts mehr, als der Funke zu sein, der sie zum Explodieren brachte.

«Also ... damit habe ich absolut nicht gerechnet.» Olivia sah zwischen Nakos und Amy hin und her, dann richtete sie ihren Blick auf Nate. «Wieso grinst du?»

Nate kratzte sich am Kinn, offensichtlich hin und her gerissen, ob er die Wahrheit sagen sollte oder nicht. «Amy hört nie auf das, was Nakos sagt. In neunundneunzig Prozent aller Fälle tut sie sogar genau das Gegenteil.» Er hob vielsagend die Augenbrauen.

Nakos rieb sich kopfschüttelnd den Nasenrücken. Da war er ja weit gekommen mit seiner umgekehrten Psychologie.

«Oh.» Olivia richtete sich auf. *«Ooohh!»*

Nakos lehnte sich ein wenig zurück und beobachtete die unzähligen Emotionen, die über Amys Gesicht huschten. Verärgerung. Erleichterung. Verwirrung. Interesse. Bevor sie anfangen konnte, Rachepläne zu ersinnen und Sam doch noch zuzusagen – oder etwas anderes zu tun, was seine Pläne durchkreuzen konnte –, sagte Nakos: «Bist du bereit, nach Hause zu fahren?»

Wenn er ihre leicht aufgerissenen Augen richtig deutete, lautete die Antwort ... «Nein.»

Er nickte, wobei ein leises Lächeln seine Lippen umspielte. «Ich kann warten, *anim.*» Oh ja. Er würde abwarten, egal, wie lange sie brauchte.

11

Immer noch entsetzt von der Nachricht, dass ihr Onkel zu Besuch kam, sprang Amy aus Nakos' Truck und wartete darauf, dass er die Eingangstür zu seinem Haus aufschloss. Seitdem sie die Nachricht von ihrem Bruder bekommen hatte, war ihr Magen ein einziger schmerzender Knoten. Erinnerungen, von denen sie geglaubt hatte, sie längst besiegt zu haben, drängten wieder an die Oberfläche.

Rauchgeschwängerter Atem und *Old Spice*.

Grobe Hände, die blaue Flecken hinterließen.

Ihre Schreie, die von einer Hand über ihrem Mund erstickt wurden.

Der Schmerz. Die Tränen. Die Scham.

Sie musste ihre Reaktionen unter Kontrolle bekommen, bevor Nakos mitbekam, dass etwas nicht stimmte. Amy stiefelte vor ihm her ins Haus und ging direkt auf die Treppe zu. Sie hatte das einmal hinter sich gelassen, sie würde es wieder schaffen. Und wenn sie sich eine Million Mal daran erinnern musste, dass sie kein schwaches, verängstigtes kleines Mädchen mehr war – schön, dann würde sie genau das tun. Sie war stärker als alles, was das Leben ihr servieren konnte. Der beste Beweis dafür war die Tatsache, dass sie immer noch auf den Beinen stand.

Aber verdammt, sie wäre am liebsten zusammengebrochen.

«Ames.» Nakos' Schritte erklangen hinter ihr, und sie stoppte auf der untersten Stufe. «Ich vermisse dich.»

Ihre Finger packten das Geländer fester, und sie schloss fest die Augen. Heute Abend konnte sie sich nicht mit Nakos auseinandersetzen. In der Bar hatte er sie mit Adleraugen beobachtet, auf diese ruhige Art, die immer den Eindruck vermittelte, als könnte er ihre Gedanken lesen.

Gott sei Dank konnte er das nicht. Es gab unzählige Schichten aus Schmerz und Erniedrigung, die er erst hätte durchdringen müssen, um die unschuldige Person zu finden, die er vor so langer Zeit kennengelernt hatte. Damals, an diesem Sommertag, als die Wildblumen geblüht hatten. Was sie nicht alles getan hätte, um das zurückzubekommen; um einfach zu löschen, wozu sie geworden war. Um die Zuneigung annehmen zu können, die sie so oft in seinen Augen sah.

Doch das war unmöglich ... Und nichts von alledem war seine Schuld. Seine Bedürfnisse waren wichtiger als ihre, und wenn er jetzt ausgerechnet sie brauchte – beziehungsweise ein Ende ihres Zerwürfnisses –, dann würde sie ihm das geben.

Sie schluckte schwer und drehte sie sich halb um, sodass sie ihm ihr Profil zuwandte. «Du vermisst mich? Ich bin nirgendwo hingegangen. Ich stehe direkt vor dir.»

«Nein, tust du nicht.» Er trat vor, bis seine Stiefelspitzen gegen die Stufe stießen und ihre Augen sich auf einer Höhe befanden. «Du hast dich vor drei Monaten abgemeldet und bist seitdem nur hin und wieder mal aufgetaucht. Und die letzten Tage?» Er presste sich eine Hand an die Brust. «Die haben mich fast umgebracht, *anim*. Ich vermisse dich.»

Zum zweiten Mal schloss sie die Augen – diesmal, um gegen Tränen anzukämpfen. Das hätte Nakos nur noch mehr aufgeregt. «Es tut mir leid», flüsterte sie gepresst. Ihr Versuch, das zu stoppen, was sich da zwischen ihnen zusammengebraut hatte, hatte nur zu einer größeren Katastrophe geführt. Ihre Gründe waren vernünftig, und sie wollte ihre Meinung nicht ändern, aber sie würde ihre Freundschaft retten. Irgendwie. «Es tut mir leid.»

«Muss es nicht. Rede mit mir.» Nakos' mitternachtsschwarze Augen suchten ihren Blick. «Sag mir, was er dir angetan hat. Damit wir darüber hinwegkommen können und ich meine Amy zurückbekomme.»

Zuerst dachte sie, Nakos hätte jetzt tatsächlich ihre Gedanken gelesen und spräche über ihren Onkel, aber dann wurde ihr klar, dass er ihren Ex meinte. Himmel. Chris war nicht das Problem. Irgendwann einmal hatte sie angenommen, er könnte die Lösung sein, aber nicht mal dieser Selbstbetrug hatte etwas gebracht.

«Er hat mir nichts angetan.» Außer dafür zu sorgen, dass sie sich noch unbedeutender fühlte; und zu beweisen, dass sie anscheinend nicht einmal die einfachsten Dinge verdiente: Blickkontakt. Berührungen. Anerkennung. Treue. Liebe. «Du weißt, was passiert ist. Ich bin darüber hinweg.»

Aber Nakos hatte recht. All das hatte an dem Tag begonnen, an dem Chris sie verprügelt hatte. Denn an diesem Tag hatte sie herausgefunden, dass sich die Realität nicht ändern ließ. Es war egal, wie viel Rückgrat man bewies; egal, was man sich einredete oder wie sehr man sich anpasste. Jeder Schlag in ihr Gesicht, jeder Tritt in ihre Rippen und jede gebrüllte Beleidigung hatten die Wahrheit unterstrichen.

Sie war ein Niemand.

«Du bist nicht darüber hinweg.» Nakos umfasste ihre Schultern, ließ seinen Daumen über ihren Nacken gleiten. «Wenn du nicht mit mir reden willst, dann rede mit Nate. Er kennt sich aus mit posttraumatischem Stress. Vielleicht kann er dir helfen.»

Das Problem war keine posttraumatische Belastungsstörung. Sie schüttelte den Kopf, weil sie nicht wusste, wie sie das alles in Worte fassen sollte. Und Nakos hatte offensichtlich nicht die Absicht, das Thema ruhen zu lassen.

Mit einem Seufzen trat Amy um ihn herum und ging Richtung Küche. Wenn er sie noch länger so sanft berührte, so zärtlich ansah, würde sie ausrasten. «Wenn du jetzt echt reden willst, brauche ich Eis. Als Stärkung.»

Er murmelte ein paar genervte Worte, dann folgte er ihr. «Seit wann brauchst du eine Stärkung, um mit mir zu sprechen?»

Seitdem er angefangen hatte nachzuhaken, statt nur zu beobachten. Sie zog ihren Notfallvorrat Minzeis mit Schokostücken aus dem Tiefkühlfach, nahm sich einen Löffel aus einer Schublade und trat durch die Küchentür nach draußen.

Dort ließ sie sich auf die oberste Stufe der Terrasse sinken, öffnete die Eispackung und starrte in Richtung Horizont. Die Laramie Mountains erhoben sich als schwarze Schatten vor einem marineblauen Himmel voller Sterne. Die weiten Grasflächen der südlichen Weiden bewegten sich im Wind. Der Duft von Kiefern und Wildblumen verband sich mit dem Duft der Erde. Amy atmete tief ein.

Bis hinter ihr die Tür ins Schloss fiel und sie Nakos' Schritte auf dem Holz hörte. Sie grub den Löffel in ihr Eis und hielt den Blick nach vorne gerichtet, als er sich neben sie setzte. Vermeidungsstrategie. Ihre beste Freundin.

Nakos nahm seinen Stetson ab und ließ die Hutkrempe durch die langen, schwieligen Finger gleiten, bevor er den Cowboyhut zur Seite legte. «Ich mache mir Sorgen um dich.»

Er drehte den Kopf und sah sie an, während seine tiefe Stimme über ihre Haut zu gleiten schien. «Du bist mir so verdammt wichtig, und ich mache mir Sorgen um dich.»

Und ... Sie sackte in sich zusammen. Er schaffte es jedes Mal. «Es geht mir gut.» Sie rammte den Löffel noch etwas tiefer in ihr Eis. «Ich habe keine Albträume und auch keine Angst vor Berührungen oder irgendwas. Ich versuche nur, mein Leben wieder auf die Reihe zu bekommen. Das ist alles.»

«Sei mir nicht böse, aber das glaube ich dir nicht.» Auch er richtete seinen Blick in die Ferne. An seinem Kinn zuckte ein Muskel im Takt ihres Herzschlages. So ein attraktives männliches Gesicht

Sie füllte einen Löffel und streckte ihm das Eis entgegen. «Willst du auch was?»

Er beäugte erst den Löffel, dann sie. «Ich mag kein Eis.»

Stimmt. Das hatte sie vergessen. «Ich wusste doch, dass du irgendeinen Fehler haben musst.»

Er versteifte sich, dann richtete er den Blick kurz zum Himmel, bevor er sie verständnislos ansah. «Was soll das jetzt schon wieder heißen? Ich bin nicht perfekt.»

«Nein, natürlich nicht.» Amy verdrehte die Augen. Dieser dumme Mann. Sie hob eine Hand, um die Punkte an den Fingern abzuzählen. Ihre Stimme troff vor Sarkasmus. «Dein Herz ist nicht größer als das Universum. Du würdest nicht alles für die Leute aufgeben, die dir etwas bedeuten. Du bist nicht der loyalste Mensch, der je geboren wurde. Du versuchst nicht, deine Gefühle zu zeigen, auch wenn es schwerfällt. Du arbeitest nicht härter als jeder andere.» Ihr gingen die Finger an dieser Hand aus, also fing sie einfach noch mal von vorne an, da sie mit der anderen ihr schmelzendes Eis hielt. «Dein Blick ist nicht schärfer oder durchdringender als der aller anderen Männer, und ich sage jetzt mal nichts zu deinen dichten Wimpern. Damit fange ich wirklich lieber gar nicht erst an. Deine Stimme ist nicht so tief und rau, dass sie einem Schauder über den Rücken jagt. Die Art, wie du gehst, und deine ganze Haltung sind nicht selbstbewusst oder heiß. Und dein bronzefarbener, durchtrainierter Körper ist natürlich nicht unglaublich sexy.»

Verdammt. Sie musste seinem Beispiel folgen und einfach den Mund halten. Amy rammte den Löffel in das Eis und senkte den Blick, um den Mann neben sich nicht ansehen zu müssen. «Also nein, Nakos. Du bist nicht perfekt. Was habe ich mir nur dabei gedacht?»

Schweigen breitete sich aus. Grillen zirpten.

Nakos starrte Löcher in ihr Profil, als wolle er sich in ihren Kopf graben und dort für immer verweilen. Sie hätte ihm sagen können, dass er sich die Mühe sparen konnte, weil ihn dort nur Albträume erwarteten, aber er hätte sowieso nicht auf sie gehört.

Nach einer furchtbar langen Pause, rieb er sich das Kinn und erwiderte: «Wenn du mich so siehst ... warum hast du mich dann abgewiesen, als unsere Freundschaft anfing, sich weiterzuentwickeln?»

Weiterzuentwickeln? Klar, ihre Fortschritte führten direkt in die Steinzeit zurück. «Das haben wir doch bereits besprochen.»

«Nein. Du hast geredet, bis mir der Kopf schwirrte, und dann bist du weggelaufen.»

Sie seufzte, frustriert und erschöpft. Trotz ihrer gemeinsamen Vorgeschichte hätte sie vielleicht darüber nachgedacht, sich auf Nakos' Version von Weiterentwicklung einzulassen, wären da nicht zwei Dinge gewesen: zum einen, wie er in Bezug auf Olivia empfand. Und zum anderen, was Amy über sich selbst wusste. Olivia hatte ein paar interessante Theorien über den ersten Punkt geäußert, aber Amy war absolut nicht bereit, ein möglicherweise sinkendes Schiff zu besteigen. Und an dem zweiten Punkt kam sie einfach nicht vorbei. Selbst Panzertape und Superkleber konnten das, was in ihr kaputt war, nicht reparieren.

Trotzdem schnürte dumme Hoffnung ihr die Kehle zu. Es war Zeit, dem ein Ende zu setzen. «Weißt du noch, welche Farbe das Kleid hatte, das Olivia zum Abschlussball getragen hat?»

Amy brauchte die Erinnerung daran, dass sie niemals diejenige gewesen war, die er wollte. Wenn er die richtige Antwort wusste – und daran zweifelte sie keine Sekunde –, würde sie aufhören können, sich selbst mit *Was-wäre-Wenns* zu foltern. Sie würde ihre Beziehung wieder in eine Freundschaft zurückzwingen und die Chemie zwischen ihnen ignorieren, bis Nakos aufgab.

Er starrte sie an, als könne er einfach nicht begreifen, warum sie eine so seltsame Frage stellte, dann rieb er sich die Augen. «Blau. Dunkelblau und knielang. Warum?»

Bingo. Trotzdem sorgte der Beweis ihrer Theorien dafür, dass ihr leicht übel wurde. Dabei sollte sie inzwischen an Enttäuschungen gewöhnt sein.

«Hier.» Sie drückte ihm die Eispackung in die Hand und stand auf. «Das landet sowieso nur ohne Umwege auf meinem Hintern.» Sie wandte sich ab und zwang sich, einen Fuß vor den anderen zu setzen.

«Dein Kleid war grün.»

Sein ruhiger, entschlossener Tonfall ließ sie an Ort und Stelle erstarren. Das Gesicht zur Hintertür gerichtet, mit dem

Rücken zu Nakos, versuchte sie, Luft in ihre Lunge zu zwingen. Die kleinen Härchen auf ihren Armen stellten sich auf.

Kleidung raschelte. Seine Stiefel ließen die Holzplanken vibrieren, bis er hinter ihr anhielt. «Ich weiß nicht, wie genau ihr Frauen diese Farbe nennt, aber es war ein Grünton. Die Farbe von Gras. Der Stoff fiel dir bis auf die Knöchel. Jedes Mal, wenn du dich vorgebeugt hast, ist einer der dünnen Träger über deine Schulter nach unten gerutscht. Du hast den halben Abend damit verbracht, ihn wieder nach oben zu ziehen. Deine Schuhe waren schwarz, du hast die Haare hochgesteckt getragen und hattest eine Kette mit einem gelben Stein als Anhänger.»

Scheiße. Oh Gott, scheiße. Er erinnerte sich. Und zwar bis ins kleinste Detail. Womit Grund Nummer eins, ihm nicht zu verfallen, einfach so aus dem Fenster flog.

Zitternd starrte Amy die Fliegengittertür zur Küche an. Hitze stieg in ihr auf, und ihre Lunge drohte zu kollabieren. Seine Gegenwart hinter ihr war so deutlich zu spüren, als hätte er sein eigenes Gravitationsfeld, und es kostete sie alle Kraft, sich nicht umzudrehen.

«Geht es hier um Olivia? Meine Gefühle für sie?» Sie hörte, wie Nakos sein Gewicht verlagerte. «Ich konnte mich gegen diese Gefühle damals ebenso wenig wehren, wie ich es jetzt bei meinen Gefühlen für dich kann. Das bedeutet nicht, dass du unsichtbar warst, Ames.»

Ihre Lider sanken nach unten. Sie konnte es nicht ertragen. Er brachte sie mit seiner Freundlichkeit um. Wie oft in den vielen Jahren hatte sie darauf gehofft oder innerlich darum gebettelt, genau diese Worte aus seinem Mund zu hören? Sich danach gesehnt, dass er sie als Frau wahrnahm? Dass er es nicht tat, war nicht einmal so furchtbar gewesen. Es lag eine gewisse Sicherheit darin. Unerfüllbare Träume, bei denen er sich keine Sorgen um Reue oder Schuldgefühle machen musste.

Und er hatte von seinen Gefühlen gegenüber Olivia gesprochen, als lägen sie in der Vergangenheit. Als gäbe es sie nicht mehr.

«Ames, ich ...»

Sie wirbelte herum, riss ihm das Eis aus der Hand und ging mit großen Schritten ins Haus.

Fluchend folgte er ihr. «Was hast du damit gemeint, dass das Eis direkt auf deinen ... Hintern wandern würde? Was stört dich denn bitte daran?»

Klar. Sie hatte ungeheure Lust, ihr Gewichtsproblem mit ihm zu diskutieren. Er mit seinem Waschbrettbauch und der muskulösen Brust und den starken Armen würde das auf keinen Fall verstehen. Peinlicher konnte es kaum werden.

Sie beschäftigte sich damit, den Löffel abzuspülen, dann verschloss sie das Eis wieder und stellte es ins Tiefkühlfach. Nakos beobachtete jede ihrer Bewegungen, die Hände in die Hüften gestemmt.

Auf zitternden Beinen verließ Amy die Küche. Alles, was sie jetzt noch wollte, war, sich in ihrem Zimmer zu verkriechen. Sie war entschlossen, die Treppe zu erreichen, bevor er ihr ein weiteres Mal den Boden unter den Füßen wegzog. Die Schritte, die ihr folgten, verrieten, dass die Diskussion für ihn noch nicht beendet war.

«Du hattest recht, *anim.*»

Verdammt, verdammt, verdammt.

Erneut stoppte sie auf der untersten Stufe. Seufzte. Überlegte. Und drehte sich schließlich zu ihm um.

«Diese Veränderung zwischen uns ist körperlich. Mein

Körper reagiert auf deinen. Und je länger wir diese Anziehung ignorieren, desto stärker wird sie werden.» Langsam kam Nakos näher, bis der Abstand zwischen ihnen verschwunden war. «Seit ich dich im Bad überrascht habe, kann ich kaum noch an etwas anderes denken. Ich will dich. Ist es das, was du hören willst?»

Ihr feuchtes Höschen sagte ja. Ihr Gewissen schrie laut nein. Klugerweise hielt sie den Mund.

«Aber du hattest auch unrecht. Wir sind Freunde.» Er musterte sie mit zusammengebissenen Zähnen. «Mein Kopf und mein Herz spielen auch eine Rolle. Sonst würden wir hier nicht stehen. Also nein, diese Sache ist nicht rein körperlich. Ich werde mit keiner Frau intim, zu der ich nicht eine gewisse Verbindung verspüre. So ticke ich einfach nicht.»

Ratlos biss sie sich auf die Lippen und sah ihn an. Sah ihn wirklich an. Er wirkte so verdammt entschlossen, und die Tatsache, dass es dabei um sie ging, verschlug ihr die Sprache.

Ihr gesamtes Leben hatte sie sich genau nach dem hier gesehnt. Akzeptanz. Aufmerksamkeit. Dass jemand um sie kämpfte. Sie hatte das nie bekommen. Schon gar nicht von ihren Eltern, die einen Sohn gewollt und stattdessen eine Tochter bekommen hatten. Wäre sie ein Junge gewesen, wäre Kyle gar nicht gezeugt worden. Ihre Eltern hatten sie die gesamte Kindheit und Jugend über auf ihre Fehler hingewiesen, hatten sie mit Bibelversen beschossen und mit Geringschätzung behandelt. Außerdem hatte Amy immer den Eindruck, dass Kyle nur aus Pflichtgefühl zu ihr hielt. Keiner ihrer Liebhaber – und auch nicht ihr Exehemann – hatte sich je irgendwelche Mühe mit ihr gegeben. Schließlich war sie ersetzbar. Ein Wegwerfprodukt.

Mae, Olivia und Nakos waren die einzigen Ausnahmen.

Doch selbst bei ihnen hatte sie sich oft gefühlt, als passe sie nicht dazu. Als wäre sie nur noch aus Gewohnheit Teil ihrer Welt – nicht weil die anderen das wirklich wollten.

Amy hatte gelernt, die Starke zu spielen und vorzugeben, sie brauche keinen Ritter in schimmernder Rüstung; sie könne ihre Monster selbst töten. Doch die Wahrheit zeigte sich in ihrem Versagen. Sie war eine laufende, sprechende, atmende Lüge, entstanden aus Verzweiflung und Einsamkeit. Und wenn Nakos so weitermachte, würde sie ihn mit in ihre Hölle ziehen, ohne Hoffnung auf Entkommen.

Seine dunklen Augen bohrten sich in ihre, flehend, suchend, umrahmt von langen Wimpern. Das vorgeschobene Kinn und die dünnen Lippen verrieten seinen Ärger. Gleichzeitig wirkte seine Haltung entspannt, als warte er einfach darauf, dass Amy nachgab. Ihre Meinung änderte und sich in seine Arme warf. Alle Gründe vergaß, die gegen das hier sprachen, und sich einfach an seinen Körper presste.

Schließlich runzelte er die Stirn, als wäre er zu einer Erkenntnis gekommen oder ein Puzzlestück hätte seinen Platz gefunden. «Du machst mich immer nervös.» Sein leicht schiefgelegter Kopf und der unsichere Tonfall wirkten, als müsste er noch herausfinden, ob das wirklich stimmte.

Sie zuckte zusammen. Blinzelte. «Was? Wir kennen uns seit …»

«Seit wir neun sind. Ja, ich weiß.» Er schüttelte ungläubig den Kopf. «Trotzdem ist es wahr. Du machst mich nervös. Das erste Mal direkt, als ich dich als Kind auf dieser Reifenschaukel gesehen habe. In unseren Teenager-Jahren hat sich das Gefühl verstärkt, und jetzt ist es konstant vorhanden.» Er atmete tief durch. «Ich spüre ein … Flattern in der Brust, sobald du einen Raum betrittst oder ich dich im Vorbeigehen aus dem Augenwinkel sehe. Selbst dann, wenn jemand nur deinen Namen erwähnt.»

Er kam zwei Schritte näher und hielt wieder an. «Es gibt quasi niemanden, in dessen Nähe ich mich wohler fühle als in deiner. Besonders weil du immer offen deine Meinung sagst. Dennoch stimmt es. Wir kennen uns schon all diese Jahre, und du machst mich immer noch nervös.» Er hob die Hand, um gewohnheitsmäßig seinen Hut zurechtzurücken, doch dann fiel ihm auf, dass er ihn abgenommen hatte. Also strich er sich stattdessen über den Pferdeschwanz in seinem Nacken. *«Hihcebe»*, murmelte er. «Das zwischen uns war immer schon da.»

Er suchte ihren Blick und hielt ihn. Qual und dunkle Leidenschaft in mitternachtsschwarzen Tiefen. «Es war immer schon da», wiederholte er fest. «Vielleicht war ich nicht bereit, mir diese Gefühle einzugestehen. Vielleicht wusste ich auch instinktiv, dass sie bedeutungsvoll sind. Ich schätze, ich habe so lange gebraucht, sie zu erkennen, weil du mich für gewöhnlich mit schlagfertigen Antworten überrumpelst, sodass ich nicht klar denken kann.»

Plötzlich straffte er sich und schnaubte. «Aber jetzt sagst du gar nichts, oder? Du bist untypisch still.»

Was zur Hölle sollte sie schon sagen? Wenn sie seine Worte richtig deutete, hatte er gerade erklärt, dass er diese Anziehungskraft bereits seit Anfang an empfand. Was nicht stimmen konnte.

Irrationale Freude stieg in ihr auf und versuchte, sich in ihrer Brust häuslich einzurichten. Doch entschlossen drängte sie diese Emotion zurück. Selbst wenn sie ihren Gefühlen vertraut hätte, spielte es keine Rolle. Sie würde nie – konnte niemals – mit Nakos zusammen sein. Sie liebte ihn zu sehr, seit zu langer Zeit, um zu glauben, dass sie ihn jemals verdienen würde.

«Sag etwas, *anim.*»

Engel. Wie sehr sie sich wünschte, er würde aufhören, sie so zu nennen. Der Kosename sorgte nur dafür, dass sie noch mehr Schuldgefühle quälten und die Hoffnung sich weigerte, in der Dunkelheit zu verschwinden, in die sie gehörte. Außer Reichweite.

Sie rieb sich über die Stirn. «Ich glaube, ich hätte dir nach dem ersten Bier das Trinken verbieten sollen.»

Seine Augenbrauen schossen nach oben. Er stieß ein schnaubendes Lachen aus. «Ich hatte nur ein Bier, und selbst das habe ich nicht ausgetrunken. Versuch es noch mal.»

Kaum zu glauben, dass sie Alpha-Nakos noch vor einer Woche total heiß gefunden hatte. Dabei war es unglaublich gefährlich, wenn er diese Seite von sich an die Oberfläche dringen ließ.

Schön. Dann musste sie das hier einfach abbrechen. Sie drehte sich um und ... schaffte es nirgendwohin.

Fünfundneunzig Kilo heißer, harter Mann pressten sich von hinten gegen ihren Körper. Er schlang seine Arme fest um ihre Taille und zog sie an sich. Seine Lippen glitten über ihre Ohrmuschel, sodass Amy seinen warmen Atem spüren konnte und ein Zittern ihren gesamten Körper überlief. Dieser unglaubliche Duft nach Natur und Erde, der ihm eigen war, umhüllte sie im selben Moment, in dem ein seltsames Gefühl von Sicherheit sich in ihr ausbreitete.

Sie wimmerte. Heiliges Jesuskind. Bisher hatte sie sich immer über Frauen lustig gemacht, die mit ihren Intimteilen dachten und den gesunden Menschenverstand von Lust vernebeln ließen. Weil sie selbst so etwas nie erlebt hatte, war sie davon ausgegangen, dass sie dazu nicht fähig und das sogar vorteilhaft war. Doch diese sinnliche Hitze und der süße Schmerz machten süchtig. Zehn Sekunden, und sie war bereits reif für eine Entziehungskur.

Nakos drehte sie um und schob sie sanft Richtung Wand, die Hände auf ihren Schultern. Er ließ seinen Blick langsam, fast gemächlich, über ihr Gesicht gleiten und nickte. «Das dachte ich mir.»

Himmel! Erneut drängte er seinen Körper gegen ihren, diesmal von vorne, und zwei muskulöse Oberarme umrahmten ihren Kopf. Sein harter Oberkörper hielt sie gefangen. Sie drückte den Kopf gegen die Wand.

«Dein Herz rast an meiner Brust, du atmest schwer, und der Blick in deinen Meerjungfrauenaugen ist verhangen, Baby. Du willst mich. Und ich bin fast verrückt vor Verlangen.» Nakos ließ seine Nasenspitze über ihre streifen, dann senkte er das Kinn. Seine Lippen glitten über ihre Kehle. Sie erschauerte. Wieder. Oder immer noch. «Ich weiß nicht, was in deinem Kopf vor sich geht oder welche Entschuldigungen du dir zurechtgelegt hast, aber ich bin fertig damit, auf Zehenspitzen um dich herumzuschleichen. Ich werde dich umstimmen, und wenn ich dafür die nächsten fünfzig Jahre brauche.»

Das Blut rauschte in ihren Ohren, als Nakos sie ansah, seine Lippen nur Millimeter von ihren entfernt. Ohne sie aus den Augen zu lassen, packte er einen ihrer Schenkel und legte ihr Bein um seine Hüfte. Dann presste er sich an sie. Sie keuchte, als seine harte Länge sich gegen ihre Mitte drängte. Selbst durch die Jeans hindurch war es besser als alles, was sie je mit anderen Männern erlebt hatte.

Nakos stöhnte, laut und kehlig. «Das stellst du mit mir an. Nachts, wenn ich versuche zu schlafen, bei der Arbeit, in meinem Truck, auf einem Pferd oder wenn du in meiner Küche ein verdammtes Sandwich machst. Ein Gedanke an dich, ein Molekül deines Parfüms, mehr braucht es nicht, *anim*.»

Er sah ihr tief in die Augen. Das Einzige, was sie auf den Beinen hielt, war die Tatsache, dass sie zwischen der Wand und seinem harten Körper gefangen war. Ihre Hirnzellen implodierten. Ihre Brüste prickelten. Ihre inneren Muskeln zogen sich zusammen. Und er starrte sie nur an, wirkte dabei kühl und kontrolliert. Doch gleichzeitig vibrierte er förmlich, als wäre ein wildes Tier unter der Oberfläche gefangen.

Wieder stöhnte er, dann senkte er den Mund auf ihren. Er drang zwischen ihre Lippen, erkundete sie mit der Zunge. Liebkosend. Schmeichelnd. Dominierend. Er nahm sich Zeit, zeigte seine geduldige Seite. Doch sein Körper sprach eine andere Sprache. Angespannte Muskeln und schwere Atemzüge durch die Nase, während er sich immer wieder gegen sie presste.

Wachs. Sie war Wachs in seinen Händen.

Nakos knabberte an ihrer Unterlippe, dann hob er den Kopf und sah sie an. Seine Finger gruben sich in ihren Hintern, um sich gleich darauf wieder zu lösen, bis sein Griff erneut ganz sanft war. «Du bist gewarnt. Morgen geht es los.»

12

Nakos stoppte vor der Tür zu Amys Schlafzimmer, ein Tablett in den Händen. Außer wenn sie sich umzog, ließ Amy die Tür einen Spalt offen, sogar wenn sie schlief. Er hätte gedacht, das wäre ihr aufgrund der mangelnden Privatsphäre unangenehm, wenn sie mit einem Mann zusammenlebte – selbst mit einem, den sie schon ewig kannte. Doch wann immer er an der Tür vorbeikam, stand diese offen. Nakos fragte sich, ob das etwas mit dem Angriff auf sie zu tun hatte; ob geschlossene Räume ihr Angst machten.

Er betrachtete Amy, wie sie schlafend unter der Decke lag. Nur ihr Gesicht war zu erkennen, und das frühe Morgenlicht umspielte ihr Profil. Sie hatte eine Hand unter den Kopf gelegt, und ihre dunklen Wimpern warfen Schatten auf ihre Wangen. Zumindest im Schlaf verschwand die Anspannung, die er so oft in ihrer Miene wahrnahm. Sie wirkte fast friedlich.

Nakos schüttelte leicht den Kopf, dann trat er tiefer in den Raum. In letzter Zeit hatte er sich angewöhnt, sie *Engel* zu nennen. Das Wort war das erste Mal ungewollt über seine Lippen gedrungen, als hätte er keine Kontrolle darüber. Doch es passte. Sie war eine selbstbewusste, selbstbestimmte Frau, aber unter all der Stärke lag ein unendlich großes Herz. Diese Seite von sich zeigte sie anderen nur selten. Und er hätte schwören können, dass Amy sie als Schwäche ansah.

Erst gestern Nacht war ihm klargeworden, dass sie sich schon lange um ihn und Olivia kümmerte. Auf ihre typisch verdrehte Art und Weise – und ohne dass einer von ihnen es gemerkt hätte – hatte Amy genau das getan. Hatte die Bedürfnisse und Wünsche anderer über ihre eigenen gestellt.

Für ihn war sie eine Art von Rettung gewesen, also passte der Kosename *Engel*. Außerdem war sie atemberaubend schön. Innerlich wie äußerlich. Nakos verstand einfach nicht, warum sie ständig so abwehrend reagierte. Er hatte die halbe Nacht an die Decke gestarrt und Vermutungen angestellt. Sein verkrampfter Magen und die zugeschnürte Kehle bewiesen, wie wenig ihm die Antworten gefielen, die er sich zusammengereimt hatte. Alle ihre Handlungen, all ihre Reaktionen ließen vermuten, dass sie jedwedem Glück nicht vertraute. Sie benahm sich fast, als hätte sie es nicht verdient.

Letzte Nacht hatte er sie von der Treppe in die Küche nach draußen und wieder zurückverfolgt, um die vorgeschobenen Gründe zu entkräften, die verhinderten, dass sie der Anziehung zwischen ihnen nachgab. Stumm hatte sie vor ihm gestanden, in ihren Augen eine Mischung aus Schmerz und Hoffnung. Und doch hatte Amy nicht nachgegeben. Erst als er sie gegen die Wand gedrängt und die Initiative übernommen hatte, hatte sie reagiert.

Und das Verrückteste daran? Ihre Nachgiebigkeit. Genau wie beim ersten Mal, als er sie am Baum geküsst hatte, hatte sie ihm die Zügel überlassen und sich ihm ausgeliefert. Das stand in solchen Kontrast zu ihrer sonstigen Art, dass er es für einen Scherz gehalten hätte, wenn er nicht ihre geröteten Wangen gesehen und das schwere Atmen gehört hätte. Gefühlt, wie ihr Herz raste. Und das Verlangen auf ihrer Zunge geschmeckt.

Er wusste nicht, was zur Hölle hier vor sich ging – welche

Vorbehalte sie hegte –, aber er würde es herausfinden. Nakos war sich sicher, dass sein Plan funktionieren würde. Ihre wenigen Küsse hatten ihm dafür genug Anhaltspunkte geliefert. Er spielte ungern Spielchen, und bei jeder anderen Frau hätte er die Sache für beendet erklärt. Doch er zweifelte keinen Moment daran, dass sie ihn begehrte, und weil es hier um seine Amy ging, würde er kämpfen.

Nakos stellte das Tablett auf den Nachttisch, ging in die Hocke und starrte ihre roten, im Schlaf leicht geöffneten Lippen an. Ein viel zu verlockender Mund, genauso sinnlich wie die Kurven ihres Körpers. Das Porzellanweiß ihrer Haut wirkte im Morgenlicht wärmer, und Amys Duft stieg aus den Laken auf und füllte den Raum. Nakos verzehrte sich danach, die kakaobraunen Strähnen ihres Haars durch seine Finger gleiten zu lassen, doch er versagte sich dieses Vergnügen und ließ seine Hand stattdessen auf ihrem Kissen ruhen.

Hihcebe, die Sehnsucht, die sie in ihm weckte. Wahnsinnig. Mächtig. Erneut überwältigte ihn die Erkenntnis, die er gestern Abend gewonnen hatte. Dieses Bewusstsein für sie – dieses Verlangen – war immer da gewesen, genau wie er ihr gesagt hatte. Im Grunde hätte ihm das schon viel früher klar sein müssen, wenn er auch nur ansatzweise darüber nachgedacht hätte. Aber jetzt konnte er es nicht länger leugnen.

«Guten Morgen, Ames.» Er lächelte. Sie würde sauer sein. Verwirrt, abwehrend und stinksauer. «Hey, *anim*. Wach auf.»

Zwischen ihren Brauen bildete sich eine kleine Falte, bevor sie ein Auge öffnete. Dann schoss auch das andere Lid nach oben, und sie starrte ihn aus blaugrünen Augen an. «Es ist Samstag. Wir arbeiten nicht.»

Richtig. Er und Olivia kümmerten sich an den Wochenenden abwechselnd um die Pferde. Wenn nicht gerade Erntezeit war oder das Vieh auf andere Weiden getrieben werden musste, hatten die Arbeiter gewöhnlich frei. Gestern war er noch nervös beim Gedanken daran gewesen, zwei Tage in Folge mit Amy zu verbringen. Jetzt dagegen? Nicht mehr so sehr. Stattdessen erfüllte ihn gespannte Erwartung.

«Ich weiß.» Er lächelte breiter, genoss ihre Überraschung und den heiseren, verschlafenen Ton ihrer Stimme. «Aber es ist trotzdem Zeit aufzuwachen. Wir haben Pläne.»

«Nein, haben wir nicht.»

«Oh doch, haben wir.»

Sie kniff leicht die Augen zusammen. «Es ist unhöflich, mich zu verwirren, bevor ich meinen Koffeinkick bekommen habe.»

«Darum habe ich mich schon gekümmert.» Er deutete auf das Tablett auf dem Nachttisch. «Kaffee.»

Sie hob den Kopf, um den Teller mit Rührei, Toast und Früchten neben dem Kaffee zu beäugen. «Was ist das?»

«Frühstück im Bett.»

Langsam drehte sie den Kopf wieder zu ihm, die Augen schmal. «Warum?», fragte sie misstrauisch.

«Ich habe es dir gestern Abend gesagt, Ames. Heute geht es los.» Verdammt, er wollte sie küssen, gab sich aber damit zufrieden, die Lippen kurz auf ihre Stirn zu drücken.

Der Kontakt leiß sie scharf einatmen. «Was meinst du mit, es geht los? Was ist *es*, und warum geht besagtes *Es* los?»

Nakos schmunzelte, dann schüttelte er den Kopf. «Trink deinen Kaffee.» Er schnappte sich die Akte, die er auf dem Tablett mit nach oben gebracht hatte, und umrundete das Bett. Amy verfolgte seine Bewegung, bis sie sich dafür auf den Rücken rollen musste. Er setzte sich neben sie auf die Matratze, lehnte sich ans Kopfende und öffnete die Akte. Dann zog er einen Stift aus der Tasche und unterstrich ein paar Zeilen, während er las. Ohne aufzusehen, murmelte er: «Wenn du den Kaffee nicht bald trinkst, wird er kalt.»

«Was tust du da?»

Sich ein Grinsen verkneifend, ließ er seine Augen über die Formulare gleiten. «Olivia möchte, dass ich nach Caspar fahre und mir ein Pferd ansehe, das wir vielleicht kaufen wollen. Ich lese den Tierarztbericht, bevor du und ich dorthin fahren.» Jetzt grinste er doch und legte sicherheitshalber den Stift zur Seite, damit Amy ihn nicht als Waffe verwenden konnte.

«Ich? Wieso soll ich mitfahren?»

«Weil ich gerne den Tag mit dir verbringen würde und außerdem vorhabe, dich hinterher zum Abendessen einzuladen.» Er benutzte absichtlich nicht das Wort *Date*. Das sparte er sich lieber für einen öffentlichen Ort auf, wo sie ihn nicht umbringen konnte.

Seine Worte sorgten dafür, dass sie sich aufsetze. Ungeduldig schob sie sich das Haar hinter die Ohren. «Darauf kommen wir in ungefähr einer Minute zurück. Spoiler-Alarm: Ich komme nicht mit. Aber ich meinte, was tust du hier in meinem Zimmer?»

«Trink deinen Kaffee. Danach bist du sicher weniger gereizt und verwirrt.»

«Nakos.» Ihr Knurren fuhr ihm direkt in den Unterleib.

Er warf die Akte auf die Decke, rollte sich rittlings über sie und stemmte die Hände rechts und links neben ihrem Kopf ans Bettende, sodass sie zwischen seinen Armen gefangen war. «Ich habe versucht, dich erst mal deinen Kaffee trinken zu lassen. Ich habe es wirklich versucht.» Er musterte ihre großen Augen und geröteten Wangen, wobei er gegen den barbarischen Drang ankämpfen musste, die Röte noch zu vertiefen. «*Es geht los.* Diese Sache zwischen uns, du und ich. Wir werden herausfinden, was genau es ist. Denn da ist *etwas*, *anim*. Und von jetzt an werden wir es nicht mehr ignorieren. Punkt.»

Ihre Brust hob und senkte sich in flachen Atemzügen, und er spürte ihre aufgerichteten Brustwarzen an seinem Oberkörper. Der Stoff ihres Schlafshirts war wirklich sehr dünn. Ihre Miene war eine Mischung aus Reh im Scheinwerferlicht und *Oh-mein-Gott*.

Und schon wieder tat sie es. Sie lieferte sich ihm aus. Als hätte sie keine Ahnung, wie sie reagieren sollte, wenn jemand sich für sie interessierte. Er fragte sich, ob sie immer so reagierte oder nur bei ihm.

«Das ist eine wirklich schlechte Idee, Nakos.»

Ihr bittendes Flüstern hätte ihn fast weich werden lassen. Doch er gab nicht nach. «Das erwähntest du bereits. Aber die Reaktion deines Körpers sagt etwas anderes.» Er ließ die Fingerspitze über ihre Kehle gleiten, folgte der Bewegung mit den Augen. In nicht allzu weit entfernter Zukunft würde er sich allein eine Stunde nehmen, um genau diese Stelle ihrer Haut zu liebkosen. «Dein Puls rast.» Er hob den Kopf. «Sieh mir in die Augen und sag mir, dass du mich nicht willst.»

Sie erwiderte seinen Blick, gab aber keinen Ton von sich. Hilflose Verzweiflung brannte in ihren Augen, und in diesem Moment wurde ihm klar, dass er alles in seiner Macht Stehende tun würde, um herauszufinden, warum sie so misstrauisch war, dass sie nicht einmal ihm vertrauen konnte.

Zur Hölle, er würde lieber sterben, als Amy zu verletzen. Wieso wusste sie das nach all diesen Jahren nicht?

Seine Instinkte schrien danach, sie zu erobern, doch stattdessen lehnte er sich vor und küsste sie zärtlich, ließ seine Lippen sanft über ihre gleiten, sodass ihr unruhiger Atem sich mit seinem verband.

Dreimal hatten sie sich inzwischen geküsst. Und dreimal hatte er damit gerechnet, dass sie Feuer spucken würde. Doch stattdessen war er auf gleichmäßige, sanfte Hitze gestoßen. Amy folgte seiner Führung, ließ ihn das Tempo bestimmen. Aber vor allem enthüllten ihre Küsse eine Seite ihrer Persönlichkeit, die sie sonst verborgen hielt. Zärtlich. Verletzlich. Einfühlsam. Dass sie ihm diese Facetten von sich enthüllte, machte ihn nur noch heißer.

Er ließ seine Lippen noch einen Moment auf ihren verweilen, dann hob er mit geschlossenen Augen den Kopf. «Ich denke, ich habe meinen Standpunkt klargemacht.»

Bevor es ihm unmöglich wurde, sich zurückzuziehen, drückte er ihr einen Kuss auf die Nase und rollte sich wieder auf die andere Seite des Betts. Er lehnte sich gegen das Kopfende, griff nach der Akte und zwang sich dazu, das Dokument zu lesen. Oder zumindest so zu tun.

Es dauerte einen langen Moment, aber schließlich nahm Amy die Kaffeetasse vom Tablett und musterte sie, bevor sie einen Schluck nahm. Irgendwann wandte sie sich den Früchten zu, auch wenn sie den Toast und das Rührei unberührt ließ.

Nakos beobachtete sie aus den Augenwinkeln in der Hoffnung, dass sie etwas sagen würde. Ja, sie trieb ihn mit ihrer scharfen Zunge in den Wahnsinn. Zur Hölle, sie verwirrte ihn fast jede Sekunde des Tages mit ihren ablenkenden Kommentaren. Das war es, was sie so einzigartig machte. Ihre Bissigkeit, ihr Humor und ihr Mumm waren Teil ihres Charakters und so einzigartig wie Amy selbst. Diese ruhige Nachdenklichkeit war auch nett, aber er hätte das eine nicht gegen das andere eintauschen wollen.

Vielleicht war es das. Vielleicht hatten ihre früheren Liebhaber versucht, sie zu zähmen. Auch wenn Nakos keine Ahnung hatte, warum sie das hätten tun sollen. Amy war perfekt, wie sie war; sie hielt ihn auf Trab. Wer würde Lebhaftigkeit gegen gleichgültige Sanftmut eintauschen wollen? Er jedenfalls nicht, eher würde die Hölle einfrieren.

Sie legte die Gabel neben den Teller. «Wieso hast du mir Frühstück ans Bett gebracht?»

Die bessere Frage lautete ... «Wieso benimmst du dich, als wäre schon allein die Vorstellung lächerlich?»

Amy sah ihn nicht an, aber die Art, wie sie ihre Bettdecke anstarrte, verriet, dass sie genau das gedacht hatte. Statt zu antworten, stand sie auf und griff nach dem Tablett. «Bist du sicher, dass ich dich begleiten soll? Ich glaube, es wäre klüger, wenn ich es nicht tue.»

«Ich bin mir sicher.»

Sie biss sich auf die Unterlippe, den Blick auf das nicht angerührte Rührei gerichtet. «Wann müssen wir los?»

«In einer Stunde. Keine Eile.»

Sie nickte und ging zur Tür, aber er rief ihren Namen, um sie aufzuhalten.

«Hat dir noch nie jemand Frühstück ans Bett gebracht?» Er konnte das kaum glauben. Nach drei Jahren Ehe? Nicht mal zum Jahrestag? Oder vielleicht als Kind, wenn sie krank gewesen war?

«Lass mich duschen gehen. Gib mir eine halbe Stunde, dann bin ich fertig.» Erneut wandte sie sich ab, ohne auf seine Frage einzugehen.

«Amy, lass das Tablett hier.» Als sie anhielt, das Tablett

aber nicht abstellte, stand er auf und ging zur Tür. Er nahm ihr das verdammte Ding ab und stellte es auf die Kommode, dann legte er seine Finger unter ihr Kinn, um sie zu zwingen, ihn anzusehen. «Ich möchte gern etwas Nettes für dich tun. Das darf ich doch, oder?»

Sie blinzelte zu ihm auf, als hätte er Vulkanisch gesprochen und sie kenne das Wort *nett* gar nicht.

Hihcebe. Das Konzept, sich verwöhnen zu lassen, war ihr wirklich vollkommen fremd. Er wusste nicht, ob er sauer sein sollte oder erschüttert.

Auf jeden Fall musste er gegen den Drang ankämpfen, zu dem Gefängnis zu fahren, in dem der Antichrist einsaß, um dem Kerl die Zähne auszuschlagen. Andererseits, ihre Eltern waren auch nicht gerade angenehme Menschen. Er hatte nie viel Zeit mit dem Ehepaar Woods verbracht, aber ihr Verhalten bei der Hochzeit hatte Bände gesprochen. Er konnte sich nicht erinnern, dass sie je etwas Freundliches über Amy gesagt hatten.

«Ich bin nicht wie sie.» Nakos strich Amy mit beiden Händen übers Haar. «Ich bin nicht wie die Männer, mit denen du bisher ausgegangen bist, oder wie das Arschloch, das du geheiratet hast, oder wie deine taktlose Familie. Ich bin nicht wie sie, Ames.»

Sie starrte seine Brust an und schluckte schwer. «Ich weiß.»

Er senkte den Kopf, um ihren Blick einzufangen. «Wirklich?»

Ein tiefer Atemzug, dann wandte Amy den Blick ab. Als käme ihr die Idee jetzt erst, zeigte sie Richtung Flur. «Ich werde jetzt duschen. Ich erwähne das lieber … damit es keine Missverständnisse gibt und du wieder das Bad stürmst.»

«Haha.» Doch er trat zurück, froh, dass sie sich wieder normal benahm.

Sie verschwand im Bad, während er blieb, wo er war, um über die letzte Stunde nachzudenken. Weil sie ihm auf körperlicher Ebene die Führung überließ, hatte er eigentlich beschlossen, sie zu verführen und einfach ihre Abwehr zu untergraben. Nur dass ihn ihr Schock und ihr Erstaunen heute Morgen zum Grübeln gebracht hatten.

Es schien, als hätte sie nie jemand umworben. Der Begriff mochte altmodisch sein, aber Respekt und Anstand waren es sicher nicht. Er selbst ging nicht oft mit Frauen aus, aber Komplimente und Aufmerksamkeit gehörten seiner Meinung nach einfach dazu. Die Art, wie Amy heute reagiert hatte, ließ ihn vermuten, dass sie bisher nicht so behandelt worden war. Wie hatte der Antichrist sie nur dazu gebracht, mit ihm auszugehen, geschweige denn ja zu seinem Antrag zu sagen?

Er war das Beste, was ich je kriegen würde …

Er musste an ihre Worte am Abend der Hochzeit denken – was dafür sorgte, dass er einen heftigen Stich in der Brust verspürte. Er hatte gewusst, dass Amys Ehe nicht besonders liebevoll gewesen war. Und sie hatte in Hass geendet. Doch ihm war nie die Idee gekommen, dass der Antichrist sie … vernachlässigt haben könnte. Zusammen mit der Tatsache, dass sie dachte, das Arschloch wäre ihre beste Option gewesen, bewies das, dass ihre mangelnde Selbstachtung der Zeit *vor* Chris entsprang. Und ihren Ursprung bei ihren Eltern und früheren Freunden hatte.

Erschüttert schnappte Nakos sich Akte und Tablett, dann ging er nach unten in die Küche. Er wusste nicht, wie er es anstellen sollte, aber er würde das in Ordnung bringen. In seinem Hirn herrschte Aufruhr. Er warf das Essen weg, das sie nicht gegessen hatte, und spülte das Geschirr. Dann stemmte er die Hände in die Hüften und sah sich um, auf der Suche nach Inspiration. Nach Lösungen.

Sein Blick landete auf dem schmalen Fensterbrett hinter der Spüle … und der Blume, die Amy dort hingestellt hatte. Vor ein paar Tagen hatte sie eine halbe Stunde damit verbracht, die Blüte zu fotografieren. Hatte dabei irgendetwas über Licht und Staubpartikel und Farbe gemunkelt. Die gelben Blütenblätter waren verwelkt und die Blätter am Stängel vertrocknet. Doch beim Anblick der Blume kam ihm eine Idee.

Nakos schnappte sich Amys Kameratasche vom Tisch, setzte sich den Stetson auf den Kopf und rammte seine Füße in die Cowboystiefel. Dann ging er nach draußen und ums Haus herum zu einer Wildblumenwiese. Die Sonne wärmte seine Haut. Zikaden sangen, als er sich kritisch umsah.

Die Wildblumenwiesen hatte es schon gegeben, als seine Vorfahren noch allein auf diesem Land gelebt hatten. Dem spektakulären Anblick von unzähligen Blumen, die in allen Farben und Formen blühten, verdankte die Wildflower Ranch ihren Namen. Er allerdings hatte die blühenden Flächen nie groß beachtet. Gelbe, orange, pinke, rote, blaue und weiße Blüten in verschiedenen Größen und Farben wiegten sich sanft im Wind. Seine Mutter hätte die Namen sämtlicher Blumen gewusst, doch ihm bedeuteten sie nichts. Er pflückte zwei von jeder Farbe, bis er einen ordentlichen Strauß zusammenhatte, dann stiefelte er zu seinem Truck. Dort angekommen, stellte er Amys Fototasche in den Fußraum des Beifahrersitzes und legte die Blumen darauf.

Dann lehnte Nakos sich gegen das Führerhaus, verschränkte die Arme und wartete auf sie. Er ließ den Kopf nach hinten sinken, genoss die Sonne und ließ sich vom Blumenduft und dem Geruch nach Gras und Erde beruhigen. Er atmete tief durch. Wenn er sich zu lange drinnen aufhielt, machte ihn das wahnsinnig. Er hatte gestern draußen gearbeitet, aber der letzte Abend war voller Anspannung gewesen, und der heutige Morgen hatte ihm die Augen geöffnet. Im Freien zu sein beruhigte seine rasenden Gedanken und das zu schnelle Pochen seines Herzens.

Verdammt, Amy trieb ihn an seine Grenzen. Er begehrte sie mit jeder Zelle seines Körpers. Sie zog ihn an, wie es bei keiner Frau zuvor der Fall gewesen war – und das Gefühl hatte ihn so abrupt überfallen, dass er nicht mal mit beiden Händen und einem Lasso an seiner Konzentration hätte festhalten können. Ihre lebenslange Freundschaft und dass sie ihm so viel bedeutete, sorgten dafür, dass sich die körperlichen Aspekte mit den emotionalen vermischten. Jede Erklärung von ihr oder Erkenntnis von ihm ließ einen weiteren Riss in seinem Herzen entstehen.

Er hatte keine Witze gemacht, als er ihr gestanden hatte, wie er sich in seiner Kindheit und Jugend gefühlt hatte. Viele Arapaho sahen die Welt immer noch als *Wir gegen den weißen Mann*. Sie standen den Weißen nicht per se feindlich gegenüber, doch es gab eine gewisse Wachsamkeit. Weil die Geschichte zum gesellschaftlichen Fortschritt im Widerspruch stand. Und weil gesetzliche Gleichberechtigung noch lange nicht den Wegfall von Diskriminierung bedeutete.

Nakos selbst hatte sich nur in Gegenwart seines Volks oder von Amy wirklich sicher und normal gefühlt. Olivia hatte ihm Frieden geschenkt, das ja, aber Amy hatte dafür gesorgt, dass aus dieser oberflächlichen Empfindung etwas Dauerhaftes wurde. Eine Lebensart. Tag für Tag, Monat für Monat, Jahr für Jahr hatte sie dieses Gefühl in ihm verstärkt. Er war so sehr daran gewöhnt, dass er die Bedeutung nicht erkannt hatte, bis plötzlich andere Gefühle ihn zu ersticken drohten.

Die Wahrheit war, er würde sich nicht mal halb so wohl in seiner Haut fühlen oder auch nur ein Viertel seines Selbstbewusstseins besitzen, wenn er Amy nicht getroffen hätte. Er war von zwei ruhigen, liebevollen Eltern aufgezogen worden, die ihm beigebracht hatten, auf eigenen Beinen zu stehen. Das hatte er mitgenommen, als sie das Reservat verlassen hatten, um auf der Ranch von Olivias Familie zu arbeiten. Doch es war Amy gewesen, die ihm gezeigt hatte, dass es auf der Welt mehr gab, als sich um das Land zu kümmern; mehr, als ein einfacher Rancher zu sein.

Seine mutige, tief verletzte Amy.

Schuldgefühle verkrampften ihm den Magen. Hätte er die grässliche Ehe mit Chris verhindern können, wenn er sich seiner Gefühle früher bewusst geworden wäre? Hätte er früher etwas unternehmen können, um etwas an ihrer verdrehten Selbstwahrnehmung zu ändern? Und vor allem: Hätten sie die ganze Zeit über zusammen sein können, statt voller Ignoranz Zeit zu verschwenden?

Er hatte nie viel von *Was-wäre-wenn* gehalten. Solche Überlegungen waren nicht zweckmäßig. Doch jetzt konnte Nakos nicht anders, als sich verantwortlich zu fühlen. Er war mit Amy befreundet. Er würde sogar so weit gehen, zu behaupten, dass er ihr bester Freund war – und allein der Gedanke, dass sie litt, zerriss ihm schier die Eingeweide.

Die Haustür schloss sich mit einem Knall, und er beobachtete, wie sie die Stufen hinunterkam. Sein Herz schlug ihm fast bis zum Hals. Sie trug enge Jeans, die ihre unendlich langen Beine betonten, und ein gelbes Top, das locker um ihren Oberkörper hing. Ihr Haar war zu einem Knoten hochgebunden, mit ein paar losen Strähnen, die ihr Gesicht umrahmten, und sie hatte auf jedes Make-up verzichtet. Er mochte sie so lieber als geschminkt, wie gestern in der Kneipe. Sie brauchte keine Kosmetik.

Amy hielt vor ihm an und musterte ihn von Kopf bis Fuß. «Alles klar?»

«Nein.» Wieso sollte er lügen? Er stellte sich breitbeiniger hin, packte ihre Hüften und zog sie zwischen seine Beine, ohne den Rücken vom Truck zu lösen.

«Was ist passiert?»

Er wusste nicht, wo er anfangen sollte oder ob er überhaupt anfangen sollte, also strich er ihr eine Haarsträhne aus dem Gesicht und ließ seine Finger über ihre Haarspitzen gleiten. So weich. Alles an ihr war weich. Ihre Stimme, ihre Haut, ihr Körper. So hart sie auch wirken mochte, er kannte die Wahrheit.

«Nakos?»

Er seufzte leise und sah sie an. Der Anblick ihrer Meerjungfrauenaugen ließ ihm den Atem stocken. So war es immer. Doch im Sonnenlicht, nur Zentimeter von ihr entfernt, versank er förmlich in der intensiven Farbe. Ihr Blick war so ausdrucksstark. Gewöhnlich sah er ihr als Erstes in die Augen, wenn er ihre Stimmung einschätzen wollte. Manchmal war das überhaupt der einzige Weg, sie zu durchschauen. Sein Blick huschte über ihr Gesicht, die helle Haut und die gewölbten Brauen, bevor er den Blick auf ihren Mund senkte. Ihre Lippen waren von Natur aus dunkelrot und voll.

«Du bist so schön.» Geistesabwesend ließ er den Daumen über ihre Unterlippe gleiten.

Sie fing sein Handgelenk ein, und ihre Miene ließ vermuten, dass er sie irgendwie beleidigt hatte.

Hihcebe. Es konnte doch nicht wahr sein, dass sie auch das noch nie von einem Mann gehört hatte. «Das bist du wirklich.»

Ihre Nasenflügel blähten sich, als sie ausatmete und die Augen schloss. Dann schüttelte sie den Kopf. Als sie die Lider wieder öffnete, wirkte sie schrecklich gequält. Sie trat zurück. «Ich bleibe zu Hause. Wir sehen uns, wenn …»

Er packte ihre Gürtelschlaufen und zog sie einfach wieder zwischen seine Beine. «Habe ich dich je angelogen?» Er erwartete keine Antwort, ließ ihr aber trotzdem einen Moment Zeit. «Du hast mich letzte Nacht mehr oder weniger als perfekt bezeichnet, hast bewundernswerte Eigenschaften aufgezählt, die ich deiner Meinung nach besitze. Und ich darf so etwas über dich nicht sagen?» Er legte den Kopf schräg und musterte sie, während sie alles ansah außer ihn. «Mir ist egal, was für einen Scheiß deine Leute oder dein Ex oder sonst wer dir in den Kopf gesetzt haben. Ich lüge nicht, und ich rede nicht nur, um das Schweigen zu füllen. Du bist schön. Für mich bist du wunderschön, Ames.»

Nach einem angespannten Moment sackte sie in sich zusammen. «Danke», sagte sie, während sie ihn wachsam musterte.

Gott sei Dank. Das war ein Anfang.

«Gern geschehen.» Doch das Gefühl der Erleichterung war nur von kurzer Dauer. Denn nachdem er sich aufgerichtet und die Beifahrertür geöffnet hatte, starrte Amy ihn nur unbeweglich an. «Kommst du?»

«Was tust du da?»

«Ich halte dir die Tür auf.»

«Oookay.» Sie zog das Wort in die Länge und trat einen Schritt näher, nur um sofort wieder zu erstarren. «Was ist das?»

Er unterdrückte ein Seufzen. Mit Mühe. «Blumen.»

«Wofür?»

Anscheinend waren sie im Kindergarten gelandet und spielten das *Wieso-weshalb-warum*-Spiel. Es kostete ihn seine gesamte Selbstbeherrschung, ihr ruhig zu antworten. «Für dich, *anim*. Die Blumen sind für dich.»

13

Die Fahrt nach Caspar dauerte knapp eineinhalb Stunden. Während Nakos einige Stunden damit verbrachte, sich das Pferd anzusehen und mit den Züchtern zu reden, wanderte Amy herum und schoss Bilder. Als Nakos schließlich bereit zum Aufbruch war, hatte sie ihrer Sammlung ein paar tolle Motive hinzugefügt.

«Es gibt hier ein Restaurant in der Nähe.» Er wandte kurz den Blick von der Straße ab, um sie anzusehen. «Wir könnten uns ein frühes Abendessen gönnen. Der Laden ist nett, auch wenn ich mir für unser erstes Date etwas Hübscheres gewünscht hätte.»

Date? Er fing schon wieder damit an. Zuerst Frühstück im Bett, gefolgt von dem Kompliment und Blumen. Jetzt Abendessen im Restaurant. Amy kam einfach nicht damit klar – weder mit dieser dominanten Seite von ihm noch mit der Aufmerksamkeit, die er ihr schenkte. Als sie nur befreundet gewesen waren, war es einigermaßen erträglich gewesen. Denn da hatte sie einen gelegentlichen Ausrutscher darauf schieben können, dass er sich nur gut mit ihr stellen wollte. Aber das hier … tja, das war etwas ganz anderes.

Unsicher, wie sie antworten sollte, sah sie aus dem Beifahrerfenster auf die vorbeirauschenden Bäume und Hügel. Das hier, Dating, führte zu Sex. Sie war vor Chris auch mit anderen Männern zusammen gewesen, aber man konnte nicht wirklich sagen, dass sie Erfahrung hatte. Intimität war etwas, das sie lieber vermied. Und weil der Sex selbst nie angenehm gewesen war, war sie auch nicht besonders gut im Bett. Meistens hatte sie einfach dagelegen und getan, was die Männer von ihr verlangt hatten.

Aber Nakos ... er raubte ihr jede Kraft. Sein Kuss allein frittierte ihr schon alle Hirnzellen. Und das passierte ihr zum ersten Mal. Sie hatte versucht, den nötigen Mut – und genug funktionierende Hirnzellen – aufzubringen, um nein zu sagen und sich selbst daran zu erinnern, warum es eine episch schlechte Idee war, mit ihm zusammenzukommen – aber in seiner Nähe ging ihre Vernunft flöten. Noch schlimmer war seine Entschlossenheit. Er hatte offenbar die Entscheidung getroffen, dass sie es mit einer Beziehung probieren sollten, und würde seine Meinung vermutlich nicht mehr ändern. Wenn er wollte, konnte Nakos unglaublich stur und eigensinnig sein.

Irgendwann am frühen Nachmittag war Amy zu dem Entschluss gekommen, dass sie einfach bei allem mitspielen würde, was er vorhatte; dass sie dieser Anziehung einfach ihren Lauf lassen würde. Sich dagegen zu wehren würde Nakos nur ermuntern und ihr Kopfweh bereiten. Wenn sie je zu dem Punkt kamen, wo die Kleider auf dem Boden landeten und sie Sex hatten, würde er schnell feststellen, dass sie ihn nicht befriedigen konnte. Nakos' Neugier und Verlangen würden einen schnellen Tod sterben.

Nur dass er jetzt auch noch Prince Charming spielte. Wieso konnte er sie nicht einfach ausziehen, sein Ding durchziehen und am nächsten Morgen eilig verschwinden, wie jeder andere Kerl es bisher getan hatte? Das hätte die Sache beschleunigt, sodass sie weniger Gefahr liefe, sich noch mehr an ihn zu verlieren.

Verdammt, sie machte sich solche Sorgen, dass ihre Freundschaft leiden würde. Sie hatte doch nur Kyle, Olivia und Nakos in ihrem Leben. Okay, Kyle war ihr Bruder, aber wenn die Sache mit Nakos schieflief, würde sie ihn und Olivia verlieren. Nakos war zwar nicht der Typ für schmutzige Trennungen, aber ihre Situation war ja nicht einfach. Allein die unangenehmen Spannungen würden ihn stören. Olivia und Nakos arbeiteten zusammen und standen sich auch sonst sehr nahe. Zwischen Nakos und Nate hatte sich ebenfalls eine Freundschaft entwickelt. Wenn es hart auf hart kam und sie sich entscheiden musste, würde Olivia schon aus praktischen Gründen gezwungen sein, Nakos zu wählen. Und was hätte Amy dann noch?

Gar nichts. Keine Familie bis auf Kyle. Keine Freunde. Zur Hölle, nicht mal ein Dach über dem Kopf.

«Ist das okay für dich?» Seine heisere, tiefe Stimme füllte die Fahrerkabine. «Ich würde wirklich gern mal irgendwo außerhalb von Meadowlark mit dir essen gehen.»

Es war auf jeden Fall besser für seinen Ruf, wenn er in der Stadt nicht mit ihr gesehen wurde. In einer Gruppe zusammen abhängen war etwas vollkommen anderes als ein richtiges Abendessen. Die Leute würden sich das Maul zerreißen.

«Sicher.» Amy drückte ihre Schläfe gegen das Fenster. Ihr war schlecht. Sie wollte Nakos vor allem nicht verletzen. Er war seit fast zwei Jahrzehnten ein Teil von ihr. Es gab nichts, was sie nicht für ihn getan hätte. Wenn er das unvermeidliche Ende ihrer Beziehung nur ertrug, indem sie danach aus seinem Leben verschwand, dann würde sie auch das tun. Selbst wenn das in ihrer momentanen Situation bedeutete, dass sie erst mal auf der Straße landete. «Wir hatten kein Mittagessen. Ich wette, du bist hungrig.»

«Du hast auch nur ein bisschen Obst zum Frühstück gegessen.»

Ja, na ja … sie war sich nicht sicher, wie viel sie im Magen behalten konnte – egal, was sie auch bestellte.

Zehn Minuten später fuhr er auf den Parkplatz des Restaurants. Amy hätte fast gelacht, als eine Kellnerin sie zu ihrem Platz führte. Nakos hatte sich Sorgen gemacht, dass der Laden nicht schön genug war. Aber er war um einiges schicker als alles, was sie mit Chris jemals besucht hatte. Und vor Chris hatte sie noch nie ein Date gehabt. Kein richtiges zumindest. Sie hatte mit ihren früheren Freunden abgehangen, aber zu einem echten Date hatten sie sie nie ausgeführt.

«Was möchten Sie trinken?»

Plötzlich nervös, lächelte Amy die Kellnerin an. «Nur Wasser, bitte.»

Nakos bestellte eine Cola, dann musterte er Amy über die Karte hinweg, als die Bedienung sich entfernte. Er hatte seinen Hut abgenommen, also lag sein Gesicht nicht mehr im Schatten. Diese schwarzen Augen musterten sie forschend, was ihre Nervosität nur verstärkte. Er war kein Fremder für sie, doch sie wusste trotzdem plötzlich nicht mehr, wie sie sich in seiner Nähe benehmen sollte.

Um sich eine kurze Atempause zu verschaffen, blickte sie sich um. Da es erst vier Uhr nachmittags war, war das Restaurant noch nicht allzu gut gefüllt, trotzdem waren ein paar der weißen Lacktische und Sitznischen besetzt. Eine Tapete mit Blütenmuster zierte die Wände, und hier und da hingen verschwommene Drucke von Rosen.

«Du willst schon was bestellen, oder?» Nakos deutete mit dem Kinn auf die Karte neben ihrem Teller. «Bisher hast du dir nämlich noch gar nicht angesehen, was es gibt.»

Um ihn zu besänftigen, griff sie nach der Karte und ließ ihren Blick über das Angebot gleiten. Sie hatte nur sehr wenig Geld dabei, denn gerade hatte sie eine Kreditrate überwiesen, sodass auch ihr Konto fast leer war. Was bedeutete: Für ein Abendessen hatte sie kein Geld. Nakos würde sie sowieso nicht zahlen lassen, aber sie hatte auch keinen Hunger. «In letzter Zeit interessierst du dich sehr für meine Essgewohnheiten.»

«Weil du nicht genug isst.»

Sie starrte auf die Karte, bis die Buchstaben vor ihren Augen verschwammen, weil sie Nakos einfach nicht ansehen konnte. «Ich mache eine Diät.»

Er klatschte seine Karte auf den Tisch. «Warum das denn, zum Teufel?»

Genau deswegen hatte sie versucht, diesem Gespräch aus dem Weg zu gehen. «Gewöhnlich macht man eine Diät, um Gewicht zu verlieren. Wenn du es unbedingt wissen willst, ich versuche, ein paar Kilo abzunehmen. Und es ist unhöflich, wenn ein Mann eine Frau solche Dinge fragt.»

«Du hast in den letzten paar Monaten schon zu viel Gewicht verloren.» Sein Zeigefinger landete auf der Oberkante der Karte und drückte sie nach unten, sodass Amy gezwungen war, ihn anzusehen. Er wirkte zutiefst irritiert. «Du brauchst keine Diät.»

Die Kellnerin kam mit den Getränken und fragte nach ihren Wünschen. Nakos bestellte einen Burger mit Pommes, dann starrte er Amy herausfordernd an.

«Ich nehme einen gemischten Salat, bitte.» Sobald die Kellnerin wieder verschwunden war, wechselte Amy das Thema, bevor er weiter damit anfangen konnte. «Wirst du das Pferd kaufen?»

Er musterte sie einen langen Moment, forschend, intensiv, fast sezierend. Irgendwann seufzte er. «Wahrscheinlich. Ich muss noch mit Olivia reden, aber das Pferd kommt aus einer guten Zucht, hat ein sanftes Temperament und ist gesund.» Die Anspannung in seinem Gesicht löste sich, während er redete. Doch dann hielt er inne, den Blick immer noch auf sie gerichtet. Als er weitersprach, klang seine Stimme fast traurig. «Du musst dich nicht ändern, Ames. Es ist nichts falsch an dir – weder dein Gewicht noch irgendwas anderes. Hat er etwas zu dir gesagt? Dein Ex? Denn du solltest auf keinen Fall auf den Schwachsinn hören, den dieser Typ von sich gegeben hat. So jemandem kannst du nichts glauben.»

«Das war die ganze Zeit über mein Problem. Ich habe ihm geglaubt.» Nicht nur Chris, sondern auch ihren Eltern und allen anderen, die eigentlich keine Rolle spielen sollten. Leuten, denen sie egal war. Sie wandte den Blick ab und starrte ins Leere. «Ich habe ihm geglaubt, als er gesagt hat, er liebe mich und wolle mich heiraten. Als er behauptet hat, er würde die Rechnungen und die Hypothek rechtzeitig bezahlen. Dass er nur bei einem Pokerspiel mit Freunden war, obwohl er immer nach fremdem Parfüm roch und sein Hemd falsch zugeknöpft war. Ich habe ihm alles geglaubt. Ich war so eine Idiotin», murmelte sie. «Das ist das Schlimmste. Ich bin auf seine Lügen reingefallen, bin auf ihn reingefallen. Ich war dumm genug zu glauben, dass er mich wirklich wollte.»

In dem drückenden Schweigen, das auf ihre Worte folgte, sah Amy Nakos an. Er hatte die Hände auf dem Tisch zu Fäusten geballt und starrte mit zusammengebissenen Zähnen aus dem Fenster. Kein Muskel bewegte sich, aber die Sehnen in seinem Hals standen hervor.

Sie schluckte. «Worüber denkst du gerade nach?»

«Mord.» Als müsste er sich dazu zwingen, richtete Nakos langsam seinen Blick auf sie. «Ich wusste nicht, dass er dich zusätzlich zu allem anderen auch noch betrogen hat.»

Ihrer Meinung nach war das die geringste von Chris' Sünden gewesen. Die Zurückweisung und der Betrug hatten sie verletzt, doch härter getroffen hatten sie seine Beleidigungen und die Art, wie er sie einfach ignoriert hatte. Mist! Sie hätte den Mund halten sollen. Jetzt zog sich Alpha-Nakos die metaphorischen Schlagringe über, weil er in vollen Beschützer-Modus geschaltet hatte.

«Das nehme ich ihm nicht mal übel.» Sie zuckte mit den Achseln, als Nakos die Augen zu drohenden Schlitzen verengte. «Wirklich nicht. Ich bin furchtbar im Bett.»

Er blinzelte. Mehrmals. «Diese Lüge hat er dir auch erzählt?»

«Nein.» Ja. Sie rückte ihr Besteck zurecht. «Ich ...» Gott, wie peinlich ... aber wahrscheinlich war es keine schlechte Idee, Nakos über ihre Unzulänglichkeiten zu informieren. Vielleicht würde er den Hinweis kapieren und sich zurückziehen, bevor ihre Freundschaft Schaden nahm. «Ich bin unfähig, einen Orgasmus zu haben.»

So. Jetzt war es raus. Die Worte schwebten in der Luft zwischen ihnen. Wenn ihre Wangen noch heißer wurden, würde sie sich eine Verbrennung holen.

Nakos presste die flachen Hände auf den Tisch. «Noch nie?» Er sah ihr tief in die Augen, doch sie antwortete nicht. «Du hast noch nie ...?» Er räusperte sich. «Nicht mal allein?»

Super. Jetzt sprachen sie auch noch über Masturbation. «Nicht oft. Ich brauche wirklich lange, und, na ja ...» Noch nie in ihrem Leben hatte sie sich so dringend den Tod gewünscht. Und es hatte eine Menge Gelegenheiten gegeben, wo sie darum gebetet hatte, dass der Boden sich auftat und sie verschlang.

«War er dein Erster?»

Ihr entkam ein raues, schmerzhaftes Lachen. «Nein. Ich habe meine Jungfräulichkeit früher verloren als die meisten anderen.»

«Wie früh?»

Die schroffe Frage traf sie unvorbereitet. Auf keinen Fall würde sie dieses Gespräch führen. «Darum geht es nicht. Ich war schon mit anderen Männern zusammen, aber das hat nichts an der Sache geändert. Ich bin verkorkst, Nakos, so ist es nun mal. Deshalb nehme ich Chris zumindest diese eine Sache nicht übel. Du solltest es auch besser aufgeben, bevor wir unsere Freundschaft zerstören.»

Er schüttelte leicht den Kopf, doch es war eher eine verwirrte Geste als ein Widerspruch. «Wehrst du dich deswegen so sehr gegen die Vorstellung einer Beziehung zwischen uns? Weil du absurderweise denkst, du könntest mich nicht befriedigen?»

Das stand definitiv ganz oben auf der Liste. Direkt unter *Wird-mich-zerstören-wenn-es-endet* und knapp über *Ich-war-nicht-mal-gut-genug-für-meinen-Ex-ganz-zu-schweigen-von-Nakos.*

«Wieso hast du nicht früher etwas gesagt?»

Sie rieb sich frustriert die Augen. «Wann, Nakos? Mit sechzehn, als wir zusammen mit dem Football-Team am Lagerfeuer saßen? Oder während unseres Abschlussballs, mit allen fünfundfünfzig Klassenkameraden um uns herum? Ich weiß. Ich hätte es mit zweiundzwanzig machen sollen, als Olivia dich zu ihrem Vorarbeiter ernannt hat. Ich kann es mir direkt ausmalen: *Hey, Nakos. Gratulation. Übrigens, ich kann keinen*

Orgasmus haben. Im Ernst. Zwischen uns gab es nie romantische Gefühle. Wieso hätte ich mir die Mühe machen sollen?»

«Jetzt gibt es romantische Gefühle, und wir waren in letzter Zeit unzählige Male allein. Wenn ich es gewusst hätte ...»

«Dann hättest du was getan? Früher Mitleid mit mir gehabt? Dich mehr gegen die Anziehungskraft gewehrt?»

«Alles in meiner Macht Stehende getan, um dir zu beweisen, dass du dich irrst.» Nakos stemmte die Ellbogen auf den Tisch und lehnte sich vor, Hitze brannte in seinen schwarzen Augen. «Du reagierst auf mich. Du bist weder verkorkst noch defekt. Offensichtlich hatten deine bisherigen Partner keinerlei Geduld. Dass du länger brauchst als andere, um zu kommen, heißt nicht, dass du keinen Orgasmus haben kannst, *anim*.»

Bei allen Heiligen, sie wurde feucht. Sie presste die Schenkel zusammen, weil sie es unbedingt probieren wollte. Doch die Vergangenheit hatte bewiesen, dass ein Orgasmus für sie einfach nicht drin war. Zugegeben, keiner ihrer Liebhaber hatte sie so erregt, wie Nakos es tat, doch anfänglich etwas Lust zu empfinden war noch lange nicht dasselbe wie ein *Oh-Gott-jaaaaa!*, während sie dabei waren.

«Bitte schön. Ein gemischter Salat und ein Burger mit Pommes.» Teller wurden vor ihnen abgestellt. «Kann ich Ihnen sonst noch etwas bringen?»

Da Nakos seinen intensiven Blick nicht von ihr abwandte und keinerlei Anstalten machte, der Kellnerin zu antworten, lächelte sie die Frau an. «Nein, danke. Sieht wunderbar aus.»

«Dann guten Appetit.»

Amy beobachtete die Bedienung, bis die Frau hinter dem Tresen verschwunden war, dann sah sie wieder Nakos an.

Der Ausdruck in seinen Augen wechselte von einer Sekunde auf die nächste von intensiv zu brennend. «Diese Kerle, mit denen du zusammen warst? Sie haben was verpasst. Es gibt nichts Befriedigenderes, als zu wissen, dass die Frau, mit der man zusammen ist, einen Höhepunkt erlebt hat. Das macht es um so viel besser. Also, Herausforderung angenommen.» Er warf ihr einen fragenden Blick zu. «Was?», fügte er hinzu, als sie schockiert die Augenbrauen hochzog. «Hast du damit gerechnet, dass ich die Flucht ergreife? Ich habe es dir schon einmal gesagt: Ich bin nicht wie die anderen.»

Amy hatte keine Ahnung, was sie darauf antworten sollte, und deshalb aßen sie schweigend, bevor sie bezahlten und wieder in Nakos' Truck stiegen. Auf ungefähr halber Strecke konnte sie das Schweigen kaum noch ertragen. Verlangen kämpfte in ihr mit Neugier, sodass ihr Magen ein harter Knoten war.

Gott, sie war wirklich dämlich genug, ihm zu glauben. Dass es nur Geduld und den richtigen Mann brauchte, um das Ziel zu erreichen. Dabei hatte ihr Hoffnung noch nie etwas Gutes eingebracht.

Sie beobachtete die Landschaft, die am Fenster vorbeirauschte, und erinnerte sich an den ursprünglichen Grund für diesen Ausflug. Dass Olivia Nakos losschickte, um sich Tiere anzusehen, bewies, dass sie ihm in Bezug auf die Ranch vertraute. Daran hatte Amy nie gezweifelt. Nakos war nicht nur seit Jahren mit Olivia befreundet, er arbeitete auch hart und wusste, was er tat. Die Männer respektierten ihn. Außerdem lag ihm die Ranch am Herzen – nicht nur die Tiere und die Arbeiter, sondern auch das Land. Er kümmerte sich um alle Aspekte seines Jobs mit derselben Sorgfalt und gab immer hundert Prozent.

«Hast du je darüber nachgedacht, eine eigene Ranch zu

kaufen?» Sie riss ihren Blick von dem hypnotisch verschwommenen Grün los und sah ihn an. «Du bist so gut in dem, was du tust.»

«Ist mir nie in den Sinn gekommen.»

«Wirklich?»

Er schüttelte den Kopf, ohne die Augen von der Straße abzuwenden. «Kein einziges Mal. Meine eigene Ranch zu kaufen würde Rücklagen erfordern, die ich nicht habe, und bei der momentanen Wirtschaftslage müsste ich wahrscheinlich nach zwei Jahren aufgeben. Und da ist noch nicht mal eingerechnet, dass ich auch Arbeiter finden und mit bereits bestehenden Farmen in Konkurrenz treten müsste. Außerdem ist die Wildflower Ranch mein Zuhause. Ich bin hier aufgewachsen. Alles, was ich liebe und kenne, ist genau hier.» Er warf ihr einen kurzen Blick zu. «Wieso?»

Sie zuckte mit den Achseln. «Nur so.»

Ihre Antwort schien ihn nicht zu befriedigen, doch er ließ es ihr durchgehen und konzentrierte sich aufs Fahren, während sie ihn aus den Augenwinkeln beobachtete.

Er war so verdammt attraktiv. Er hatte diese ruhige, zurückhaltende Art, die gleichzeitig ansprechend und mysteriös wirkte. Olivfarbene Haut, einen sehnigen Körper mit Muskeln an genau den richtigen Stellen und ein scharf geschnittenes Gesicht. So symmetrisch und stark. Seine Schenkel füllten den Stoff der Jeans perfekt aus. Und die Art, wie seine Oberarme den Stoff des Hemds dehnten, ließ sie wünschen, wieder zwischen ihnen gefangen zu sein. Wie gestern Abend, als er sie gegen die Wand gepresst hatte.

Ihr Verlangen nach Nakos war stärker als alles, was sie je empfunden hatte. Er hatte behauptet, sie bräuchte einfach nur jemanden, der geduldig war. Als er in die Einfahrt fuhr und den Motor ausschaltete, konnte sie nicht verhindern, dass ihr dieser Gedanke durch den Kopf ging: Auf der ganzen Welt gab es keinen geduldigeren Mann als Nakos.

Statt die Autotür zu öffnen, grinste er sie an, und sofort geriet ihr Herz ins Stolpern. «Küsst du beim ersten Date?»

Da sie noch nie ein echtes Date gehabt hatte, wusste sie das eigentlich nicht. Aber mit ihm? «Ja.»

Er stöhnte, dann legte er die Hand an den Türgriff. Bevor sie auch nur ihren Gurt gelöst hatte, hatte er schon das Auto umrundet und ihr die Tür geöffnet. Schon wieder so eine galante Geste. Sie ergriff die Hand, die er ihr entgegenstreckte. Stark, fest und schwielig von der harten Arbeit. Amy spürte, wie sich ihre Brustwarzen zusammenzogen. Auf der Veranda blieb Nakos stehen. Er versuchte nicht, sie zu küssen, sondern schloss einfach nur die Tür auf und bedeutete ihr vorauszugehen. Enttäuscht schüttelte sie ihre Flip-Flops von den Füßen und ging zur Treppe.

«Nicht so schnell.» Nakos wirbelte sie herum, schob sie nach hinten, und bevor sie sichs versah, lag sie mit dem Rücken auf der Couch, festgehalten durch einen warmen, harten Männerkörper über ihr. «Viel besser.»

«Hey. Hi», hauchte sie. «Ziemlich frech für ein erstes Date, oder?» Nicht, dass sie sich beschweren wollte. Ihre Beine waren mit seinen verschränkt, und ihre Hüfte berührte seine, sodass quasi jeder Zentimeter seines Körpers an ihren gedrückt war. Sein Gewicht lenkte sie wunderbar von ihrem rasenden Puls und ihrer Nervosität ab, und er roch so ... verdammt ... wunderbar. Erde vermischt mit Leder.

«Okay, ich habe meine Meinung geändert. Ich betrachte Olivias und Nates Hochzeit als unser erstes Date. Wir waren Trauzeuge und Trauzeugin und haben getanzt.» Er stemmte sich auf einen Unterarm und nahm den Hut ab, um ihn zur Seite zu werfen. Sein Blick huschte über ihr Gesicht, verweilte auf ihrem Mund, und seine Stimme wurde heiser. «Wir haben uns schon geküsst, also ist das hier unser zweites Date.»

Verdammt, sie konnte nicht mehr denken. Nicht mit diesen harten Muskeln, die sie auf der Couch festhielten, und seinem attraktiven Gesicht direkt vor ihrem. Ihre Brüste kribbelten, und ihre Mitte pulsierte im Takt seines Herzschlags, den sie an ihrer Brust spürte. Verschwunden war der steife, verärgerte Mann vom Abendessen. An seine Stelle war der Inbegriff von Verführung getreten.

«Ich liebe diesen Ausdruck in deinen Augen, Ames. Den, den du bekommst, kurz bevor ich dich küsse.»

«Was für einen Ausdruck?»

«Du siehst mich jetzt gerade so an.» Ein Lächeln erschien auf seinen vollen Lippen. «Deine Pupillen werden riesig, bis all diese wunderbare Farbe fast verschwunden ist, dann werden deine Lider schwer.» Er ließ seinen Daumen über ihre Unterlippe gleiten und verfolgte die Bewegung mit den Augen. «Deine Lippen öffnen sich leicht, als wolltest du nach Luft schnappen oder könntest den Kuss nicht mehr erwarten.» Er sah ihr in die Augen, sein Blick erfüllt von Lust. «Das ist so verdammt heiß.»

Nakos senkte den Kopf ... und jede Antwort, die sie vielleicht gehabt hätte, löste sich in Luft auf. Nakos hatte einen unglaublichen Mund. Feste und doch volle Lippen, die liebkosten statt zu verschlingen. Er baute die Spannung langsam auf, bis Verlangen an die Tür klopfte und Lust die Türangeln zum Zittern brachte. Dann teilte er sanft ihre Lippen und fand ihre Zunge mit seiner. Ein langsames Streicheln, gefolgt von einem Eintauchen. Lockend. Erregend.

«Leg die Arme um mich. Ich muss wissen, dass du es genauso fühlst, Ames.»

Und ... da war es. Kälte breitete sich in ihr aus und erstickte die Flammen. Es hatte keine fünf Minuten gedauert, bis sie ihn enttäuscht hatte. Gott. Sie hatten sich nicht mal ausgezogen, und schon konnte sie nicht mehr mithalten. Ihre Augen brannten, also schloss sie die Lider, um die Tränen zurückzuhalten.

Er hob den Kopf. «Was ist passiert?»

Die Realität hatte zugeschlagen, das war passiert. Hoffnung war ein schreckliches Gefühl.

«Schau mich an.» Er ließ seine Nasenspitze über ihre gleiten, strich mit den Fingern sanft über ihre Schläfen. «Öffne die Augen.»

Sie gehorchte, weil sie einfach nicht anders konnte, und fing seinen zärtlichen Blick auf. «Ich habe dir doch gesagt, dass ich schlecht im Bett bin.»

Mit diesen Worten legte sie einen Schalter um. Plötzlich brannte Wut in seinen Augen. Eine kurze Bewegung, dann hatte er ihre Beine gespreizt und legte sich dazwischen. Er stieß mit der Hüfte vor, drängte seine Erektion gegen ihre Mitte, und sie keuchte, als erneut Hitze ihren Körper durchfuhr.

«Genau, *anim*. Das bin ich. Der Mann, dem gefällt, was du tust. Sehr sogar.» Er schluckte schwer, dann entspannte sich seine Miene. «Und wir haben gerade keinen Sex. Wir machen nur miteinander rum. Für alles andere ist es zu früh. Ich werde nicht mit dir ins Bett gehen, bevor ich mir sicher bin, dass du bereit bist. Im Moment möchte ich nur, dass du das hier genauso genießt wie ich.»

Ihre Kehle wurde eng. Sie wusste nicht, was zur Hölle ihm

gefallen würde, hatte keine Ahnung, wie sie einen Mann befriedigen sollte. «Was soll ich tun?»

«Was auch immer du willst. Hör auf zu denken und fühle einfach. Tu, was sich gut anfühlt. Ich verspreche dir, ich werde alles genießen, was dir einfällt.»

Er starrte sie an, wartete auf ihre Antwort, ohne sich zu bewegen oder die Kontrolle an sich zu reißen. Sie hatte den Eindruck, dass er die ganze Nacht so liegen bleiben und auf sie warten könnte. Und da sie bei Nakos ein wunderbares Gefühl der Sicherheit empfand, ließ sie ihren Blick über sein Gesicht schweifen, während sie versuchte, darauf zu lauschen, was ihr Körper sagte.

Mit zitternder Hand umfasste sie seine Wange, weil sie es liebte, seine glatte Haut zu spüren. Das schien ihr ein guter Anfangspunkt zu sein. Seine Nasenflügel blähten sich, und er stöhnte. Ermutigt von seiner Reaktion, sah sie ihm in die Augen. Die Zärtlichkeit, die sie darin erkannte, spornte sie an weiterzumachen.

Sie lauschte tiefer in sich hinein und richtete ihren Blick auf sein Haar. Schon immer hatte sie diese dichten, dunklen Strähnen geliebt – und jetzt, wo sie etwas länger waren als sonst, galt das besonders. Doch Nakos hatte sein Haar zu einem Pferdeschwanz gebunden. Er trug es nur selten offen. Aber sie hatte schon so oft davon geträumt, ihre Finger durch die Strähnen gleiten zu lassen. Sie hob die andere Hand und zog sanft den Haargummi heraus, sodass die schulterlange schwarze Mähne sein Gesicht umspielte.

Nakos hielt den Blick auf sie gerichtet, doch sie konzentrierte sich lieber auf sein Haar, bevor sie den Mut verlor. Sie legte die Hand in seinen Nacken, dann schob sie ihre Finger langsam in die seidige Glätte. Sofort beschleunigte sich Nakos' Atmung. Stolz stieg in ihr auf und verband sich mit dem Glück, das sie bereits erfüllte. Sie hätte eine Ewigkeit so weitermachen können. Bevor ihr wirklich klar war, was sie da tat, vergrub sie beide Hände in seinem Haar und packte fester zu.

Wieder drängte Nakos sich ihr entgegen, und sie spürte sein tiefes Stöhnen an ihren Brüsten. Er senkte den Kopf und murmelte an ihrem Mund: «Wenn du glaubst, ich wäre vorher schon erregt gewesen ... Jetzt, wo du mich berührst, verliere ich fast den Verstand.» Er ließ seine Lippen über ihre Wange gleiten, dann über ihr Ohr. «Tag oder Nacht, ich will dich.»

Ein Zittern überlief Amys Körper und erweckte auf seinem Weg jede ihrer Nervenzellen zum Leben. Dieses Verlangen. Gott, dieses Verlangen. Zwischen ihren Schenkeln. In ihren Brustwarzen, wo sie sich an Nakos rieben. Unter ihrer Haut, wo die unerträgliche Hitze brannte. Überall. Sie wimmerte, weil sie irgendetwas brauchte, ohne benennen zu können, was genau. So war es noch nie gewesen, und sie hatte keine Ahnung, wie sie diesen süßen Schmerz bekämpfen sollte. Instinktiv hob sie die Hüften und sorgte so dafür, dass seine harte Erektion das Pochen für einen Moment beruhigte. Doch es war nicht genug.

Nakos keuchte überrascht an ihrem Ohr. «*Hihcebe, anim.* Du lernst schnell.» Er zog mit seiner Zunge einen Pfad über ihren Hals, um dann seinen Kopf in ihre Halsbeuge zu schmiegen. «Wieso duftest du immer so gut?» Er küsste ihre Kehle, dann die Seite ihres Halses und die Stelle, wo ihr Puls pochte, bevor er an ihrem Ohrläppchen knabberte.

Und dann fand sein Mund ihren, und das Tier brach aus dem Käfig aus.

14

Verkorkst. Was für ein Quatsch. Amy hatte nur ein bisschen Ermutigung gebraucht, und schon hatte sie es geschafft, jede Hirnzelle in seinem Schädel zu frittieren. Seine Erektion pulsierte hinter dem Reißverschluss, sein Herz drohte ihm die Rippen zu sprengen, und er sah nur noch verschwommen.

Der Kuss wurde rau, strafend und verzweifelt. Ihre Zungen kämpften förmlich. Er. Sie. Und wieder von vorne.

Keine Spur mehr von ihrer passiven Art – was ihm eindeutig nicht leidtat. Jede Berührung von Amys Zunge an seiner entfesselte etwas tief in Nakos, von dem er nicht einmal gewusst hatte, dass es existierte. Animalisch und roh. Ungezähmt. Jede Finesse war vergessen. Die langsame Verführung gehörte der Vergangenheit an. Sein Körper schrie danach, sie zu nehmen. Nur mit Mühe konnte er diesen Drang unterdrücken.

Amy unter sich zu spüren war reine Folter – der besten Art. Folter, die er gerne Stunde um Stunde ertragen hätte. Amy hatte ihn verzaubert. Aber er hatte ernst gemeint, was er gesagt hatte. Sie würden erst im Bett landen, wenn sie bereit war. Und nach dem, was sie ihm beim Essen erzählt hatte, konnte er sich des Eindrucks nicht erwehren, dass keiner ihrer Partner sich Zeit mit ihr genommen hatte. Sie war immer nur benutzt worden, um die Lust des Mannes zu stillen, um dann hinterher sitzengelassen zu werden. Dieser atemberaubende

Körper musste angebetet, statt nach einem schnellen Fick von der Bettkante gestoßen zu werden.

Aber verdammt. Amy hatte endlich ihre Zurückhaltung aufgegeben. Er hasste den Gedanken, das hier zu beenden, nur um sich an eine geplante Reihenfolge zu halten. Amy zu beweisen, dass sie zu einem Orgasmus fähig war, würde mehr als alles andere dafür sorgen, dass sie sich später – wenn sie beide schließlich zusammenkamen – fallenlassen konnte.

Ihre Hüften bewegten sich ruhelos unter ihm, drängten sich gegen seine Jeans und ... Entscheidung gefallen. Er ließ die Hand unter ihr Shirt gleiten, zur warmen Haut ihres Bauchs, wobei er den Kuss vertiefte, damit sie nicht wieder ins Nachdenken kam. Höher, höher glitten seine Finger, bis er eine perfekte Brust umfasste und unter dem Stoff des BHs einen harten Nippel fühlen konnte. Sie stöhnte in seinen Mund, und ihre Finger gruben sich tiefer in sein Haar.

Und das war noch so etwas. Er trug sein Haar niemals offen, also war das Gefühl ihrer Finger in seinen Strähnen, ihrer Fingerspitzen an seiner Kopfhaut für ihn genauso neu wie die barbarischen Triebe, die Amy in ihm erweckte. Feuer brannte auf seiner Haut, und Verlangen brachte ihn zum Erzittern.

Er umkreiste ihre Brustwarze mit dem Daumen, trieb ihre Lust in neue Höhen, dann tat er das Gleiche auf der anderen Seite, bis erneut dieses wunderbare Wimmern aus Amys Kehle drang. Vorsichtig ließ er seine Knöchel über ihren Nabel zum Bund der Jeans gleiten, um die Haut dort mit den Fingerspitzen zu liebkosen. Hin und her. Hin und her. Sie ließ keinen Widerstand erkennen, also öffnete er den Knopf, zog den Reißverschluss nach unten.

Dann verlagerte Nakos sein Gewicht und schob einen Arm zwischen Amy und die Couch. Von hinten, während er sie immer noch küsste, zog er Jeans und Höschen über die Kurve ihrer Hüfte und umfasste ihren runden, weichen Hintern. Sie drängte sich ihm entgegen, sodass seine Härte an ihren Körper gedrückt wurde.

Hihcebe. Sie würde ihn noch umbringen, bevor er sie wirklich berühren konnte. Er riss den Mund von ihrem und legte das Gesicht an ihren Hals. Was auch nicht half, weil er jetzt nichts anderes roch als ihren sinnlichen Duft.

Nakos' Zunge schnellte über ihren Puls, dann ließ er seine Finger ohne Vorwarnung zwischen ihre Beine gleiten. Hätte Amy seine Berührung vorhergesehen, hätte sie das vielleicht wieder unsicher werden lassen. Mit der Zeit würde sie lernen, nicht so viel zu denken und die Bedürfnisse ihres Körpers in seiner Nähe nicht in Frage zu stellen. Doch für den Moment ging es nur darum, ihre Leidenschaft zu befeuern. Ihr zu beweisen, dass sie fähig war, einen Höhepunkt zu erleben. Und dass er wusste, was sie brauchte, um sie auf den Gipfel der Lust zu treiben. Mühelos.

Und ... *ja.* Sie hob sich ihm entgegen, drängte sich gegen seine Hand, verlangte stumm nach mehr. Sie reagierte schon jetzt heftiger, als er erwartet hatte. Ihm ging auf, dass es nicht Angst oder Nervosität waren, die sie zurückhielten. Sie sehnte sich nach Erfüllung ... Sie wusste nur nicht, wie sie sie erreichen sollte.

Gott, er wollte jeden Kerl verstümmeln, mit dem Amy zusammen gewesen war – angefangen mit ihrem Ex. Wie konnte irgendein Mann diese Frau in den Armen halten und sie nicht schätzen, nicht jedes Stöhnen und Keuchen genießen? Zur Hölle, er hätte das hier die ganze Nacht machen können, ob er nun selbst dabei kam oder nicht. Allein sie zu beobachten war erregender als alles, was er je erlebt hatte.

«Nakos», hauchte Amy, die Lider fest geschlossen und die Stirn gerunzelt.

«Shhh.» Er drückte ihr einen Kuss auf die Wange. «Du bist bei mir. Du bist sicher.»

Und er würde sie nicht wieder gehenlassen. So verrückt dieser Gedanke auch sein mochte, die Erkenntnis traf ihn hart und schnell. Ohne dass er es geahnt hatte, war Amy genau das, was er schon immer gesucht hatte. Eine Verbindung. Vertrauen. Leidenschaft und Sicherheit. Unvorstellbar, dass sich das zwanzig Jahre lang direkt vor seiner Nase befunden hatte. Wäre es nicht so grausam ironisch gewesen, hätte er gelacht.

Nakos beobachtete Amy genau, als er ihre Falten teilte, und stöhnte, als er spürte, wie feucht sie war. Er ließ zwei Finger in ihre Hitze gleiten und drückte gleichzeitig seinen Daumen auf ihre Klitoris, um ihre Lust höher zu treiben.

Sie erschauerte unter ihm, bevor sie abrupt den Kopf drehte und ihr Gesicht unter seinem Kinn versteckte. «Oh Gott. Ich kann nicht … du …» Sie hob ihre Hüften, nahm seinen Finger tiefer in sich auf. «Du …»

Er würde ihr einen so heftigen Orgasmus verschaffen, dass sie Sterne sah. Oh ja. Genau das würde er tun.

Er hätte lieber ihr Gesicht gesehen, um ihre Reaktionen abzuschätzen, doch sie schien ihm nahe sein zu wollen, und er folgte ihrer Führung. Langsam krümmte er die Finger in ihr, ließ den Daumen über das geschwollene Bündel empfindlicher Nerven gleiten und umkreiste es, um herauszufinden, was ihr gefiel.

Nach einem kurzen Moment zog sie ein Knie an und hob sich seinen Liebkosungen entgegen. Sie keuchte und stöhnte leise. Ihre Finger gruben sich in seine Kopfhaut, lustvoll schmerzhaft, und er spürte, wie seine eigene Erregung die

Fesseln seiner Selbstkontrolle zu sprengen drohte. Ihre andere Hand umklammerte seinen Bizeps und krallte sich dann in den Kragen des T-Shirts, als bräuchte sie etwas, woran sie sich festhalten konnte.

Mit rhythmischen Bewegungen stieß er in die seidige Hitze und liebkoste ihre Klitoris, bis seine Hand sich verkrampfte. Doch er machte weiter. Amy schüttelte heftig den Kopf, als könnte sie die Qual nicht länger ertragen, doch ihm wurde im nächsten Moment klar, dass dies der erste Hinweis auf ihren nahenden Höhepunkt war. Ein Beben überlief sie, ihr Körper spannte sich plötzlich an, sie schnappte nach Luft und schien dann den Atem anzuhalten.

Himmel. Sie ließ sich fallen. Sie erzitterte, klammerte sich an ihn und schrie in einer Mischung aus Schmerz und Vergnügen auf, das Gesicht an seinen Hals gepresst. Gleich darauf erschauerte sie. Ihre inneren Muskeln krampften sich um seine Finger. Ihr Orgasmus schien unendlich lange anzuhalten, und Nakos wünschte sich erneut, er könne ihr Gesicht sehen. Aber hier ging es um Amy, und ihm würden sich schon bald weitere Gelegenheiten bieten. Es reichte aus zu wissen, dass er Amy Lust verschafft hatte, sie zum Höhepunkt gebracht hatte, nachdem das bisher niemandem gelungen war. Oder niemand dazu bereit gewesen war.

Ein letztes Stöhnen, dann wurde sie schlaff in seinen Armen und blieb keuchend liegen. «Oh mein Gott.»

Nakos lachte leise und legte sich wieder zwischen ihre Schenkel. Während sie immer noch zitterte, zog er vorsichtig ihr Höschen und ihre Jeans wieder nach oben, auch wenn er die Hose nicht schloss.

Schließlich ließ sie den Kopf nach hinten sinken, und er sah auf sie herunter. Gerötete Wangen. Geschwollene Lippen.

Schwere Lider und lächelnde Meerjungfrauenaugen. Seine Kehle war wie zugeschnürt. Er hätte schwören können, dass er noch nie etwas Atemberaubenderes gesehen hatte als Amy in diesem Moment. Noch nie.

Und er hatte diesen staunenden Ausdruck auf ihr Gesicht gezaubert.

Nachdem er ihr eine kakaobraune Strähne von der Schläfe zurückgestrichen hatte, ließ er seinen Kopf neben ihren sinken, die Nase an ihrer Wange. Er versuchte, sich zusammenzureißen und schaffte es nicht. Zwei Dinge wurden ihm klar, während ihre Atmung sich beruhigte und er sie enger an sich zog. In gewisser Weise gingen diese Dinge Hand in Hand, und er hätte sich treten können, dass er es nicht früher verstanden hatte.

Das Herz war wichtig, doch die Leute neigten dazu, diesem Organ zu viel Bedeutung zuzumessen – obwohl es doch im Grunde nur ein Muskel war. Es pumpte Blut. Der Körper konnte nicht ohne Herz leben, sicher, aber eigentlich hatte es keine Auswirkung auf die Liebe. Die Seele war es, die eine Person einzigartig machte – dieser Teil eines Menschen lebte nach dem Tod weiter, verband eine Person mit der anderen und machte die Essenz eines Charakters aus. Für die Arapaho war die Seele sehr wichtig, und jedes lebende Wesen besaß eine – von den Bäumen über das Land und die Tiere bis hin zum Menschen.

Jahrelang hatte er sich auf sein Herz konzentriert, obwohl er auf seine Seele hätte achten müssen. Olivia mochte einen guten Teil seines Herzens besitzen, aber Amy war die Hüterin seiner Seele. Wenn es hart auf hart kam, würde er für Olivia sterben, aber das war das Ergebnis ihrer Freundschaft und der tiefen Zuneigung zwischen ihnen. Zwischen ihm und Amy bestand dagegen – und so war es schon immer gewesen – eine echte spirituelle Verbindung. Wenn er seiner alten Kultur folgte, wenn er ihr glaubte, dann konnte und sollte er ohne Amy nicht existieren.

Das erklärte die Bindung, die er empfunden hatte, kaum dass er sie zum ersten Mal gesehen hatte. Und auch, warum er sie nie hatte gehenlassen können. Sein Beschützerinstinkt erstreckte sich auf beide Frauen, doch erst Amy in Gefahr zu sehen hatte seine Welt aus der Bahn geworfen. Oder ihn endlich auf Spur gebracht – je nachdem, wie er die Sache betrachtete. Sie waren in vielerlei Hinsicht vollkommen unterschiedlich, doch zusammen erzeugten sie ein Gleichgewicht. Ordnung.

Nakos spielte mit den Enden ihrer Haare, ließ seine Finger über die seidigen Strähnen gleiten. Er konnte nur hoffen, dass er nicht zu schwer war, denn er hätte sich wahrscheinlich nicht mal bewegen können, wenn das Haus um sie herum abgebrannt wäre. Dabei war nicht er es, der zum Höhepunkt gekommen war. Amy allerdings war ungewöhnlich stumm.

«Geht es dir gut, *anim?*»

Sie brummte glücklich und drehte den Kopf, um ihn anzulächeln. «Du hast mich ziemlich umgehauen. Und ich überlege, wie ich den Gefallen erwidern kann. Ich bin nicht besonders gut in …»

«Ich brauche nichts anderes als das, was wir gerade tun.» Heute Abend ging es um sie. «Ich habe bewiesen, dass du unrecht hattest. Orgasmen sind kein Mythos.»

Ihr Lachen, heiser und tief, traf ihn mitten ins Herz. «Hin und wieder irre ich mich. Aber wenn du das jemandem erzählst, werde ich alles leugnen.»

Er grinste, obwohl er wusste, dass er verloren war. Wäre er nicht so verdammt glücklich gewesen, hätte er sich vielleicht Sorgen gemacht. «Mir würde sowieso keiner glauben.» Nach einem Moment, in dem sie beide einfach nur dieselbe Luft atmeten, wurde ihm bewusst, was sie gerade tat, und sein Lächeln verbreiterte sich.

«Wieso lächelst du so?»

«Weil du mit einer Hand meinen Hintern umklammerst, als wolltest du das Ganze noch mal wiederholen, während du mit der anderen meinen Rücken streichelst, als würdest du jeden Moment einschlafen.» Diese Frau war ein einziger Widerspruch. Bevor sie ihn mit einem verbalen linken Haken ausknockte, wechselte er das Thema. «Was wollen wir morgen bei unserem dritten Date unternehmen?»

Ihre Augenbrauen schossen nach oben. «Führen wir Buch?» Doch dann starrte sie ins Leere, wie sie es immer tat, wenn sie nachdachte. Oder etwas plante. «Weiß nicht. Was machen Pärchen bei einem Date?»

Die Tatsache, dass sie diese Frage stellen musste, brach ihm das Herz. Was inzwischen fast stündlich geschah. «Ich glaube nicht, dass es da eindeutige Regeln gibt. Du warst schon eine Weile nicht mehr reiten, oder? Wir könnten zusammen einem der Wege am Fluss folgen.» Das hatten sie als Kinder oft getan. Er konnte einen Picknickkorb packen oder so.

«Okay.» Sie stieß ein tiefes Seufzen aus. «Nakos?»

«Hmmm?» Wenn sie weiter seinen Rücken rieb, würde er wirklich auf ihr einschlafen. Er schmiegte das Gesicht an ihren Hals.

Doch sie sagte nichts mehr, also hob er den Kopf wieder, um herauszufinden, warum sie schwieg. Amy starrte an die Decke. Ihre Augen glänzten verdächtig, und ihre Lippen waren schmal.

Sofort verstand er.

«Falls du versuchst, einen Weg zu finden, wie du mir danken kannst, lass es.» Sie zum Höhepunkt zu bringen war fast so gut, wie selbst einen Orgasmus zu erleben. Die Kombination aus dem Stolz, den er empfand, und dem Erstaunen in ihren Augen reichte ihm vollkommen.

Sie schluckte schwer, bevor sie seinen Blick einfing. «Ich dachte, mit mir stimmt etwas nicht. Du kannst auf keinen Fall verstehen, wie ich mich gerade fühle. Also doch, ich will dir danken.»

«Vielleicht fängst du jetzt endlich an, mir zu glauben und nicht ihm.»

Ihre Antwort bestand aus einem leisen Seufzen und einem Blick, in dem so viel Unsicherheit mitschwang, dass Nakos fast an seinen eigenen Worten zu zweifeln begann. Er hasste das Wissen, dass sie litt; dass jemand sie verletzt hatte. Oder eine Reihe von Jemanden.

Er schloss den Abstand zwischen ihnen, ließ seine Lippen über ihre gleiten und stöhnte, als sie sich ihm sofort öffnete. Ihr Kuss war berauschend. Von allen Frauen, mit denen er zusammen gewesen war – und diese Liste war nicht allzu lang –, war allein Amy unvergesslich. Er verstand nicht, wie es möglich war, dass sie ihn gleichzeitig beruhigte und unendlich erregte. Ein Teil von ihr sprach die Seite in ihm an, die sich kümmern und sie beschützen wollte, ein anderer trieb ihn vor Erregung fast in den Wahnsinn.

Ihre Hände fanden seine Hüften, glitten unter sein Hemd. Warme Finger strichen über seine Bauchmuskeln, die bei der Berührung erzitterten. Vorsichtig erforschte sie ihn. Seine Erektion wurde härter. Er hätte Amy aufhalten sollen, doch sie hatte vor heute Abend noch nie so viel Initiative gezeigt, und er wollte sie auf keinen Fall davon abhalten, ihrem Gefühl zu folgen.

Je höher Amys Finger glitten, desto schwerer atmete Nakos. Ihre Hände fanden seine Brustwarzen, wo ihre Daumen kleine Kreise zogen. Sie liebkoste seine Brustmuskulatur, ließ ihre Finger dann wieder tiefer streifen und trieb ihn fast in einen Herzinfarkt, als sie letztendlich durch die Jeans seine harte Länge umfasste.

Er hob leicht den Kopf. «*Anim*, ich habe dir doch gesagt …»

Sie drückte fester, sodass ihm der Atem wegblieb. «Darf ich?»

Wieder brach ihm fast das Herz, weil sie das Gefühl hatte, fragen zu müssen; weil sie sich nicht sicher war, ob sie ihm Vergnügen bereiten durfte. Obwohl sein Puls raste und sein Schwanz pulsierte, stiegen Zweifel in ihm auf, ob sie nicht zu schnell vorgingen; ob Amy nur das Gefühl hatte, sich revanchieren zu müssen. Doch wenn er sie dazu bringen wollte, ihre Reaktionen im Bett nicht zu kontrollieren, musste er ihr auch die Freiheit für Erkundungen lassen.

«Bitte», sagte er, seine Stimme kaum mehr als ein Hauchen an ihren Lippen. «Tu, was auch immer dir gefällt.»

Eine Sekunde später bereute er diese Aussage bereits, weil sie den Knopf an seinen Jeans öffnete, den Reißverschluss nach unten zog und seine Härte befreite. Ihm blieb die Luft weg, als ihre warmen Finger ihn umfassten. Eine kurze Liebkosung, und er stand kurz vor der Explosion. Die Kombination aus ihrer Berührung, ihrem unglaublichen Duft und ihrem weichen Körper würde dafür sorgen, dass er den Verstand verlor. So richtig.

«*Hihcebe*, Ames.» Er schloss die Augen, ließ seine Stirn auf ihrer ruhen und stieß sich in ihre Hand. Ihre Finger lockerten sich, also senkte er die Hand und zeigte ihr, dass er den Druck mochte. Zusammen streichelte sie ihn von der Wurzel bis zur

Spitze, bis ein Schauder seinen Körper überlief, dann führte er ihren Daumen über die Eichel – den Schlitz dort – und zuckte zusammen, als Hitze seinen Körper durchfuhr. «Das fühlt sich unglaublich an.»

Von seinem Lob ermuntert, wiederholte sie die Bewegung von sich aus. Nakos streckte einen Arm aus, um sich an der Armlehne der Couch festzuklammern. Und dann umfasste Amy ihn mit beiden Händen und ließ jeden rationalen Gedanken in einer Explosion der Lust vergehen. Er vergrub seine Finger in der Couch, die Muskeln in seinen Schultern aufs Äußerste angespannt.

Langsam – so verdammt langsam, dass er förmlich vor Lust verging – bewegte sie ihre Hände. Er stieß sich in ihre Finger, um das Tempo zu beschleunigen, doch ihr gemächlicher Rhythmus erzeugte eine ganz eigene Art von süßer Folter; eine gespannte Erwartung, die fast genauso wunderbar war wie der Höhepunkt selbst. Wie ironisch, dass er nun derjenige war, der drängte, und sie diejenige, die Geduld zeigte. Er war so erregt, dass er nicht mehr wusste, wo ihm der Kopf stand.

Nicht, dass das eine Rolle spielte. Er ließ sich lieber hier von ihr den Verstand rauben, als sich irgendwo anders mit irgendwem anders aufzuhalten.

Amy drehte den Kopf, ließ ihre Lippen zärtlich über seinen Hals gleiten, was ihm ein lustvolles Stöhnen entriss. Er umklammerte die Couchlehne mit solcher Kraft, dass es ihn fast wunderte, dass der Rahmen nicht brach. Während er sich in ihre Hand stieß und jeder Nerv in seinem Körper kribbelte, tat Amy etwas unglaublich Erregendes mit ihrer Zunge an der Sehne an seinem Hals. Lust schoss seine Wirbelsäule entlang.

Eilig griff er hinter sich und zog sich das T-Shirt über den Kopf, um es unter ihre Hände zu schieben, damit er sie nicht dreckig machte. Für einen Moment beschleunigte sie ihre Bewegungen, und er … explodierte.

Er kam, den Mund zu einem Schrei geöffnet. Wellen der Lust schossen durch seinen Körper, bis er stöhnend den Rücken durchdrückte. Er starb. Um dann in genau derselben Position wiedergeboren zu werden. Nur dass jetzt Amys Arme um ihn lagen und vor seinen Augen kleine Punkte tanzten.

Nach einem Moment, sobald er sich wieder bewegen konnte, säuberte er sich und warf das T-Shirt auf den Boden. Dann küsste er sie wie ein Verhungernder. Dabei hatte er gar nicht gewusst, dass er fast vor Hunger gestorben war.

15

Amy war lange nicht mehr geritten, doch ihr Körper erinnerte sich an die Bewegungen, also schloss sie die Augen, das Gesicht der Sonne zugewandt. Die ledernen Zügel lagen weich in ihren Handflächen, und die sanfte Bewegung des Wallachs unter ihr wirkte hypnotisierend. Sie nahm den Duft von Wildblumen, Sommergras und Erde in sich auf; lächelte, während die Hufe auf dem Boden stampften.

Vermutlich hätte sie sich Sorgen wegen des flatternden Gefühls in ihrem Bauch machen sollen, aber egal. Nakos hatte ihr gestern Abend einen Orgasmus verschafft. Selbst wenn sie nie einen weiteren haben sollte, würde sie diese Erinnerung immer im Herzen tragen. Noch besser war aber das Vergnügen gewesen, das sie ihm bereitet hatte. Nichts in ihrem Leben hatte sich je so richtig angefühlt. Lag es daran, dass es Nakos gewesen war? Oder eher daran, dass sie nach dem Orgasmus noch immer auf Wolke sieben geschwebt hatte? Aber so oder so – sie war nicht nervös gewesen, hatte keine Zweifel verspürt. Nakos und sie waren vollkommen aufeinander eingestimmt gewesen.

Seine Reaktion zu beobachten hatte etwas in ihrem Kopf zementiert. Hatte ihr das begreiflich gemacht, was er ihr jetzt schon seit einer Weile versicherte: Er wollte sie. Nicht, weil Olivia inzwischen vergeben war oder weil er sich ruhelos fühlte, sondern weil er sie tatsächlich begehrte. Zuerst hatte sie das nicht glauben wollen. Es war schwer, dem Gefühl zu vertrauen, wenn man in seinem Leben nie viel Bestätigung erfahren hatte. Die meisten Kerle hatten in ihr nur ein Mittel zum Zweck gesehen.

Sie hatte bei den falschen Männern nach genau dem gesucht, was Nakos ihr geschenkt hatte. Er log niemals und manipulierte niemanden. Das lag nicht in seiner Natur. Die Art, wie er sie ansah – und wie er gestern in ihren Armen Erfüllung gefunden hatte –, bewies, dass er ihr die Wahrheit gesagt hatte. Kein Mensch konnte ein derartiges Interesse vorspielen. Sie war mit genug Partnern intim gewesen, um das zu wissen. Er hatte es genossen – richtig genossen –, wie sie ihn berührt hatte. Sie hatte ihn … befriedigt.

Eines der Pferde wieherte, dann sorgte ein leises Murmeln von Stimmen dafür, dass sie die Augen öffnete. Tante Mae hatte ein Mittagessen zusammengepackt, und Nakos hatte Olivia und Nate gefragt, ob sie sie auf dem Ritt zum Devil's Cross begleiten wollten.

Nun saßen sie alle vier auf ihren Pferden und stiegen ab, als sie das Steilufer am Fluss erreichten. Während Olivia die Pferde an eine Pappel band, sah Amy sich um.

Sie befanden sich am östlichsten Ende der Ranch, an einem Punkt, wo im Norden eine felsige Landschaft begann und sich im Süden weite Weiden öffneten. Von diesem Aussichtpunkt aus konnte man fast die gesamte Ranch überblicken. Die Laramie Mountains erhoben sich in der Ferne, und neben den Pferden fiel das Ufer steil zu einem schmalen Fluss ab. Eine Reihe von groben Steinstufen führte in die Tiefe zum Wasser.

Nakos und Olivia gingen nach unten, doch Nate setzte sich in den Schatten einer kleinen Baumgruppe und ließ die Beine über die Kante eines Felsvorsprungs baumeln, um ihren Abstieg zu beobachten. Amy setzte sich neben ihn, weil sie nicht in der Stimmung war, schwimmen zu gehen.

Sobald Olivia und Nakos die ersten Schritte ins kühle Nass getan hatten, begann Olivia, mit dem Fuß Wasser in Nakos' Richtung zu spritzen. Er schüttelte warnend den Kopf, was nur dafür sorgte, dass Olivia breiter grinste. Sie hatten ihre Kleidung abgeworfen – die jetzt auf den Steinstufen verteilt lag –, und der Anblick von Olivia in einem schwarzen Bikini erinnerte Amy an ihre eigene Unvollkommenheit. Ihre Freundin war schlank und hatte helle, sommersprossige Haut, kombiniert mit kastanienrotem Haar, das in der Sonne wie Feuer leuchtete. Amy bestand nur aus Kurven, mit durchschnittlichem braunem Haar, wie es unzählige Frauen besaßen.

Nakos trug rote Boardshorts und war gut einen halben Kopf größer als Olivia. Seine olivfarbene Haut glänzte in der Sonne fast golden, und seine Muskeln wölbten sich bei jeder Bewegung verführerisch. Schmale Hüften, feste Brust, Waschbrettbauch. Er hatte seinen Cowboyhut abgenommen und trug sein rabenschwarzes Haar zu einem Pferdeschwanz gebunden. Seine Zähne blitzten weiß auf, als er ein seltenes Grinsen zeigte, bevor er sich Olivia mit drohenden Schritten näherte. Sie kreischte, doch er packte sie um die Hüfte und stürzte sich mit ihr im Arm in das hüfttiefe Wasser.

«Das erinnert mich an unsere Kindheit.» Amy lächelte. Sie waren früher oft hierhergekommen, um der Schwüle des Sommers zu entkommen. Es war eine Weile her, dass sie Nakos zum letzten Mal so locker und verspielt gesehen hatte. Selbst als Junge hatte er sich das immer nur in ihrer Gegenwart gestattet. Meist beschränkte er sich auf stoische Gleichmut und ruhige Beobachtung des Geschehens. «Willst du nicht auch ins Wasser?», fragte sie Nate.

Er brummte. «Mir geht es gut hier. Ich könnte sie den ganzen Tag beobachten.» Er rieb sich den kahlrasierten Kopf, als wäre ihm sein Eingeständnis peinlich. Die Tätowierungen auf seinen Armen schienen bei der Bewegung zum Leben zu erwachen. «Sie wirkt glücklich, nicht wahr?»

«Du machst sie sehr glücklich.»

Er sah kurz zu Amy, dann richtete er den Blick wieder auf ihre Freunde und schüttelte den Kopf. «Diese atemberaubende Frau ist meine Ehefrau. Ich kann es immer noch nicht fassen. Vermutlich werde ich mich mein Leben lang darüber wundern.»

Überrascht von seiner Offenheit, lehnte Amy sich zurück, um sich auf den Händen abzustützen. «Wieso? Du bist nicht gerade ein Oger, Nate. Und jeder kann sehen, dass du Olivia mehr liebst als alles andere.»

Er nickte langsam. «Ja, das tue ich.» Je länger er Nakos und vor allem Olivia beobachtete, desto weicher wurde sein Lächeln. «Mehr als die Luft zum Atmen. Aber ich vermute, du verstehst – besser als die meisten anderen –, wie es ist zu zweifeln.» Er hob den Kopf, und Amy entdeckte einen Verdacht in den Tiefen seines Blicks. «Du und ich gehören zu einer anderen Art von Menschen.»

«Wie meinst du das?» Amy hatte bisher selten Gelegenheit gehabt, mit Nate allein zu reden. Doch schon als sie ihn das erste Mal gesehen hatte, hatte sie eine gewisse Seelenverwandtschaft empfunden. Es war kein romantisches Gefühl und kam bei weitem nicht an die spirituelle Verbindung mit Nakos heran. Nein, bei Nate ging es um etwas anderes. Schuldgefühle, die Schuldgefühle erkannten, oder Schmerz, der den Schmerz eines anderen spiegelte.

Er richtete den Blick wieder auf das Wasser. Olivia war inzwischen auf Nakos' Rücken gesprungen und versuchte, seinen Kopf unter Wasser zu tauchen. «Ich bin in Pflegefamilien aufgewachsen, wusste nie, wie es ist, jemandem etwas zu bedeuten. Du bist in einem Haus mit deinen Eltern aufgewachsen, und trotzdem hat man dir das nicht beigebracht.»

Amy beugte sich vor und fragte sich, wie er das hatte erkennen können, obwohl sie sich gerade zum ersten Mal wirklich unterhielten. Vielleicht hatten Nakos, Olivia oder Tante Mae etwas gesagt? Doch auch die kannten alle nur die Hälfte der Geschichte – und wieso sollten sie sich die Mühe machen, Nate gegenüber etwas zu erwähnen?

«Ich war Soldat», erklärte er, als hätte er ihre Gedanken gelesen. «Daher bin ich darauf trainiert, Situationen und Menschen schnell und präzise einzuschätzen.» Er schenkte ihr ein schiefes Lächeln. «Ich will nicht urteilen. Ich erkenne nur unsere Ähnlichkeiten. Leuten wie uns wurde nie Liebe entgegengebracht, also vertrauen wir diesem Gefühl nicht, wenn es uns begegnet. Diese beiden dagegen?» Er deutete mit dem Kinn auf ihre Freunde. «Sie kennen nichts anderes. Ihre Familien haben sie mit Zuneigung überschüttet und ihnen Selbstachtung beigebracht. Sie haben niemals grundsätzliche Dinge in Frage gestellt, anders als wir.»

«Ja», sagte sie seufzend, weil ihr bewusst wurde, dass er recht hatte. «Ich frage mich, wie sich das anfühlt. Muss schön sein.»

«Keine Ahnung, aber es ist auf jeden Fall schön, die andere Seite zu sehen. Ist eine Erleichterung zu wissen, dass es so was auch gibt. Nicht nur Dunkelheit.»

Sie nickte, weil sie keine Ahnung hatte, was sie sagen sollte. In ein paar kurzen Sätzen hatte er sie selbst perfekt beschrieben ... Und das nur, weil sie sich so ähnlich waren, sie und Nate. «Gibt es einen Grund, warum du das angesprochen hast, oder zauberst du einfach gerade Humphrey-Bogart-mäßig einen *Das-ist-der-Beginn-einer-wunderbaren-Freundschaft-*Moment aus dem Hut?»

Er warf den Kopf in den Nacken und lachte. «Das Mädchen hat *Casablanca* gesehen», murmelte er. «Ich wusste, dass ich mehr an dir mag als nur deine schlagfertigen Antworten.» Er lächelte, dann wurde er wieder ernst. «Ich will Folgendes sagen: Dass uns nie jemand geliebt hat, bedeutet nicht, dass wir nicht lieben können. Oder dass wir keine Liebe verdient hätten. Olivia musste erst meine Schutzmauern einreißen, bevor ich das kapiert habe. Ich wache immer noch jeden Morgen auf und muss mich selbst daran erinnern. Doch sie beweist es mir mit jedem Lächeln.» Er nagelte Amy mit einem Blick fest, der keinen Widerspruch zuließ. «Ich liebe sie mehr als alles andere. Und im Gegenzug bin ich fähig, sie glücklich zu machen.»

Verdammt, Nate war wirklich eine Nummer. «Je härter die Schale, desto weicher der Kern, was? Kein Wunder, dass sie so in dich verschossen ist.»

Wieder lachte er laut, dann seufzte er. «Also. Du und Nakos.»

«Aha. Ich erkenne langsam, worauf das hinausläuft.» Sie musterte den Mann, der neben Olivia im Fluss stand. Die beiden hatten aufgehört, sich gegenseitig unterzutunken, und unterhielten sich inzwischen. «Willst du mir Ratschläge geben, oder sammelst du Informationen, Nate?»

«Beides.»

Hmmm. «Unsere Situation ist unterschiedlich.» Nate war es wert, von Olivia geliebt zu werden. Hätten daran noch irgendwelche Zweifel bestanden, hätte er sie gerade mit seinen

Worten ausgeräumt. Aber Amy hatte Nakos nicht verdient. «Das ist keine Liebe. Wir haben nur angefangen ... miteinander auszugehen.»

«Ich verwette meinen rechten Arm und meinen linken Hoden darauf, dass du dich irrst. Ihr habt euch schon geliebt, bevor ihr je etwas in dieser Richtung unternommen habt.»

«Als Freunde. Das ist nicht dasselbe.»

Nachdenklich starrte Nate in Richtung Horizont. «Ich verstehe, dass die Grenzen vielleicht etwas verschwimmen, aber du hast sein Gesicht nicht gesehen, als du bei der Hochzeit auf uns zugeschritten kamst. Welches Wort hast du eben verwendet? *Verschossen?* Ja, das passt gut.»

Wirklich? Das war gewesen, *bevor* er sie geküsst hatte.

«Ich habe das mit der Liebe einmal probiert.» Sie schüttelte den Kopf. «Hat mir nichts als Narben eingebracht.»

«Willst du wirklich über Narben reden?» Nate zog herausfordernd die Augenbrauen hoch. «Außerdem warst du in Wahrheit nicht mit diesem Arsch verheiratet. Du warst mit einem Konzept verheiratet.»

«Ein Konzept? Bitte erleuchte mich, oh weiser Mann.»

Für einen kurzen Moment huschte ein Grinsen über sein Gesicht, dann rieb er sich das Kinn. «Lass es uns so ausdrücken: *Liebe* ist im Grunde nur ein Wort. Fünf Buchstaben und zwei Silben, die eine bestimmte Bedeutung haben. Aber wenn man nur eine Kleinigkeit verändert, kann das eine riesige Auswirkung haben.» Er sah Amy tief in die Augen. «Nehmen wir die Silbe *ver-*. Nur drei Buchstaben, richtig? Aber was, wenn man sie vor *lieben* setzt? Wenn aus *lieben verlieben* wird? Dann ändert sich die ganze Bedeutung des Worts. Du magst, irgendwann und irgendwie mal, in Chris verliebt gewesen sein – oder zumindest in die Vorstellung davon, was ihr hättet sein können. Aber du hast ihn nie geliebt. Gleiches gilt für Nakos. Seine romantischen Gefühle in Bezug auf Olivia waren auch nur eine vorübergehende Verliebtheit.»

Diese Aussage hörte sie jetzt zum dritten Mal von der dritten Person, aber sie war sich immer noch nicht sicher, ob sie es glauben sollte. «Ich denke, du irrst dich.»

Er zuckte mit den Achseln. «Tja, dann sind wir uns wohl einig, uns uneinig zu sein. Ich mag Nakos wirklich sehr – aber glaubst du ernsthaft, ich würde zulassen, dass er Olivia berührt, wenn ich davon ausgehen würde, dass er sie begehrt?» Er deutete nach unten.

Olivia klammerte sich an Nakos fest und tauchte schon wieder seinen Kopf unter Wasser. Er bäumte sich mit ihr auf den Schultern auf und warf sie flussaufwärts in die Fluten.

«Der Kerl hat seine Hände überall auf ihr. Und bei mir zuckt nicht mal das Augenlid.» Nate brummte. «Weißt du, warum? Weil er alle paar Sekunden zu uns nach oben sieht, um nach dir zu schauen. Warte kurz. Drei, zwei, eins …»

Und tatsächlich, Nakos sah auf, wobei er sich schützend die Hand über die Augen hielt. Wasser rann über seine sonnengeküsste Haut wie in einer Sonnencreme-Werbung. Einen Augenblick später nickte er und wandte sich wieder Olivia zu.

«Er lächelt, wenn er dich sieht. Jedes Mal. Und ich muss nicht Gedanken lesen können, um zu wissen, was in seinem Kopf vor sich geht. Da drin laufen ein paar wirklich dreckige Phantasien ab. Ist so eine Männersache.»

Amy lachte schnaubend, doch gleichzeitig wurde ihr warm, und ihr Herz raste. Je länger Nate sprach, desto vernünftiger hörte sich all das an. Die Möglichkeiten, die sich daraus ergaben, sorgten dafür, dass ihr schwindelte. Vielleicht fiel es ihr leichter, Nate zu glauben, weil er keinerlei persönliches Interesse an ihr hatte. Vielleicht verlieh auch die Tatsache, dass er als Außenseiter zu ihrer Clique gestoßen war, seinen Worten mehr Gewicht. Mehr Glaubwürdigkeit.

Was auch immer die Gründe sein mochten, langsam verdrängten Glücksgefühle ihre Zweifel. Doch das größte Problem lauerte immer noch am Rand ihrer Gedanken. Bei all dem Dreck, den sie schon durchgemacht hatte – all den schrecklichen Dingen, die man zu ihr gesagt und die man ihr angetan hatte –, würde es sie vollkommen zerstören, wenn Nakos sie verließ. Egal, wie oft das Leben auch versucht hatte, sie in die Knie zu zwingen, sie war immer wieder aufgestanden. Hatte dem Universum den Stinkefinger gezeigt. Aber ein Ende ihrer Beziehung mit Nakos würde sie vernichten. Wenn sie ihn verlor, ob nun als Liebhaber oder als Freund, würde sie das nicht überleben.

Olivia und Nakos stiegen die Stufen nach oben.

Nakos ließ seine Kleidung neben Amy fallen und trocknete sich mit einem Handtuch ab, bevor er sich vorbeugte und ihren Kopf sanft nach hinten zog. Er drückte verkehrt herum einen Kuss auf ihre Lippen und lächelte sie an. «Worüber habt ihr beide euch so lange unterhalten?»

Sie warf einen Blick zu Nate, der inzwischen Olivia samt Handtuch auf seinen Schoß gezogen hatte. «Über den Sinn des Lebens.» Er zwinkerte Amy zu.

Olivia schnaubte. «Die Antwort darauf ist einfach. Schokolade.» Sie zog den Picknickkorb näher. «Okay. Trauben reichen fürs Erste auch.» Sie schob sich eine Frucht in den Mund und fütterte Nate mit einer zweiten.

Nakos setzte sich hinter Amy, schlang einen Arm um ihre Taille und zog sie an seine Brust, sodass sie zwischen seinen gespreizten Beinen an ihm lehnte. «Und wie beantwortest du diese Frage? Ich fürchte mich fast vor der Antwort.»

«Das ist streng vertraulich.» Amy streckte den Arm aus und stahl Olivia ein paar Trauben. «Aber ich gebe dir einen Tipp. Schokolade ist es nicht.» Sie hielt eine Traube über ihre Schulter, und Nakos pflückte sie mit den Lippen aus ihren Fingern.

«Lügnerin. Schokolade ist alles.» Olivia seufzte verträumt, während sie den Kopf schüttelte, und als sie in Richtung Amy sah, wurde auch ihr Blick verträumt. Sie war schon immer eine Romantikerin gewesen. «Schaut euch beide an. Ihr seid so süß. Würde ich es nicht mit eigenen Augen sehen, würde ich es nicht glauben.»

«Fang besser an, es zu glauben», sagte Nakos und schluckte die Traube hinunter. «Wir sind zusammen.»

Nate zog in einer *Habe-ich-dir-doch-gesagt-*Geste die Augenbrauen hoch und starrte Amy an. Eindringlich. «Ich denke, Nakos sollte auch streng vertrauliche Informationen bekommen.»

Jaja. «Ich werde darüber nachdenken.»

«Ja, bitte.» Sie spürte die Vibrationen in seinem Brustkorb, wenn Nakos sprach. Weil er die Arme um sie gelegt hatte. Besitzergreifend. Was zum Glück ü-b-e-r-h-a-u-p-t nicht dafür sorgte, dass sie sich ganz mädchenhaft und euphorisch fühlte. Nein, tat es nicht. «Sonst mache ich mir nur Sorgen, ob Amy und du gemeinsam eine Intrige spinnt.» Nakos' Tonfall war locker, doch sie spürte die Anspannung in seinem Körper – was in ihr die Frage aufwarf, ob er die Tatsache hasste, dass sie mit Nate allein gewesen war. «Ihr plant nicht zufällig, die Weltherrschaft an euch zu reißen oder etwas in der Art? Mit deinem militärischen Background und Amys teuflischem

Verstand müssten wir uns vermutlich auf das Schlimmste vorbereiten. Nicht wahr, Little Red?»

«Amen.» Olivia nickte.

«Oh.» Amy drückte sich eine Hand an die Brust. «Ihr denkt, ich wäre teuflisch? Das ist das schönste Kompliment, das ich je bekommen habe.»

Nakos drückte ihr einen Kuss auf den Hals, dann schüttelte er den Kopf. «Wenn du meinst, *anim.*»

Olivia kniff die Augen zusammen. «Was bedeutet dieses Wort? Das ist neu.»

Amy schob Nakos eilig noch eine Traube in den Mund, bevor er antworten konnte. «Es bedeutet *meine Herrin und Meisterin.*»

Sein Mund drückte sich an ihr Ohr, dann flüsterte er so leise, dass nur sie ihn hören konnte: «Das passt eigentlich ganz gut, nachdem du die Herrin über mein Herz, meinen Geist und meinen Körper geworden bist. Soll ich anfangen, dich statt *Engel* so zu nennen?»

Seine raue Stimme jagte einen Schauder über ihren Rücken. Ein knurrender Alpha-Mann, der seine Unterwerfung eingestand. Sexy und voller Verheißung. Ohne einen Anflug seiner üblichen Sanftheit.

Doch aus der Verheißung wurde nichts. Der Rest der Woche verging, als müsste Nakos ihr etwas beweisen. Als wollte er seine Ritterlichkeit demonstrieren, trotz des Verlangens, das ihm deutlich anzusehen war.

Am Montag, während Amy gerade Karotten für Tante Maes Bison-Gulasch klein schnitt, kam Olivia in die Küche und erklärte, Nakos würde sie suchen. Amy trocknete sich die Hände ab und ging zur Scheune, wobei sie tief die frische Morgenluft einatmete. Dann lehnte sie sich neben dem Scheunentor an die Wand und beobachtete Nakos, wie er mit ruhiger Stimme die Aufträge an die Arbeiter verteilte.

Als er damit fertig war, ließ er den Blick kurz zu ihr streifen, bevor er wieder die Männer ansah. «Eine Sache noch. Es gibt eine neue Entwicklung, von der ihr alle erfahren solltet.» Plötzlich drehte Nakos sich um, kam auf Amy zu und zog sie an seine Brust, sodass ihr der Atem stockte. Direkt vor allen Arbeitern beugte er sich vor und küsste sie schwindelig. Während sie noch um Luft rang, sah er von einem erstaunten Gesicht zum nächsten. «Irgendwelche Fragen?»

«Heilige Scheiße.» Kyle schüttelte den Kopf, wobei er genauso benommen wirkte, wie Amy sich fühlte. «Du hast gerade meine Schwester geküsst und lebst noch.»

Am Dienstagmorgen wachte Amy auf und stellte fest, dass ihr ganzes Bett von Schoko-Bonbons bedeckt war. Von Hershey's Kisses, um genau zu sein. Er musste mindestens drei Packungen um sie herum verteilt haben. Auf dem Nachttisch lag eine Nachricht von Nakos.

Die sind nicht wirklich ein Ersatz. Komm nach unten, um dir echte Küsse zu holen.

Am Mittwoch, dem Tag, an dem sie gewöhnlich früher Feierabend machten, weil es nicht so viel zu tun gab, ging Amy sofort wieder nach draußen, nachdem sie am späten Nachmittag in Nakos' Haus angekommen waren. Sie wollte das herannahende Gewitter fotografieren. Als sie eine Stunde später in die Küche trat, hatte Nakos das Abendessen fertig. Das er selbst gekocht hatte. Und der Tisch war ordentlich gedeckt, mit Platzdeckchen. Und Kerzen.

Donnerstagabend verschwand er nach oben, während sie

noch die Küche aufräumte. Als sie fertig war, war Nakos immer noch nicht wieder aufgetaucht. Neugierig, was er wohl ausheckte, ging sie in den ersten Stock und stoppte abrupt. Zwei Post-it-Zettel klebten auf dem Boden, einer mit einem Pfeil, der geradeaus führte, der zweite ein paar Schritte dahinter mit einem Pfeil Richtung Badezimmer.

Zögernd betrat sie das kleine Bad und stellte fest, dass das Licht ausgeschaltet war, zwei Kerzen in farbigen Gläsern auf der Kommode leuchteten und die Badewanne mit heißem Wasser gefüllt war. Blütenblätter schwammen auf der dampfenden Oberfläche, und auf dem Badewannenrand stand ein Glas Wein. An den Kacheln klebte ein weiteres Post-it.

Für dich. Entspann dich.

Am Freitag war Amy nervös und neugierig, was er als Nächstes tun würde. Sie wusste einfach nicht, was sie von diesen Gesten halten sollte. Worauf zielte das alles ab? Er küsste sie jeden Morgen und jeden Abend, bevor sie ins Bett gingen, doch es hatte keine weiteren Verführungsversuche gegeben. Kein Rummachen auf der Couch und keine Orgasmen. Sie hätte schwören könne, dass seine Aufmerksamkeiten eine verdrehte Art von Vorspiel waren, nur eben auf romantische Art, statt auf die übliche Methode.

Mit seinen Händen oder seinem Mund oder seinem wunderbaren Körper.

Als sie nach dem Arbeitstag das Haus betrat, schloss sie die Haustür hinter sich und sah sich um, konnte aber nichts Außergewöhnliches entdecken. Trotzdem ging sie in die Küche, schlenderte durchs Wohnzimmer und ging dann nach oben. Nichts. Alles normal.

Sie stand in der Mitte ihres Schlafzimmers, die Hände in die Taille gestemmt, und runzelte die Stirn. Fast rechnete sie damit, dass ein dicker kleiner Kerl mit Pfeil und Bogen aus dem Schrank springen würde, um dann einen herzverzierten Pfeil auf sie abzuschießen. Doch statt des Dickerchens erschien Nakos.

Er lehnte sich an den Türrahmen, die Arme verschränkt. Ein Lächeln umspielte seine Lippen. «Du wirkst verwirrt, *anim.*»

«Was hast du heute getan?» Sie kniete sich hin und sah unters Bett. Aber auch dort versteckte sich kein Orchester, das Liebeslieder fiedelte. «Welche Überraschung lauert auf mich?»

Er schnaubte amüsiert. «Bist du vielleicht ein wenig paranoid?»

«Hast du ein Kätzchen in deinem Bett versteckt?»

«Kätzchen? Wieso in aller Welt sollte ich …»

«Weil ich immer ein Kätzchen wollte, und du das mit Sicherheit irgendwie herausgefunden hast. Meine Eltern haben mir kein Haustier erlaubt, und Chris hat Katzen gehasst. Aber darum geht es nicht. Wo ist die Überraschung? Sag es mir einfach.»

«Du bist süß, wenn du so nervös bist.» Die Erheiterung in seinen Augen verstärkte sich. «Mochtest du meine kleinen Aktionen nicht?»

Sie ließ sich auf die Fersen zurücksinken und pustete sich eine Strähne aus dem Gesicht. «Doch, ich mochte sie.» Sie hatte sie geliebt, um genau zu sein. Seine Überraschungen hatten dafür gesorgt, dass ihr ganz warm und schwindelig wurde. Sie wusste nur einfach nicht, was sie mit … diesem netten Nakos anfangen sollte. Er vertiefte ihre Küsse nicht mehr und benahm sich ganz allgemein nicht so, als erwarte er etwas für seine Freundlichkeit. Bis auf Geburtstagsgeschenke von Kyle, Olivia und Nakos hatte sie diese Form von Aufmerksamkeit bisher selten erfahren. Okay, *noch nie* erfahren. «Was für ein Spiel spielst du?»

Seine Augen wurden hart. Unendlich langsam löste er sich vom Türrahmen und kam zu ihr. Ohne den Blick auch nur eine Sekunde von ihr abzuwenden, beugte er sich vor, griff unter ihre Arme und stellte sie auf die Füße.

Er musterte ihr Gesicht, legte eine Hand an ihren Hals und ließ seinen Daumen über ihren Pulspunkt gleiten. «Das ist kein Spiel für mich.» Er trat dicht an sie heran, dann senkte er den Kopf, sodass seine Lippen über ihren Mund strichen, als er weitersprach. «Du bist kein Spielzeug. Du bist ein Mensch, der mir wichtig ist.» Er schob einen Arm hinter ihren Rücken, um sie eng an sich zu ziehen. «Ich will dich. Sehr. Aber Sex ist nicht der einzige Grund, warum ich mit dir zusammen bin. Ich wollte, dass du das weißt, bevor wir uns körperlich näherkommen. Verstanden?»

Ihr Atem stockte, und ehrlich, hätte ihr Herz nicht so heftig geschlagen, hätte sie vermutet, dass sie gestorben war. Sie nickte, unfähig zu sprechen, weil ein Kloß aus Gefühlen ihr die Kehle zuschnürte.

«Gut. Jetzt, wo das geklärt ist, kann ich dir meine Pläne für heute Abend eröffnen.» Er zog sich ein kleines Stück von ihr zurück, und sie erkannte Hitze und Entschlossenheit in seinem Blick. «Ich werde dich zum Höhepunkt bringen, wie ich es vor einer Woche getan habe. Ich kann es kaum erwarten, zu sehen, wie du explodierst, und ich werde jeden Augenblick genießen. Ich habe an nichts anderes gedacht, seitdem du das letzte Mal unter mir lagst. Doch diesmal werde ich nicht meine Hand benutzen. Sondern meinen Mund.»

16

Nakos wartete, bis die Überraschung aus Amys Miene verschwand und von Verlangen ersetzt wurde. Ihre Wangen röteten sich, während sie ihn anstarrte.

Gut. Sie hatte keine Ahnung, wie schwer es ihm gefallen war, diese Woche die Finger von ihr zu lassen. Doch ihre Unterstellung, für ihn wäre das alles nur ein Spiel, hatte ihn an den Punkt getrieben, an dem es kein Zurück mehr gab. Eines Tages, irgendwie, würde er zu ihr durchdringen. Die erfolglosen Versuche würden ihn wahrscheinlich in eine Gummizelle bringen, aber Amy war es wert, hundertmal gegen eine Wand zu rennen.

Er erinnerte sich selbst daran, dass man Schäden aus dreißig Jahren nicht in einer Nacht heilen konnte, und zog Amy wieder näher an sich. Ihre weichen Kurven zu spüren ließ ihn fast rotsehen.

«Würdest du mit mir duschen gehen?» Sie hatten beide den ganzen Tag gearbeitet. Außerdem träumte er seit Tagen davon, sie auszuziehen. Die Vorstellung, sie feucht zu sehen – auf mehrere Arten –, sorgte dafür, dass er hart wurde. «Bitte», knurrte er.

«Okay.» Ein gehauchtes Flüstern. Ein angespanntes Blinzeln. «Du meinst … jetzt?»

Als Antwort presste er den Mund auf ihren, hob sie hoch und trug sie über den Flur. Er trat die Badezimmertür hinter ihnen ins Schloss und drehte die Dusche auf, ohne die Lippen von ihren zu lösen. Verzweifelte Geräusche stiegen aus Amys Kehle auf, als er den Kuss nun vertiefte. Er hätte Ewigkeiten allein damit zubringen können, ihren Mund zu erforschen.

Er strich über ihre weiße Bluse, dann zog er sich weit genug zurück, um Amy in die Augen zu sehen. «Auf das hier freue ich mich schon, seitdem ich dich im Bad überrascht habe.»

Langsam öffnete er die Knöpfe, ohne seinen Blick von ihrem zu lösen. Sie wirkte zögerlich und nervös, was seine Schläfen zum Pochen brachte. Er dachte an die Diät, daran, dass sie keinen Badeanzug anziehen wollte, als sie zum Schwimmen an den Fluss geritten waren. Das alles hatte mit ihrem verdrehten Selbstbild zu tun. Doch er würde ihr zeigen, wie sehr sie sich irrte.

Er schob die Bluse von ihren Armen und ließ sie zu Boden fallen. Amys Lider senkten sich langsam, doch Nakos konnte sich kaum sattsehen. Ihr zu zeigen, dass ihm gefiel, was er sah – mehr als nur gefiel –, würde ihr hoffentlich beweisen, dass er ihren Körper anbetete. Ihre üppigen Brüste waren hinter weißer Spitze gefangen, also befreite er sie mit einer Handbewegung, ließ den BH ihrer Bluse folgen. Ihre Atmung wurde schwerer, doch sie hielt die Augen geschlossen, als könne sie es nicht ertragen, Enttäuschung in seinem Blick zu entdecken.

Niemals.

Nakos kniete sich vor sie, öffnete ihre Hose, ließ die Hände in den Bund gleiten und schob den Stoff zusammen mit ihrem Höschen nach unten. Wortlos trat sie aus der Kleidung. Ihre Arme zitterten, und sie hatte die Hände zu Fäusten geballt, als kämpfe sie gegen den instinktiven Drang, sich zu bedecken. Und immer noch hielt sie die Augen geschlossen.

Ohne aufzustehen, legte Nakos die Hände an ihre Hüften

und musterte Amy genau. Sie bestand aus Kurven und Weichheit statt aus Kanten und Härte. Ihr kakaobraunes Haar und die rosigen Nippel standen in wunderbarem Kontrast zu ihrer hellen Haut – ein Anblick, der sein Herz zum Rasen brachte. Ihre Figur war perfekt. Lange Beine. Weiche Rundungen, in die er seine Zähne versenken wollte. Atemberaubend.

«Wunderschön, *anim.*» Seine Kehle wurde eng, als er zu ihr aufsah.

Endlich hoben sich ihre Lider, enthüllten Zweifel und ... Hoffnung.

«Wunderschön», wiederholte Nakos, dann stand er auf. Er küsste Amy sanft und ließ ihr Zeit, sich an die Situation zu gewöhnen, ohne die Hände von ihrem Körper zu lösen. Ihr keuchender Atem verband sich mit seinem, warm und verlockend. Lockend ließ er seine Lippen über ihre gleiten, dann wiederholte er die Berührung mit seiner Zunge und bat um Einlass. Sie gewährte ihm seinen Wunsch. Er umspielte zärtlich ihre Zunge, bis Amy sich ein wenig entspannte. «Zieh mich aus», sagte er rau. Nicht nur würde er das unglaublich genießen, sondern sie bekam damit auch die Kontrolle über die Situation.

Amy verschwendete keine Zeit, sondern vergrub ihre Finger im Stoff seines T-Shirts und zog es ihm in einer schnellen Bewegung über den Kopf. Als Nächstes folgten die Jeans, zusammen mit den Boxershorts. Dann ließ sie mit geröteten Wangen den Blick über ihn gleiten. Je länger sie ihn anstarrte, desto heißer wurde ihm. Er konnte sich nicht erinnern, dass eine Frau ihn je so genau betrachtet hatte. Hätte er nicht die Anerkennung in ihren Meerjungfrauenaugen gesehen, hätte er sich vielleicht ein wenig unwohl gefühlt.

Sie hob den Blick zu seinen Augen. Starrte ihn an. Flehte

ihn wortlos an, etwas zu unternehmen. Verriet ihm, dass sie ihn wollte. Sich wünschte, genommen zu werden.

Er hob Amy hoch, stellte sie in die Dusche und folgte ihr, bevor er den Vorhang schloss. Dampf erfüllte die Luft, ein verführerischer Nebel. Wasser rann über ihren sinnlichen Körper und ... zur Hölle. Nakos wollte jeden Tropfen von ihrer Haut lecken.

Doch zuerst wusch er sich eilig, während sie ihm zusah, dann schob er sie unter den Strahl. Er massierte Shampoo in ihr Haar, bevor er sorgfältig ihren gesamten Körper einseifte; seine rauen Hände über ihre weiche Haut gleiten ließ. Amys Lider schlossen sich flatternd, als er bei ihren Brustwarzen verweilte, die bereits verhärtet waren, und seine Hand dann zwischen ihre Beine gleiten ließ.

Obwohl er sich mit Frauen gerne Zeit ließ, und Geduld sich immer lohnte, hatte er noch nie so viel Energie in das Vorspiel investieren müssen. Sie brauchte länger als die meisten, um sich dem Verlangen hinzugeben. Das zwang ihn dazu, seine Lust unter Kontrolle zu halten, Details wahrzunehmen ... Und er stellte fest, dass es ihm nichts ausmachte. Absolut nicht. Es war seltsam erregend zu beobachten, wie ihr Verlangen sich nach und nach aufbaute; sich allein auf sie zu konzentrieren und zu wissen, dass nur er sie zur Explosion bringen konnte.

Jede Berührung, jede Liebkosung zeichnete eine Karte ihrer Gefühle – der Teile, die sie versteckt hielt und nicht zu zeigen wagte. Alles war neu und doch vertraut. Und dieser Widerspruch verstärkte nur seine Lust. Mit Amy zusammen zu sein war, als würde er ein fremdes Land erkunden, nur um dann festzustellen, dass er ... zu Hause war.

Amy legte eine Hand um seinen Hinterkopf und hob sich auf die Zehenspitzen. Ihre blaugrünen Augen waren geweitet.

Sie starrte ihn an, die Unterlippe zwischen die Zähne gezogen, als versuche sie zu entscheiden, was sie tun sollte. Nakos ließ die Finger durch ihr nasses Haar gleiten, gab ihr Zeit, zu einem Entschluss zu kommen, wartete darauf, dass sie ihn …

Küsste. Sie stürzte sich auf seinen Mund. Verschwunden waren alle Zurückhaltung und Zögerlichkeit. Ihr Knabbern und Saugen – das Duell ihrer Zungen – sorgte dafür, dass er auf die Knie sinken wollte. Sie presste sich an ihn, ihre Haut schlüpfrig vom Wasser und heiß wie die Sünde.

Hihcebe, ja. Ein Blitz von Verlangen durchfuhr Nakos, verbrannte seine Nervenenden und brachte sein Blut zum Kochen.

Er legte die Arme um sie, drehte sich mit ihr gemeinsam, bis er ihren Rücken gegen die Fliesen pressen konnte. Amys Körper schmiegte sich weich an seine Härte, ergänzte ihn perfekt. Nichts in seinem Leben hatte sich je so richtig angefühlt. Sie … passten einfach.

Verlangen erfüllte ihn, als er erneut vor ihr auf die Knie sank. Ohne eine Sekunde zu verschwenden, schloss er die Lippen um einen Nippel und liebkoste ihn mit seiner Zunge, während Wasser um sie herum zu Boden prasselte. Amy schrie auf, und er stöhnte befriedigt. Sie vergrub die Finger in seinem Haar, packte fest zu und drängte ihm ihren Körper entgegen. Er wandte sich der anderen Brust zu und liebkoste auch diese Brustwarze, ohne den Blick von ihrem Gesicht abzuwenden.

Verdammt, sie war schön. Geschwollene Lippen, gerötete Wangen und feuchte Wimpern, die halb ihren verschleierten Blick verbargen. Stolz und Lust erfüllten ihn, während sein Blut in Richtung Körpermitte schoss.

Er ließ seine Lippen weiter nach unten gleiten, knabberte an Amys Bauch, während er gleichzeitig die Hände nach hinten schob, um ihren Hintern zu umfassen. Sie stöhnte und zitterte in seinem Griff. Er ließ seine Zungenspitze an einem Schenkel nach oben, an dem anderen wieder nach unten streichen in der Hoffnung, sie genauso wahnsinnig zu machen, wie sie es mit ihm tat. Das Zerren an seinem Haar verriet ihm alles, was er wissen musste. Ohne Vorwarnung vergrub er sein Gesicht in dem kleinen Dreieck aus dunklen Locken.

«Oh Gott.» Sie keuchte, ihre Beine zitterten, und er musste die Finger tiefer im Fleisch ihres Hinterns vergraben, um Amy auf den Beinen zu halten. «Nakos ...» Sie bäumte sich ihm entgegen, und er grinste.

Er liebkoste ihre feuchten Falten, stieß mit der Zunge in sie, um direkt danach ihre Klitoris zu umkreisen. Amy presste einen Arm gegen die Fliesen, während sie ihm mit der anderen Hand fast die Haare ausriss. Er genoss den Schmerz und machte weiter, hielt den Rhythmus aufrecht, weil der für sie zu funktionieren schien.

Schließlich sah er zu ihr auf, wobei er gegen den Drang kämpfen musste, seinen pochenden, schmerzenden Schaft zu berühren. Es war, als könne er dabei zusehen, wie Schicht um Schicht ihrer Unsicherheit verschwand, um den weichen Kern darunter freizugeben. Die Leidenschaft und die Glut, die sie tief in sich begraben hatte – oder von der sie vielleicht nicht einmal gewusst hatte, dass sie sie besaß –, drängten an die Oberfläche. Und dann – mit kreisenden Hüften, zurückgeworfenem Kopf und zusammengepressten Augen – gab sie sich hin.

Ihr plötzlicher Aufschrei und die Zuckungen ihres Körpers überraschten ihn so sehr, dass er sie fast losgelassen hätte. Er hatte noch gar nicht so viel getan. Sie hatte den Höhepunkt viel schneller erreicht als auf der Couch. Doch sie war so weit – explodierte unter seinen Händen und seinem Mund. Nie war sie schöner gewesen, sein Engel. Mit zitternden Lippen keuchte sie auf, und er wäre fast zu ihren Füßen zusammengebrochen.

Verlangen und Lust kämpften in seinem Kopf, seiner Brust mit Zuneigung und Zärtlichkeit, bis seine Augen brannten und sein Schwanz zuckte. Er ließ die Stirn auf ihren Bauch sinken und atmete, wie sie auch, tief durch. Die Hände an ihrer Taille hielt er still, wobei er die Daumen geistesabwesend über ihre Rippen gleiten ließ.

Nach einem Augenblick – oder einer Stunde – strich sie mit den Fingern durch sein Haar. Als er sich nicht bewegte – weil er es nicht konnte –, legte sie zwei Finger unter sein Kinn und zwang ihn, den Kopf zu heben und sie anzusehen. «Geht es dir gut?»

Tja, was sollte er dazu sagen? Nein, es ging ihm nicht gut. Je länger diese Beziehung dauerte, desto mehr verlor er sich in Amy. Langsam wurde ihm klar, dass jede Sekunde seines Lebens auf den Moment hingeführt hatte, in dem er endlich die Augen geöffnet und sie gefunden hatte. Und ja, gleichzeitig ging es ihm mehr als gut. Aus genau denselben Gründen.

Nakos stand auf und umfasste ihr Gesicht. «Eigentlich sollte ich dich das fragen.»

Sie grinste. «Mir geht es super.»

Befriedigung erfüllte ihn, und ihm wurde warm ums Herz. Statt die erstaunte Vorsicht vom ersten Mal zu zeigen, strahlte sie jetzt förmlich. «Ja, das sieht man.» Er drückte die Lippen auf ihre, während Wasser auf ihre Körper prasselte und Dampf sie umwaberte.

Er wollte den Kuss gerade vertiefen, als sie … auf die Knie sank. Er presste die Stirn gegen die Fliesen und die Hände gegen die Wand, um sich auf den Beinen zu halten.

Als er den Blick senkte, erlitt er fast einen Herzinfarkt. Sie kniete vor ihm, den Mund nur Zentimeter von seiner Härte entfernt. Dann rieb sie ihre Wange über seine Unterseite. Sein Atem stockte, als er wartete. Ihr Haar bildete einen Vorhang, sodass er ihr Gesicht nicht sehen konnte. Gerade, als er kurz davorstand, zu betteln, zu weinen, keine Ahnung, was, schlang sie die Finger fest um seine Wurzel und bewegte die Hand.

Nakos keuchte. Sie hatte sich offensichtlich gemerkt, wie er es mochte, weil ihr Griff fest war. Er schloss die Augen. Wobei es keine Rolle spielte, was sie tat oder wie sie ihn berührte. Er war Amy vollkommen ausgeliefert. Und die Tatsache, dass sie das von sich aus tat, ohne Ermunterung oder Führung, trieb seine Lust in ungekannte Höhen.

Warme Lippen schlossen sich um seine Spitze, und er riss die Augen auf. Sie sog ihn tiefer in den Mund, die Hand immer noch um seine Wurzel geschlossen. Er bekam nicht genug Luft. Ihre Zunge umkreiste ihn. Sie saugte an ihm, bewegte die Hand. Er stöhnte so heftig auf, dass seine Rippen vibrierten.

«Amy.» Ihr Name drang in einem langsamen Ausatmen über seine Lippen. «Es ist so gut, *anim.*»

Er wollte die Hände in ihrem Haar vergraben, wollte in ihren Mund stoßen, doch stattdessen presste er die Handflächen fester gegen die Fliesen. Sie hielt nicht inne, wurde nicht langsamer, und als sie ein zufriedenes Brummen ausstieß, verlor er die Kontrolle. Eine Empfindung nach der anderen durchschoss seinen Körper. Brennende Hitze. Köstliche Verzweiflung. Sein Rücken versteifte sich.

«Ich komme.» Er zog die Brauen zusammen, öffnete den Mund. «Amy, ich …»

... explodiere. Zerspringe in tausend Teile.

Mühsam entzog er sich ihrem Mund, doch ihre Hand liebkoste ihn weiter. Umfasste fest seine Länge. Glitt über seine Spitze. Wieder nach unten. Mit der anderen Hand massierte sie seine Hoden und zog leicht daran. Er zuckte stöhnend, als eine Welle der Lust nach der nächsten ihn durchfuhr. Ein Schrei entrang sich seiner Kehle. Muskeln schienen den Kontakt zu Knochen zu verlieren. Sterne tanzten hinter seinen geschlossenen Lidern.

Heilige Maria, Mutter Gottes.

Amys Bewegungen wurden langsamer, und er holte keuchend Luft. Oder versuchte es zumindest. Ihre Finger glitten über seine Bauchmuskeln, seine Hüften, und nach einem Moment wurde ihm klar, dass sie ihn säuberte. Er hatte nicht das Gefühl, die Augen öffnen zu können, doch er strengte sich an, um auf sie herunterzusehen.

Hm. Da wirkte aber jemand sehr zufrieden mit sich selbst. Und so sollte es auch sein. In gewisser Weise war er sogar noch glücklicher als sie – nicht nur, weil er gekommen war und sie dafür gesorgt hatte, sondern weil Amys Zweifel langsam verklangen und sie ihren Instinkten folgte.

«Komm hier hoch, damit ich dich küssen kann.» Er wartete nicht ab, sondern packte sie stattdessen unter den Armen, zog sie an seinem Körper nach oben und presste die Lippen auf ihren Mund.

Später, nachdem er sich eine Trainingshose und ein T-Shirt angezogen hatte und sie einen leichten Pyjama trug, der ihre Kurven so gut wie überhaupt nicht verhüllte, saßen sie zusammen auf der hinteren Veranda. Er ruhte auf einem Liegestuhl, mit ihr zwischen seinen Beinen. Ihr Rücken lehnte an seiner Brust, und er seufzte, während er zu den Sternen aufsah. Hätte er sich nie wieder bewegen müssen, wäre er glücklich gewesen.

Nakos ließ die Finger langsam durch ihr Haar gleiten und atmete Amys sinnlichen Duft ein. Grillen zirpten, und Blätter raschelten in der warmen Brise, doch bis auf ihren Atem waren das die einzigen Geräusche. Es war so dunkel, dass sogar die Schatten Schatten warfen. Das einzige Licht stammte von den Sternen, doch trotzdem hatte er das Gefühl, noch nie klarer gesehen zu haben.

Seitdem sie sich als Kinder begegnet waren, hatte er sich in Amys Nähe wohl gefühlt; hatte in ihrer Umgebung alles sagen oder tun oder sein können, was er wollte. Trotz der Art, wie sie sein Herz zum Rasen, seine Nerven zum Flattern brachte, hatte er sich nie jemandem näher gefühlt als Amy. Es war fast unheimlich, wenn man bedachte, dass er nie wusste, was sie als Nächstes sagen würde, und dass er die Hälfte der Zeit den Drang verspürte, seinen Kopf gegen eine Wand zu schlagen, wenn sie in der Nähe war.

Vielleicht lag darin des Rätsels Lösung. Gleichgewicht. Er war lieber allein und schwieg. Amy dagegen war das Leben selbst. Es bestand nicht die geringste Gefahr, dass ihre Beziehung langweilig werden oder er sich fragen müsste, ob er sich einfach nur mit einem Kompromiss zufriedengab. Nicht mit Amy. Mit ihr war alles genau so, wie es sein sollte.

Doch es lauerte eine Dunkelheit in Amys Kopf, wartete in den Ecken ihres Verstandes darauf, zuzuschlagen. Er hatte ein-, zweimal einen Blick darauf erhascht, aber nicht wirklich verstanden, wie allumfassend diese Schwärze war. Richtig klar geworden war ihm das erst, als Amy ihren Schutzschild gesenkt hatte. Einen Schutzschild, von deren Existenz er nicht einmal etwas geahnt hatte. Er kannte Amy schon fast sein ganzes Leben lang. Zu erfahren, dass es Dinge gab, die sie vor ihm verborgen hatte, war sogar noch erschreckender als der Fakt, dass diese Dunkelheit überhaupt existierte. Und es ging um mehr als nur um Selbstbewusstsein. Er hatte keine Ahnung, was sie versteckte – aber was auch immer es sein mochte, es verhinderte, dass sie sich hundertprozentig auf ihn einließ. Sie hielt sich zurück, und er musste erfahren, warum. Sonst würde das hier nie funktionieren. Nicht wirklich.

Zuerst hatte er geglaubt, ihr würde das Vertrauen in die Beziehung fehlen. Vielleicht sogar in ihn. Doch je länger er darüber nachdachte, desto klarer wurde ihm, dass Amy *sich selbst* nicht vertraute. Genau wie alle anderen hatte er ihr das aufgesetzte Selbstbewusstsein abgekauft. Wahrscheinlich hatte sogar Amy selbst an diese Täuschung geglaubt. Die spitze Zunge und das herausfordernde Auftreten waren so sehr Teil ihrer Persönlichkeit, dass sie vollkommen natürlich wirkten. Doch wie viel davon war Schutzmechanismus, und wie viel gehörte wirklich zu Amy?

Wieder dachte Nakos daran zurück, wie sie am Flussufer gesessen und sich mit Nate unterhalten hatte. Sie hatten ein intensives Gespräch geführt, und Nakos verzehrte sich danach, zu erfahren, worüber sie gesprochen hatten. Er hatte nicht viel erkennen können, wenn er zu ihr hochgesehen hatte, aber er hatte kurze Blicke auf ihre ernsthafte Miene erhascht. Und auch Nate hatte ernst gewirkt.

Nakos gab es nur ungern zu, doch der Exsoldat war vermutlich die beste Person, mit der Amy sprechen konnte. Nate hatte in den ersten dreißig Jahren seines Lebens unvorstellbare Dinge gesehen und getan, und dieser Horror folgte ihm überallhin. Durch Olivias Hilfe kam er langsam darüber hinweg und entwickelte sich weiter. Strebte nach Glück. Das konnte nicht einfach sein, aber Nate versuchte es.

Trotzdem waren da immer noch Reste der Düsternis, die ihn früher umfangen hatte. Und diese Düsternis war eine Spiegelung der Schwärze, die sich manchmal in Amys Blick zeigte. Der Gedanke, dass sie litt – dass irgendwer sie so tief verletzt hatte –, ließ Nakos das Herz gefrieren.

Er senkte sein Kinn auf ihren Scheitel und zog sie enger an sich. Als würde das ausreichen, um sie bei sich zu behalten. «Geht es dir gut, *anim?*»

Sie brummte leise. «Das fragst du mich oft.»

Weil er eine Antwort darauf brauchte, selbst wenn er sie nicht unbedingt hören wollte. «Ich mache mir Sorgen um dich.» Ständig und ununterbrochen.

Sie schwieg einen Moment, während sie ihre Finger über seine Unterarme gleiten ließ, die er um ihren Körper gelegt hatte. «Ich habe auf der Highschool für dich geschwärmt.»

Was? «Ich …» Er wusste nicht, was er sagen sollte. Er hatte keine Ahnung gehabt. Das Wort *schockiert* umschrieb sein Gefühl nicht mal ansatzweise.

«Ich war nicht total verknallt oder irgendwas. Ich war mir einfach der Anziehung bewusst, schätze ich. Die ganze Zeit habe ich gehofft, dass du es bemerkst, aber das ist nie passiert.» Sie seufzte, dann drehte sie sich, bis sie fast auf dem Bauch in seinen Armen lag.

Sie ließ ihr Kinn auf seine Brust sinken und schwieg erneut einen Moment. Als sie kurz darauf weitersprach, schwang ein melancholischer, fast trauriger Tonfall in ihrer Stimme mit. «Ich bin an Enttäuschungen gewöhnt. Früher habe ich viel Zeit darauf verschwendet, zu hoffen, dass meine Eltern mir einen Bruchteil der Liebe entgegenbringen, die sie für meinen

Bruder empfinden. Aber das wird nie passieren. Oder in den letzten paar Jahren: Da saß ich abends Ewigkeiten allein in der Küche mit dem kalt gewordenen Essen und hoffte, dass heute der Tag wäre, an dem mein Ehemann mich tatsächlich ansieht. Oder ich habe mich selbst im Spiegel angestarrt und gehofft, irgendwann ein Bild zu sehen, das nicht dafür sorgt, dass ich mich angewidert abwenden will.»

Nakos bemühte sich, irgendwie Sauerstoff in seine Lungen zu kriegen, aber das schien unmöglich. Ein Messer, das man ihm in den Bauch rammte, hätte ihm weniger Schmerzen bereitet als Amys Geständnis. Tief erschüttert, starrte er auf den Horizont, ohne einen Schimmer zu haben, was er tun sollte.

Amy spielte am Ärmel seines T-Shirts herum. «Dass dir meine Verknalltheit nicht aufgefallen ist, fällt da eigentlich kaum ins Gewicht. Aber ich weiß nie, was ich antworten soll, wenn du mich fragst, wie es mir geht. Zwischen damals und heute sind eine Menge Dinge passiert. Selbst wenn wir jetzt zusammen sind, wartet ein Teil von mir nur darauf, dass du mich in die Wüste schickst. Ich denke ständig daran, wie oft ich vorgeben musste, ich würde nicht so für dich empfinden oder ich würde nicht jedes Pärchen ansehen und mir wünschen, das wären wir. Das Leben hat mich gelehrt, dass es sinnlos ist zu träumen und dass man etwas nicht unbedingt bekommt, nur weil man es will.»

Amy zuckte mit den Achseln. «Aber das spielt keine Rolle. Ich bin hier, ich werde wie immer auf den Füßen landen und kämpfen, um dem Karma auch das nächste Mal den Stinkefinger zu zeigen. Wenn du mich also fragst, ob es mir gut geht, lüge ich. Weil es vielleicht *jetzt* noch nicht stimmt, aber hoffentlich bald.»

Schweigen breitete sich aus. Der Schmerz in seiner Brust

war so heftig, dass er tatsächlich den Blick senkte, um herauszufinden, ob sein Brustkorb aufgerissen war. Doch er sah nur dichtes, kakaobraunes Haar über der Stelle, wo einmal sein Herz gewesen war. Zerschmettert, am Boden zerstört, vergrub er das Gesicht in ihren weichen Strähnen.

«Ich wette, jetzt tut es dir leid, dass du gefragt hast. Es ist viel einfacher, wenn ich behaupte, es ginge mir gut.»

Nakos presste die Augen zu. Tränen brannten hinter seinen Lidern. Er atmete dagegen an, wartete ab, bis er wieder reden konnte. Letztendlich musste er sich zweimal räuspern, bevor es ihm wirklich gelang. «Es tut mir leid, dass ich dich verletzt habe.»

«Hast du nicht. Himmel, du wusstest es ja nicht mal.»

Falsch. Er mochte sich ihrer Gefühle nicht bewusst gewesen sein, aber verletzt hatte er sie trotzdem. Von den wenigen Leuten, die ihr etwas bedeuteten, war er einer der Wichtigsten. Und er hatte ihr – unabsichtlich – zu verstehen gegeben, dass sie nicht von Belang war, indem er das Offensichtliche nicht erkannt hatte. Und weil sie sich gegenseitig so viel bedeuteten, hatte er wahrscheinlich den schlimmsten Schaden angerichtet.

17

Amy stand an der Spüle, wusch Gemüse für das Abendessen und sah aus dem Fenster, während Nakos oben duschte. Das Gras der wilden, ungezähmten Prärie leuchtete im Sonnenlicht, und Wildblumen wiegten sich im Wind. Es gab nichts zu sehen außer endlos weitem Land mit den Laramie Mountains als dunklen Schatten vor dem blauen Himmel in der Ferne.

Weil Nakos dieses Wochenende dran war, nach dem Rechten zu sehen und sich um die Pferde zu kümmern, war er vorhin kurz bei der Wildflower Ranch gewesen. Den Rest des Tages hatten sie für sich. Vorfreude kribbelte tief in ihrem Bauch. Zum Teil war es auch Nervosität.

Amy dachte an ihr Gespräch mit Nate am Fluss zurück. Sie hatte sich seine Worte zu Herzen genommen und versuchte, die Vergangenheit hinter sich zu lassen. Nate hatte recht gehabt. Irgendwann musste sie akzeptieren, wohin das Schicksal sie führen wollte. Sie versuchte, sich nach und nach zu entspannen und mit dem Strom zu schwimmen. Sich anzuschauen, was geschehen würde. Sich zu öffnen. Das hatte Nakos verdient. Und sie wollte so dringend glauben, dass sie diese Chance auf Glück verdient hatte.

Ihre Wangen begannen zu brennen, als sie sich daran zurückerinnerte, was sie gestern auf der Terrasse gesagt hatte. Bisher war sie immer der Maxime gefolgt, dass es besser war zu behaupten, es ginge ihr gut. Wozu ihre Freunde beunruhigen, indem sie ihnen die Wahrheit erzählte? Es war ja nicht so, als könnten Olivia und Nakos ihre Wunden heilen, genauso wenig sie selbst. Ihre Vergangenheit war einfach beschissen. Daran konnten niemand etwas ändern.

Doch sie musste anfangen, Nakos gegenüber ehrlich zu sein. Bei Beziehungen ging es um Geben und Nehmen – und wenn sie irgendeine Chance haben wollten, sich weiterzuentwickeln, musste sie mit ihm reden. Sich ihm öffnen. Nakos hatte alles in seiner Macht Stehende getan, ihr klarzumachen, dass er mit ihr zusammen war, weil er das wollte. Er log nicht, er verschwieg nichts, und er betrog sie nicht. Tatsächlich war er fast zu bedächtig. Nakos betrachtete immer alles erst von allen Seiten und schätzte die Chancen ab. Auf keinen Fall wäre er seinen Gefühlen gefolgt, wäre er nicht davon überzeugt gewesen, dass sie das Risiko wert war.

Und doch nagten ständig Schuldgefühle an Amy. Sie hatten sich vor langer Zeit in ihrem Unterbewusstsein eingenistet und erlaubten keine Weiterentwicklung. Ob es nun berechtigt war oder nicht – und das stand durchaus zur Debatte –, sie konnte nicht anders, als sich immer wieder diese Frage zu stellen: Wenn Nakos wüsste, was ihr angetan worden war, würde er immer noch genauso empfinden?

Obwohl seit diesem schrecklichen Tag achtzehn Jahre vergangen waren, fühlte Amy sich immer noch schmutzig. Besudelt. Sie mochte weitergemacht haben, aber sie hatte sich nicht weiterentwickelt. Selbst heute noch traf die Erinnerung sie manchmal wie ein Blitz, und sie wurde zurückkatapultiert in diese Gasse hinter der Eisenwarenhandlung ihrer Eltern.

Die Ziegelmauer, die über ihre Wange kratzte. Der Rock, der zu ihren Hüften hochgeschoben war. Die Unterhose, die in ihre Schenkel schnitt, als ihre Beine grob auseinandergezwungen wurden. Tränen und die Angst, die ihr die Kehle zugeschnürt hatte, sodass sie nicht schreien konnte. Der widerliche Geruch von *Old Spice* und Schweiß. Und der unglaubliche Schmerz, als er von hinten in sie stieß. Es hatte sich angefühlt, als würde es Stunden dauern, auch wenn es wahrscheinlich nur einige Minuten gewesen waren. Sie spürte immer noch das dünne Rinnsal von Blut, das an ihrem Bein nach unten lief, und hörte sein grunzendes Stöhnen an ihrem Ohr.

Vor diesem Tag hatte sie ihren Onkel noch nicht oft gesehen. Er lebte nicht in Wyoming und hatte ihre Eltern nur ein paarmal besucht. Doch sie hatte schon immer Angst vor ihm gehabt. Selbst als Kind hatte sie gewusst, dass seine zu engen Umarmungen und die ständigen Berührungen falsch waren.

Amy schüttelte heftig den Kopf und konzentrierte sich darauf, Paprika zu waschen, um dem Drang zu widerstehen, unter die Dusche zu rennen und sich zu waschen, bis ihre Haut wund wurde. Es hatte damals nicht geholfen und würde es auch jetzt nicht. Es war passiert. Vorbei. Nur dass …

Nur dass es ihr nie gelungen, sich in intimen Situationen mit einem Mann zu entspannen. Die Erinnerungen traten beim Sex nie wirklich an die Oberfläche, aber sie hatte die Erfahrungen trotzdem nicht genossen. Jedes Mal war sie in eine seltsame Form von Autopilot-Modus verfallen. Den ersten Orgasmus mit einem Partner hatte sie bei Nakos erlebt. Letzte Woche.

Dreißig Jahre alt, und sie begann gerade erst zu verstehen, wie es sich anfühlte, befriedigt zu sein. Traurig.

Vielleicht lag es an seiner Geduld oder daran, dass sie ihn so gut kannte – das gegenseitige Vertrauen spielte sicher eine Rolle –, aber Tatsache war: Bei Nakos konnte sie sich nicht gegen die Leidenschaft wehren. Das Verlangen. Er entfesselte ihre Lust und verschaffte ihr Vergnügen, in einem Maß, das sie nie für möglich gehalten hätte. Es schadete auch nicht, dass Nakos genau wusste, was er tat. Jede Berührung, jeder Kuss traf sie wie eine Bombendetonation. Sie konnte nicht klar denken, wenn sie mit ihm zusammen war.

Und ihm schien es ähnlich zu gehen. Aber die Frage blieb: Würde sich etwas ändern, wenn er von alldem erfuhr? Ihre Jungfräulichkeit hatte sie in einer Gasse verloren, neben einer Mülltonne, mit alten Zeitungen und Dreck zu ihren Füßen. Es war ja nicht nur, dass sie vergewaltigt worden, dass sie besudelt war ... Dieser Übergriff war noch dazu von einem Mitglied ihrer eigenen Familie begangen worden. Von einem Blutsverwandten. Wenn Nakos das je herausfand, würde ihn das sicherlich anwidern. Er würde denselben Ekel empfinden, der sie nach all den Jahren immer noch erfüllte. Sie war verdorben. Benutzt wie die Hure, als die ihr Onkel sie bezeichnet hatte, während er ...

Hinter ihr erklangen Schritte. Sie sah über die Schulter zurück und verdrängte mit aller Macht die Vergangenheit.

Nur bekleidet mit einer tiefhängenden Jeans, barfuß und mit nacktem Oberkörper stand Nakos auf der anderen Seite der Kücheninsel. Sein Blick ruhte nachdenklich auf ihr. Olivfarbene Haut, Waschbrettbauch und Muskeln. Gott, sogar seine Füße waren sexy. Himmel, und er trug auch noch die Haare offen.

Sie stöhnte. «Oben ohne herumzulaufen ist nicht fair.»

Er lachte rau und rieb sich die Brust, während sein Blick über ihren Körper glitt.

«Stimmt etwas nicht?», fragte sie.

Er starrte sie an, als hätte sie ihm den Atem geraubt. Das war noch so etwas – die Art, wie er sie ansah. Zum ersten Mal in ihrem jämmerlichen Leben fühlte Amy sich begehrenswert. Gewollt. Selbst wenn er nicht erregt war, erkannte sie Anerkennung und Hitze in seinem Blick.

«Absolut alles ist gut. Fast zu gut, wenn ich ehrlich bin.» Seine Stimme bekam dieses tiefe, heisere Timbre, das sie immer dann annahm, wenn er erregt war oder emotional wurde. «Du siehst perfekt aus in meiner Küche.»

Ihre Knie? Wackelpudding.

Grinsend schüttelte sie den Kopf. «Ich gehe jetzt einfach mal davon aus, dass du das nicht so sexistisch meinst, wie es klingt.» Sie warf die Paprika und Karotten in eine Schüssel und griff nach den Erbsenschoten.

Nakos trat hinter sie und drängte seinen harten, männlichen Körper an sie. Seine Lippen glitten über ihre Ohrmuschel. «Wenn es stimmt, ist es nicht sexistisch. Und du siehst nicht nur in meiner Küche perfekt aus ...» Er schlang einen Arm um ihre Taille und drückte die andere Hand zwischen ihre Brüste, sodass ihr Atem stockte. «... sondern auch in meiner Dusche.» Seine Hand glitt langsam höher bis zu ihrer Kehle, um ihren Kopf nach hinten zu drücken; eine Geste, auf die ihr Körper mit einem Zittern reagierte. «Auf meiner Terrasse.» Sein Daumen glitt über ihr Kinn, und sie wimmerte. «In meinem Wohnzimmer und in meinem Truck und überall anders auch. Perfekt, Ames.»

Das Wasser lief weiter in die Spüle, aber sie brachte einfach nicht die Energie auf, sich darum zu kümmern. Nicht, während er sich an sie presste und seine Hände ihre Magie wirkten. Hitze erfüllte ihren Körper. Verlangen. Sie war feucht.

«Weißt du, wo du noch perfekt wärst, *bixooxu*?» Seine Zähne glitten über ihren Hals. Fast wäre sie zerschmolzen, bis nur noch eine Pfütze von ihr übrig blieb.

«Wo?», hauchte sie. Sie hatte keine Ahnung, was das Wort bedeutete, das er gerade gehaucht hatte, doch wenn er sie so berührte und seine Stimme so klang, hätte er sie auch *Nilpferd* nennen können, und es wäre ihr egal gewesen. Ihre Brüste prickelten, die Nippel wurden hart unter dem Stoff ihres BHs.

«In meinem Bett.» Er streckte den Arm aus, um das Wasser abzudrehen, nur um dann die Hand zwischen ihre Schenkel zu drücken und sich an ihrem Hintern zu reiben. «Am allerbesten würdest du in meinem Bett aussehen», knurrte er an ihrer Kehle, sodass sie die Worte an ihrer Haut spüren konnte.

Meinte er damit …? Sie riss die Augen auf. So, wie er sie hielt, mit ihrem Kopf auf seiner Schulter, konnte sie kaum mehr als die Decke erkennen, doch sie sah sowieso nicht klar. Bisher hatten sie ein paar unglaubliche Momente geteilt, aber sie hatte Nakos noch nie in sich gespürt. Sie wollte es, so sehr, doch er hatte sie nie gedrängt. Tatsächlich hatte sie den Eindruck gehabt, dass er sich nicht nur ihretwegen zurückgehalten hatte, sondern auch, weil er es wollte.

Jetzt presste Nakos seinen Handballen fester auf ihren Venushügel, direkt über ihrer Klitoris. Amy atmete seufzend ein und erneut überlief ein Schauer ihren Körper. Ihre Nerven feuerten alle gleichzeitig, und sie wurde mehr als feucht. Sie keuchte seinen Namen.

Er stöhnte, dann schwebte sein Mund wieder zu ihrem Ohr. «Ich will dich in meinem Bett. Ich werde jedem Zentimeter deines wunderbaren Körpers huldigen, bis du nicht mal mehr meinen Namen weißt, geschweige denn, ihn aussprechen kannst. Ich werde dir Vergnügen bereiten, wie du es noch nie erlebt oder dir auch nur erträumt hast.» Er umfasste ihre Brust, ließ seinen Daumen über ihren Nippel gleiten. «Und dann werde ich dich lieben, so tief, so lang, so gründlich.»

Er ließ seine Nasenspitze über die empfindliche Haut hinter ihrem Ohr gleiten, bevor er das Gesicht in ihrem Haar vergrub. «Stunden, Tage, Jahre … werde ich dich lieben.»

Oh Gott. Wieder und wieder zeigte er ihr diese ganz andere Seite von sich. *Das Tier*, wie sie es nannte – weil er so animalisch wirkte, wenn er erregt war. Der ruhige, nachdenkliche Nakos machte seinem ursprünglicheren Selbst Platz.

«Bitte», fügte er nach einem kurzen Moment der Stille hinzu.

Das war auch so eine Sache. Als würden seine Worte nicht ausreichen, sie schwindelig zu machen, setzte Nakos immer diese Bitte hinter seine Forderungen, suchte ihre Erlaubnis.

Als hätte sie eine Wahl.

«Ja.» Sie schaffte es kaum, das Wort über ihre Lippen zu zwingen. Nur für alle Fälle hob sie noch einen Arm und vergrub die Finger in seinem Haar.

Er zischte. Und bevor sie wusste, wie ihr geschah, hatte er einen Arm unter ihre Beine geschoben und hob sie hoch. Er … er wollte sie nach oben tragen? Ihr war ein wenig unwohl zumute, doch die Anspannung in seiner Miene sprach eher von Verlangen als davon, dass sie ihm zu schwer wäre.

Als hätte Nakos ihre Gedanken gelesen, sah er auf sie herunter, während er die Treppe erklomm. Seine dunklen Augen brannten. «Hör mir genau zu. Hier geht es nur um dich und mich. Um niemand sonst. Ich weiß, dass es andere vor mir gab und dass sie dich schlecht behandelt haben. Aber das werde ich nicht tun. Das werde ich nie tun. Deine Flügel werden heilen, *anim*. Das verspreche ich dir.»

Plötzlich brannten Tränen in ihren Augen, und ein Schluchzen stieg in ihrer Kehle auf. Wie sollte sie das beschützen, was nach allem, was sie erlebt hatte, noch von ihr übrig war, wenn er ständig solche Dinge sagte? Dinge, die jede einzelne ihrer Schutzmauern einrissen? «Nakos.»

Gott, sie würde weinen. Verdammt.

Er legte sie aufs Bett und schob sich über sie. «Nicht, *bixoo-xu*.» Er ließ seine Nasenspitze über ihre gleiten und lächelte sie voller Zuneigung an. «Nur du und ich. Ich werde dafür sorgen, dass du dich gut fühlst.»

Um es zu beweisen, küsste er sie, und ihre Tränen trockneten, bevor sie fallen konnten. Fast schmerzhaft zärtlich ließ Nakos seine Lippen über ihre gleiten. Dann neigte er den Kopf, vertiefte den Kuss, stieß seine Zunge in ihren Mund, liebkoste die ihre. Jede Anspannung in ihrem Körper löste sich auf.

Nakos stand auf, und Amy sah sich kurz um, um sich zu beruhigen. Sein Zimmer war nur ein wenig größer als ihres, doch die Wände waren in dunklem Waldgrün gestrichen, und die Möbel bestanden aus Walnussholz. Über dem Doppelbett hing etwas, was aussah wie ein Traumfänger. Ihr war nicht klar gewesen, dass sein Balkon nach Süden zeigte. Sonnenlicht drang durch die Scheiben der Flügeltür und erfüllte den Raum mit Helligkeit. Hier konnte sie ihre Unvollkommenheiten nicht im Dunkeln verstecken, das war offensichtlich. Der Raum wirkte warm und maskulin wie Nakos selbst, und über der Kommode hingen zwei Fotodrucke von den Bergen, die … sie gemacht hatte.

«Ich sehe sie mir jeden Abend an, bevor ich einschlafe.»

Sie riss den Kopf zu ihm herum, während ihr Herz gleichzeitig einen Sprung machte. «Warum?»

«Weil du die Bilder geschossen hast. Und wenn das als Grund noch nicht ausreicht – sie beruhigen mich auch.» Ohne den dunklen Blick von ihr abzuwenden, öffnete er den Knopf an seiner Jeans. Als Nächstes folgte der Reißverschluss, dann schob er den Stoff über seine Schenkel. Eine schnelle Bewegung, und die Hose fiel zu Boden.

Sie schluckte schwer und sah ihm unverwandt ins Gesicht. Obwohl sie ihn schon ohne Kleidung gesehen hatte, war das hier etwas ganz anderes. Helles Tageslicht. In seinem Schlafzimmer. Und nur Momente bevor sie eine weitere Grenze übertreten würden. Angst verkrampfte ihr die Eingeweide; sorgte dafür, dass sie zitterte. Was, wenn sie ihn enttäuschte?

Auf Knien und Händen kroch er über die Matratze auf sie zu, bis er zwischen ihren Beinen kniete. «Setz dich auf, *anim.*» Als sie seiner Aufforderung folgte, zog er ihr Shirt und BH aus und warf sie zur Seite. «Leg dich zurück.» Genauso vorsichtig ließ er den Rest ihrer Kleidung verschwinden, bevor er ehrfürchtig den Kopf schüttelte. «Ich habe mir das hier schon so lange vorgestellt.»

Amy hatte sich in ihrer eigenen Haut nie wohl gefühlt, hatte ihren Körper gehasst, das überschüssige Gewicht. Doch Nakos sah sie mit solcher Hitze an, dass ihre Haut brannte, wo auch immer sein Blick verweilte. Sie konnte in seinen Augen weder Enttäuschung noch Missfallen entdecken. Nur Bewunderung. Ihre Nervosität verklang langsam.

Immer noch zwischen ihren Beinen kniend, umfasste Nakos ihre Knöchel und begann, sie zu streicheln. Seine Daumen zogen kleine Kreise auf ihrer Haut, dann glitten seine Hände höher. Doch sein Blick blieb auf ihr Gesicht gerichtet, suchend – so intensiv wie eine Liebkosung. Je länger er sie ansah, desto dunkler wurden seine Augen, bis das Braun fast nicht mehr vom Schwarz der Pupillen zu unterscheiden war.

Sie entspannte sich weiter und betrachtete ihn – ihren atemberaubenden Krieger. Das schwarze Haar umrahmte sein Gesicht und fiel ihm bis auf die breiten Schultern. Am Ende lockten sich die langen Strähnen leicht. Dichte Wimpern. Hohe Wangenknochen. Kantiges Kinn.

Die Sehnen an seinem Hals traten hervor, als er die Hände an die Außenseite ihrer Oberschenkel schob. Sein Bizeps wölbte sich, und Amy spürte ein Flattern im Bauch. Er hatte einen schlanken Körperbau, eher Athlet als Bodybuilder, mit sehniger Stärke unter all dieser heißen, bronzefarbenen Haut. Ausgeprägte Brust- und Bauchmuskulatur. Ein perfektes V an seinen Hüften, das auf die Stelle ausgerichtet war, wo eine dünne Linie aus schwarzem Haar einen verführerischen Pfad nach unten zog.

Dieser Körper war nicht in einem Fitnessstudio entstanden, seine Muskeln waren weder aufgeblasen noch beängstigend. Stattdessen war er das köstliche Resultat von harter Arbeit, den jahrelangen Anstrengungen auf der Ranch. Eine Beschäftigung, die Nakos liebte und die für ihn viel mehr war als nur ein Job. Sein Körper war so stark. So unglaublich.

Ihr Blick folgte dem Pfad aus Haaren nach unten. Seine Erektion war lang, breit und so steil aufgerichtet, dass die Spitze auf Höhe seines Nabels schwebte. Die Haut war ein wenig dunkler als am restlichen Körper. Sie hatte ihn in der Hand gehalten, im Mund gespürt, und jetzt verzehrte sie sich danach, ihn tief in sich zu spüren.

«Wunderschön, *bixooxu*.» Er suchte ihren Blick, bevor er seine Hände auf ihre Brüste legte und sie sanft drückte. Er schluckte schwer. «Einfach wunderschön.»

Ihr Körper erwachte unter seiner Berührung zum Leben, Zelle für Zelle, doch ihr Hirn beschäftigte sich mit dem Wort, das sie nicht kannte. Er hatte es heute mehrfach verwendet, mit einem besitzergreifenden Unterton. «Was bedeutet dieser Begriff?» Gott, sie liebte es, wenn er seine Muttersprache sprach. Sie klang nicht so elegant wie andere Sprachen, aber die kehligen Laute in Kombination mit seiner tiefen Stimme verliehen jedem Wort einen intimen Klang.

Nakos schüttelte leicht den Kopf, als wäre er noch nicht bereit, ihr das zu enthüllen, dann beugte er sich vor, um ihre Brüste statt mit den Händen mit seinem Mund zu verwöhnen. Mit einem Seufzen saugte er eine Brustwarze in seinen Mund. Brennender Druck braute sich auf und erfüllte ihren Körper. Bevor sie sich an das Gefühl gewöhnen konnte, wandte er sich der anderen Brust zu und tat dort dasselbe. Ihre Finger zuckten, also schob sie sie in sein Haar, vergrub sie darin, hielt Nakos' Kopf an ihrem Körper fest.

«Ja, *anim.*» Er stöhnte, als wolle er sie ermuntern, dann zog er eine Spur aus Küssen nach unten bis zu ihrem Bauch. Er ließ seine Zunge um ihren Bauchnabel kreisen. Ein Zittern überlief sie. Sie drückte den Rücken durch, was mit einem weiteren Stöhnen belohnt wurde. «Genau so. Zeig mir, dass du magst, was ich mit dir mache. Das ist der Himmel.»

Sein Blick huschte zu ihrem Gesicht, als er ihre Beine spreizte. Federleichte Küsse regneten auf ihre Schenkel nieder. Gespannte Erwartung flackerte auf, streichelte rasiermesserscharf über ihre Haut. Amy zitterte, obwohl ihr absolut nicht kalt war, und biss sich auf die Lippe. Nakos' Mund verzog sich zu einem befriedigten Halblächeln, weil er ihre Reaktion offensichtlich bemerkt hatte. Er packte sie unter den Knien, hob ihre Beine an, während er sich selbst auf der Matratze ausstreckte. Dann legte er sich ihre Schenkel über die Schultern, sodass sein Kopf dazwischen gefangen war und sein Mund nur Zentimeter vor ihrer pulsierenden Mitte schwebte.

«Du wirst nicht kommen.» Er umfasste mit seinen großen Händen ihre Hüften, schob sie dann zwischen ihren Körper und die Matratze, um ihre Pobacken zu umfassen. «Diesmal fallen wir gemeinsam. Also komm nicht.»

Keuchend starrte sie ihn an. Bei jeder bisherigen sexuellen Begegnung war es ein Kampf gewesen, auch nur einen Bruchteil der Erregung zu empfinden, die Nakos ihr schenkte. Ständig auf der Suche nach einem Höhepunkt, auf der Jagd nach diesem grellen Licht, das sie nie gefunden hatte. Es war dagegen fast lächerlich, wie einfach es mit Nakos zusammen war. Er hatte sie fliegen lassen. Und jetzt wollte er, dass sie sich zurückhielt? Wenn das keine Ironie war ...

Er vergrub sein Gesicht zwischen ihren Beinen, und sie wimmerte. Seine Zunge glitt heiß und feucht über sie. Drang in sie ein. Zog sich zurück. Die Berührung jagte Blitze durch ihren Körper, verbrannte ihre Nerven. Sie stöhnte frustriert – hasste und liebte die neckenden Liebkosungen. Erneut drängte sie sich ihm entgegen, die Augen fest geschlossen, und wurde mit einem kurzen Kreisen um ihre Klitoris belohnt. Sie schrie auf, krallte die Finger in das Laken, als er an ihr knabberte. Sie bekam keine Luft.

Es schien, als würde er jede Reaktion von ihr – ob nun eine Bewegung, ein Stöhnen oder ein Zittern – mit noch mehr Vergnügen belohnen. Das war Nakos' verdrehte Art, sie dazu zu bringen, rein instinktiv zu handeln, sich vollkommen in ihm zu verlieren. Kapierte er es nicht? Wenn sie noch tiefer in ihm versank, würde sie aufhören zu existieren.

Je länger er mit ihr spielte, desto mehr spannte sich ihr Körper an, bis ein Kribbeln ihre Wirbelsäule entlangschoss. «Nakos», hauchte sie in dem Versuch, ihn zu warnen. Er hatte gesagt, sie solle nicht ... Oh Gott. Sie war so nah dran. «Nakos, *bitte.*»

Mit einer geschmeidigen Bewegung schob er sich über sie,

bis sein Gesicht auf einer Höhe mit ihrem war. «Zusammen», wiederholte er. Er streckte den Arm zum Nachttisch aus, zog ein Kondom aus der Schublade, riss die Folie auf. Amys Atem ging noch schwerer, als er den Latex über seine Länge rollte. Dann brachte er sich zwischen ihren Schenkeln in Position und ließ seine Nasenspitze über ihre streichen. «Zusammen.»

Doch Nakos drang noch nicht in sie ein. Stattdessen küsste er ihre Wange, ihren Kiefer und presste sein Gesicht an ihren Hals. Das Gewicht seines harten, wunderbaren Körpers war angenehm, an allen Stellen richtig bis auf eine. Er schien auf etwas zu warten, doch sie hatte keine Ahnung, worauf. Sie war so feucht und bereit und quasi von Sinnen. Weitere Küsse regneten über ihre Schlüsselbeine, dann widmete er sich ihrem Hals, liebkoste die empfindliche Haut hinter ihrem Ohr mit Zunge und Zähnen.

Verzweifelt packte sie seinen Nacken, und er stöhnte auf. Die Vibration des tiefen Grollens konnte Amy am ganzen Körper spüren – bis hinein in ihre Brustspitzen. Nakos drängte die Hüfte nach vorne, rieb seine Länge an ihrer empfindlichsten Stelle. Sie keuchte und hob eine Hand, um die Finger in seine Schulter zu krallen. Diesmal knurrte er, übte mehr Druck aus, streichelte mit seinen langsamen Bewegungen ihre Klitoris.

Ein Schrei entrang sich ihrer Kehle. Vom Ansturm der Empfindungen beinahe überwältigt, wurde ihr klar, dass sie Nakos berühren wollte. Ein Teil von ihr *musste* ihm einfach zeigen, was er mit ihr anstellte; dass sie es genoss, mit ihm zusammen zu sein.

Mit angehaltenem Atem ließ sie die Finger über seine Wirbelsäule gleiten, genoss das Gefühl der harten Muskeln unter weicher Haut. Sie erschauerte, als würde sie ein wildes Tier streicheln. Mit der anderen Hand wiederholte sie die Bewegung, bis sie die Finger beider Hände in seinen harten Hintern grub.

«*Hihcebe*, ja.» Er keuchte, sein Atem heiß. Seine Hüften zuckten, seine Erektion presste sich dort an sie, wo sie ihn so sehr brauchte.

Ohne nachzudenken, spreizte sie die Beine weiter. Hob den Kopf, um ihr Gesicht an seinen Hals zu drücken und seinen Duft nach Mann und Erde und Seife einzuatmen. Er ließ die Hüften kreisen, drängte sich mit kurzen, flachen Bewegungen gegen sie, ermunterte Amy. Etwas Wildes erwachte in ihr zum Leben. Sie öffnete den Mund, um ihm leicht in den Nacken zu beißen. Nakos keuchte, wurde schneller, und sie ließ ihre Zunge über seinen Puls gleiten.

Wieder stöhnte er, heiser und laut und lang, bevor er den Kopf hob und unter halb gesenkten Lidern auf sie herabsah. «*Bixooxu* heißt Liebe.» Er sah ihr tief in die Augen, forschend, während ihr Herz raste. «Mein Engel, meine Liebe.»

Bevor sie seine Worte wirklich verarbeiten konnte, bewegte er erneut die Hüften. Die Spitze seiner Erektion glitt über ihre Öffnung, um dann einzudringen. Langsam, ohne den Blick von ihr abzuwenden, versenkte er sich in ihr, dehnte sie in einer aufreizenden Invasion. Zentimeter für Zentimeter glitt seine Härte in sie, bis sie nichts anderes mehr fühlen konnte als ihn. Nur ihn. In ihr, um sie herum. Überall.

Als er tief in sie eingedrungen war, hielt er inne. Er seufzte ihren Namen, rau und fast wie ein Gebet. «Mein *anim*, meine *bixooxu*.»

Die Ehrfurcht in seiner Stimme, seinem Blick, schnürte ihr die Kehle zu, doch er ließ ihr keine Zeit zu reagieren. Stattdessen senkte er den Kopf, presste den Mund auf ihre Lippen und zog sich zurück. Sie wimmerte protestierend, weil sie die Leere hasste, die sie plötzlich empfand. Als hätte Nakos gespürt, was sie brauchte, umfasste er ihren Kopf und stieß erneut zu. Sie keuchte, als er sie perfekt ausfüllte, und hob ihre Hüften, um ihn noch tiefer in sich aufzunehmen.

«Nichts», sagte er an ihren Lippen, die Stirn gerunzelt. «Nichts fühlt sich besser an, als in dir zu sein.»

Sie spürte jedes einzelne Blutkörperchen in ihren Adern. So sehr hatte er ihren Körper mit Leben erfüllt. Solches Verlangen löste er in ihr aus. Ungeduldig bewegte sie die Hüften, und er antwortete, indem er erneut in sie stieß.

«Ja.» Sie warf den Kopf in den Nacken und hob sich ihm entgegen. Ihre Hände fuhren nach oben, fanden das Kopfende des Betts. Sie drückte ihre Handflächen gegen das Holz, um Nakos besser entgegenkommen zu können. Verloren in Lust, war ihr egal, was sie sagte oder tat ... wie schamlos sie wirken musste. «Gott, Nakos. *Jaaaa.*»

Ihre Worte schienen etwas in ihm zu entfesseln. Er stieß härter zu, schneller. Schob die Arme unter sie und presste sie an seine Brust. Er knurrte fast verzweifelt, dann knabberte er an ihrer Kehle. «Davon bekomme ich nie genug.»

Heftig stieß er in sie, während sein Mund sanft blieb und über ihr Schlüsselbein, ihr Kinn, ihre Wange glitt. Nakos füllte sie aus, wieder und wieder, und bei jedem Stoß ließ er die Hüften kreisen, um das empfindliche Bündel aus Nerven zu stimulieren. Sie zitterte angespannt, so kurz vor der Erlösung.

Nakos zog die Arme unter ihr hervor und legte die Hände an ihre Rippen. Raue Schwielen kratzten über ihre Haut, als er die Hände zu ihrer Taille gleiten ließ, über ihre Hüften, zu ihren Oberschenkeln.

«Streck die Beine aus.» Er drückte gegen ihren Schenkel,

um seinen Befehl zu verstärken, und stoppte jede Bewegung, während er ihre Reaktion abwartete.

Sie hatte den Höhepunkt fast erreicht, und er … hörte auf? Folter! Sie stöhnte protestierend.

«Vertrau mir, Amy. Streck die Beine für mich aus.»

Sie löste ihre an seinem Rücken verschränkten Knöchel und streckte die Beine neben seinen aus. Ohne Vorwarnung spreizte er sie weiter, presste ihre Schenkel mit den Händen auf die Matratze.

Oh … *Gott*. Die neue Position sorgte dafür, dass sie ihn noch deutlicher fühlte und seine Härte tief in ihrem Inneren eine Stelle berührte, die ein heftiges Zittern durch ihren Körper jagte. Sie … *brannte*.

«Ja, *anim*. Siehst du?» Seine Stimme war tief, lockend, doch in seinen dunklen Augen brannte unendliches Verlangen. «Fühl mich. Fühl nur mich und lass dich fallen.» Ohne ihre Schenkel freizugeben, stieß er in sie.

Unglaublich. Ein zitternder Schrei entrang sich ihrer Kehle. Nakos füllte sie vollkommen aus und drang so tief in sie ein, dass ihr Unterleib sich zusammenzog. Jedes Mal, wenn er nach vorne stieß und ihre pulsierende Klitoris berührte, traf er auch diesen Punkt tief in ihr. Überwältigt von Lust, warf Amy einen Arm über ihr Gesicht, unfähig, das Vergnügen noch länger zu ertragen.

Erneut hielt er inne. «Schau mich an.» Er wartete, bis sie den Arm gesenkt hatte und ihre Blicke sich trafen. «Zusammen, *bixooxu*. Lass mich fühlen, wie du kommst.»

Sie musterte sein Gesicht, und erst da wurde ihr klar, wie nah auch er vor dem Höhepunkt stand. Seine Miene war angespannt, seine Stirn gerunzelt, seine Lippen zusammengepresst. Seine Arme zitterten, und er keuchte heftig. Und doch hielt er voller Geduld und Entschlossenheit ihren Blick, obwohl alles in ihm offensichtlich danach schrie, sie zu nehmen.

Als er sich diesmal aus ihr zurückzog, betrachtete er sie, als könnte er nicht anders. Irgendetwas verband sie, fesselte sie aneinander. Stärker als nur Verlangen. Wilder als bloßer Sex. Und als er wieder in sie stieß, fühlte sie ihn in jedem Atom ihres Körpers.

Er drang tief in sie ein, wieder und wieder, wobei seine Bewegungen immer rascher wurden. Und dann zersprang Amy unter ihm in tausend Teile. Funken stoben auf, wuchsen zu Flammen heran und verschlangen sie in einer Feuersbrunst. Sie riss in einem stummen Schrei den Mund auf, als sie sich ihm zitternd entgegenhob. Sie zuckte um ihn, und die süße Folter schien eine Ewigkeit zu währen.

Nakos gab ihre Beine frei, ließ sich auf sie sinken und stieß während ihres gesamten Orgasmus weiter in sie. Er hob die Arme, umrahmte ihr Gesicht mit seinen Unterarmen und ließ die Stirn auf ihre sinken. Schmerz und Vergnügen standen ihm ins Gesicht geschrieben. Er stieß härter in sie, stöhnte und zuckte. Dann vergrub er das Gesicht in ihrem Haar und murmelte unverständliche Worte auf Arapaho, während sein Körper sich aufbäumte und er schließlich auf ihr zusammenbrach.

Er lag mit seinem vollen Gewicht auf ihr, hob nicht den Kopf, um sie anzusehen, doch seine Hand umfasste ihre Wange, als fürchtete er, sie wäre nicht real. Irgendwann holte er tief Luft, sodass ihre Haarsträhnen sich bewegten, und sagte die ersten Worte, die sie wieder verstand.

«Ich war immer dein, und jetzt bist du mein.»

18

Nakos war sich sicher: Er war entweder gestorben oder mit Betäubungsmittel für Elefanten beschossen worden. *Hihcebe*, sie hatte ihn umgebracht. Ohne jede Gnade. Aber was für eine tolle Art zu sterben.

Das Gesicht in Amys Haar vergraben, schwer atmend, legte er eine Hand an ihre Wange. Ein Teil von ihm machte sich Sorgen, dass sie sich in Luft auflösen könnte. Sex war für ihn noch nie so gewesen. Niemals. Diese Verbindung? Diese emotionale Nähe? Dieses unglaubliche Vergnügen? So was hatte er noch nie erlebt.

Wahrscheinlich zerquetschte er sie gerade, aber er konnte sich nicht bewegen. Er war vollkommen vernichtet. Körper und Geist. Und Seele. Und er wollte es wieder tun. Sobald er sich erholt hatte. Was wahrscheinlich ungefähr ein Jahrzehnt dauern würde.

Amys Parfüm stieg ihm in die Nase, legte sich auf seine Haut, drang in seine Lunge. Das Pochen ihres Herzens glich sich seinem an, bis er die Schläge nicht mehr auseinanderhalten konnte. Ihre Körperwärme verband sich mit seiner, und sie schien seine Hitze genauso in sich aufzusaugen wie er die ihre. Es war, als käme jeder seiner Atemzüge von ihr, als wäre jedes Zittern ihres Körpers und Stöhnen aus ihrem Mund Teil von ihm.

Es gab kein *Ich* oder *Du*. Nur ein *Wir*.

Er hatte in seinem Stamm von diesem Phänomen gehört.

Alte Mythen behaupteten, dass es einige wenige gab, die eine Seelenbindung fanden. Es ging dabei nicht immer um romantische Liebe. Manchmal entstand eine solche Bindung zwischen einem Mann und dem Land. Oder zwischen ihm und einem Tier. Oder eben, wenn der Mann viel Glück hatte, zwischen ihm und einem geliebten Menschen. Nakos hätte seine Euphorie gerne auf postkoitale Halluzinationen geschoben, aber er hatte diese Verbindung bereits wahrgenommen, bevor sie zusammen im Bett gelandet waren.

Okay, er ging nicht wirklich davon aus, dass universale Kräfte am Werk waren, die mit ihm und Amy spielten. Und die Mythen des Stammes waren genau das – Geschichten, um die spirituellen Aspekte ihres Glaubens auszudrücken. Es ging dabei um ein größeres Verständnis seiner selbst und Respekt gegenüber der Welt.

Trotzdem fühlte es sich an, als wäre Amy auf ursprüngliche Art ein Teil von ihm. Ihr Schmerz, ihre Freude, ihre Ängste waren auch seine.

Träge streichelte sie seine Schulter, seinen Rücken, ihre Berührungen sanft und beruhigend. «Bist du eingeschlafen?»

«Nein, aber ... hör nicht auf, mich zu berühren, ja? Noch ein kleines bisschen. Eine Ewigkeit oder so.»

Sie hielt inne, als müsste sie seine Worte erst entschlüsseln. Er knurrte. Ein heiseres Lachen, dann nahm sie die Bewegungen wieder auf. Diesmal mit beiden Händen. Zufrieden lächelte er in ihr Haar.

«Eins muss ich dir sagen, Nakos. Deine animalische Seite ist verdammt sexy.»

Das brachte ihn dazu, den Kopf zu heben. «Was?»

Meerjungfrauenaugen lächelten ihn an. «Du schaltest in den Alpha-Modus, wenn du erregt bist. Knurrst, übernimmst das Kommando, wirst ganz dominant. Ich hatte keine Ahnung, dass so etwas in dir steckt. Der Kerl, den ich mein ganzes Leben lang kannte, ist zurückhaltend und nachdenklich.» Sie lachte leise. «Aber versteh mich nicht falsch, ich beschwere mich definitiv nicht. Es ist heiß. Überraschend, aber wirklich sexy.»

Hatte er sich so benommen? Falls ja, war es das erste Mal. Er hatte immer mehr von Liebe machen gehalten als von rohem Sex. Nicht, dass er besonders grob mit ihr umgesprungen wäre – aber die Art, wie sein Körper auf sie reagierte, hatte etwas … Barbarisches gehabt. Amy neigte tatsächlich dazu, seine primitive Seite an die Oberfläche zu locken.

Und er musste aufhören, sie zu zerquetschen. «Ich bin gleich zurück. Beweg dich nicht.» Er drückte ihr einen schnellen Kuss auf die Lippen, rollte sich von ihr herunter und tapste ins Bad, um das Kondom zu entsorgen. Als er zurückkehrte, hatte sie sich zugedeckt. «Du versuchst nicht zufällig, deinen wunderschönen Körper zu verstecken, oder?»

Sie schenkte ihm ein träges Lächeln. «Klimaanlage. Ohne dich als Heizdecke wird mir kalt.»

Dieses Problem ließ sich mühelos beheben. Er stieg ins Bett und zog Amy an seine Seite. Während er die Finger durch ihr Haar gleiten ließ, dachte er über das nach, was sie gerade gesagt hatte. «Animalisch, hm?»

Ihr heiseres Lachen umhüllte ihn. «Der normale Nakos ist zurück. Keine Sorge. Ich mag beide Seiten von dir.»

Sie hob den Kopf und drückte ihm einen schnellen Kuss auf die Lippen, bevor sie sich wieder an ihn schmiegte. Ihr Bein lag über seinem, ihr Arm über seiner Brust. Mehr Körperkontakt hatte Amy noch nie initiiert, selbst wenn sie gerade nur kuschelten.

«Und all das, weil ich in deiner Küche stand?»

Er lachte schnaubend. «Du könntest überall sein. Ich würde dich immer wollen.»

Sie hob ihr Kinn auf seine Brust und musterte sein Gesicht. Zwischen ihren Brauen bildete sich eine kleine Falte, als glitten ihre Gedanken wieder in gefährliche Gefilde ab. «So war Sex für mich noch nie.» Sie schloss die Augen. «Es ist peinlich, das zuzugeben, aber es stimmt.»

«Schäm dich nicht. Für Sex braucht man zwei Personen, und wenn du keine Erfüllung gefunden hast, lag das nicht nur an dir.» Er drehte sich auf die Seite, um sie anzusehen, bevor er eine Hand über ihren Rücken gleiten ließ. «Dass du einen Orgasmus hattest, hat sicher auch damit zu tun, dass wir darüber reden können. Man muss ein gewisses Vertrauen empfinden, um Spaß zu haben.»

«Wahrscheinlich. Trotzdem hat es dich eine Menge Mühe gekostet, mich ...» Sie zuckte mit den Achseln.

«Du bist keine Mühe, Ames. Du bist Vergnügen. Ich habe jede Sekunde genossen.» Er musterte sie. Zum ersten Mal seit ewiger Zeit wirkte ihre Miene vollkommen offen. Doch was er in den Tiefen ihrer blaugrünen Augen entdeckte, war nicht unbedingt beruhigend. Sie verbarg etwas – oder hielt etwas zurück –, ohne dass er einen blassen Schimmer hatte, warum. «Ist dir aufgefallen, dass du nicht mehr so lange brauchst, bis du kommst? Jedes Mal, wenn wir zusammen sind, entspannst du dich ein wenig mehr. Also hör auf das, was dein Körper dir sagt. Ich liebe es, dich anzusehen und dich zu spüren. Nutz dieses Wissen, um das Selbstbewusstsein aufzubauen, das jemand dir gestohlen hat. Es ist befreiend, Ames. Das verspreche ich dir.»

Für einen unendlich langen Moment starrte sie ihn nur an.

Nase an Nase lagen sie da und teilten dieselbe Luft, während ihr Blick langsam leer wurde. Woran auch immer sie dachte, es waren keine angenehmen Gedanken ... Er spürte den Drang, etwas zu sagen, sie ins Hier und Jetzt zurückzurufen. Doch wenn sie gerade zu einer Erkenntnis kam, wollte er sie auf keinen Fall davon abhalten. Er wünschte sich nur inständig, er wüsste, woher die Schatten in ihren hübschen Augen stammten. Und er wünschte sich nichts mehr, als dass sie ihm glaubte. Oder noch besser: dass sie an sich selbst glaubte. Irgendwann würde sie es schaffen. Mit jedem Tag erzeugte er mehr Risse in ihren Schutzmauern. Er konnte nur beten, dass die Zeit all ihre Dämonen vertreiben würde, wie auch immer sie entstanden waren.

Amy blinzelte, als würde sie wieder auftauchen. Ihr Blick richtete sich auf seinen Mund, dann senkte sie die Augen auf sein Kinn und tiefer. Die Schatten verschwanden, und ein leises Keuchen drang über ihre Lippen. Röte bildete sich auf ihrem Hals und stieg bis in ihre Wangen.

«Was war das, *anim?*» Es kostete ihn viel zu viel Mühe stillzuhalten, aber es wurde Zeit, dass sie aktiv wurde. «Woran hast du gerade gedacht?» Nach der Hitze in ihrem Blick zu schließen, schwelgte sie in Phantasien, die er niemals erraten konnte. Sein Schaft zuckte, verhärtete sich. «Zeig mir, was du willst.»

Ihr Blick huschte zu seinem Gesicht. Vorsichtig. Unsicher. Aber sie war in Versuchung. Das erkannte er an ihrem schweren Atem und den Zähnen, die in ihre Unterlippe bissen.

«Tu es, Ames. Zeig es mir. Hör auf zu denken.»

Sie hob die Hand, bis sie über seiner Schulter innehielt. Ihre Finger krümmten sich. Sie beugte sich vor und zögerte wieder, ihre Lippen Zentimeter von seinem Hals entfernt.

Das begierige Stöhnen, das auch ihrer Kehle aufstieg, machte ihn von einer Sekunde auf die andere so hart, dass es fast weh tat.

Keuchend, unendlich erregt, kämpfte er gegen den Drang, die Führung zu übernehmen. Sie mochte seine animalische Seite. Nun, dieser Teil von ihm drohte gerade wieder, die Kontrolle an sich zu reißen. «Tu es», stieß er hervor. «Berühr mich, küss mich, was auch immer du willst. Himmel, wenn du willst, darfst du mich auch beißen. Tu es einfach. *Jetzt* …»

Sie schoss nach vorne. Ihr Mund fand im selben Moment seinen Hals, in dem ihre Finger sich in seinen Bizeps bohrten. Nägel gruben sich in sein Fleisch, und ihre heiße Zunge an seiner Haut entriss ihm ein tiefes Stöhnen. Sie drängte sich gegen ihn, bis ihre Nippel über seine Brust glitten. Fingernägel kratzten über seinen Rücken und stoppten an seiner Hüfte. Sie küsste sich an seinem Kiefer entlang, warf ein Bein über ihn und stemmte sich hoch.

Vor Lust verdrehte er die Augen, bis er das Gefühl hatte, er müsste seinen eigenen Hinterkopf sehen. Er schob eine Hand in ihr Haar und zog ihren Mund auf seinen, um ihn zu erobern. Verzweifelt küsste er sie, weil er einfach in ihr sein musste, mit irgendeinem Teil von sich. Dann schob er den Arm zwischen ihre Körper und umfasste ihren Venushügel.

Hihcebe, sie war bereits feucht für ihn. Er stöhnte und begann, sie zu streicheln. Das kleine, empfindliche Nervenbündel war geschwollen und bettelte um Aufmerksamkeit, also drückte er seinen Handballen darauf. Ließ ihn kreisen. Trieb ihre Lust immer höher. Dann schob er zwei Finger in sie. Sofort umklammerte sie ihn. Heiß, nachgiebig, samtig. Sein Verlangen explodierte und drohte, ihm den Verstand zu rauben.

Als wäre das die Ermunterung gewesen, die sie brauchte, vergrub sie die Finger in seinem Haar, zog seinen Kopf nach hinten und unterbrach damit den Kuss. Zähne glitten über seinen Kiefer. Sein Ohr. Seinen Hals. Ein heftiges Zittern überlief seinen Körper. Sie ritt seine Hand mit hemmungsloser Hingabe, raubte ihm mit jedem Knabbern ein weiteres Stück seiner Selbstbeherrschung.

Fast wahnsinnig vor Lust, zog er seine Finger aus ihrer Hitze und griff nach dem Nachttisch, was ihm ein protestierendes Brummen einbrachte. «Gleich, *bixooxu*.» Darauf konnte sie ihr Leben verwetten. Seine Hände zitterten, als er die Folienverpackung aufriss und sich das Kondom überrollte.

Als er bereit war, umfasste er ihre Wange und zwang sich dazu, sich auf seine ursprüngliche Mission zu besinnen. «Was willst du? Wie soll ich dich nehmen?»

Die Augen fest geschlossen, wimmernd, rieb sie sich an seinem Körper. «Nakos …»

«Sag es mir. Sofort.» Er würde nicht mehr lange klar denken können. «Sag es mir, und ich tue es.»

Ihre Wimpern hoben sich flatternd. In ihren Augen erkannte er eine Mischung aus hilflosem Verlangen und Qual. «Kannst …» Sie schluckte. «Von hinten. Kannst du …»

Verdammt, ja. Er drehte sie um, presste sich an ihren Rücken. Sie keuchte und brachte damit sein Herz zum Rasen. Er brachte sich in Position und stieß tief in sie. Für einen Moment versteifte Amy sich, als hätte er ihr weh getan, dann entspannte sie sich wieder. Doch diese Zehntelsekunde reichte aus, um auch ihn erstarren zu lassen.

«Geht es dir gut, *anim?*» Er küsste ihr Ohr, ohne ihr Profil aus den Augen zu lassen.

«Ja, ich …» Sie atmete zitternd durch. «Ich muss das tun. Bitte.»

Und das ließ sein Herz stillstehen. Ihre Antwort hörte sich nicht einmal ansatzweise nach Vorfreude auf diese Stellung oder das, was sie gleich tun würden, an. *Muss das tun?* Wie in *sich selbst etwas beweisen?* Was genau?

Die Lust, die sie in ihm entfacht hatte, wurde von grauenhaften Bildern vertrieben. Die Art, wie ihr gesamter Körper sich gerade versteift hatte. Ihre Unfähigkeit, mit den Liebhabern vor ihm Lust zu finden. Wie lange es dauerte, bis sie den Höhepunkt erreichte. Und die Schutzmauern, die sie um sich errichtet hatte und nie öffnete. Als … könnte sogar er sie verletzen.

Maß er ihrer Aussage – diesem einen kurzen Satz – zu viel Bedeutung zu? Dem kurzen Moment des Verkrampfens? Das eisige Gefühl in seiner Brust sagte nein.

Doch als er Amy musterte, begann er, an seiner Sorge zu zweifeln. Ihre Stirn war in lusterfüllter Konzentration gerunzelt, ihre Lippen leicht geöffnet, als kämpfe sie darum, trotz ihres Verlangens weiterzuatmen. Ihre Wangen waren gerötet, und … sie drängte sich nach hinten, um ihn tiefer aufzunehmen.

Trotzdem verließ ihn das seltsame Gefühl nicht.

Sanft hob er eine Hand und neigte ihren Kopf nach hinten, sodass ihre Kehle frei lag und sie ihm noch mehr ausgeliefert war. «An wen denkst du gerade?» Denn er hätte schwören können, dass sie in dem Moment, in dem er in sie eingedrungen war, nicht ihn gespürt hatte.

«An dich», hauchte sie. «Nur an dich.»

Wärme begann, das Eis in seiner Brust zu schmelzen, und er pulsierte tief in ihr. «Sag meinen Namen, *bixooxu.*»

«Nakos.» Ein leises Wimmern. Ein Flehen. «Bitte, Nakos.» Sie drückte den Rücken durch, presste den Kopf auf seine Schulter und nahm seine Härte noch tiefer in ihren weichen, willigen Körper auf.

Ja. Himmel, *ja*.

Er umfasste eine Brust und ließ gleichzeitig die Hüften kreisen. «Noch mal. Sag meinen Namen noch mal.»

«Nakos.» Ihre Stimme klang wunderbar heiser und angespannt. «Nakos, Nakos, Nakos», murmelte sie immer wieder.

Um sie zu belohnen – und sich selbst beruhigen –, zog er sich so langsam aus ihr zurück, dass Punkte vor seinen Augen tanzten. Dann stieß er in sie. Hart. Schnell. Ihre Hitze hieß ihn willkommen, liebkoste jeden Zentimeter seiner Härte. Er keuchte. Seine Kehle brannte.

Nakos schloss die Augen, vergrub das Gesicht an ihrem Hals und wiederholte die Bewegung. Rückzug bedeutete schmerzhafte Leere. Wieder in sie einzudringen war das Paradies. Sie wiegte sich seinen Stößen entgegen, sodass sie sich in einem wunderbaren Tanz begegneten.

Nakos hielt Amy so eng im Arm, dass sie nirgendwo hinkonnte und er nichts anderes fühlte als sie. Die Hinterseite ihrer Oberschenkel rieb sich an seinen. Ihr perfekter, runder Hintern presste sich gegen sein Becken. Die Kurve ihrer Wirbelsäule passte sich an die Wölbung seiner Brust an. Als wäre sie für ihn allein erschaffen worden.

Sie stöhnte, zitterte, und er verstand, dass sie kurz vor der Explosion stand. Seine Hand glitt zu der Stelle, wo sie verbunden waren. Er ließ seine Finger durch ihre Feuchtigkeit gleiten und umkreiste ihre Klitoris mit dem Daumen. Sofort zog sie sich um seinen Schaft zusammen. Verzweifelt um Kontrolle ringend, stieß er in sie. Sie zuckte, doch er hielt sie fest. Er würde sie nicht entkommen lassen, würde sie nicht gehenlassen, solange Blut in seinen Adern floss und sein Herz noch schlug.

Feuer entzündete sich in seinem Unterleib und ergriff Besitz von seinem ganzen Körper. Seine Nervenenden brannten. Durch zusammengebissene Zähne holte er Luft, zuckte in ihr, kurz vor dem Höhepunkt. Seine Muskeln zitterten, als er versuchte, sich zurückzuhalten.

«Komm, *anim*», keuchte er, die Lippen an Amys Ohrmuschel. «Komm und nimm mich mit.»

Sie spannte sich an, kurz vor dem Orgasmus. Er bewegte seinen Daumen schneller, stieß noch härter in sie. Dann ließ er die Stirn auf ihre Schulter sinken, weil ein Prickeln sein Rückgrat entlangschoss. Gerade, als er sie anbetteln wollte, entriss sich ein leiser Schrei ihrer Kehle, und ihre inneren Muskeln umklammerten ihn.

Er stöhnte an ihrem Hals, laut und voller Inbrunst, und kam. Wieder und wieder ergoss er sich tief in sie. Bis er vollkommen leer war.

Als er aus den Sphären, in die sie ihn katapultiert hatte, zurückkehrt war, hatte sie den Arm nach hinten gelegt und Finger in seinem Haar vergraben. Sprechen war unmöglich, doch er zog sich aus ihr zurück und drehte sie um, bevor sie nach unten sanken. Sie teilten sich ein Kissen, dann ließ er die Knöchel über ihre erhitzten Wangen gleiten.

«Du bist so still», flüsterte sie.

«Ich erhole mich.» Oder zumindest versuchte er das. Er atmete tief durch und suchte ihren Blick, doch was ihm hätte helfen sollen, sich zu konzentrieren, sorgte nur dafür, dass er in den blaugrünen Tiefen versank. «Ich weiß nicht, was ich sagen soll, Ames. Ich weiß es wirklich nicht.»

Sie öffnete den Mund, als wollte sie etwas erwidern, doch dann dauerte es mehrere Sekunden, bis tatsächlich Worte über ihre Lippen drangen. «Dieses Wort, *bixu…?*»

«Bixooxu», korrigierte er sie, obwohl er ihren inneren Aufruhr spürte.

«Genau.» Sie runzelte die Stirn und biss sich auf die Lippen. «Meinst du das ernst?»

Er fuhr die Konturen ihres Kinns mit der Fingerspitze nach. «Wäre das so eine Überraschung? Ich liebe dich seit vielen Jahren, Amy.»

«Als gute Freundin.»

Er brummte zustimmend, auch wenn er inzwischen vermutete, dass die Gefühle immer schon tiefer gegangen waren. Dann legte er eine Hand auf ihre Hüfte. «Liebe hat viele Formen, aber du warst immer … anders. Ich kann es nicht richtig erklären, aber ich glaube, das hier – wie es jetzt zwischen uns ist –, war unvermeidbar. Ich habe einfach nur viel zu lange gebraucht, um das zu kapieren.»

«Was soll das heißen?»

Er seufzte, nicht sicher, ob es Hoffnung oder Angst war, was er jetzt in ihren Augen erkannte. «Das heißt, Ames, dass es nicht mehr lange dauern wird, diesen Punkt zu erreichen – falls ich nicht schon da angelangt bin. Dich zu lieben, auf egal welche Art, erfüllt mich. Ohne dich ist da diese Leere in meinem Leben.» Sein Herzschlag beschleunigte sich, als er erneut Zweifel in ihren Augen aufsteigen sah. Dann stockte sein Herz für einen Moment, als die Unsicherheit in etwas überging, das er nur als Schuldgefühle deuten konnte. «Wieso macht dir das Angst? Ich bin es, *anim*. Wieso jagt dir die Vorstellung, dass ich dich liebe, solche Angst ein?»

«Weil das noch nie jemand getan hat.» Ihre Unterlippe zitterte. «Es gab Leute, die mich hätten lieben sollen. Und welche, die es behauptet haben, ohne dass es stimmte. Und andere, die es vielleicht dachten, aber …» Sie schloss die Augen und sperrte ihn damit aus. «Wenn du meinst, was du gerade gesagt hast, wärst du der Erste.»

Hihcebe. Es fühlte sich an, als hätte sie ihm die Eingeweide herausgerissen. Er drückte ihr einen Kuss auf die Stirn und ließ seine Lippen dort verweilen, während er gegen den Kloß in seiner Kehle ankämpfte. Ja, er hatte in ihrem Kopf sehen wollen – hatte ihr Zögern verstehen wollen –, doch jetzt konnte er nicht mit der Antwort umgehen, die er bekommen hatte.

Dabei war es verständlich, dass sie so dachte. Ihre Eltern hatten ihr niemals Zuneigung gezeigt oder sie unterstützt. Ihre früheren Liebhaber hatten das vermutlich auch nicht getan. Ihr Ex hatte ihr definitiv keinen Respekt erwiesen, geschweigen denn Liebe geschenkt. Sie hatte Olivia gehabt, ihren Bruder und Mae, doch höchstwahrscheinlich hatte sie nach jahrelangen schlechten Erfahrungen gelernt, solchen Gefühlen nicht zu trauen.

Aber er tat es. Er tat es. Und plötzlich – an einem entspannten Sonntagnachmittag, während Amy nackt in seinen Armen lag – begriff Nakos, dass er Amy liebte. Dass sie die Frau seines Lebens war. Diese Erkenntnis wirkte nicht erdrückend. Es stieg keine Angst auf. Er verspürte nicht den geringsten Zweifel.

Der Schlag seines Herzens wurde gleichmäßig, als hätte das Organ endlich seine Bestimmung gefunden; schlug gleichmäßig und so heftig, als wollte es aus seiner Brust springen, um Amy zu erreichen. Er atmete tief durch, füllte seine Nase mit ihrem sinnlichen Duft und erlaubte sich für einen kurzen Moment, diesen allumfassenden Frieden zu genießen. Das

Gefühl würde nicht halten. Für ihn mochte das alles einfach sein, weil er nur die Augen öffnen und dem trauen musste, was er vor sich sah. Doch für Amy war es alles andere als einfach.

Er hatte einen langen Weg vor sich. Amys Hirn war wie ein verstopfter Highway, ihre Seele wie eine schier endlos lange Straße durch die Wüste und ihr Herz ein Labyrinth. Den Kurven ihres Körpers konnte er inzwischen mit geschlossenen Augen folgen und ans Ziel kommen. Aber das war nur der erste Schritt gewesen. Nichts von Wert ließ sich ohne Anstrengung oder Entschlossenheit gewinnen. Er musste sich einfach nur Zeit lassen, ein gemächliche Tempo anschlagen, das Amy in den Wahnsinn trieb. Und gleichzeitig alles schnell genug vorantreiben, dass ihr nicht klar wurde, was er plante.

Er musste ihr beweisen, dass ihre Beziehung jede Mühe wert war. Dass sie darin Sicherheit finden würde. Glück. «Ich liebe dich, Ames», flüsterte er an ihrer Haut. Das war zumindest ein Anfang. «Ich liebe dich.»

19

Kurz vor Sonnenaufgang glitt Amy aus Nakos' Bett und griff sich ihre Kleidung vom Boden. Sie tapste durch den Flur zu ihrem Zimmer, zog sich um und ging nach unten, um Kaffee aufzusetzen. Bevor Nakos aufwachte, brauchte sie ein paar Minuten für sich.

Erinnerungen an das Wochenende schossen wie Pingpongbälle durch ihren Schädel, während sie Kaffeepulver abmaß und eine Kanne mit Wasser füllte. Was sie getan hatten? Es mochte als Sex angefangen haben – zwei Körper, die sich in gegenseitigem Verlangen begegneten –, doch so hatte es nicht geendet. Nakos hatte sie genommen wie ein Mann, der seinen Verstand verlor; als wäre sie das Einzige, was ihm noch Halt bot. Dann – oh, dann –, nachdem sie zu Abend gegessen hatten, war er die Sache jedoch langsamer angegangen, hatte ihrem Körper gehuldigt, als müsse er ihr etwas beweisen. Er hatte das Tier wieder in den Käfig gesperrt. Nicht nur war sie gekommen – unzählige Male –, Nakos hatte auch dafür gesorgt, dass es nur um sie ging. Er hatte sie hinterher festgehalten, ihr zärtlichen Nonsens ins Ohr geflüstert und unendlich sanft ihr Haar gestreichelt.

Und er hatte ihr gesagt, dass er sie liebte.

Gott, das L-Wort. Allein bei der Erinnerung wurde Amys Kehle eng. Sie und Olivia machten diese *Ich-hab-dich-lieb*-Sache nicht oft. Kyle erst recht nicht, aber sie wusste, dass sie ihrem Bruder etwas bedeutete. Chris hatte es ein paarmal gesagt –

zum ersten Mal, als er um ihre Hand angehalten hatte. Sie hatte ihm das schon damals nicht abgenommen – dazu hatte er nicht aufrichtig genug gewirkt. Trotzdem ... Die Wahrheit war, dass sie sich so verzweifelt nach irgendeiner Art von Aufmerksamkeit gesehnt hatte, dass sie sich an den einzigen Kerl geklammert hatte, der sie ansatzweise beachtet hatte. Sie hatte geglaubt, das wäre immer noch besser, als allein zu enden.

Nakos war vollkommen anders. Die Art, wie er sie ansah – wie er sie berührte, wie er mit ihr sprach –, war einzigartig. Amy hatte vor langer Zeit aufgehört, sich nach Märchen und Happy Ends zu sehnen. Solche Träume waren etwas für andere Leute. Doch dann hatte er sie geküsst. Und in dem Moment, als seine Lippen die ihren berührt hatten, hatte sich die schwere Tür in ihr – hinter der sie ihre Gefühle eingeschlossen hatte, um zu überleben – plötzlich geöffnet. Und sie hatte es nicht geschafft, sie wieder zu verschließen.

Wie einfach es wäre, nachzugeben, den Weg weiterzugehen, den er ihr gezeigt hatte; sich einzureden, dass sie endlich auch etwas Glück verdient hatte. Nakos verkörperte alles, was sie sich insgeheim gewünscht hatte. Er war die Verkörperung aller Hoffnungen, die sie ebenfalls hinter dieser Tür weggesperrt hatte und die jetzt plötzlich frei waren. Wenn sie mit ihm zusammen war, konnte sie die Lüge fast akzeptieren, all das haben zu können.

Doch bis sie sich endlich zusammenriss und ihm anvertraute, was geschehen war, war jeder Moment, den sie und Nakos teilten, nur ein weiterer Schatten auf ihrer Seele. Der Knoten aus Schuldgefühl in ihrer Brust konnte sich nicht auflösen, wenn sie nicht ehrlich war. Nakos hatte verdient zu erfahren, was für ein Mensch sie in Wahrheit war. Nämlich völlig verkorkst. Kaputt.

Amy hatte fast die gesamte Nacht über wach gelegen, geborgen in seinen Armen, und hatte darüber nachgedacht, wie sie es ihm sagen sollte. Aber sie war zu keinem Ergebnis gekommen. Sie hatte keine Ahnung, wie er reagieren würde. Und genau deshalb quälte sie sich immer weiter mit *Was-wäre-Wenns*.

Amy goss sich eine Tasse Kaffee ein und trank ihn an der Arbeitsfläche lehnend. Sie sah genau in dem Moment aus dem Fenster über der Spüle, als die ersten Sonnenstrahlen den Himmel über dem Horizont pink färbten. Die Welt begann zu erwachen, schüttelte das Zwielicht ab und stellte sich einem neuen Tag. Tau glitzerte auf dem Präriegras, und die Hügel erstrahlten in goldenem Schein. Das wäre ein schönes Motiv, doch ihre Kamera war oben. Außerdem mussten sie und Nakos bald zur Arbeit auf der Ranch aufbrechen.

Wo sie gerade daran dachte ... Sie warf einen Blick auf die Uhr. Normalerweise war Nakos um diese Zeit bereits wach. Sein innerer Wecker riss ihn immer zu Sonnenaufgang aus dem Schlaf, wenn nicht sogar früher. Amy starrte zur Decke hinauf, doch sie hörte weder das Geräusch seiner Schritte noch das Rauschen der Dusche.

Sie leerte ihre Kaffeetasse, stellte sie in die Spüle und ging nach oben. Er schlief noch, lag auf dem Rücken, Arme und Beine weit ausgestreckt, als würde er im Traum Fallschirm springen. Mit einem Lächeln ging sie zum Bett und setzte sich neben ihn.

Gestern Nacht waren sie nackt eingeschlafen. Sie wusste nicht, ob er immer so schlief, aber auf jeden Fall wusste sie den Anblick zu schätzen. Das Laken war ihm bis zur Hüfte hinuntergerutscht, was ihr einen perfekten Blick auf seinen nackten Oberkörper ermöglichte. Olivfarbene Haut, Sehnen und Muskeln. Nakos' Gesicht war im Kissen vergraben, das schwarze Haar darum verteilt. Er war sehr still, wenn er schlief – bewegte sich kaum –, doch sein Brustkorb hob und senkte sich in tiefen Atemzügen. Der Mann war sogar im Schlaf eine elegante Erscheinung. Wie passend.

Sie hatten sich gestern gegenseitig an den Rand der völligen Erschöpfung getrieben. Amy wollte Nakos nicht wecken, doch sie mussten aufbrechen. Sie legte eine Hand an seine Schulter, nur um dann die Stirn zu runzeln. Seine Haut war heiß. Nakos schien immer mehr Hitze auszustrahlen als normale Menschen – zumindest fühlte es sich für sie so an, wenn er sich an sie drückte, sie im Arm hielt. Wie ihre persönliche Heizdecke.

Doch das hier war etwas anderes. Seine Haut war wirklich, *wirklich* heiß. Sie strich ihm das Haar aus dem Gesicht und musterte ihn. Seine Haut wirkte fast grau. Sie presste die Hand an seine Stirn, nur um das Gesicht zu verziehen. Er hatte hohes Fieber.

Besorgt beugte sie sich vor und drückte ihm einen Kuss auf die Wange. «Nakos?»

Er brummte, doch sonst gab er kein Lebenszeichen von sich.

«Hey, du hast dir irgendetwas eingefangen. Du verbrennst förmlich, und die Sonne ist vor dir aufgestanden.»

«Ich werde nicht krank.»

Das stimmte. Abgesehen von einem Schnupfen hin und wieder war er so gut wie nie krank. «Nun, dann war das wohl überfällig.» Als er sich nicht rührte, küsste sie erneut seine Wange. «Ich werde Olivia anrufen und ihr sagen, dass du heute nicht kommst.»

Das sorgte dafür, dass er ein Auge öffnete. «Bin nicht krank.

Ich stehe gleich auf.» Es schien ihn unglaublich viel Kraft zu kosten, sich auf die Seite zu rollen und sie anzusehen. Dann fluchte er leise. «Meine Knochen sind geschmolzen. Und mein Schädel aufgebrochen. Läuft mein Hirn aufs Kissen?»

Nicht krank, hm? Nachdem er schon wieder die Augen geschlossen hatte und im nächsten Moment eingeschlafen war, ließ Amy ihn liegen und ging in ihr Zimmer, um im Haupthaus anzurufen.

«Hey, Liv. Nakos ist krank. Er kann heute nicht kommen. Gib mir eine Stunde, um mich um ihn zu kümmern ...»

Olivia lachte. «Ist das ein Codewort für Sex? Netter Versuch. Nakos wird nicht krank.»

«Du bist genauso schlimm wie er. Glaub mir, es ist definitiv kein Codewort. Er hat hohes Fieber und hat es kaum geschafft, sich zur Seite zu rollen.»

Ein Moment Stille. «Hmmm. Jetzt mache ich mir Sorgen. Braucht er einen Arzt? Soll ich Hank anrufen? Ich meine, er hat sich noch nie krankgemeldet. Noch kein einziges Mal.»

Streng genommen meldete Amy Nakos gerade krank, aber egal. «Ich glaube, er kommt schon klar. Ist sicher nur ein Virus. Ich bin in einer Stunde da. Sag bitte Tante Mae Bescheid.»

«Nein, nein.» Olivia seufzte. «Bleib bei ihm. Spiel die Krankenschwester. Männer sind schreckliche Babys, wenn sie krank sind. Wir kommen hier schon klar.»

«Bist du dir sicher?»

«Jep. Aber ruf an, falls es schlimmer wird. Ich glaube, dass Nakos nicht arbeitet, ist ein Vorzeichen der Apokalypse.»

Lachend legte Amy auf, dann ging sie ins Bad, um nach Aspirin zu suchen. Mit zwei Tabletten in der Hand joggte sie nach unten, füllte ein Glas mit Orangensaft und eilte zurück in Nakos' Schlafzimmer.

«Hey, ich habe Aspirin für dich. Kannst du dich einen Moment aufsetzen?»

Bis auf seinen Mund bewegte sich kein Muskel an seinem Körper. «Nicht krank. Brauche keine Tabletten.»

Sie verdrehte die Augen. «Nennen wir sie doch magische Bonbons, die dafür sorgen, dass deine Knochen nicht mehr schmelzen und dein Schädel sich wieder schließt.»

Seine Wimpern flatterten, dann hoben sich seine Lider. Sofort stieß er ein Zwischen aus und zog mühsam einen Arm über die Augen. «Das Licht. Es ist schrecklich.»

Amy stellte den Orangensaft auf den Nachttisch und stand auf. «Ich sehe schon, Vampirismus ist eines der Symptome der Krankheit, deren Namen wir nicht nennen und die es gar nicht gibt.» Sie zog die Vorhänge vor die Fenster, bevor sie sich erneut auf den Rand der Matratze setzte.

«Hätte ich nicht Angst, dass es mich umbringt, würde ich lachen.» Er murmelte die Worte nur, den Arm hatte er immer noch nicht vom Gesicht genommen. «Es könnte sein, dass ich vielleicht doch ein bisschen krank bin.»

«Hmmm. Heb den Kopf für mich. Schluck die Pillen, dann kannst du schlafen.»

Er seufzte tief, dann kämpfte er darum, sich auf die Ellbogen zu stemmen. Langsam wie ein Faultier griff er nach den Tabletten, spülte sie mit einem großen Schluck herunter und fiel zurück auf die Matratze. «Bäh. Der Raum dreht sich.» Als sie aufstand, griff Nakos nach ihr. Seine Finger glitten über den Stoff ihrer Hose, als schaffte er es nicht, sie festzuhalten. «Bleib hier, *anim*. Bitte.»

Seltsam gerührt, drückte sie ihm einen Kuss auf die Stirn. Chris hatte sie nie in seiner Nähe haben wollen, wenn er krank gewesen war. Er war ein totales Arschloch, wenn er sich nicht gut fühlte, und wurde mit jeder Stunde gemeiner. Letztendlich hatte Amy dann immer auf der Couch geschlafen.

«Ich bin gleich zurück.» Sie ließ ihre Nasenspitze über Nakos' Stirn gleiten, was ihr ein schwaches Lächeln einbrachte.

Den Orangensaft ließ sie auf dem Nachttisch stehen, falls Nakos Durst bekommen sollte, dann zog sie sich in ihrem Zimmer einen Pyjama an, da sie in nächster Zeit das Haus wohl nicht verlassen würde. Sie schnappte sich den Laptop vom Tisch, ging zurück und kletterte neben Nakos ins Bett. Er schlief bereits wieder, also lehnte sie sich gegen das Kopfende, den Computer auf den Oberschenkeln. Sie überprüfte ihre Accounts auf den Fotoseiten und stellte fest, dass es einige Klicks und Downloads gab. Die Einnahmen würden nicht gerade die Bank sprengen, aber sie verdiente mehr, als sie erwartet hatte.

Nachdem Amy sich ein paar Stunden im Internet beschäftigt hatte, stöhnte Nakos und bewegte sich. Sie schaltete den Computer aus und stellte ihn auf den Boden. Sein Gesicht war nicht mehr ganz so grau, aber seine Haut war immer noch brennend heiß.

Sanft schob sie die Finger in sein Haar und massierte seine Kopfhaut in der Hoffnung, dass ihm das helfen würde. Ihn so ausgeknockt zu sehen war ein wenig unheimlich. Nakos war immer so stark, so verlässlich. Er seufzte zufrieden und drängte sich ihrer Liebkosung entgegen wie eine Katze.

«Ames.» Ihr Name war nur ein Murmeln, doch die Zufriedenheit dahinter zauberte ein Lächeln auf ihr Gesicht. Langsam, als würde sein Arm Tonnen wiegen, schob er die Hand über die Laken und klopfte darauf herum, als suche er etwas. «Ames?»

«Ich bin hier.» Sie rutschte nach unten, bis sie ihm zugewandt lag, während sie gleichzeitig mit der Kopfmassage fortfuhr.

«Das fühlt sich gut an.» Halb schlafend legte er einen Arm um ihre Taille. «Komm her.» Bevor sie reagieren konnte, kuschelte er sich an sie und vergrub seinen Kopf unter ihrem Kinn. Dann entspannte er sich, heißer als ein Ofen. «Das ist besser.» Seine Lippen glitten über ihre Kehle, als er sprach. «Du riechst so gut. Hoffentlich bin ich nicht ansteckend.»

«Falls doch, ist das schon okay. Ich kann mich um mich selbst kümmern.» Schließlich tat sie das seit Jahren. Doch sie hielt ihn in den Armen und bot ihm die Geborgenheit, die ihr nie jemand geschenkt hatte – froh, dass sie hier war, um ihm das zu bieten. Krank zu sein war scheiße, und sie wusste, wie man sich fühlte, wenn man Schmerzen hatte oder zu schwach war, sich zu bewegen.

Er brummte missbilligend. «Ich werde mich ab jetzt um dich kümmern.» Schon Sekunden später atmete er wieder tief und gleichmäßig.

Sie zog die Decke über ihn und ließ ihre Hand über seine Wirbelsäule gleiten. Nakos' Herzschlag war wie ein Lied, das nur für sie gespielt wurde. Er rührte sich nicht, schien aber in tieferen Schlaf zu sinken. Während sie ihn festhielt, spürte sie erneut einen Kloß in ihrer Kehle.

Es schien albern, dass etwas so Banales wie sein Verhalten, wenn er krank war, sie derart berührte. Und doch tat es das. Hier war er – fiebrig, mit Schmerzen –, und trotzdem dachte er immer noch an sie. Sagte nette Dinge, wollte sie in seiner Nähe. Seine Gedanken waren vernebelt, und doch war sein erster Impuls, mit ihr zu kuscheln, statt Befehle zu blaffen oder sie von sich zu stoßen. Das bewies Amy, dass seine Gefühle aufrichtig waren; dass er nicht nur Dinge tat oder sagte, die er in der jeweiligen Situation für vorteilhaft hielt.

Sie lagen den ganzen Tag im Bett. Am frühen Nachmittag schaffte Nakos es, lange genug wach zu bleiben, um einen halben Teller Suppe zu essen, und irgendwann um Mitternacht ließ das Fieber nach. Am Dienstagmorgen wachte Nakos mit der Sonne auf, nur noch leicht angeschlagen, und Amy war froh, dass es ihm besser ging.

Am Mittwoch, nachdem sie mit der Arbeit fertig waren, wollte er das neu gekaufte Pferd besser kennenlernen und lud Amy zu einem Ausritt ein. Also machten sie mit Pirat, einem zweijährigen Wallach, und Brandy, dem neuen Hengst, einen Ausritt zum Dead Man's Pass in der Nähe der südlichen Weiden.

Der zwanzigminütige Ritt eignete sich wunderbar, den Kopf freizukriegen, die sanften Bewegungen des Pferds entspannten Amy. Die Sonne stand tief über dem Horizont, schickte aber immer noch heiße Strahlen über die Weizenfelder. Ihnen blieben noch ein paar Stunden Tageslicht, bevor die Dämmerung hereinbrach. Sie atmete tief den Duft von Erde und warmem Fell, geschnittenem Gras und Heu ein. Außer dem Stampfen der Hufe war das Rauschen von Blättern zu hören und Plätschern des Flusses.

Sie kamen an einer Herde weidender Kühe vorbei, und Nakos stoppte sein Pferd. Er stieg ab und lobte den Hengst, bevor er sagte: «Hast du Lust, auch abzusteigen? Wir können hier kurz Rast machen.»

Amy folgte seiner Aufforderung. Er band die Zügel an den Zaun, dann fütterte er beide Pferde mit je einer Karotte aus seinen Satteltaschen. Im Anschluss schnappte Nakos sich eine Decke, ging mit großen Schritten zu einer alleinstehenden Pappel und breitete die Decke vor dem Stamm aus. Als er sich hinsetzte, verdeckte das hohe, goldene Präriegras den Blick auf ihn.

Neugierig ging Amy hinüber, um ihn ausgestreckt auf der Decke zu finden, einen Arm unter den Kopf geschoben und den Stetson über den Augen. Sein graues T-Shirt dehnte sich über der muskulösen Brust, und er hatte die Beine in der abgetragenen Jeans an den Knöcheln überschlagen.

Ein lässiger, sexy Cowboy.

«Ich wünsche mir gerade wirklich, ich hätte meine Kamera dabei.»

Er grinste, dann krümmte er einen Finger, um sie zu sich zu rufen.

Sie zögerte und biss sich auf die Unterlippe. Ehrlich gesagt verspürte sie den Drang, sich rittlings auf ihn zu setzen und ihn auf sehr viel befriedigendere Weise zu reiten als ihren Wallach.

Und warum nicht? Bisher hatte er alles genossen, was sie miteinander getan hatten. Und er ermunterte sie ständig, im Bett alles auszuprobieren, was sie wollte. Sie waren gute zwei Kilometer vom Haupthaus entfernt, und alle Arbeiter hatten bereits frei. Hier kam kaum je jemand vorbei, und selbst wenn, würde das Präriegras sie verbergen.

Lächelnd schüttelte sie die Schuhe ab und ließ sich rittlings über seine Schenkel nieder.

Blitzschnell warf Nakos den Hut zur Seite, packte ihre Taille und hob den Kopf. Sein tiefes Stöhnen, als er sie ansah, übertönte den Ruf einer Nachtschwalbe in der Ferne. Sein dunkler Blick huschte über sie, bis ihre Augen sich trafen. Je länger sie sich anstarrten, desto schwerer atmete er. Er schien darauf zu warten, dass sie weitermachte.

«Zur Hölle, Amy. Bitte.»

Leise lachend schob sie die Hände unter sein T-Shirt, ließ sie über die harten Muskeln seines Bauchs gleiten. Immer höher schob sie ihre Hände und nahm das Shirt mit. Als der Stoff sich auf seiner Brust bauschte, kam Nakos ein Stück hoch und riss es über den Kopf. Dann hob er die Augenbrauen, als wolle er sagen *Was jetzt?*, während sich seine Pupillen vor Lust erweiterten.

Gott, sie wollte ihn. Brauchte ihn. Nakos hatte ihr gezeigt, was wahre Leidenschaft war, hatte ihr unendliches Vergnügen geschenkt. Vergnügen, von dem sie nicht einmal gewusst hatte, dass es existierte. Sie musste diesen Mann nur ansehen und schon verzehrte sie sich nach ihm.

Leise keuchend öffnete sie seine Hose, zog vorsichtig den Reißverschluss nach unten, um seine Erektion zu befreien. Dann erhob sie sich leicht, sodass Nakos Hose und Unterhose abstreifen konnte. Bevor er die Jeans zur Seite warf, holte er ein Kondom aus der Tasche und legte es wie eine Herausforderung auf seine Brust.

Während sich ihre inneren Muskeln bereits zusammenzogen, stand Amy auf und warf ihre Kleidung ab, um sich dann wieder rittlings auf ihn zu setzen. Vorfreude brachte ihre Haut zum Kribbeln, ließ Schmetterlinge in ihrem Bauch flattern, bis jeder klare Gedanke verschwand. Zur Abwechslung würde sie einfach mal ihrem Gefühl folgen. Sie schnappte sich das Kondom, öffnete die Packung und rollte den Latex über Nakos' harten Schaft, ohne sein Gesicht aus den Augen zu lassen. Eine warme Brise glitt neckend über ihre Haut.

Nakos pulsierte in ihrer Hand, hob sich ihr entgegen. «*Hihcebe, anim.* Ja.» Verlangen machte seine Stimme rau. «Nimm dir, was du willst. Nimm mich.»

Sie erhob sich über ihm und schluckte schwer. Bisher hatte diese Position sie immer nervös gemacht. Weil sie nicht wusste, was sie tun sollte, wie sie sich bewegen sollte, was sie mit ihren Händen anfangen sollte. Beobachtet zu werden hatte ihr das Gefühl vermittelt, auch bewertet zu werden.

Aber nicht jetzt. Unter Nakos' heißem Blick, angespornt von seinem schweren Atem, zögerte sie nicht länger. Sie führte ihn zu ihrer Öffnung und nahm ihn langsam in sich auf; genoss, wie er sie dehnte und vollkommen ausfüllte. Der köstliche, süße Schmerz verklang, dann begann ihr ganzer Körper zu prickeln.

Nakos stieß ein zufriedenes, überraschtes Stöhnen aus und warf die Arme über den Kopf, die Hände zu Fäusten geballt. Die Bedeutung dieser Geste entging ihr nicht. Er ergab sich ihr völlig, sagte ihr, dass er ihr ausgeliefert war statt andersherum. Was auch immer sie mit ihm anstellen wollte, er war willig. Er gehörte ihr.

Sie legte die Hände auf seine Brust und bewegte sich. Das wunderbare Gefühl, wie er in sie glitt, jagte Blitze durch ihr Nervensystem. Sie tat es wieder, und diesmal hob er ihr die Hüfte entgegen.

Nakos presste den Kopf in den Boden, die Arme angespannt. Die Sehnen an seinem Hals standen hervor. Sie verlor sich so sehr darin, ihn zu beobachten, seinen atemberaubenden Körper und die Art, wie er reagierte, dass ihr gar nicht auffiel, dass ihre Bewegungen verklungen waren, bis er sie verzweifelt stöhnend ansah.

An seinem Kinn zuckte ein Muskel. «Du bist wunderschön.» Sein Blick liebkoste ihre Haut, obwohl seine Hände blieben, wo sie waren. Ihr Gesicht, ihre Brüste, die Stelle, an der sie beide verbunden waren ... seine Augen nahmen alles in sich auf, zogen eine brennende Spur über ihren Körper. Das animalische Verlangen in seinem Blick ließ ein wenig nach, verdrängt von tiefem Erstaunen. «So schön, *bixooxu*. Das Sonnenlicht in deinem Haar, auf deiner Haut. Wie sich deine Wangen gerötet haben, als du mich aufgenommen hast. Die Hingabe in deinem Blick. Du hast keine Ahnung, was du mit mir anstellst.» Er schüttelte den Kopf. «Meine tapfere Amy. Himmel, wie sehr ich dieses Feuer in dir vermisst habe. Zeig es mir. Hab keine Angst.»

Während sie ihn anstarrte und ihr das Herz bis zum Hals schlug, verstand sie zum ersten Mal ansatzweise, was er fühlte. Die Liebe, die er für sie empfand, das blinde Vertrauen – all das erkannte sie in seinen Augen. Und dieselben Gefühle stiegen in ihr auf. Breiteten sich aus. Wärmten Teile von ihr, die vor langer Zeit erfroren waren. In ihrem gesamten Leben hatte sie sich nie mehr begehrt, mehr geliebt gefühlt. Schön. Das alles gab er ihr, präsentierte es ihr wie ein Geschenk, das er für den Tag aufbewahrt hatte, an dem sie es brauchte.

«Nakos.» Gott, es tat weh. Es war ein atemberaubender, herzzerreißender Schmerz, der sowohl heilte als auch zerstörte, was von ihr übrig war.

«Jetzt verstehst du es.» Er setzte sich auf, umfasste ihre Wange. «Jetzt verstehst du mich, hörst du mich. Lass mich ganz ein.»

Als er ihren Kopf für einen langsamen, berauschenden Kuss an sich zog, bewegte sie sich auf ihm und vergrub die Hände in seinem Haar, löste damit seinen Pferdeschwanz. Er hob sich ihr entgegen, bewegte die Hüften in einem langsamen Rhythmus, der Amy um den Verstand brachte. Sie ließ die Hüften kreisen, er stieß nach oben. Ihre Brüste drängten sich gegen die harte Wand seiner Muskeln und sie schlang die Beine um ihn, genauso fest, wie er die Arme um sie schloss.

Sie klammerten sich aneinander, suchten nach so viel Nähe, wie nur möglich war.

Und Amy wusste plötzlich, dass sie wichtig war. Und selbst wenn nur Nakos so empfand – das reichte aus.

20

Nate lehnte mit verschränkten Armen im Scheunentor. «Mit Amy scheint alles gut zu laufen. Wieso wirkst du so irritiert?»

Nakos strich Midnight, dem dreijährigen Hengst, ein letztes Mal über die Flanke, dann schloss er die Boxentür. Unsicher, wie er antworten sollte, ließ er den Blick über das Land hinter dem Exsoldaten gleiten, als könnte er dort Antworten finden.

Ein Gewitter zog auf; finstere Wolken verdunkelten den Himmel. Elektrizität knisterte in der schwülen Luft, die nach Regen roch. Sie hatten den Arbeitstag gerade rechtzeitig beendet, um dem Zorn der Natur zu entkommen. Die Vorstellung, sich vor dem Kamin in Amys warmem Körper zu verlieren, während draußen ein Sturm tobte, ließ sich kaum übertreffen.

Nur dass ... «Sie versteckt etwas. Vor mir, vor ...» Er hob die Hand, dann schlug er sich auf den Schenkel. Frustration ließ seine Schläfen pulsieren. «Ich weiß es nicht. Sie hat aufgehört, gegen mich anzukämpfen. Das ist immerhin etwas. Aber irgendetwas in ihrem Kopf hält sie davon ab, sich ganz auf unsere Beziehung einzulassen. Ich wünschte, ich wüsste, was es ist. Sie sieht mich immer wieder mal an, als versuche sie gerade, den Mut zu finden, es mir zu sagen. Aber in der letzten Sekunde macht sie dann immer dicht.» Was ihn sauer machte. Wann hatte er ihr je den Eindruck vermittelt, sie könne nicht mit ihm reden? Über egal was?

Nate nickte langsam. «Hast du sie danach gefragt?»

«Nein.» Die Situation war für sie beide offensichtlich, auch wenn alles andere glattlief. «Ich versuche, ihr Zeit zu lassen, denn was auch immer es ist, es ist … schlimm.» Das erkannte Nakos an den Schatten in ihrem Blick, der gehetzten Miene. Und es brachte ihn schier um.

«Du liebst sie, oder?»

Nakos schloss die Augen. «Ja. Und das ist die andere Sache. Ich habe es ihr gesagt, mehrfach, und sie hat nichts erwidert.» Als Nate ihn nur unverwandt anstarrte, seufzte Nakos. «Was?»

«Für Leute wie sie und mich ist das nicht einfach. Amys und meine Situation sind sich nicht unähnlich. Es ist schon witzig: Noch vor ein paar Monaten bist du zu mir gekommen und hast mir erklärt, wie Olivia tickt. Ich schätze, ich versuche jetzt, den Gefallen zu erwidern.»

Nate war ohne Liebe und Zärtlichkeit aufgewachsen. Bis er nach Meadowlark gekommen und auf Olivia getroffen war, war er durchs Leben gedriftet und hatte seine Fehler ein ums andere Mal wiederholt. Ja, Amys Eltern waren schwierig, aber Nakos fand trotzdem nicht, dass es viele Ähnlichkeiten zwischen dem Exsoldaten und Amy gab.

«Denk mal darüber nach.» Nate richtete sich auf, stellte sich breitbeiniger hin. «Ja, mein Leben war schrecklich, bevor ich hierhergekommen bin, doch in gewisser Weise war es für Amy noch schlimmer.» Er nahm seine schwarze Baseballkappe ab, rieb sich den kahlrasierten Schädel und setzte die Mütze wieder auf. «Ich gehörte nirgendwohin, hatte keine Familie. Das Leben in Pflegefamilien war nicht angenehm, aber ich kannte meinen Platz. Amy ist in einem Haus mit ihrer Mom und ihrem Dad aufgewachsen – ihren leiblichen Eltern –, und die haben sich einen Dreck für sie interessiert. Kannst du dir etwas Schlimmeres vorstellen? Versetz dich einmal in ihre Lage.» Er hob eine Hand, die Handfläche nach vorne gerichtet, um jeglichem Protest vorwegzukommen. «Und bevor du jetzt sagst, dass sie doch dich und Olivia hatte, versuch wirklich, es aus ihrer Sicht zu sehen. Wenn ihre eigenen Eltern sie nicht geliebt haben, wie soll sie da anderen Leuten vertrauen, die behaupten, sie täten es? Ihr grauenhafter Ex und die Art, wie er sie behandelt hat, haben diese Überzeugung nur verstärkt.»

Hihcebe, Nate hatte recht. Nakos hatte selbst schon darüber nachgedacht. Aber er wusste einfach nicht mehr, was er noch tun sollte, um Amy zu beweisen, dass er sie wirklich liebte. Er liebte jeden Moment, den er mit ihr verbrachte, und wenn sie getrennt waren, fühlte er sich manchmal, als fehle ihm die Luft zum Atmen. Welche Dämonen auch immer in Amy lauerten, sie hatten ihre Klauen auch in ihn gehauen. Er würde sich um einiges besser fühlen, wenn er wüsste, was das für Dämonen waren. Weil er sie dann bekämpfen konnte.

Nakos ging zum Scheunentor. Über Nates Schulter hinweg sah er Amys Eltern, die mit einem Mann, den Nakos nicht erkannte, vor dem Haus standen. Begleitet wurde die Gruppe von Amys Bruder Kyle und Olivia. «Was wollen die hier?»

Nate drehte den Kopf, zog eine finstere Miene und wandte sich wieder Nakos zu. «Der Onkel ist heute Morgen in der Stadt angekommen. Sie sind hier, um Kyle zu besuchen. Olivia hat sie die letzte Stunde herumgeführt.» Er hielt inne. «Irgendetwas stimmt nicht mit diesem Kerl. Ich habe Kyle gebeten, bei Olivia zu bleiben, damit ich bei dir vorbeischauen kann.»

«Wo ist Amy? Haben sie sie getroffen?» Wenn sie den ganzen Weg zur Ranch fahren konnten, um ihren Sohn zu besuchen, sollten sie gefälligst auch kurz nach ihrer Tochter schauen.

«Nein, sie sind draußen geblieben. Als ich Amy das letzte Mal gesehen habe, stand sie mit Mae in der Küche.»

Das war wahrscheinlich doch besser. Nakos knirschte mit den Zähnen. «Lass mich noch kurz die Pferde …»

Er drehte sich um und entdeckte Amy am hinteren Scheunentor. Sie trug ihre übliche Alltagskleidung – Jeans und eine pfirsichfarbene Bluse –, doch alles war verknittert. Mehrere Strähnen waren ihrem Pferdeschwanz entkommen und tanzten unordentlich um ihr Gesicht. Sie hatte die Hände vor dem Körper verschränkt, so fest, dass die Knöchel weiß hervortraten, und trug nur einen Flip-Flop. Der andere Fuß war nackt, als wäre sie gerannt und hätte den Schuh verloren. Ihre vollen Lippen waren nur noch ein schmaler, verzweifelter Strich, und ihre Meerjungfrauenaugen schwammen in Tränen.

Sämtliche Alarmglocken in Nakos' Kopf begannen zu schrillen. «Was ist passiert?»

«Können wir nach Hause fahren?» Ihre Stimme klang brüchig, und als er näher trat, bemerkte er, dass Amy zitterte. Am ganzen Körper.

Hilfesuchend sah er zu Nate, erfüllt von tiefer Sorge. Doch auch Nate starrte Amy an, eine tiefe Falte zwischen den Brauen. Seiner Miene nach zu schließen, wusste auch er nicht, warum sie so durcheinander war.

«Könntest du uns eine Sekunde geben?»

Nate sah Nakos an, dann glitt sein Blick wieder zu Amy. «Ich bin drüben beim Haus, falls du mich brauchst.»

Sie nickte heftig, fast verzweifelt. Sobald Nate verschwunden war, richtete sie ihre weit aufgerissenen Augen auf Nakos.

«Bitte, können wir fahren?» Ihr Atem stockte, und er geriet offiziell in Panik.

Sanft umfasste er Amys Schultern und zog sie an sich, streichelte ihr den Rücken. Ein Espenblatt in einem Oktobersturm hätte nicht heftiger zittern können als sie. Sorge schnürte ihm die Luft ab, und eisige Kälte ergriff Besitz von seinem Körper. Das hier war nicht seine Amy. Ihre schlagfertige, kämpferische Persönlichkeit war verschwunden, und zurückgeblieben war eine Frau, die er nicht kannte. Er umarmte sie fester – nicht nur, weil sie es brauchte, sondern er auch.

Er gab ihr einen Kuss auf den Scheitel, dann ließ er sein Kinn auf ihren Kopf ruhen. «Rede mit mir, *bixooxu*. Wieso bist du so durcheinander? Geht es darum, dass deine Eltern hier sind?» Sein Herz raste fast genauso schnell wie ihres.

Sie löste sich von ihm, dann richtete sie ihren Blick auf alles, nur nicht auf ihn. «Ich will weg. Ich will ihn nicht sehen. Ich kann im Moment nicht damit umgehen. Ich kann es einfach nicht.»

Nakos erstarrte, nicht nur wegen ihres seltsamen Verhaltens, sondern auch wegen ihrer Wortwahl. Sie hatte *ihn* gesagt, nicht *sie*. Meinte sie ihren Onkel? Wieso sollte ein Mann, den sie seit Jahren nicht gesehen hatte, Angst und Schrecken in ihr auslösen? So sehr, dass sie am ganzen Körper zitterte und fliehen wollte? Es gab verdammt noch mal fast nichts, wovor Amy sich fürchtete.

Erinnerungen jagten durch seinen Kopf, schneller als Blitze und doppelt so hell. Wie Amy in der Kneipe kreidebleich geworden war, als sie erfahren hatte, dass dieser Kerl in die Stadt kam. Was Olivia darüber gesagt hatte, wie unwohl sie sich als Kind in seiner Gegenwart gefühlt hatte. Beide Frauen hatten erklärt, er wäre unheimlich und dass er sie angestarrt hätte wie …

Zur Hölle. Nakos' Lunge versagte schier den Dienst, als er Amy ansah, die vor panischer Angst hilflos zitterte. Eisiges Entsetzen ergriff Besitz von ihm.

Nein. Lieber Himmel, nein. «Was hat er getan, Ames?»

Sie stieß ein Wimmern aus, machte sich von ihm los und begann, auf und ab zu tigern, die Hände an die Schläfen gepresst. Die Worte, die über ihre Lippen drangen, waren so leise, dass er sie kaum verstand. «Lass mich das nicht noch mal durchleben … Ich habe es überwunden … Kann mich nicht verletzen … Ich will nur nach Hause …»

Nakos' Verdacht verhärtete sich. Es fühlte sich an, als würde ihm das Herz aus der Brust gerissen und er würde gleich vollkommen durchdrehen. «Ames», presste er hervor. Mit großen Schritten ging er zu ihr, packte ihre Schultern, senkte den Kopf, um ihr in die Augen zu sehen. «Was hat er getan? Sag es mir», forderte er.

Doch sie schwieg, starrte ihn nur aus glasigen Augen und mit zitternder Unterlippe an. Voller Qual.

Er versuchte nachzudenken. Weitere Erinnerungen stiegen auf. Wie sie sich versteift hatte, als er sie dieses erste Mal von hinten genommen hatte. Das Geständnis, dass sie ihre Jungfräulichkeit in jüngerem Alter verloren hatte als die meisten Mädchen.

Galle stieg ihm in die Kehle. *Lieber Gott, mach, dass ich mich irre.*

«Hat er …» Er konnte die Worte nicht einmal aussprechen. «Hat er … Hand an dich gelegt?» *Sag nein. Bitte, sag nein.*

Sie wimmerte mit flehendem Blick. Sekunden vergingen. Schließlich nickte sie.

Nein, nein, nein. «Hat er dich geschlagen? Getreten?»

Sie schüttelte den Kopf.

Die Bedeutung dieses Kopfschüttelns war grauenhaft. Nakos konnte es einfach nicht ertragen. Er hatte Amy vor wenigen Monaten aus genau dieser Scheune getragen – leblos, voller Blut. Noch immer hatte er sich von diesem Anblick nicht erholt. Aber … das? Die Vorstellung, dass sie missbraucht worden war? Das war sein Ende. Das konnte er nicht überleben. Nicht sie. *Hihcebe*, nicht seine Amy.

Er wollte sich übergeben. «Schlimmer?» Als wäre die Vorstellung, dass dieser Mann sie geschlagen hatte, nicht schlimm genug. Er wollte sterben. Jetzt auf der Stelle. «Hat er etwas Schlimmeres getan?»

«Er hat es getan», flüsterte sie. Tränen hingen in ihren dunklen Wimpern, fielen auf ihre fahlen Wangen.

Und er wusste es. Bevor sie den Mund öffnete, um das Wort auszusprechen, wusste er bereits, was ihn erwartete. Er versuchte, sich zu wappnen, versagte aber vollkommen.

«Er hat mich vergewaltigt.»

Er hielt ihren Kopf in seinen zitternden Händen und presste die Augen zusammen. Schreckliche, quälende Visionen schossen durch seinen Kopf, trafen ihn wie Messerklingen. Zerrissen ihn. Er gab Amy frei, um nach hinten zu stolpern, die Arme vor den Bauch geschlagen.

Wut – rotglühend – stieg in Nakos hoch. Verschlang ihn. Das Gefühl war so allumfassend, so gewalttätig, als wäre es aus den tiefsten Tiefen der Hölle heraufbeschworen worden. Sein Blut kochte, und Druck baute sich in seinem Schädel auf, hämmerte gegen seine Schläfen. Jemand – dieses *Ding* dort draußen – hatte es gewagt, seine Amy zu verletzen. Seinen wunderschönen, mutigen Engel.

Ein Knurren drang aus seiner Kehle, und er wirbelte herum. Stürmte aus der Scheune. Sah sich kurz um und entdeckte ihre Eltern, Kyle, Nate und Olivia an derselben Stelle wie vorhin. Neben ihnen stand der Mann, der jetzt sterben würde. Er würde ihn umbringen. Langsam. Er sollte leiden, bevor er verreckte.

Er stiefelte in Richtung der Gruppe, hielt direkt auf den Bastard zu. Ihm blieb ein kurzer Moment, um durch den roten Schleier vor seinen Augen eine fette Wampe und braunes, über eine Glatze gekämmtes Haar wahrzunehmen. Dann war er bei dem Kerl angekommen und rammte ihm seinen linken Unterarm unter die Kehle, um ihn dann an der Hauswand festzunageln.

Nakos riss den freien Arm zurück, um seine Faust mit aller Kraft in das hässliche Gesicht vor ihm zu rammen. «Du.» *Schlag.* «Kranker.» *Schlag.* «Drecksack.» *Schlag, Schlag.* Knochen brachen. Blut spritzte. Der Typ rutschte zu Boden, aber Nakos beugte sich vor, um ihn wieder nach oben zu zerren.

Arme schlangen sich um ihn, zogen ihn mehrere Schritte nach hinten, verhinderten, dass er weiter die gerechte Strafe austeilen konnte. Nate. Er musste es sein, mit den Armen voller Tätowierungen – auf keinen Fall war irgendjemand außer dem Exsoldaten stark genug, um Nakos' Wut etwas entgegenzusetzen. Nakos kämpfte, versuchte sich zu befreien, doch Nates' Griff blieb unerschütterlich.

«Atme tief durch, mein Freund.»

«Lass mich los.» Wieder wehrte Nakos sich gegen die Arme und erreichte damit gar nichts.

«Was zur Hölle sollte das, Mann?» Kyle, der inzwischen neben seinem Onkel kniete, starrte Nakos böse an.

Mae kam aus dem Haus und ließ die Fliegengittertür hinter sich zufallen. «Was ist das für ein Lärm?» Sie warf sich ein Handtuch über die Schulter, während ihr Blick von einem zum anderen glitt in dem Versuch, die Situation abzuschätzen. «Also?»

«Er ist aus dem Nichts aufgetaucht und hat mich geschlagen.» Der Onkel wischte sich mit dem Unterarm das Blut aus dem Gesicht und sah von Amys Eltern zu Kyle. «Wer ist dieser Kerl?»

«Das ist unser Vorarbeiter, Onkel Clint.»

Amys Vater streckte die Hand aus und half Clint auf die Beine. «Genauso wild wie der Rest seiner Art.»

«Wie kannst du es wagen?» Amys Mutter sah Nakos angewidert an. «Ich will, dass er verhaftet wird.»

Nakos biss die Zähne zusammen, bis er glaubte, sie müssten zerbröseln, seine Muskeln zum Zerreißen angespannt. «Wussten Sie es?» Erneut wehrte er sich gegen Nates Griff, den Blick auf Amys Eltern gerichtet. «Wussten Sie, was er ihr angetan hat? Antworten Sie!»

«Okay, Auszeit.» Nate schob sein Gesicht vor das von Nakos. «Erklär, was hier los ist. Ich gehe davon aus, dass ‹er› Clint ist und die ‹sie›, um die es hier geht, dürfte Amy sein. Was ist passiert?»

Schwer atmend starrte Nakos Nate an. «Er hat sie ... er hat ...»

«Hey.» Olivia trat neben ihn und strich sanft über Nakos' Arm. «Sie sind gerade erst angekommen. Wir sind Amy gar nicht begegnet.»

«Er redet nicht von heute», sagte Nate gepresst. Er musterte Nakos angespannt. Nakos konnte förmlich sehen, wie Nate im Kopf die Puzzlestücke zusammensetzte.

«Aber das letzte Mal, als er hier war …» Olivia rieb sich die Stirn.

«Wart ihr zwölf. Da war er das letzte Mal in der Stadt.» Tränen brannten in Nakos' Augen, schnürten ihm die Kehle zu. Er musste die Knie durchdrücken, um nicht zusammenzubrechen. «Sie war nur ein Mädchen, Little Red. Ein Kind.» Scheiße. Er konnte es nicht ertragen.

«Ich verstehe nicht.»

Nakos betete, dass sie es nie wirklich verstehen würde. Er sah Nate an, während die Wut erneut an Hitze gewann. «Er. Hat. Sie. Angefasst.» Nakos knurrte, seine Kehle wund. «Er … hat sie … er …»

Nates Miene wurde hart. Er biss die Zähne zusammen, verengte die Augen zu Schlitzen und gab Nakos langsam frei. Die schweigende Frage in den Augen des Exsoldaten richtete sich allein an Nakos, auch wenn das brutale Glitzern in den dunklen Tiefen verriet, dass er es bereits verstanden hatte.

Trotzdem nickte Nakos einmal, weil er sich nicht sicher war, ob er reden konnte. Seine Wut verklang langsam. Aber was auf die Wut folgte, war viel schlimmer. Erkenntnis. Trauer. Leid. Schuld. Tiefe, allumfassende, unüberwindliche Pein.

Kyle drehte sich um und wich von der Gruppe zurück. «Willst du damit sagen …» Als niemand darauf antwortete, wurde er bleich. «Nein.» Sein entsetzter Blick – aus Augen, die ein wenig heller waren als Amys – richtete sich auf seinen Onkel, dann auf seine Eltern. «Mom? Dad?»

Weder Mr. noch Mrs. Woods bestritt die Anschuldigung. Doch am schlimmsten war, dass keiner von ihnen überrascht oder schuldbewusst wirkte.

Sie haben es gewusst. Sie wussten es und hatten nichts unternommen.

Clint schwankte, als er einen Schritt auf sie zutrat. «Was ist das für ein Unsinn?»

Nate holte tief Luft, die Nasenflügel gebläht. «Du Hurensohn.» Tätowierungen blitzten auf, dann traf Nates Faust ihr Ziel. Clint kippte um wie ein gefällter Baum. Und diesmal stand er nicht wieder auf. «Übrigens verjährt Vergewaltigung in Wyoming nicht, du Arschloch.» Er deutete auf Amys Eltern. «Keine Bewegung. Sie sind alle verhaftet.» Er warf einen verächtlichen Blick zu dem bewusstlosen Clint. «Auch wegen versuchter Körperverletzung. Ich meine mich zu erinnern, dass er zuerst nach Nakos geschlagen hat. Das hast du doch auch gesehen, oder, Baby?»

Olivia, ihr Gesicht tränenüberströmt, nickte.

«Das ist lächerlich.» Mrs. Woods verschränkte die Arme vor der Brust. «Er hat meiner Tochter nichts angetan, und dieser Barbar hat Clint zuerst geschlagen.»

«Ich würde Ihnen raten, sich auf Ihr Recht zu schweigen zu besinnen.» Nate sah Mac an. «Ruf bitte den Sheriff an. Sag Rip, ich brauche Hilfe.»

«Sicher.» Mae strich sich verwirrt über die weißen Haare, dann verschwand sie im Haus.

Nakos war am Ende seiner Kräfte. Er zog Olivia an sich, weil er die Ruhe brauchte, die sie ihm gewöhnlich schenkte. Doch es reichte nicht. Die Berührung füllte weder die entsetzliche Leere in seiner Brust, noch half sie gegen die Übelkeit oder das Rasen seines Pulsschlags. Es gab nichts, was ihm helfen konnte. Ein raues Wimmern, wie von einem verletzten Tier, entkam seiner Kehle. Zerriss seinen Hals, als es lauter wurde.

Er gab Olivia frei, besorgt, dass er sie zu fest hielt. Stattdessen umklammerte er mit beiden Händen seinen Kopf. Seine Beine gaben nach, und er fiel auf die Knie. «*Hihcebe*, Little Red.

Ich kann nicht … Ich kann nicht …» Atmen. Er konnte nicht atmen, verdammt noch mal.

«Kyle, geh und such nach Amy.» Olivia kniete sich vor Nakos, umfasste seine Wangen.

Nate murmelte etwas darüber, dass Amy in der Scheune war. Die Worte erreichten Nakos nur wie durch einen Schleier. Das Rauschen in seinen Ohren war zu laut. Die Welt begann, sich um ihn zu drehen, und Punkte tanzten vor seinen Augen.

«Shhhh.» Olivia streichelte ihm die Wange, doch ihr Duft war falsch. Ihre Berührung fühlte sich nicht richtig an. Sie war nicht Amy. «Alles wird gut. Aber du machst mir Angst. Ich habe dich noch nie so unbeherrscht gesehen. Wir müssen uns jetzt auf Amy konzentrieren, also …»

«Ames.» Ja, das war es, was er brauchte. Er brauchte seine Amy. Er musste sie halten; musste sicher sein, dass es ihr gut ging, ihr versichern, dass ihr niemand jemals wieder auch nur ein Haar krümmen würde. Er sprang auf die Beine und drehte sich in dem Moment um, in dem Kyle aus der Scheune rannte.

«Sie ist nicht mehr da.»

«Was?» Nakos joggte um ihn herum durchs Tor. Leer. Der einsame Flip-Flop, den Amy getragen hatte, lag auf der Erde. Er rannte durch die Scheune, sah zu dem Weg, den sie eingeschlagen hätte, wenn sie zurück zu seinem Haus gelaufen wäre. Nichts. Erfüllt von Panik, eilte er zu den anderen zurück. «Olivia, durchsuch das Haus. Kyle, kontrollier die anderen Scheunen.» Er sah Nate an, der offensichtlich bei Amys Eltern und dem Onkel bleiben musste, bis Rip auftauchte. «Kommst du hier klar?»

«Ja. Geh.»

Nakos umrundete das Haus und hielt vor der Haustür an. Ein Blitz zuckte über den Himmel, direkt gefolgt von einem

Donnergrollen. Stirnrunzelnd sah Nakos zum graugrünen Himmel auf. Amy war nicht in seinem Truck und nicht auf der vorderen Veranda. Nur für alle Fälle lief er einmal die gesamte Einfahrt auf und ab, aber auch dort war sie nicht. Als er sich erneut der Hinterseite des Hauses näherte, trat Olivia gerade durch die Fliegengittertür.

«Ich habe überall gesucht. Sie ist nicht im Haus. Tante Mae sagt, sie hat sie nicht gesehen.»

«Scheiße.» Nakos riss sich den Hut vom Kopf, fuhr sich mit den Fingern durchs Haar und setzte den Hut wieder auf. Er konnte nur Amys große blaugrüne Augen vor sich sehen – und die Tränen darin –, als sie seine schlimmsten Vermutungen bestätigt hatte. Daran, wie sie in seinen Armen gezittert hatte. «Scheiße. Wo würde sie hingehen?»

Nate sah nach rechts. «Rip ist da. Gib mir fünf Minuten, um diese Arschlöcher hier wegzubekommen, dann kann ich helfen.» Er wandte sich an Olivia. «Ruf die Rancharbeiter. Sie sollen sich alle in der Scheune versammeln. Wir werden uns in Teams aufteilen.» Er musterte Nakos. «Kontrollier den Hauptweg zu deinem Haus. Vielleicht hat sie einfach beschlossen, zu Fuß zu gehen.»

Nakos rannte los, sprang in seinen Truck, startete den Motor und raste die Einfahrt entlang. Sobald er das Tor passiert hatte, verlangsamte er den Wagen, obwohl das Blut in seinen Adern rauschte.

Während er nach Amy Ausschau hielt, erinnerte er sich an das Gespräch in der Scheune und fluchte. Er hätte bei ihr bleiben müssen, hätte sie weiter in seinen Armen halten und sich um sie kümmern müssen. Stattdessen war er auf vollkommen untypische Art ausgeflippt, und jetzt wurde Amy vermisst. Die Sorge um sie brannte Löcher in seinen Magen.

Er erreichte sein Haus, ohne sie irgendwo gesehen zu haben. Nur für alle Fälle rannte er hinein, um jeden Raum zu überprüfen. Sie war nicht da. Der Himmel öffnete seine Schleusen, und Regen prasselte in dichten Schwaden vom Himmel, als er zum Haupthaus zurückfuhr. Die Scheibenwischer konnten kaum etwas ausrichten, und er stellte sich Amy im Regen vor. Allein.

Als Nakos zurückkehrte, waren alle Männer in der Scheune versammelt und hörten aufmerksam Nate zu, der sofort verstummte. «Irgendwas?»

Nakos schüttelte den Kopf. Ihm war schlecht. Wenn sie nicht heil zurückkam – wenn es ihr nicht gut ging –, würde er den Verstand verlieren. Aber er würde sie finden. Das schwor er bei allem, was ihm heilig war.

«Okay. Los geht's. Funkt mich an, wenn ihr irgendetwas entdeckt.» Die Männer verließen die Scheune, und Nate deutete auf die Luftbildkarte der Wildflower Ranch, die an der Wand hing, und forderte Nakos gleichzeitig mit einer Kopfbewegung auf, näher zu treten. «Zweierteams fahren mit den Quads los, hierhin, hierhin und hierhin.» Er deutete auf drei verschiedene Gebiete. Auf dem vierten standen das Haupthaus und die Scheunen. «Olivia ist mit Kyle unterwegs zu deinem Haus. Olivia glaubt, Amy könnte einen der Schleichwege dorthin genommen haben. Mae bleibt hier und meldet sich, falls Amy auftaucht.»

Nakos rieb sich mit zitternder Hand das Gesicht. «Danke für deine Hilfe. Ich kann nicht klar denken.»

«Wir werden sie finden.» Nate seufzte. «Ich kann ihre Eltern und ihren Onkel nur bis morgen festhalten, wenn Amy keine Aussage über …» Er schloss die Augen. An seinem Kinn zuckte ein Muskel. «Ich will dem Kerl schon wieder die Faust ins Gesicht rammen.» Er lockerte seine Schultern, dann öffnete er die Augen. «Rip hält sie vorerst wegen angeblich unerlaubten Betretens eines Privatgeländes fest. Dann habe ich die Chance, sie später noch zu vernehmen.»

«Okay.» Zum Teufel mit ihnen. Wo war Amy? «Ich kann nicht hier herumstehen und warten. Ich muss sie suchen.»

21

Durchnässt und zitternd kauerte Amy in einer Ecke von Olivias altem Baumhaus und versuchte zu atmen. Sie hatte es nicht ertragen können, hatte einfach verschwinden müssen. Schnell. Das Bedürfnis zu flüchten war stärker gewesen als alles andere.

Nachdem Nakos aus der Scheune gestürmt war, hatte sie das Gebäude umrundet, damit niemand sie sah. Dabei war ihr plötzlich der alte Treffpunkt ihrer Kinderzeit ins Auge gefallen. Das Gewitter hatte nicht lange angehalten, aber weil das Baumhaus kein Dach hatte, hatte sie den Regen voll abgekriegt.

Obwohl sie von hier oben einen guten Ausblick hatte, konnte Amy kaum die Lichter im Haupthaus der Ranch erkennen. Das Baumhaus lag weit genug entfernt, um Privatsphäre vorzugaukeln. Die kleine Holzkonstruktion hing hoch in den Ästen einer Eiche und maß höchstens zwei Meter im Quadrat. Die alten Kiefernbretter waren zerkratzt und verfärbt, aber immer noch stabil. Äste formten einen Baldachin über Amys Kopf. Sternen- und Mondlicht drang durch die Blätter. Sie war seit ihrer Kindheit nicht mehr hier gewesen, hatte das Baumhaus fast vergessen gehabt.

Es war ihr als ein guter Ort erschienen, um sich wieder zu fangen. Nur war das inzwischen Stunden her, trotzdem konnte Amy sich nicht dazu bringen, sich zu bewegen. Die Nacht war hereingebrochen, während sie zusammengerollt in der

Ecke gelegen hatte. Überall zirpten Grillen. Gras raschelte im Wind, und eine Eule schrie. Die sanften Naturgeräusche halfen nicht, sie zu beruhigen.

Gott, es war so ein Schock gewesen. Sie hatte neben Mae in der Küche Gemüse gewaschen und sich gefragt, ob Nakos sich wohl später für ein gemeinsames Bad begeistern lassen könnte, dann hatte sie aus dem Fenster geschaut und ... *ihn* gesehen.

Plötzlich hatte ihr Körper nacheinander alle Funktionen eingestellt. Sie war nicht fähig gewesen, zu denken oder zu atmen oder einen einzigen Satz zu formulieren. Sie hatte nicht ahnen können, dass so etwas passieren würde, wenn sie ihren Onkel wiedersah. Nach dem ... Vorfall war er bereits am nächsten Tag wieder nach Texas gefahren, und seitdem hatte sie ihn nicht mehr gesehen.

Amy hatte hart, so hart daran gearbeitet, sich zusammenzureißen, weiterzumachen und Schutzmechanismen aufzubauen. Sie hatte diese Sache hinter sich gelassen, war stärker geworden, führte ein halbwegs normales Leben. Und ein einziger Blick auf diesen Mann hatte sie wieder in das hilflose Mädchen verwandelt, das sie einmal gewesen war. Das Mädchen, das gegen eine Ziegelmauer gepresst wurde und vor Schmerzen weinte.

Allein. Vollkommen, absolut allein.

Zum millionsten Mal drang ein tiefes Schluchzen über ihre Lippen. Alle wussten es. Nach dem Geschrei zu schließen, das sie gehört hatte, kannte jetzt jeder ihr schmutziges, beschämendes Geheimnis. Sie zog die Knie an die Brust und ließ die Stirn darauf sinken. Ihre Wangen brannten vor Demütigung, doch gleichzeitig breitete sich Kälte in ihr aus. Drohte sie zu verschlingen.

Würde ihr jemals wieder warm werden? Hatte sie noch Freunde?

Schritte erklangen unter dem Baumhaus. Sie verspannte sich.

«Amy? Ich bin's, Nate.» Er hielt inne. «Falls du da drin bist, ich komme jetzt hoch. Nur, damit du es weißt. Ich will dich nicht erschrecken.»

Der Boden vibrierte, als er die Füße auf die hölzerne Leiter setzte. Sein kahler Kopf erschien, gefolgt von breiten Schultern und tätowierten Armen, dann einem Torso in einem eng anliegenden schwarzen T-Shirt.

Sein Blick glitt über die Plattform und fand sie. Er atmete tief durch. «Gott sei Dank.» Er kletterte das restliche Stück nach oben und sank ein gutes Stück von ihr entfernt auf die Fersen. «Bist du verletzt?»

Sie schüttelte den Kopf.

«Gut.» Er zog ein Funkgerät vom Gürtel. «Ich will das nur kurz den anderen sagen, okay?» Er hob das Funkgerät an den Mund, ohne sie aus den Augen zu lassen. «Entwarnung. Ich habe sie gefunden. Sie ist in Ordnung. Kehrt zum Haus zurück und macht Feierabend.»

Nakos, Kyle und Olivia meldeten sich sofort, schossen Salven von Fragen ab.

Nate rieb sich den Nasenrücken. «Olivia, Baby. Sie ist in Sicherheit. Kyle, geh mit Olivia zum Haus. Nakos, gib mir fünf Minuten, dann rufe ich dich auf dem Satellitentelefon an.» Nate lehnte sich gegenüber von Amy an die Wand und streckte die Beine aus. «Das sollte sie für ein paar Minuten ruhigstellen. Wir haben die gesamte Ranch zweimal durchkämmt.»

«Ich wollte niemandem Angst einjagen. Ich ... ich musste nur ...»

«Weg?» Er nickte. «Das verstehe ich.»

Eher sich verstecken, aber egal. «Wie hast du mich gefunden?»

«Ich habe noch mal auf dieser Seite des Hauses gesucht, da ist mir das Baumhaus eingefallen.» Als wolle er ihr einen Moment Zeit geben, sah er sich mit einem schiefen Lächeln um. «Olivias geheimer Ort. Sie hat mich einmal hierhergebracht, vor ein paar Monaten. Es war nicht unbedingt eine schlechte Erfahrung.»

Zu ihrer Überraschung musste Amy lächeln. «Wir saßen hier als Teenager immer, haben uns gegenseitig das Herz ausgeschüttet. Deswegen nennt sie es ihren geheimen Ort. Ich vermute, das ist nicht das, was ihr hier getan habt.»

«Oh, es wurden Geheimnisse ausgesprochen. Olivia besitzt die Fähigkeit, alles aus mir herauszulocken.» Er grinste. «Auf die ein oder andere Weise.»

Amy lachte, und ein Teil der Anspannung verließ ihren Körper. «Darauf wette ich.» Sie zitterte und wurde wieder ernst. «Es tut mir wirklich leid.»

«Ich werde das nur einmal sagen, also hör mir genau zu: Du musst dich für nichts entschuldigen. Absolut nichts. Verstanden?» Als sie nickte, entspannte sich seine Miene. «Gut.»

Das Telefon an seinem Gürtel klingelte, was dafür sorgte, dass er den Blick zum Himmel richtete, als bete er um Geduld. «Das ist wahrscheinlich Nakos. Willst du, dass er erfährt, wo du bist?»

Sie wollte niemanden sehen. Konnte es nicht. «Noch nicht.»

Er hob das Handy ans Ohr, lauschte einen Moment. «Ja. Nein.» Nate musterte sie, ließ seinen Blick einmal über ihren ganzen Körper gleiten. «Ich würde dich nicht anlügen. Vertrau mir. Sie ist okay. Sie ist nicht verletzt. Ich werde ihr nicht von der Seite weichen, bis sie hier wegwill. Geh nach Hause. Ich bringe Amy zu dir, wenn sie bereit ist.» Er schloss die Augen, als hätte er Schmerzen. «Ich weiß, Mann. Bye.»

Vorsichtig legte er das Handy zur Seite, starrte es einen Moment an. «Er ist außer sich vor Sorge. Und das nicht nur, weil er nicht weiß, wo du bist.» Nate suchte Amys Blick, hielt ihn fest. «Du hast ihn heute Abend nicht gesehen, Amy, und dafür solltest du dankbar sein. Aber eines musst du wissen: Nakos ist ein Wrack.»

Tränen, heiß und schwer, rannen über ihre Wangen. Sie schlug eine Hand vors Gesicht, als der Druck in ihrer Brust immer weiter zunahm. «Ich konnte ihm nicht erzählen, was passiert ist. Ich habe es so oft versucht, aber ... ich konnte nicht. Ich bin so verdammt schwach. Wie soll ich ihm noch unter die Augen treten, jetzt, wo er es weiß?»

«Schwach ist es, ein zwölfjähriges Mädchen zu vergewaltigen, nur weil man es kann.» Nate beugte sich vor. «Stark sein bedeutet, sich wieder auf die Beine zu kämpfen, nachdem ein Arschloch dir etwas unendlich Kostbares gestohlen hat. Stark sein heißt, die Scherben des eigenen Lebens wieder einzusammeln, obwohl jemand dir jedes Gefühl für Sicherheit, jedes Vertrauen genommen hat.» Seine Stimme wurde sanft, und sie entdeckte ein Verständnis in seinen Augen, das sie niemals vermutet hätte, bei einem anderen Menschen zu finden. «Du bist nicht schwach, Amy. Du bist der Inbegriff von Stärke. Zu weinen? Angst zu haben? Hin und wieder weglaufen zu wollen? Das ist nicht schwach. Das zeigt nur, dass du ein Mensch bist.»

«All diese Jahre über ging es mir gut. Wirklich. Bis ...»

«Bis dir der Albtraum plötzlich wieder vor Augen geführt wurde.»

Sie atmete zitternd aus. «Ja.» Sie suchte Nates Blick, in der Hoffnung, dass er ihre Zweifel ein für alle Mal tilgen konnte. Sie musste es von einem Mann hören. «Was, wenn …» Sie schluckte schwer, presste eine Hand an den Bauch, um den Aufruhr dort zu beruhigen. «Ginge es um Olivia, würdest du sie noch mit denselben Augen sehen? Würdest du sie weiterhin … wollen?»

«Ja. Ohne Frage, ohne Zweifel, darüber muss ich überhaupt nicht nachdenken, *ja.*» Er richtete sich auf, schob sich neben sie und lehnte sich so gegen die Wand, dass ihre Schultern sich berührten. «Sie wäre immer noch die süße, sture, liebevolle Frau, die ich geheiratet habe und ohne die ich nicht leben kann. So wie du weiterhin dieselbe freche, starke, talentierte und unabhängige Frau bist, in die Nakos sich verliebt hat. Alte Narben werden daran nichts ändern.»

«Wirklich?»

«Ich schwöre es bei Gott.» Er senkte den Kopf. «Doch wenn es um Olivia ginge, würde ich dieses Arschloch aufspüren und ihn zusammenschlagen. Was übrigens das war, was Nakos versucht hat, bis ich ihn zurückgehalten habe.» Er kratzte sich am Kinn. «Was mir inzwischen fast leidtut.»

«Hat er nicht. Nakos?» Andererseits, jetzt, wo sie wieder ein wenig klarer denken konnte … Er hatte, na ja, ziemlich wahnsinnig gewirkt, als er die Scheune verlassen hatte.

«Er ist vollkommen ausgerastet. Hat dem Kerl mehrmals ins Gesicht geschlagen, bevor ich einschreiten konnte.»

«Wow. Er ist doch sonst immer so ruhig und überlegt. Der Mann ist fast zu bedächtig, ehrlich. Macht mich damit manchmal total irre.»

«Lass dir das von einem Kerl sagen: Verliebte Männer? Wir können unseren Arsch nicht vom Ellbogen unterscheiden. Bedroh unsere Frau, und wir ticken aus.» Er drehte den Kopf und sah sie an. Ihre Gesichter waren sich nah genug, dass Amy die Schatten erkennen konnte, die immer noch in seinen Augen lauerten. «Lass mich dir eine Frage stellen, Amy: Wenn es wirklich Olivia gewesen wäre, würdest du dann denken, dass es ihre Schuld war? Würdest du ihr recht geben, wenn sie sich deswegen Vorwürfe machen würde?»

Okay, schön. Sie verstand, was er sagen wollte. Aber es fiel schwer, sich von einer so lange gehegten Überzeugung zu lösen. «Du weißt, dass ich das nicht tun würde.»

Mitgefühl leuchtete aus Nates Augen. Auch wenn dieser Mann auf den ersten Blick an den großen bösen Wolf erinnerte, zeigte sich immer wieder, dass er ein riesiges Herz unter all den Muskeln besaß. «Die schlichte grausame Wahrheit ist: Du wurdest vergewaltigt. Du wurdest misshandelt. Du hattest keinerlei Anteil daran oder Kontrolle über das, was geschehen ist. Ich denke, es wird Zeit, dir einzugestehen, dass du ein Opfer bist. Und ich denke, es wird auch Zeit, dass du dir ein wenig Kontrolle zurückholst.»

Seine Freundlichkeit trieb ihr erneut die Tränen in die Augen. «Wie?»

«Zum einen musst du darüber reden. Mit Olivia, mit Nakos, mit dem Hund. Mit wem, spielt eigentlich keine Rolle. Vor sechs Monaten hätte ich das nicht geglaubt, aber es hat tatsächlich etwas Befreiendes, die hässlichen Seiten des eigenen Lebens nicht mehr zu verstecken.»

Sie wusste nicht, ob sie je dazu fähig sein würde, doch wenn Nate dachte, das wäre ein guter Anfang, würde sie darüber nachdenken. «Was noch?»

«Zeig ihn an.» Sie öffnete den Mund, um zu protestieren, doch er schüttelte den Kopf und griff nach ihrer Hand. «Wir haben ihn verhaftet. Jetzt fehlt nur noch deine Aussage. Ich behaupte nicht, dass es einfach wird zu erzählen, was passiert ist. Ganz ehrlich, es wird wahrscheinlich furchtbar sein. Aber ich werde dir beistehen, zusammen mit Olivia und Nakos, wenn du das möchtest. Der Mistkerl wird wahrscheinlich versuchen, sich zu wehren, und es wird zum Prozess kommen. Auch das wird furchtbar sein. Und es gibt keine Garantie, dass er verurteilt wird. Aber nur so kann er für das, was er dir angetan hat, zur Rechenschaft gezogen werden. Und vielleicht ermöglicht dir der Prozess, mit der Sache abzuschließen.»

Er drückte ihre Finger. «Opfer zu sein heißt nicht, dass du schwach bist. Egal, wie du dich entscheidest, das darfst du nie vergessen. Du bist zehnmal stärker als er, und er wird dich nie wieder anrühren. Darauf gebe ich dir mein Wort.» Nate wirkte ziemlich mitgenommen von der erneuten Flut von Tränen, die über ihre Wangen rann. Seine Augen wurden groß, und er runzelte die Stirn. «Oder ich könnte ihn einfach umbringen. Nakos hat mir mal gesagt, er wüsste, wo man hier eine Leiche verschwinden lassen kann, sodass sie nie gefunden wird. Allerdings hat er damals über mich gesprochen. War schwer genervt von mir.»

Lachend ließ sie den Kopf auf seine Schulter sinken. «Ich werde darüber nachdenken. Über die Anzeige, nicht den Mord.»

«Das Angebot steht.»

Amy lachte wieder, dann seufzte sie, als angenehmes Schweigen sich ausbreitete. Tiere huschten durch die Nacht, und Blätter raschelten. Tief atmete sie die kühle Luft ein, den Duft von feuchtem Gras und fruchtbarer Erde. Sie fühlte sich ruhiger. Der Geruch von Regen hing noch in der Luft. Er schien einen seltsam reinigenden Effekt auf sie auszuüben. Aber vielleicht lag das auch an der Gesellschaft.

«Du bist einer von den Guten, Nate.»

«Früher habe ich das nicht geglaubt, aber ich arbeite daran.» Er tätschelte ihr das Bein. «Alles, was ich dir heute Abend gesagt habe, waren nur Variationen von dem, was Olivia und Nakos mir eingebläut haben. Daher muss es wohl stimmen, oder?»

Lächelnd hob sie den Kopf. «Muss es wohl.»

Er musterte ihr Gesicht. «Da wir hier an dem Ort sind, an dem Geheimnisse geteilt werden, habe ich auch eines für dich. Olivia ist schwanger.»

Keuchend richtete Amy sich auf.

«Ungefähr in der sechsten Woche. Sie will noch eine Weile warten, bevor sie es allen erzählt, also spiel dann bitte die Überraschte.» Er hielt inne, starrte ins Leere. «Wir alle haben hin und wieder Angst, Amy. Im Moment bin ich starr vor Angst.»

«Das musst du nicht sein.» Als er nur brummte, drückte sie seinen Arm. «Das sind phantastische Nachrichten. Es ist ein Neuanfang. Du wirst ein toller Vater werden.»

«Wenn ich es nicht total verbocke.»

«Das wird schon nicht passieren. Wir sind alle da, um dich notfalls in die richtige Richtung zu lenken. Was aber gar nicht nötig sein wird. Denn gerade du weißt, was es bedeutet, nicht geliebt zu werden. Der Drang, Leute zu beschützen, ist quasi Bestandteil deiner DNA. Außerdem liebst du Liv so sehr. Ein Baby ist nur der Beweis für diese Liebe.»

Ein Lachen, dann rieb er sich über das Gesicht. «Das stimmt.» Er seufzte. Sah sie an. «Was ist mit dir? Wirst du Nakos sagen, dass du ihn liebst? Und ihn von seinem Leid erlösen?»

Sie hätte das längst tun sollen. Nakos war umwerfend. Neben gewissen äußeren Vorzügen (wie zum Beispiel dem sagenhaften Körper) war er warmherzig, besaß eine enorme Stärke und eine schier endlose Geduld. Niemals hätte sie geglaubt, dass sie so einen Mann je haben würde – geschweige denn halten könnte. Seine Leidenschaft allein würde dafür sorgen, dass ihr nie wieder kalt wurde. Und aus irgendeinem Grund wollte – *liebte* – er von allen Frauen ausgerechnet sie.

Ja, beschloss Amy. Sie würde lernen zu glauben, dass sie ihn verdient hatte. Weil Nate nämlich recht hatte. Es wurde Zeit, nicht länger der Scham und der Angst die Zügel zu überlassen.

«Ich liebe ihn wirklich.»

«Ach was.» Er grinste, dann sah er sich um. «Also, soll ich dich nach Hause fahren, oder willst du dauerhaft hier oben einziehen?»

Sie stand ungeschickt auf und reckte sich. «Nach Hause, bitte.»

Nate nahm die Hand, die sie ihm entgegenstreckte, und stand auf, wobei er nur vorgab, sich von ihr helfen zu lassen. Sie hätte ihn gar nicht hochziehen können. «Bist du dir sicher? Eine aufblasbare Matratze, einen Stuhl für die Ecke. Du könntest es dir hier wirklich hübsch machen. Bis auf das fehlende Dach. Das könnte sich als Problem entpuppen.»

«Ich werde es bei der Vermieterin ansprechen.»

«Da helfe ich gerne. Ich habe gehört, sie ist ein heißer Rotschopf.»

«Gott.» Sie lachte, bis ihr die Seiten weh taten. «Definitiv einer von den Guten. Komm. Bring mich nach Hause.»

«Gute Wahl.»

Sie kletterten die Leiter nach unten und stampften von

Glühwürmchen umschwirrt durch das feuchte Gras zur Einfahrt, wo seine Harley und Olivias Truck standen. Er entschied sich für den Truck, wahrscheinlich, weil das Motorrad nass war vom Regen.

Ein paar Minuten nachdem sie losgefahren waren, brach er das Schweigen. «Tu mir einen Gefallen. Ich werde mit ihnen sprechen, wenn ich zurück bin, aber komm morgen zum Haus und rede mit Olivia und Kyle.»

«Mache ich.» Sie zog ihr Handy aus der hinteren Hosentasche, erleichtert, dass es sich trotz der Feuchtigkeit noch einschalten ließ. Eilig tippte sie eine Nachricht an Liv und kopierte sie, um sie auch an ihren Bruder zu schicken.

Es geht mir gut. Wir sprechen uns morgen. Hab dich lieb.

Sie schob das Handy in dem Moment wieder in die Tasche, als Nate in Nakos' Einfahrt rumpelte und die Scheinwerfer ausschaltete. Er zog die Handbremse an und betrachtete sie im schwachen Schein der Innenbeleuchtung.

Sorge verkrampfte Amy den Magen und bewirkte, dass sie nur noch flach atmen konnte. «Ist es dämlich, dass ich total nervös bin?»

«Nein.» Nate rieb sich das Kinn. «Liebe hat die Fähigkeit, uns alle in die Knie zu zwingen. Wärst du nicht nervös, würde ich annehmen, dass irgendetwas mit dir nicht stimmt. Aber du wirst das schaffen, Amy.»

Sie nickte, lächelte schwach. Dann starrte sie Nakos' Haus an. Zwei Stockwerke aus Zedernholz mit einer umlaufenden Veranda. Schnörkellos, nur mit zwei Schaukelstühlen vor der Tür. Trotzdem hatte sie inzwischen das Gefühl, hier zu Hause zu sein. Nirgends sonst hatte sie sich je so wohl gefühlt. Im

Haus ihrer Eltern hatte sie nie das Gefühl gehabt, willkommen oder erwünscht zu sein. Und das kleine Haus, das sie mit Chris bewohnt hatte, hatte ihr immer das Gefühl einer Wartehalle vermittelt.

Nakos hatte ihr nicht nur sein Haus, sondern sein Leben und sein Herz geöffnet. Ohne zu zögern. Er hatte ihr die Sicherheit, Geborgenheit und Liebe geschenkt, die sie stets vermisst hatte. Trotzdem hatte sie dem misstraut. Was, wie ihr jetzt klar wurde, unglaublich falsch gewesen war. Verständlich, aber falsch. Sie hätte an ihn glauben sollen.

Der Beweis lag direkt vor ihren Augen. Jedes Licht im Haus war angeschaltet, als hätte er Kerzen für ihre sichere Rückkehr angezündet. Gefühle schnürten ihr die Kehle zu, trieben Tränen in ihre Augen.

«Das werde ich.» Sie riss den Blick vom Haus los, um Nate anzusehen. «Ich werde das schaffen.»

Er grinste ihr zu. «Verdammt richtig.»

Sie kletterte aus dem Truck, stieg die Verandastufen hinauf und musterte die Tür. Dann atmete sie tief durch und drehte den Knauf.

Nakos saß auf der Couch, die Ellbogen auf die Schenkel gestemmt, das Gesicht in den Händen vergraben. Seine Füße waren nackt, und er trug eine lockere graue Jogginghose mit einem waldgrünen T-Shirt. Die mitternachtsschwarzen Haare hingen offen und unordentlich um seine Schultern, als wäre er immer wieder mit den Händen hindurchgefahren. Sein gesamter Körper war steif vor Anspannung. Amys Herz verkrampfte sich.

Als sie die Tür schloss, riss er den Kopf hoch. Gerötete dunkle Augen suchten ihren Blick. Weit aufgerissen. Voller Panik. Ungläubig.

Oh Gott, er hatte geweint. Sie öffnete den Mund, um etwas zu sagen, doch er sprang auf die Beine, ließ den Blick über sie gleiten. Einmal. Zweimal.

Dann stieß er ein gepresstes Geräusch aus und kam auf sie zu. Überwand den Abstand zwischen ihnen in Sekundenschnelle. Er umfasste ihr Gesicht, drängte sie gegen die Tür und presste den Mund auf ihren.

22

Mit zitternden Händen umfasste Nakos ihr Gesicht. Ein Teil von ihm hatte geglaubt, sie nie wiederzusehen. Er küsste Amy mit all der aufgestauten, wilden Verzweiflung, die ihn seit Stunden quälte. Als das nicht reichte, küsste er ihre Lider, ihre Stirn, ihre Wangen, drängte sich gegen sie, bis sie sich kaum mehr rühren konnte.

«*Hihcebe*, ich hatte solche Angst.» Die Dinge, die ihr hätten zustoßen können. Die sie hätte tun können. Nakos hatte keine Ahnung gehabt, in welchem Zustand sie war, nachdem sie eine so schreckliche Erinnerung erneut durchleben musste, und wozu ihre Verzweiflung sie vielleicht treiben würde. Die Angst hatte ihm mit ihren Klauen den Brustkorb aufgerissen und seine Eingeweide zerfetzt. Stundenlang. «Solche Angst, *anim*.»

Er hatte den Männern Befehle zugebrüllt. War zu allen Orten geritten, an denen sie vielleicht hätte sein können. Hatte hilflos im Regen gestanden, mit verzweifelt suchendem Blick. Jede Sekunde war ihm wie eine Ewigkeit erschienen. Und dann hatte Nate per Funk gemeldet, dass er Amy gefunden hatte. Dass sie heil und gesund war. Doch Nakos hatte sie nicht mit eigenen Augen gesehen, mit eigenen Händen berührt, sodass er sicher sein konnte. Also war er zu Hause die Wände hochgegangen, hatte gewartet und gebetet, dass sie zurückkehren würde, bevor sein Kopf explodierte oder er das ganze Haus zerschlug.

Immer noch vollkommen erschüttert, eroberte er erneut Amys Mund, wenn auch etwas sanfter, während er sich selbst immer wieder sagte, dass sie hier war, dass sie zu Hause war. Sie verblutete nicht langsam irgendwo, war nicht in die Hände irgendeines Mistkerls gefallen und wanderte auch nicht ziellos herum, während sie sich fragte, wohin sie gehen konnte. Er hatte Amy zurück, hielt sie in seinen Armen. Ihr Herz schlug, sie atmete, und er konnte sie anfassen.

«Ich liebe dich.» Er presste die Augen zu, drückte seine Stirn an ihre. In seiner Brust gab es nicht genug Platz für all die Liebe, die er empfand. Trotzdem würde er Amy vielleicht dafür umbringen, dass sie heute einfach so verschwunden war. «Ich liebe dich, ich liebe dich.»

Ihre kühlen Finger fanden seinen Hals. Kalt wie Eis. Sie zitterte, und er zog sich zurück. Sie hatte Gänsehaut auf den Armen, und ihre Lippen zeigten eine leicht bläuliche Färbung. Ihre Kleidung und ihr Haar waren ... klatschnass. Hübsche Meerjungfrauenaugen starrten ihn an, ein wenig verschleiert. Sie musterte ihn, öffnete den Mund, um etwas zu sagen, doch er rastete aus. Zum dreimillionsten Mal heute Abend rastete er aus.

Mit einer schnellen Bewegung hob er sie in seine Arme und trug sie zur Treppe. Er musste dafür sorgen, dass sie trocken wurde. Warm. Sicher.

«Nakos, was tust du?»

Ihre Stimme. Verdammt, diese Stimme. Er wäre gestorben, wenn er sie nie wieder gehört hätte.

Er antwortete nicht, da er sich nicht sicher war, was über seine Lippen kommen würde. Stattdessen stieg er die Treppe hinauf und ging zu ihrem Zimmer. Dort setzte er Amy auf einer Seite der Matratze ab, ging zu ihrer Kommode, öffnete und schloss Schubladen. Wühlte darin herum.

Eine dicke Trainingshose. Ja, gut. Sweatshirt, okay. Wollsocken. Perfekt. Er erstarrte, als er auf eine Ansammlung farbenfroher Unterwäsche stieß, schnappte sich dann willkürlich irgendein Höschen und eilte zurück zu Amy.

Ohne ihre großen, fragenden Augen zu beachten, packte er die nasse Bluse und zog sie ihr über den Kopf. Der Stoff fiel mit einem Klatschen zu Boden, gefolgt vom BH. Er zog Amy das Sweatshirt über den Kopf, schob ihre Arme in die Ärmel.

«Nakos, ich kann das selbst.»

«Nein, ich ...» Er musste dafür sorgen, dass sie sich warm und sicher fühlte. Vorhin hatte er versagt. Sie war allein gewesen. In der Dunkelheit, im Regen. Verängstigt.

Und das war seine Schuld. Er hatte ... sie einfach dort stehenlassen. In der Scheune. *Er hatte sie verlassen.*

Nakos drückte leicht gegen ihre Schultern, bis sie sich nach hinten sinken ließ. Mit ungeschickten Fingern zog er ihr Jeans und Unterhose vom Körper, warf alles zur Seite. Er hob ein Bein, streifte ihr das neue Höschen und die Trainingshose über, um dann die Prozedur mit dem anderen Bein zu wiederholen. Während Amy sich aufrichtete, streifte er ihr die Socken über die Füße.

Und weil er sie vor seinem inneren Auge immer noch allein und verängstigt im Regen sah, in der Finsternis des Gewitters, legte er ihr zusätzlich noch die Decke über die Beine. Dann ging er vor ihr in die Hocke, schlang die Arme um ihre Taille und ließ den Kopf in ihren Schoß sinken.

Zum ersten Mal an diesem Abend schien er wieder atmen zu können. Sanfte Finger strichen über sein Haar, seine Schultern, während er tief ihren Duft einatmete. Er schloss die

Arme fester um sie. Am liebsten wäre er in sie hineingekrochen. Seine Augen brannten, und beinahe hätte er geweint. Schon wieder. Oder immer noch.

Ihr leises Seufzen hallte durch die Stille. «Nate hat gesagt, du wärst ein wenig verrückt geworden, aber ich habe ihm nicht geglaubt.»

«Verrückt ist gar kein Ausdruck.» Seine Worte wurden von der Decke gedämpft, doch er konnte sich nicht bewegen. Er hielt sie in den Armen, und er würde nicht loslassen. «Ich liebe dich, *anim*.»

«Schau mich an.» Sie umfasste sein Kinn und zwang ihn, zu ihr aufzusehen. «Ich liebe dich auch. So sehr.»

Zur Hölle, sie brachte ihn wirklich noch um.

Hitze füllte die eisigen Abgründe in ihm, die ihr Verschwinden erzeugt hatte. Wärme breitete sich in seinem Körper aus, bis sein Blut brannte und das Zittern seiner Arme verklang. Er erkannte Liebe und Zärtlichkeit in ihren Augen, zum ersten Mal nicht verschleiert durch Schuldgefühle oder Schmerz.

Da war sie, seine Ames. Da war der Teil von ihr, den er so dringend hatte erreichen wollen.

Er richtete sich auf den Knien auf, bis ihre Gesichter sich auf gleicher Höhe befanden. Umfasste ihren Hinterkopf, zog sie an sich und drückte die Lippen auf ihre. Sanfte Berührungen, zärtliches Streicheln. Sie zu spüren erlaubte es seinen verkrampften Muskeln, sich zu entspannen, die Angst und die Sorge loszulassen.

«Tut mir leid, dass ich dir Angst eingejagt habe.»

Er drückte seine Wange an ihre. «Tut mir leid, dass ich so schlecht mit allem umgegangen bin. Ich hätte bei dir bleiben müssen.»

Als er endlich das Gefühl hatte, sich bewegen zu können,

hob er sie hoch und trug sie in sein Zimmer, schaltete mit dem Ellbogen das Licht aus und lehnte sich gegen das Kopfende seines Betts, mit Amy auf seinem Schoß. Sie kuschelte sich an ihn, das Gesicht an seinem Hals vergraben, und er hielt sie fest. Wie er es sich seit diesem schrecklichen Moment in der Scheune gewünscht hatte.

Sie blieben für eine lange Zeit so sitzen, bis sie Luft holte und zitternd ausatmete. «Es ist in der Gasse hinter der Eisenwarenhandlung meiner Eltern passiert.»

Nakos erstarrte, als ihm klar wurde, wovon sie sprach. Ihre Stimme war leise, ruhig, obwohl es ihr unglaublich weh tun musste, sich an die Vergewaltigung zu erinnern. Verdammt noch mal. Das Wort allein jagte erneut Wut und Schmerz durch seinen Körper. Sein Herz geriet ins Stolpern, und seine Hand auf ihrem Rücken stoppte ihr Streicheln. Er wusste nicht, ob er es ertragen konnte, die Details zu hören. Doch hier ging es nicht um ihn. Es ging um Amy – und sie war bereit, es ihm zu erzählen.

«Nate sagt, ich soll darüber reden, weil mir das helfen wird, mit der Sache abzuschließen.»

Für sie schaffte er es irgendwie, sich zusammenzureißen. Schweigend legte er den Arm um ihren Rücken, ließ sie wortlos wissen, dass er sie hielt, dass sie in Sicherheit war. Mit der anderen Hand fuhr er sanft in ihr Haar.

«Wir waren gerade aus der Kirche zurückgekommen. Ich trug dieses schreckliche rosafarbene Sommerkleid, das meine Mutter mir aufgezwungen hatte, und wollte nur schnell in mein Zimmer, um mich umzuziehen. Aber eine meiner Pflichten war es, den Mülleimer im Laden zu leeren, also habe ich mir die Tüte geschnappt, um sie zum Container zu bringen. Und plötzlich war er hinter mir.»

Nakos presste die Augen zu und konzentrierte sich auf seine Atmung, um nicht zu schreien.

«Er hat mich gepackt und gegen die Wand gepresst. Er ...» Ein Zittern überlief ihren Körper, und er hielt sie fester, während er gegen Tränen der Wut ankämpfte. «Es ging schnell, aber so hat es sich nicht angefühlt. Ich habe nicht geschrien oder mich gewehrt. Ich hatte zu viel Angst. Es hat ... weh getan. Sehr sogar.»

Ein Schluchzen entrang sich seiner Kehle. Es war zu viel. Nakos kämpfte weiter gegen die Tränen, rang zischend um Luft. Er zog die Knie an, drängte Amy damit enger an seinen Körper und vergrub das Gesicht in ihrem Haar.

«Als er fertig war, habe ich die seltsamsten Sachen gedacht. Dass ich bestimmt Ärger kriegen würde, weil ich mein Kleid dreckig gemacht habe. Was ich sagen soll, wenn jemand das Blut in meiner Unterhose bemerkt. Dass es schwer wird, nachher beim Kochen zu helfen, weil ich doch kaum laufen kann.» Sie verstummte für einen Moment. «Ich habe hinterher geduscht. Habe meine Haut abgeschrubbt, bis sie wund war. Noch am selben Abend habe ich es meiner Mom erzählt, die es Dad gesagt hat. Und keiner von beiden hat mir geglaubt.»

Amy hatte das Gesicht immer noch an seinem Hals verborgen. Ihr Körper lag schlaff in seinen Armen, als hätte sie sich mit dieser Reaktion inzwischen abgefunden. Zur selben Zeit starb Nakos fast. Und fühlte sich nutzlos. Er konnte nichts tun, um ihr zu helfen, obwohl all seine Instinkte danach schrien, für sie zu kämpfen. Sie zu beschützen. Der Übergriff mochte vor Jahren stattgefunden haben, aber für ihn war er neu. Es fühlte sich an, als passierte das gerade jetzt.

Stille hielt im Zimmer Einzug, bis er sich genug gefangen hatte, um etwas zu erwidern. «Das war es, was du mir in den letzten Wochen sagen wolltest. Ich verstehe, warum es dir schwergefallen ist, aber ich möchte nicht, dass du denkst, du könntest nicht mit mir reden.»

Langsam richtete sie sich auf. Ihr Blick blieb auf seine Brust gerichtet, und sie wirkte unsicher. «Ich dachte ...» Sie biss sich auf die Unterlippe und schloss die Augen. Als sie sie wieder öffnete, hingen Tränen in ihren Wimpern, und Leid stand ihr ins Gesicht geschrieben. «Ich habe mir Sorgen gemacht, dass du mich nicht mehr wollen würdest.»

Und als wäre diese Aussage nicht schon schlimm genug, fuhr sie fort: «Ich fühlte mich besudelt. Dreckig. Du bist wie ein Ritter aus einem Märchen, Nakos. Der Inbegriff von allem, was gut und ehrlich ist in dieser Welt. Und ich bin ... *verdorben.*» Tränen rannen über ihre Wangen, und ihre Stimme wurde höher, nahm fast einen hysterischen Unterton an, der seinen Puls noch weiter in die Höhe trieb. «Endlich hast du mich wahrgenommen, und für einen Moment hatte ich alles, was ich mir je gewünscht hatte. Ich hatte solche Angst, dass du ... du ... angewidert sein könntest.»

Oh, verdammte Hölle. «Stopp.» Er umfasste ihren Kopf, selbst vollkommen verzweifelt, und schüttelte sie leicht. «Bitte, hör auf. Ich kann heute Abend nicht noch mehr ertragen. Ich kann es nicht.» Wie hatte sie glauben können, dass er so reagieren würde? Und noch schlimmer: Was sagte es über ihn aus, dass sie zu diesem Schluss gekommen war?

«Schau mich an. Sieh mir in die Augen, *bixooxu.*» Er wartete, bis sie seiner Aufforderung folgte. «Diese Tat – was dieser Mann dir angetan hat – war verdorben. Nicht du. Verstehst du? Du bist nicht schmutzig oder besudelt oder irgendetwas anderes. Ich liebe dich. Egal, was auch geschehen mag, ich liebe dich. Daran wird sich nichts ändern.»

Sie nickte, eine schnelle, fast verzweifelte Bewegung. Aber ihre Tränen versiegten, und ihr Atem beruhigte sich etwas. «Nate hat gesagt, dass du das so sehen würdest. Meinst du es wirklich ernst?»

Er würde Nate zum Dank noch eine Harley kaufen. Zum Teufel damit. Zwei Harleys. «Ja, das tue ich. Ich liebe dich von ganzem Herzen, Ames.» Er holte tief Luft. «Es gibt keinen möglichen Weg, dich hier herauszuholen.» Er nahm ihre Hand und drückte sie auf sein Herz. «Und selbst wenn ich es könnte, würde ich es nicht wollen. Du machst mich glücklich.»

«Deinetwegen weiß ich überhaupt, was Glück bedeutet.» Sie wischte sich die Tränen von den Wangen.

Er wollte sie gerade bitten, bis zum Sonnenaufgang einfach schweigend hier mit ihm zusammen zu liegen, um seinem zerstörten Herzen wenigstens ein paar Stunden Erholung zu gönnen, aber sie öffnete zuerst den Mund.

«Wirst du morgen mit mir ins Sheriffsbüro kommen?»

Wie vor den Kopf geschlagen, starrte er sie an.

«Um eine offizielle Aussage zu machen, damit sie meinen Onkel anklagen können. Nate meinte, er wird die ganze Zeit da sein, aber ich möchte dich auch dabeihaben. Bitte.»

«Ja.» Machte sie Witze? «Natürlich werde ich dich begleiten.» Nakos hatte immer gewusst, dass Amy tapfer und furchtlos war, aber er hatte das Ausmaß ihres Muts unterschätzt. Und verdammt, er würde Nate eine ganze Garage voller Motorräder kaufen. Ehrlich. «Ich lasse dich nicht allein. Genau genommen denke darüber nach, uns von einem Arzt aneinandernähen zu lassen. Nur so finde ich vielleicht Frieden.»

Amy lachte. Noch nie hatte er ein schöneres Geräusch gehört. «Wie wäre es, wenn ich dir stattdessen verspreche, dich für immer zu lieben? Das ist nicht ganz so unbequem, und wir müssten auch nicht mit der Krankenversicherung über die Kosten diskutieren.»

Seine Antwort bestand darin, den Mund auf ihre Lippen zu pressen und sie zu küssen, bis er quasi schwebte und sie zufrieden brummte. Seine Welt fand in ihre Umlaufbahn zurück, seine Lunge funktionierte endlich wieder, und sein rasendes Herz verlangsamte seinen Rhythmus.

Sie würden klarkommen, sie beide. Sie würden es schaffen.

Als er sich von ihr löste, ließ er die Nasenspitze über ihre gleiten und schob ihr eine Strähne aus dem Gesicht. «Was empfindest du bei dem Gedanken, noch mal zu heiraten, aber diesmal den Richtigen?»

Blinzel, blinzel. «War das ein Antrag?»

«Noch nicht. Beantworte die Frage trotzdem.» Er knabberte verführerisch an ihrem Hals.

Sie legte den Kopf schräg. «Nun, wenn Charlie Hunnam mich fragen würde, würde ich nicht nein sagen. Ich ...»

Er schlug ihr mit der flachen Hand auf den Po. Fest.

«Okay, okay. Und ein Applaus für Alpha-Nakos.» Sie seufzte. «Diese Möglichkeit findet durchaus meine wohlwollende Zustimmung.»

Gut. Er schmiedete bereits Pläne, als er seine Fingerspitze über ihre Wange gleiten ließ. «Versprich mir etwas. Egal, was auch kommt, wir werden keine Geheimnisse voreinander haben. Du und ich, Ames. Und nichts zwischen uns.»

«Abgemacht.» Sie drückte ihm einen schnellen Kuss auf den Mund, dann lächelte sie an seinen Lippen. «Und wo wir gerade bei den Geständnissen sind, muss ich dir auch etwas sagen. Es ist wichtig.» Ihre Miene wurde ausdruckslos.

Sein Puls begann erneut zu rasen. «Was?»

«Ich kriege gleich einen Hitzschlag in dem Zeug, das du mir angezogen hast.»

Er kniff die Augen zusammen.

«Ich meine, ich weiß, dass meine Kleidung durchnässt war, aber ich habe nur wegen der Klimaanlage ein bisschen gefroren.»

Er räusperte sich. «Du hast gezittert.»

Sie machte eine Geste, die ihren gesamten Körper einschloss. «Hallo! Das hier ist übertrieben. Und, wow. Du hast die nassen Klamotten einfach weggepfeffert. Das hat mich irgendwie an mich erinnert, wenn ich ein Outfit anziehe und es einfach nicht gut aussieht. Ich werfe es auf den Boden und sage: *Nein, du hast es nicht verdient, aufgehängt zu werden. Bleib da liegen und denk darüber nach, was du getan hast.*»

«Ziehst du mich auf?»

«Nur ein bisschen.» Ein schelmisches, sexy Grinsen erschien auf ihrem Gesicht. Dafür würde sie gleich bezahlen.

Nakos presste die Lippen aufeinander, um ein Lächeln zu unterdrücken. «Ich stand kurz davor, eine Zwangsjacke oder eine Gummizelle zu brauchen, und du ziehst mich auf?»

«Du standest *kurz* davor? Nakos, sie haben dich bereits fürs Korbflechten am Dienstag angemeldet.» Sie tätschelte ihm tröstend die Schulter. «Wir haben Sommer. Ich bin angezogen, als würde ich gleich den Gipfel des Laramie erklimmen. Im Januar.»

Er griff nach dem Saum ihres Sweatshirts und zog es ihr über den Kopf. «Besser?»

«Es ist ein Anfang.»

Er würde den Rest seines Lebens brauchen, um auch nur ansatzweise so schlagfertig zu werden wie sie. Und er freute sich auf den Rest seines Lebens. Gemeinsam mit ihr. Er hob sie hoch, um sie flach aufs Bett zu legen, und zog ihr auch die Trainingshose und die Unterhose aus. «Und wie ist es jetzt?»

Sie hielt ihre Füße in die Höhe, die immer noch in den Wollsocken steckten.

Nakos seufzte tief, pflückte ihr die Socken von den Füßen und warf sie über die Schulter.

Sie streckte sich in all ihrer nackten Schönheit vor ihm aus. Vergessen war ihre bisherige Scheu, als sie lächelte. Den Rücken durchdrückte. Sich auf die Lippe biss.

Atemberaubend. Und – Himmel – sie gehörte zu ihm.

«Du hast auch viel zu viel an.»

Dieses Problem ließ sich leicht lösen. Nakos warf seine Kleidung ab, dann rollte er sich über sie. Sie hieß ihn zwischen ihren Schenkeln willkommen, als er sich nach unten sinken ließ. Als Haut auf Haut traf, fühlte er sich, als hätte er einen elektrischen Schlag bekommen. Doch gleichzeitig war es, als käme er nach Hause.

«Noch irgendwelche Wünsche, *anim?*» Er küsste ihren Hals, beobachtete mit Vergnügen, wie sich dort Röte bildete und bis in ihre Wangen stieg.

«Nur einen noch.» Sie sah ihn aus halb geschlossenen Augen an. «Lass mich nicht allein.»

Die Hände in ihrem Haar vergraben, blickte er auf sie hinab – auf diese unglaublichen Augen, umgeben von dichten Wimpern, auf ihren vollen Mund, auf die dunklen Strähnen, die auf dem Kissen ausgebreitet waren. Genau dasselbe hatte Amy vor all diesen Monaten gesagt, nachdem er sie verletzt aus der Scheune getragen hatte. Das war der Tag gewesen, an dem seine Welt aus den Fugen geraten war. Und zugleich der

Tag, an dem er endlich begonnen hatte, seinem Herzen zu folgen. Weil er erkannt hatte, was wirklich zählte.

Er gehörte ihr, mit Haut und Haaren. So war es wahrscheinlich immer schon gewesen. Und es würde auch immer so bleiben.

«Niemals», sagte er, als er seinen Mund auf ihren senkte. «Ich verspreche, ich werde dich niemals allein lassen.»

Epilog

Einen Monat später …

In Olivias Küche sah Amy die Bilder durch, die sie letzte Woche geschossen hatte. Olivia saß neben ihr an der Kücheninsel und schaute mit. Sie hatten vor, zum Blind Man's Bluff zu reiten, sobald Nakos mit den Pferden fertig war.

Es war ein wunderschöner Samstag mit warmem Sonnenschein, und Amy freute sich schon auf den Ausflug. Die letzten paar Wochen waren anstrengend gewesen, mit regelmäßigen Fahrten nach Caspar, um ihre Aussagen für den Prozess vorzubereiten. Was bedeutete, dass sie einem Haufen Fremder ihre Geschichte erzählen musste. Doch ihre Freunde hatten ihr die ganze Zeit beigestanden, hatten ihr Rückhalt geboten.

Mae trat zu ihnen und stellte ihren Tee auf den Tisch. «Also hat Clint den Deal angenommen?», fragte sie.

«Ja.» Amy steckte die Bilder zurück in den Umschlag. «Der Staatsanwalt hat gestern angerufen. Irgendwie schockiert mich das.»

Es gab keinerlei Beweise für die Anschuldigungen gegen ihren Onkel. Sie und Clint hatten beide einen Lügendetektortest absolviert, der vor Gericht zwar nicht zugelassen war, aber der Staatsanwaltschaft zumindest Hinweise lieferte. Amy hatte bestanden. Ihr Onkel nicht. Und als ihre Eltern unter Eid zugegeben hatten, dass sie ihnen an dem Tag, an dem es passiert war, von der Vergewaltigung erzählt hatte, hatten

Clint und sein Anwalt es vorgezogen, mit dem Staatsanwalt einen Deal auszuhandeln.

Olivia runzelte die Stirn. «Zwei Jahre Knast, von denen er wahrscheinlich nur wenige Monate absitzen wird, reichen bei weitem nicht aus.»

Für Amy ging es nicht darum, wie lange ihr Onkel ins Gefängnis kam. Es ging darum, dass sie für sich selbst eingestanden war und dieses Thema jetzt endlich abschließen konnte. Nate hatte recht gehabt. Jeden Tag ging es ihr ein bisschen besser als am Tag zuvor, und langsam gelang es ihr, die Zweifel abzuschütteln, die sie ihr ganzes Leben lang begleitet hatten.

«Ich bin nur froh, dass es vorbei ist.» Sie umarmte Olivia, lächelte Tante Mae an.

«Amen.» Olivia beäugte sie. «Du und mein Ehemann verbringen eine Menge Zeit miteinander. Es freut mich, dass ihr euch so gut versteht.»

Reha hatten sie es getauft. Immer mittwochnachmittags kletterten Nate und Amy in das Baumhaus und unterhielten sich eine Stunde lang. Er hatte ihr ein paar ziemlich schreckliche Dinge aus seiner Vergangenheit erzählt, und sie hatte das Gleiche getan. Es war ein … heilsamer Prozess. Olivia und Nate konnten über alles miteinander reden, genau wie Nakos und Amy. Doch manchmal zog die Dunkelheit die Dunkelheit an, weil man einfach jemanden brauchte, der verstand. Ihre Gespräche waren auf gewisse Art therapeutisch, für sie beide.

«Mich freut es auch.» Amy seufzte und kniete sich vor Olivia. Noch sah man ihrer Freundin die Schwangerschaft nicht an, aber Amy redete trotzdem gerne mit Olivias Bauch. Wenn sie versuchen wollte, ihr zukünftiges Patenkind zu korrumpieren, musste sie früh anfangen. «Wie geht es meinem

Lieblingsfötus heute? Ich habe eine Tonne neues Spielzeug gekauft, auch wenn ich es noch bis zur Babyparty deiner Mom verstecke. Lautes, nerviges Spielzeug.»

«Super.» Olivia verdrehte grinsend die Augen. «Wo ist der vernünftige Nakos, wenn man ihn braucht? Hat er dich nicht davon abhalten können?»

«Zu meiner Verteidigung muss ich anführen, dass er mich im Laden unbeaufsichtigt gelassen hat.» Amy zuckte mit den Achseln, dann stand sie auf, als die Hintertür quietschte.

Kyle schob den Kopf in die Küche. «Nakos sucht in der Scheune nach dir.»

Sie blinzelte ihren Bruder an. «Warum?»

«Keine Ahnung.» Nach dieser aussagekräftigen Antwort verschwand er wieder.

«Nun.» Mae erhob sich vom Tisch. «Dann sollten wir nachschauen gehen. Ich könnte ein bisschen frische Luft gebrauchen.»

Begleitet von Mae und Olivia wanderte Amy den Kiesweg in Richtung der drei Scheunen entlang. Sie passierten die ersten zwei Gebäude und hielten auf die dritte Scheune zu, in der die Pferde untergebracht waren. Eine Nachtschwalbe rief, und Zikaden sangen. Es würde ein heißer Tag werden, aber eine angenehme Brise brachte ein wenig Erleichterung und trug den Duft von Gras und Heu mit sich.

Beim Tor angelangt, hielt Amy abrupt an und sah sich um.

Was zur Hölle? Die Rancharbeiter standen auf beiden Seiten der Scheune vor den Boxen aufgereiht. Ganz hinten, vor dem gegenüberliegenden Tor, wartete Nakos. Ein Stück hinter ihm und zur Seite versetzt grinste Nate Amy an.

«Trainieren wir hier militärische Disziplin, Nate?» Amy beäugte die Arbeiter, inklusive ihres Bruders, die mit auf dem

Rücken verschränkten Händen dastanden und sie ansahen. «Ähm, du bist nicht mehr im Dienst, schon vergessen?»

Nakos krümmte lächelnd einen Finger, um sie zu sich zu rufen. Wie sollte eine Frau ihm widerstehen, wenn er Cowboystiefel trug mit ausgebleichten Jeans und einem engen schwarzen T-Shirt?

Amy trat näher, musterte seinen schwarzen Stetson, den im Nacken gebundenen Pferdeschwanz. So sexy. All das, zusammen mit seiner bronzefarbenen Haut, ließ ihre Knie weich werden. Sie hielt vor ihm an und warf ihm einen fragenden Blick zu. Was in aller Welt ging hier vor?

«Ich liebe dich.»

Plötzlich hatte sie Schmetterlinge im Bauch, wie jedes Mal, wenn er diese Worte aussprach. «Ich liebe dich auch.»

«Ich wollte warten, bis der ganze Mist vorbei ist, bevor ich das tue. Aber jetzt, wo es so weit ist, steht uns nichts mehr im Wege, *bixooxu*.» Er sank auf ein Knie, die mitternachtsschwarzen Augen unverwandt auf ihr Gesicht gerichtet.

«Oh Gott.» Sie keuchte und schlug sich eine zitternde Hand vor den Mund.

Nakos sah sie ernst an und streckte ihr einen Ring entgegen. Amy konnte den viereckigen Diamanten, der in ein Band aus Gold eingelassen war, nur verschwommen erkennen, weil Tränen ihr den Blick verschleierten. Doch dann sprach Nakos, und sie richtete die Augen wieder auf ihn.

«Ich habe dich als Junge geliebt und mich als Mann in dich verliebt.» Er presste sich die Faust aufs Herz. «Du bist so tief hier drin, dass es kein *Du* und kein *Ich* mehr gibt. Nur noch ein *Wir*. Heirate mich, *anim*.»

«Ja.» Gott, als müsste er überhaupt fragen. «Ja!»

Er schenkte ihr ein schelmisches Lächeln und stand auf, um

die Arme um sie zu schlingen. Ihre Füße verloren den Kontakt zum Boden, als er sich hochhob und ihren Mund eroberte. Hinter ihnen erklang Jubel, und sie lachte an seinen Lippen.

«Das war wirklich romantisch.» Sie seufzte verträumt, weil sie kaum glauben konnte, dass dieser unglaubliche Mann zu ihr gehörte.

«Dabei war das erst der Anfang.» Er stellte sie ab und schob ihr den Ring auf den Finger. Nach einem kurzen Kuss auf ihre Knöchel packte er ihre Schultern, drehte sie um und verpasste ihr einen Klaps auf den Hintern. «Jetzt geh und mach dich fertig.»

Sie wirbelte wieder zu ihm herum. «Wofür?»

«Für unsere Hochzeit.» Er zwinkerte ihr zu, dann deutete er auf Olivia. «Eine Stunde.»

«Ich werde dafür sorgen, dass sie bereit ist. Verlass dich darauf.»

«Was?» Amy grub die Fersen in den Boden, doch Olivia zerrte sie bereits zum Ausgang. «Ich kann heute nicht heiraten. Das erfordert doch Planung und ...»

«Er hat alles im Griff.»

Schockiert sah sie über die Schulter zurück, als Olivia sie aus der Scheune schob. Die Jungs standen in kleinen Grüppchen zusammen und unterhielten sich lächelnd. Sie erhaschte noch einen Blick auf Nate, der Nakos in eine einarmige Männerumarmung zog und ihm auf die Schulter klopfte, dann waren sie draußen.

Olivia schleppte sie zum Haupthaus, durch die Küche und die Treppe nach oben. «Liv, jetzt mal ernsthaft. Heute? Es bleibt keine Zeit, um Gäste einzuladen oder Blumen zu besorgen.» Alles Dinge, die bei ihrer ersten, dämlichen Hochzeit gefehlt hatten. Das hier sollte ihre zweite Chance werden – der

Beginn ihres persönlichen Happy Ends. Sie hatte sich so sehr gewünscht, an diesem Tag alles richtig zu machen. Sie gingen weiter in den zweiten Stock, in Olivias kleines Apartment. «Ich habe nicht mal ein ...»

Amy stoppte neben der Mini-Küchenzeile. Starrte wie versteinert in Livs Wohnzimmer. Hörte auf zu atmen. Legte eine Hand an die Brust.

«Ein Kleid», flüsterte sie.

Sie musterte das weiße Hochzeitskleid, das von der Vorhangstange am Fenster hing. Ärmellos, mit einem engen Oberteil, das in einen weiten Rock überging, der aussah, als würde er bis zur Mitte der Unterschenkel fallen. Als sie näher herantrat, wurde ihr klar, dass der Stoff Satin war, allerdings überzogen von einem dünnen Organza, an dem kleine Perlen glänzten, die dem Kleid Eleganz verliehen.

Es war ... wunderschön. Amy hielt nichts von diesen weit ausgestellten Kleidern mit jeder Menge Unterröcken, die man so oft bei Hochzeiten sah.

«Tante Mae hat es selbst gemacht.» Olivia legte ihr eine Hand auf den Rücken. «Es steht dir sicher phantastisch.»

Zitternd sah Amy zu Liv, um dann festzustellen, dass Kyle und Mae ihnen nach oben gefolgt waren. Kyle stand neben Mae, ein verlegendes Lächeln auf dem Gesicht.

Ihre Freunde hatten dafür gesorgt, dass sie ein wunderschönes Kleid tragen würde. Ein kurzer Blick durch den Raum zeigte, dass auf der Couch ein Paar weiße Ballerinas stand und auf dem Couchtisch zwei Blumensträuße. Blauglöckchen und weiße Lilien. So hübsch. An der Tür zum Schlafzimmer hing sogar noch ein blaues Sommerkleid mit Spaghettiträgern, vermutlich für Olivia.

«Ich werde heute wirklich heiraten.»

Mae kam zu ihr und rieb ihr über die Arme. «Und ob du heute heiraten wirst. Es ist bereits alles organisiert. Du, meine Liebe, musst nur auftauchen.»

«Danke für das Kleid. Es ist wunderschön.»

«Der Bräutigam hat uns nicht viel Zeit gelassen. Etwas seltsam, wenn man bedenkt, dass er sonst immer Ewigkeiten für alles braucht.» Olivia nahm Amys Hand, führte sie zur Kücheninsel und drückte sie auf einen Hocker. «Willkommen in meinem Kosmetikstudio. Leg die Hände flach auf die Arbeitsfläche. Als Erstes bekommst du eine Maniküre.»

Während Liv anfing, ihre Fingernägel zu feilen, starrte Amy wie betäubt ihren Bruder an, der sich auf einen Stuhl neben ihr fallen ließ. Das konnte nicht wahr sein. Sie musste träumen.

«Ich werde dir mein Geschenk jetzt schon geben.» Kyle zog einen Umschlag aus der hinteren Hosentasche, warf einen kurzen Blick zu Olivia, die sich konzentriert über Amys Hände beugte. Dann zuckte er mit den Achseln. «Ich nehme an, ich mache es besser selbst auf.» Er zog ein Stück Papier heraus, faltete es auf und hielt es so, dass sie es sehen konnte.

Sie erkannte den Briefkopf. Er stammte von der Bank, bei der sie die Schulden, die ihr Ex hatte auflaufen lassen, zu einem Kredit zusammengefasst hatte. Sie ließ ihren Blick verständnislos über die Zahlen gleiten, dann sah sie die Summe ganz unten.

Kontostand = $ 0.00

«Was?» Sie versuchte, nach dem Dokument zu greifen, doch Olivia schlug ihr auf die Finger.

«Halt still. Ich poliere gerade.»

«Amy.» Kyle, der für seine Verhältnisse untypisch ernst

dreinblickte, sah ihr direkt in die Augen. «Ich arbeite jetzt seit fast zehn Jahren auf dieser Ranch und habe keinen Cent Miete gezahlt, seitdem ich hier wohne. Also habe ich eine Menge gespart und ...»

«Gott, nein. Kyle, ich kann nicht zulassen, dass ...»

«Du kannst und du wirst. Sei ruhig und hör mir zu. Ich war nicht für dich da, als es nötig gewesen wäre, habe nicht gemerkt, wie sehr du gelitten hast. Ich habe mich nie in den Dreck mit Mom und Dad eingemischt, obwohl ich für dich hätte einstehen müssen.» Er seufzte. «Aber das ist jetzt vorbei. Ein für alle Male. Du wirst dieses Geschenk annehmen und deinen Neuanfang bekommen. Ich werde dich zum Altar und zu deinem Bräutigam führen – unserem grüblerischen Vorarbeiter, der dich wirklich sehr liebt. Und du wirst das alles mit einem Lächeln mitmachen. Kapiert?»

Ein Schluchzen drang über ihre Lippen. Sie starrte ihren normalerweise so lockeren, sorglosen Bruder an, der momentan aussah, als wäre er bereit, sich jedem Kampf zu stellen. «Bist du dir sicher?»

«Verdammt sicher.»

«Heul dich besser jetzt aus.» Olivia pustete auf Amys Fingernägel, die sie in einem eleganten Perlweiß lackiert hatte. «Als Nächstes kümmere ich mich um dein Make-up, und das wirst du mir nicht versauen.»

Amy atmete mehrmals tief durch und dachte über das nach, was Kyle gesagt hatte. «Kommen Mom und Dad heute auch?»

Sie hatten die Wahrheit gesagt, als sie zu der Vergewaltigung befragt worden waren, hatten aber sonst keine Anstalten gemacht, Kontakt zu ihr aufzunehmen. Amy vermutete, dass sie nur deswegen ausgesagt hatten, weil sie unter Eid standen, nicht, weil sie ihr gegenüber ein Gefühl der Verpflichtung empfanden. Sie hatten ihr damals nicht geglaubt, wieso sollten sie jetzt *an* sie glauben?

«Nein. Tut mir leid.» Kyle runzelte die Stirn. «Mach dir keine Gedanken über sie. Sie sind es nicht wert. Und falls es dir hilft: Sie sind jetzt von mir genauso enttäuscht wie von dir.» Er hielt inne. «Ich habe mich geoutet, habe ihnen erzählt, dass ich schwul bin.»

«Was?» Amy richtete sich auf. «Du bist schwul?» Was kam bitte als Nächstes? Würde Olivias Loch-Ness-Ungeheuer den Kuchen servieren?

Er nickte. «Das habe ich zu lange geheim gehalten. Von zwei ach so gottesfürchtigen Heuchlern erzogen zu werden hat dafür gesorgt, dass ich Angst hatte, irgendwem davon zu erzählen. Du hast mir den Mut geschenkt ... Du kannst dir vermutlich vorstellen, wie das Gespräch mit ihnen lief. Sie haben mich einen Heiden genannt und mir erklärt, ich würde in den Feuern der Hölle schmoren.»

«Oh, Kyle. Das ist nicht wahr.» Himmel, ihre Eltern waren solche Arschlöcher. «Ich bin stolz auf dich, und ich liebe dich.»

«Ich liebe dich auch.» Er atmete tief durch. «Also können wir jetzt gemeinsam Sünder sein.»

«Verdammt richtig.»

«Wissen die Männer es schon?» Olivia stellte eine Kosmetiktasche auf die Arbeitsfläche. «Die anderen Rancharbeiter? Hast du es ihnen gesagt?»

Kyle nickte. «Gestern. Sie haben ziemlich cool reagiert. Von einigen habe ich den *Solange-du-mich-nicht-anbaggerst-ist-alles-okay*-Vortrag bekommen, aber sonst war alles gut.»

«Lass es mich wissen, falls sich daran etwas ändert.» Olivia deutete mit dem Finger auf ihn. «Ich meine es ernst. Ich werde keinen Hass auf meiner Ranch tolerieren.»

Bevor Amy wusste, wie ihr geschah, war sie geschminkt, angezogen und stand zusammen mit Olivia und Kyle auf einer Wiese. Weiße Klappstühle waren hier so aufgereiht, dass in der Mitte ein Gang frei blieb. Auf den Stühlen saßen einige Leute aus der Stadt und alle Rancharbeiter. Nakos' Eltern lächelten und winkten ihr aufmunternd zu.

Olivia drehte den Kopf leicht und nickte den Leuten zu, aber Amy konnte ihren Blick kaum von Nakos abwenden. Er stand am Ende des Ganges neben Nate, sein Haar offen, sodass die schwarzen Strähnen sich leicht im Wind bewegten. Zur Feier des Tages hatte er einen Anzug angezogen. *Einen Anzug*. Anthrazitfarben mit marineblauer Krawatte. Himmel, er sah umwerfend aus.

Er drückte sich die Hand aufs Herz, als er beobachtete, wie sie an Kyles Arm den Gang entlangschritt. Liebe leuchtete aus seinen Augen und verriet ihr alles, was sie wissen musste. Als sie ihn erreicht hatten, drückte Kyle ihr einen Kuss auf die Wange und setzte sich neben Mae.

«Du siehst atemberaubend aus, *anim*. Phantastisch.»

«Danke. Du auch.»

Amy lächelte, immer noch ein wenig überwältigt. Sie fühlte sich, als wäre sie in einem Leben gelandet, das nicht ihres sein konnte, sondern eine Art Märchenversion davon. Und doch wusste sie: Das hier war echt. Ihr Leben. Ihr zukünftiger Mann und ihre Freunde. All die Menschen, die zählten.

Zuerst wurde eine Arapaho-Zeremonie abgehalten. Sie wurden angeleitet, sich nebeneinander auf eine Bank zu setzen, dann wurde ihnen ein Tuch über die Köpfe geworfen. Ein Mitglied von Nakos' Stamm sang Worte in seiner Muttersprache, die Amy nicht verstand, und es wurde Räucherwerk verbrannt. Eine Menge Räucherwerk.

Danach leitete Rip die Hochzeitszeremonie. Wie betäubt wiederholte sie die Worte, die der Sheriff ihr vorsprach.

Irgendwann zwischen Nakos' Kuss, um die Eheschließung zu besiegeln, und dem Applaus, der laut genug war, um die in der Nähe grasenden Pferde zum Wiehern zu bringen, kam Amy wieder halbwegs zu sich. Fotos wurden geschossen, sie unterhielten sich kurz mit verschiedenen Gästen, dann zog Nakos sie zurück an seine Seite.

«Bist du bereit, mit mir zu tanzen, Ehefrau?»

Schwindelig vor Glück, sah sie zu ihm auf. Vermutlich grinste sie gerade wie eine Idiotin, aber das war ihr total egal. «Ich bin zu allem bereit.»

«Gut.» Er zog Krawatte und Jackett aus. Sie musste lachen, als er auch noch die Ärmel aufrollte. Dann hob er sie hoch und ging mit ihr auf den Armen zur ersten Scheune. «Ich hoffe, die Hochzeitsparty gefällt dir. Ich will, dass du von nun an glücklich bist, *bixooxu*.»

«Dafür brauche ich nur dich.»

«Vorsichtig, Ames. Du wirst weich.» Amy grinste breit, und er drückte ihr einen schnellen Kuss auf die Lippen. Dann deutete er mit dem Kinn auf das Scheunentor. «Und? Was sagst du?» Er trug sie durch das Tor, und Amy stockte der Atem.

«Oh mein Gott.»

Runde Tische waren rechts und links an den Wänden aufgestellt. Auf den weißen Tischdecken prangten Wildblumen und Teelichter. Gegenüber, in der Nähe des hinteren Ausgangs, war Platz für eine kleine Tanzfläche freigeräumt worden. Doch es war das, was sich über ihren Köpfen befand, das Amy den Atem raubte.

Weiße Lichterketten hingen von den Dachbalken. Dazwischen baumelten an dünnen Fäden Fotos. Hunderte Fotos, die sich in der leichten Brise drehten. Und es schienen nur Bilder zu sein, die sie geschossen hatte. Naturaufnahmen. Bilder von Nakos. Selfies von ihnen beiden. Amy starrte gerührt nach oben, während Nakos mit ihr auf den Armen weiter in die Scheune hineinging.

Vor der Tanzfläche stellte er sie auf die Beine und zog sie sofort an sich. «Ich liebe dich.»

«Gott, Nakos.» Sie konnte kaum atmen. Konnte man vor Glück sterben? Falls ja, wäre das ihre bevorzugte Todesart. «Ich liebe dich auch. Ich liebe das hier. Es ist unglaublich.»

Es war genauso, wie sie sich den Tag erträumt hatte. Besser, eigentlich. Schlichte Eleganz, eine intime kleine Feier, rustikaler Chic. Und alles hatte eine persönliche Note.

Ein Lied, das sie nicht kannte, schallte aus den Lautsprechern, und Nakos zog sie in seine Arme. «Nein, mein *anim*, meine *bixooxu*. Du verwechselst da etwas. *Du* bist unglaublich. Das hier ist nur Papier, nur Dekoration.»

Sie tanzte mit Nakos, mit seinem Vater, mit Nate und Kyle und allen anderen Rancharbeitern. Sie trank Champagner mit Nakos' Mutter und Olivia und Mae und lachte mit ihren Gästen bis spät in die Nacht hinein.

Und als alle anderen schließlich nach Hause gegangen waren, nahm Nakos sie bei der Hand, und gemeinsam spazierten sie in der lauen Nachtluft den Hügel hinauf zu der großen Eiche. Grillen zirpten, Glühwürmchen tanzten, und Sterne funkelten am dunklen Himmel.

Nakos packte das Seil der Reifenschaukel. «Hier hat alles angefangen.» Im Licht des Monds konnte sie sehen, wie er grinste – als würde ihn das immer noch ein wenig überraschen. «Spring rein.»

Amy folgte der Aufforderung, zog ihr Kleid hoch und hob ihre Beine durch die Öffnung. Sie hielt sich am Seil fest, das rau unter ihren Handflächen lag, und er legte die Hände über ihre.

«Hier hat alles angefangen», wiederholte er. «Erinnerst du dich, was du als Erstes zu mir gesagt hast?»

«Jungs sind doof?»

Er warf den Kopf in den Nacken und lachte. «Nein, aber das klingt ganz nach dir.» Seine Miene wurde ernst, doch in seinen Augen funkelte immer noch Erheiterung. «Mae und meine Eltern hatten dich, mich und Olivia hier zurückgelassen, damit wir uns kennenlernen konnten, während sie über irgendwelche Erwachsenendinge sprachen.»

Mit einem sanften Schubs setzte er die Schaukel in Bewegung. «Ich war vollkommen fasziniert von Olivias Haar, von all diesem Rot, doch zuerst habe ich dich bemerkt. Diese verdammt ausdrucksstarken Augen, die mich anzogen wie Sirenengesang. Blaugrün mit einem verschmitzten Funkeln darin. Olivia hat mir eine Frage gestellt, aber ich war zu scheu, um zu antworten. Ich hatte bis zu diesem Punkt tatsächlich noch kein Wort gesprochen. Aus irgendeinem Grund habe ich immer wieder zu dir geschaut, in deine Augen, obwohl du auch noch nichts zu mir gesagt hattest.»

Gerührt lächelte sie ihn an, um ihn zu ermuntern, den Rest der Geschichte zu erzählen. Sie konnte sich nur vage an ihre erste Begegnung erinnern, aber ihm schien sich jedes Detail ins Gedächtnis eingeprägt zu haben.

«Sobald Olivia sich beruhigt und endlich aufgehört hatte, mich mit Fragen zu beschießen, hast du mich gemustert. Deine Miene war konzentriert, sodass sich eine kleine Falte genau hier gebildet hat.» Er stoppte die Bewegung der Schaukel und drückte eine Fingerspitze zwischen ihre Augen. «Dann hast du *Hallo, mein Freund* gesagt. Sonst nichts. Drei Wörter, die mich willkommen geheißen und mir einen Platz in deinem Leben eingeräumt haben. *Hallo, mein Freund.*»

Er drückte ihr einen Kuss auf die Stirn. «Ich glaube, genau das habe ich nach dem Kulturschock gebraucht. Zu wissen, wo ich hingehöre.» Nakos kniff die Augen zusammen. «Natürlich hast du mir kurz danach meinen Hut gestohlen und bist in den Baum geklettert. So hat unsere Beziehung begonnen – indem du mich akzeptiert hast, einfach so, während du mich gleichzeitig unglaublich genervt hast und mein Herz vor Sorge hast rasen lassen.»

Sie grinste, dann streifte sie die Schuhe ab und stellte sich langsam auf die Schaukel.

«Wag es nicht, Ames.»

Ihr Grinsen wurde breiter. «Glaubst du, ich kann auch in einem Hochzeitskleid auf den Baum klettern?»

Sie streckte die Arme über den Kopf aus, doch Nakos schlang einen Arm um ihre Taille und warf sie sich über die Schulter. Dann stiefelte er mit großen Schritten los.

«*Hihcebe*, Frau. Du gönnst mir nicht mal an unserem Hochzeitstag eine Verschnaufpause.»

Da sie in ihrer Position einen wunderbaren Ausblick auf seinen Hintern hatte, beschwerte Amy sich nicht über die machohafte Behandlung. Man musste Alpha-Nakos einfach lieben. «Sonst wäre es doch nur halb so spaßig.»

«Mit dir gibt es nie einen langweiligen Moment.»

«Gewöhn dich dran.» Sie wippte auf seiner Schulter auf und ab, während er sie in Richtung der Scheunen trug, um dort vermutlich mit ihr in den Truck zu steigen. «Hey, ich habe etwas Besseres zu dir zu sagen als *Hallo, mein Freund.*»

«Ich fürchte mich fast zu fragen, aber okay. Was könnte besser sein als das?»

«Hallo, mein Ehemann.» Sie hielt sich an seinem Hemd fest, als er kurz ins Stolpern geriet. «Und vielleicht könnten wir heute Nacht den ersten Versuch starten, eine kleine Person zu produzieren, die eines Tages *Hallo, Daddy* sagen wird.»

Nakos hielt an und ließ Amy an seinem Körper entlang nach unten gleiten. Doch bevor ihre Füße den Boden erreichten, küsste er sie. Langsam, ausführlich und mit so viel Gefühl, dass ihr ganz schwindelig wurde. Er löste sich von ihr und lächelte, ein Meer aus Gefühlen im Blick.

«Du hast recht. Das ist besser. Tatsächlich klingt es ziemlich perfekt.»

Leseprobe

NIKOLA HOTEL

It was always you

Roman

KYSS by Rowohlt Polaris

Sie wollte niemals zurückkehren.
Er wollte sie nie gehenlassen ...

Vier Jahre ist es her, dass Ivy alles verlor. Kurz nach dem Tod ihrer Mutter hat ihr Stiefvater sie ins Internat abgeschoben, weil sie sich ständig mit ihrem älteren Stiefbruder Asher stritt. Doch in diesem Sommer will ihr Stiefvater sie plötzlich unbedingt sehen und ruft sie zurück nach Hause – auf eine Insel an der Küste von New Hampshire. Dort trifft sie auch Asher wieder. Immer noch unausstehlich. Immer noch kompliziert. Und immer noch viel zu gut aussehend. Verdammt. Das Wiedersehen setzt ihr viel mehr zu, als sie erwartet hätte. Doch als Ivy erfährt, warum sie zurückkehren sollte, droht ihre Welt vollkommen auseinanderzubrechen ...

Aufwendig illustriert mit 20 ganzseitigen Handletterings.

Weitere Informationen unter
www.endlichkyss.de und www.rowohlt.de

Kapitel 16

Ich bin kaum im Haus, da drückt mir schon jemand ein Bier in die Hand, und Harper stürmt heran. «Oh Gott, ich bin so aufgeregt. Ich kann gar nicht abwarten, dass Sam seine Geburtstagsgeschenke aufmacht. Denkst du, er wird sich freu en? Hoffentlich freut er sich. Wenn er sich nicht freut, dann merkt man ihm das sofort an. Er lächelt dann nämlich total übertrieben und sagt bestimmt fünfmal hintereinander ‹toll, großartig, toll, toll, ganz toll›.» Sie trägt ein kurzes Kleid mit Streublumenprint und sieht süß und unglaublich nervös aus.

«Das können wir bei meinem Geschenk für deinen Freund gleich ausprobieren», sage ich und deute auf das Päckchen unter meinem Arm. «Aber ich bin sicher, dass Sam sich über deine Überraschung freuen wird.»

«Was ist das für ein Stoff? Ist das Seide?» Sie streicht über den langen Ärmel meines Kleides, das vorne hochgeschlossen und fast etwas zu warm ist, und reibt den silbrig schwarzen Stoff dann zwischen zwei Fingern.

«Ich glaube nicht. Ich habe es im Sale gekauft, und heute das erste Mal an. Im Laden kam es mir nicht so tief ausgeschnitten vor, aber ich fürchte, sie haben hinten am Stoff gespart.» Ich drehe Harper den Rücken zu, und sie stößt ein Quietschen aus.

«Oh mein Gott, Ivy, das ist verdammt tief ausgeschnitten. Aber es steht dir wirklich gut.» Sie gibt mir einen Kuss auf die Wange und zieht mich ins überfüllte Wohnzimmer. Mein

Geschenk lege ich zu den anderen auf eine Kommode. Es ist laut, es ist stickig, und jede Sitzmöglichkeit in diesem Haus scheint bereits besetzt zu sein. Harper biegt in Richtung Küche ab, und ich folge ihr. «Wow», stoße ich aus, als ich das riesige Buffet sehe. «Wie viele Tage soll die Party dauern? Fünf?»

«Das ist typisch für Sams Mom», meint Harper und verdreht die Augen. «Sie hat tagelang eingekauft und das Essen vorbereitet, und dann verschwindet sie, weil sie Sorge hat, sie würde uns stören. Ich find's wirklich schade, dass sie nicht dabei ist. Sind denn Asher und Noah mit dir gekommen?», fragt sie. «Ich habe sie noch gar nicht gesehen.»

«Ich auch nicht.» Ich hatte überlegt, Noah eine WhatsApp zu schreiben und zu fragen, ob wir zusammen rübergehen sollen. Was mich davon abgehalten hat, war die Sorge, dass es so aussehen könnte, als hätte ich Angst, allein hierherzukommen. Auch wenn es stimmt, aber das muss er ja nicht wissen. Und Asher – in meinem Magen rumort es, sobald ich seinen Namen auch nur denke. Am liebsten würde ich mich hier in der Küche verstecken, bis die Party vorbei ist oder bis es wenigstens so spät ist, dass ich ohne schlechtes Gewissen verschwinden kann, ohne ihm zu begegnen.

«Kann ich dich kurz allein lassen?»

Ich nicke, und im nächsten Moment ist Harper schon wieder weg. Ich nehme ein paar schmutzige Teller von einem Mädchen im Minikleid entgegen, das in der offenen Tür steht, und kratze die Reste in den Mülleimer, bevor ich sie in die Spülmaschine stelle.

«Hey, Cinnamon.» Eine Hand fasst mir von hinten an den Kopf und strubbelt mir die Haare durch.

Ich stoße einen Ellbogen nach hinten, aber Noah weicht mir lachend aus. «Du weißt echt, wie man sich beliebt macht,

Blödmann.» Ich versuche, meine Haare wieder glatt zu streichen, und strecke ihm die Zunge raus. Er nimmt mich so fest in den Arm, dass ich vor Schreck aufquieke.

«Okay, spuck's aus, für welchen Kerl hast du dieses heiße Teil angezogen? Ich befürchte nur, du hast es falsch rum an. Gehört das nicht eigentlich nach vorne?» Grinsend zupft er am tiefen Ausschnitt meines Rückenteils herum. «Hey, Alter, was meinst du? Ob Ivy dachte, dass Winston heute hier auftaucht?»

Ich bekomme schlagartig weiche Knie, als Asher in die Küche kommt. Er trägt immer noch den Anzug, in dem ich ihn vorhin gesehen habe. Nur das Jackett hat er ausgezogen und den Krawattenknoten gelockert.

«Was weiß ich.» Er sieht nicht zu mir, während er zum Kühlschrank marschiert, um sich ein kaltes Bier herauszuholen. Ich verstehe nicht, wie er das macht. Wie er einfach so an mir vorbeigehen kann, ohne mich auch nur anzusehen. Meine Augen werden von ihm angezogen wie von einem Magneten, und selbst wenn ich wollte, könnte ich den Blick nicht von ihm lösen. Er betritt denselben Raum wie ich, und alle meine Sinne richten sich wie eine Kompassnadel nach ihm aus.

«Lass uns zu den anderen gehen», meint Noah. «Asher ist nur so schlecht gelaunt, weil er zu viele Stunden in diesem Kackbüro rumhängen musste. Immer schön seine Pflicht erfüllen, nicht wahr?» Er streckt Asher brüderlich einen Mittelfinger entgegen und schiebt mich vor sich her zurück ins Wohnzimmer. In den nächsten Minuten stellt Noah mich jedem Menschen vor, der uns begegnet, ob sie wollen oder nicht. Er bringt mich dazu, einen Long Island Ice Tea zu trinken, ein Gemisch aus Wodka, weißem Rum, Gin, Tequila, Triple Sec,

Saft und Cola, allerdings stelle ich das mehr als halbvolle Glas heimlich irgendwo ab. Wir tanzen gemeinsam zu *Beggin for Thread*, und ich lasse mich schließlich sogar zu einer Runde Beer Pong überreden, bei der Noah fast doppelt so oft Bier trinken muss wie ich. Wobei ich glaube, dass er absichtlich verliert, weil er es darauf anlegt, sich zu betrinken. Zweimal habe ich das Gefühl, beobachtet zu werden, und drehe mich suchend nach Asher um, aber sobald sich unsere Blicke treffen, wendet er sich ab, ohne eine Reaktion zu zeigen.

Irgendwann fängt Sam unter Gelächter an, seine Geschenke zu öffnen, und ich bin froh, dass ich nicht mitbekomme, wie er mein Bild auspackt. Aber ich sehe später, dass es im Esszimmer an der Wand neben seinen botanischen Zeichnungen hängt.

Ich habe den Spruch, für den ich mich schließlich entschieden habe, mit einem schneeweißen Chalkpen auf schwarze Pappe gezeichnet. Die Wörter sehen so aus, als hätte man sie hastig mit einem breiten Pinsel an eine Hauswand gestrichen. Es ist schlicht, aber schön, und jeder, der als Kind nach Zahlen gemalt oder Rätselhefte gelöst hat, wird bei diesem Spruch sofort ein Bild vor Augen haben.

Ab sofort verbinde ich die Punkte, wie ich es will.

Es erschien mir passend für einen Künstler wie Sam.

Schließlich ist Harpers Geschenk dran. Sie ist so aufgeregt, dass sie über das riesige Paket stolpert, als sie versucht, es aus dem Flur ins Wohnzimmer zu schieben. Und als Sam den Schlafsack und das Zelt auspackt, ist er für einen Moment sprachlos.

«Wow, Harper», stößt er hervor und lächelt gequält. «Das ist echt toll, großartig. Ich weiß gar nicht … das ist toll, echt ganz toll.»

Ab sofort verbinde ich die Punkte, wie ich es will!

Harper sieht aus, als würde sie gleich in Tränen ausbrechen, und sie tut mir leid. Ich versuche ihren Blick einzufangen und ihr aufmunternd zuzunicken.

«Mit dem Zelt verfolgst du einen Plan, oder? Wann soll ich das benutzen?», fragt Sam.

Harper schiebt ihre Unterlippe vor. «Wir fahren dieses Wochenende in die White Mountains.»

Sam sieht aus, als wolle man ihn zwingen, in einem Stripclub aufzutreten, und Asher klopft ihm aufmunternd auf die Schulter. «Du musst da nicht alleine durch, Kumpel. Noah und ich kommen mit.»

Noah und ich.

Gerade habe ich noch gedacht, dass dieser Abend gar nicht so schlimm ist, auch wenn Asher mich ignoriert. Aber mit diesem Satz hat er mich quasi ausgeladen. Er geht einfach darüber hinweg, dass Harper auch mich gebeten hat mitzukommen, und das lässt mein Blut hochkochen.

«Ja», sage ich laut und gehe auf die beiden zu. Ich spüre die Blicke der anderen in meinem Rücken und schlucke. «Ich bin auch dabei, das wird bestimmt toll.»

Asher zuckt zusammen, als hätte man ihm Eiswasser über die Schultern gekippt. Seine Kiefermuskeln mahlen, aber ich habe nicht vor, ihm die Gelegenheit zu geben, mich vor den anderen bloßzustellen. «Was hast du Sam denn mitgebracht?», frage ich. «Wir sind alle gespannt, was das großartigste Geburtstagsgeschenk vom besten Freund aller Zeiten ist.»

Harper kichert, und Noah kriegt sich gar nicht mehr ein vor Lachen, als er Ashers starres Gesicht sieht. Schließlich zuckt Asher mit den Schultern und nimmt ein kleines Päckchen von der Kommode.

«Du musst mir nicht um den Hals fallen», sagt er. «Ein einfaches Danke genügt.»

Sams Finger reißen ungeduldig das Papier herunter, und ich verrenke mir fast den Hals, um zu erkennen, was es ist. Aber ehe ich etwas sehen kann, gibt Sam einen erstickten Laut von sich und zieht seinen Freund an sich. «Mann, das ist ...» Seine Stimme erstirbt, und er fährt sich gerührt über die Augen. «Du weißt es noch ...?»

«Bin ich dein bester Freund, oder nicht?»

Sam hält Ashers Kopf fest und drückt ihm einen fetten Kuss auf die Wange, was zu lautem Gejohle führt.

Harper dreht sich zu mir um und steckt sich einen Finger in den Hals. Ich muss so lachen, dass mir der Schluck Cola, den ich mir gerade genehmigt habe, fast wieder hochkommt und ich mich schnell wegdrehe, damit es niemand mitbekommt.

«Das ist das beste Geschenk aller Zeiten. Mann, ich weiß gar nicht, was ich sagen soll.»

«Wie wäre es mit *toll, echt toll*», murrt Harper leise, die neben mir aufgetaucht ist. Sofort fange ich wieder an zu kichern.

«Ich fass es nicht», raunt sie mir zu. «Es ist ein Kinderbuch! Ashers bestes Geschenk aller Zeiten ist ein verdammtes Kinderbuch!» Sie sieht wirklich sauer aus. «Winnie the Pooh!», stößt sie hervor.

Kapitel 17

Ashers Geschenk ist leider wirklich toll. Als ich später Gelegenheit habe, es mir genauer anzusehen, streiche ich ehrfürchtig über den braunen Schutzumschlag. Er ist trotz seines Alters von über neunzig Jahren bis auf leichte Verfärbungen nahezu makellos. Das Buch darunter hat einen glatten grünen Leineneinband, die Goldprägung auf der Vorderseite zeigt Christopher Robin mit seiner Angel und Winnie Pooh, der die Arme freudig in die Höhe reißt. Es muss ein Vermögen gekostet haben.

«Es ist unglaublich, oder?»

Keine Ahnung, wie lange Sam schon neben mir steht, wahrscheinlich kann er sich gar nicht mehr von diesem Schatz trennen. «Woher wusste Asher es? Ich meine, dass du dich so darüber freuen würdest?»

«Das ist eine lange Geschichte. Ich hatte das Buch als Kind und habe es wirklich überall mit hingeschleppt. Es war natürlich nur eine billige Auflage, aber ich habe es geliebt. Als ich ungefähr sieben war, hat Asher mein Buch in einen Glascontainer geworfen, und ich bin hinterhergeklettert.» Er erschauert in Erinnerung daran. «Da war überall zersplittertes Glas. Außerdem war Hochsommer, und die Getränkereste haben Dutzende von Wespen und Bienen angelockt.»

Mir bleibt der Mund offen stehen. «Ich schätze mal, du hast dir dieses Geschenk redlich verdient.»

Sam lacht. «Ich hatte mehrere Stiche und Schnittwunden.

Hier», er hält mir seinen Unterarm hin, wo sich eine blasse Narbe in Form eines J bis zu seinem Ellbogen zieht. «Weil ich ohne mein Buch nicht wieder rauskommen wollte, aber nicht drankam, ist Asher irgendwann heulend nach Hause gelaufen und hat Hilfe geholt. Sie haben mich aus dem Container gezerrt, und ich habe die ganze Zeit geschrien, weil ich das Buch nicht zurückbekommen habe.»

«Warst du nicht stinksauer auf ihn?»

«Nicht wirklich. Eigentlich hat er mir leidgetan. Asher hat sich wochenlang nicht getraut, mich auch nur schief anzusehen. Er hat sich so geschämt, dass er mich fast überhaupt nicht mehr angeguckt hat. Es hat echt keinen Spaß mehr gemacht, mit ihm zu spielen. Ich war froh, als er es irgendwann vergessen hatte. Zumindest dachte ich, dass er es vergessen hat.» Sam legt das Buch zurück auf die Kommode. «Aber da habe ich mich offensichtlich getäuscht, Asher vergisst wohl nie irgendwas.»

Bei Sams Worten bekomme ich eine Gänsehaut.

«Ich liebe dieses Buch», sagt er. «Die Zeichnungen von Shepard sind grandios, und Winnie Pooh ... der Bär ist ein Philosoph.»

Ich muss lächeln, aber das Gänsehautgefühl lässt nicht nach.

Sam atmet einmal tief durch. «Ich werde das alles hier in meinem Auslandssemester echt vermissen.»

«Deshalb gehen wir ja noch zelten», necke ich ihn. «Damit dir der Abschied danach nicht so schwerfällt.»

Sam stöhnt gespielt, dann wischt er sich die dunklen Strähnen aus der Stirn. «Ich find's übrigens cool, dass du mitkommst. Auch wenn ... Also ich find's cool, echt», wiederholt er.

«Wenn du noch mal sagst, dass du es cool findest, glaube ich dir kein Wort mehr.»

Sam grinst verlegen, dann greifen urplötzlich zwei braune Hände nach seinem Arm. Die Hände gehören zu einer Frau in einem weißen ärmellosen Top, eng anliegenden Jeans und Cowboystiefeln. Lachend lässt er sich von dem Cowboystiefel-Mädchen zum Tanzen wegziehen.

Irgendwann später lasse ich mich neben Harper auf die Couch fallen. Den ganzen Abend habe ich mich gezwungen, nicht nach Asher Ausschau zu halten. Einmal sind wir beim Tanzen aneinandergestoßen, und Asher ist, eine Entschuldigung murmelnd, sofort zurückgewichen, aber das war unser einziger Kontakt. Jetzt schmerzen meine Füße, und ich habe so viele *Mac 'n' cheese sliders* gegessen, dass ich mir stöhnend den Bauch halte. Die Musik ist leiser, die Anzahl der Gäste hat sich deutlich reduziert, und neben Harper, Sam, Asher und Noah sind nur noch Harpers Bruder Chase, Sams Cousins Roy und Joel, eine Freundin namens Indira, und das Mädchen mit den Cowboystiefeln übrig geblieben. Sie heißt Kiara, trägt einen atemberaubend schönen Afrolook und hat das ansteckendste Lachen, das ich je gehört habe.

Noah kommt aus der Küche, schiebt die benutzten Teller auf dem Tisch beiseite und stellt zwei volle Flaschen Wodka samt Schnapsgläsern vor uns hin. Er zieht sein Smartphone aus der Tasche und schießt ein paar Fotos. «Ihr seid echt lahm. Die hier sind noch nicht mal angebrochen. Ich halte das für Instagram fest, damit ihr euch noch jahrelang angucken könnt, wie unglaublich öde diese Party gewesen ist.»

«Heyheyhey!» Kiara stößt ihm ihren Ellbogen in die Seite. «Pass auf, was du sagst.»

Noah hebt beschwichtigend eine Hand. «Wie unglaublich öde diese Party bis *hierhin* gewesen ist», verbessert er sich. «Und damit das nicht so bleibt, vergesst Beer Pong und den Smalltalk: Wir spielen eine Runde ‹Never have I ever›.»

Kiara stöhnt. Sams deutlich lauteren Protest übertönt Noah einfach, was Sam dazu bringt, ins Esszimmer zu verschwinden. «Für diejenigen unter euch, die das Spiel aus unerfindlichen Gründen nicht kennen, erkläre ich kurz die Regeln: Der Reihe nach darf jeder von uns etwas sagen, was er noch nie getan hat. Wem das auch so geht, der muss nichts trinken, aber alle, die das schon mal getan haben, müssen einen Shot runterkippen.» Er schiebt die Schnapsgläser zu einem Kreis zusammen, schraubt die Wodkaflasche auf und gießt die Flüssigkeit bis an den Rand der einzelnen Gläser – und teils darüber hinaus. Auf dem Tisch bildet sich eine kleine Pfütze. «Ein Beispiel: Wenn Joel sagt, ‹Ich bin noch nie in meinem Leben vom Pferd gefallen›, dann muss ich einen Shot trinken, weil ich, na ja, ich bin schon verdammt oft vom Pferd gefallen.» Er greift nach einem Glas, kippt den Inhalt hinunter und verzieht das Gesicht, bevor er breit grinst. «Verstanden?»

Alle nicken.

Sam kommt aus dem Esszimmer und hält einen Karton im Arm. Ich erkenne das Spiel, das seine Mutter für uns gekauft hat, und unterdrücke ein Lachen.

«Gegenvorschlag. Wir können stattdessen auch ‹Mensch ärgere dich nicht› spielen. Ganz ohne Alkohol. Na?» Fast verzweifelt schaut Sam von einem zum anderen – und bekommt von seinem Cousin Roy ein Sofakissen an den Kopf geworfen.

«Vergiss es, Samuel Guinyard!», sagt Harper. «Du wirst uns nicht dieses komische Brettspiel aufdrängen. Und du wirst vor allem nichts an den Regeln verändern, ist das klar?»

«Es gibt ohnehin nur zwei», wirft Noah ein. «Nein, sagen wir drei. Regel Nummer 1: Jeder darf sich seinen Satz selbst überlegen, und *niemand* darf ihn verändern oder irgendwie modifizieren. Regel Nummer 2: Jeder aus der Gruppe muss absolut und hundertprozentig ehrlich sein.»

«Und wenn nicht?», wirft Indira ein. «Weiß doch keiner, ob ich was verheimliche.»

«Das stimmt. Aber wenn du nicht absolut und hundertprozentig ehrlich bist, wird dich die Rache des Trinkspielgottes treffen, und das willst du nicht erleben, glaub mir.»

Indira kichert und zeigt Noah einen Vogel. Ich unterdrücke ein Stöhnen. Vermutlich ist jetzt der Augenblick, in dem ich nach Hause gehen sollte. Jep. Ich sollte ganz dringend hier weg. Ich rapple mich aus dem Sofa hoch und merke, dass Asher gleichzeitig mit mir aufgestanden ist.

Noah stößt ein Zischen aus. «Wagt es ja nicht.»

Unter seinem strengen Blick setzen wir beide uns wieder hin.

«Und was ist die dritte Regel?», fragt Sam resigniert.

«Regel Nummer 3 lautet, dass Sam keine Regeln ändern darf. Punkt.»

Alle lachen, und vor allem Harper sieht mehr als zufrieden aus. «Darf ich anfangen?»

Wenn sie jetzt noch freudig in die Hände klatscht, muss ich ihr leider die Freundschaft kündigen, überlege ich. Aber Harper reißt sich zusammen. Sie schaut in der Runde langsam von einem zum anderen und sagt dann: «Ich habe noch nie eine Frau geküsst.»

Die Jungs aus der Gruppe stöhnen genervt auf. «Okay, okay, ich verbessere mich», sagt sie hastig. «Ich habe noch nie jemanden geküsst, der dasselbe Geschlecht hat wie ich.»

Chase ist der Einzige, der sich gelangweilt nach vorne beugt und nach einem Schnapsglas greift, bis Noah plötzlich laut «Fuck» ausstößt und sich ebenfalls einen Shot nimmt.

«Ernsthaft?» Asher hat eine Braue angehoben.

«Ist lange her, okay?» Er reibt sich über die tätowierten Unterarme und grinst dann. «Der Junge hat sein Bestes gegeben, aber es war irgendwie nicht so mein Ding.»

«Ich möchte eine vierte Regel hinzufügen», mischt Sam sich ein – und das nächste Kissen fliegt in seine Richtung. «Moment, Leute. Ich finde nur, dass niemand begründen sollte, warum er trinkt oder nicht.»

«Ich finde Sams Vorschlag gut.» Kiara nickt. Sie hat die Beine übereinandergeschlagen und wippt mit einem Fuß. «Niemand sollte seinen privaten Kram auspacken müssen.»

«Okay», gibt Noah nach, während er die Shots auffüllt. «Keine Erklärungen, das ist mir eigentlich ganz recht.»

Harper beugt sich zu mir und fängt an zu flüstern. «Habe ich nicht gesagt, dass Sam immer die Regeln ändern will?»

Ich nicke abgelenkt, weil ich fieberhaft nach einer Aussage suche, die ich treffen kann. Verdammt, wieso muss ich neben Harper sitzen und gleich am Anfang an die Reihe kommen. Es wäre viel leichter, wenn ich erst einmal abwarten könnte, was die anderen sagen.

«Ivy?»

«Ich, äh …» weiß nicht, was ich sagen soll. Ich habe keine einzige Folge von *Game of Thrones* gesehen? Ich habe noch nie Karaoke gesungen? Ich war nie in einen Lehrer von mir verliebt? Gott, ist das lahm. Ich … ich …

«Ich hatte noch nie Sex im Flugzeug», platze ich heraus und senke schnell den Kopf, um eingehend meine Schuhspitzen zu inspizieren. Als ich aufblicke, starrt Asher mich über den Rand seines Schnapsglases hinweg an. Mein Gesicht läuft heiß an, weil es das erste Mal an diesem Abend ist, dass er mich überhaupt beachtet. Seine Augenbrauen ziehen sich fragend in die Höhe, bevor er den Alkohol mit einem Grinsen runterkippt.

«Harper?», höre ich Sams verwunderte Stimme, und erst jetzt bemerke ich, dass sie ebenfalls nach einem Glas gegriffen hat. «Hast du die Regeln nicht verstanden?»

Sie wird schlagartig rot. «Doch.» Sie trinkt und stellt das Glas zurück auf den Tisch. «Keine Erklärungen, okay?»

Jetzt sieht Sam von seiner vierten Regel gar nicht mehr so begeistert aus.

Ich wappne mich innerlich für die nächste Aussage. Aber Sam ist von Harpers Reaktion anscheinend immer noch nachhaltig geschockt. «Ich habe mir noch nie was gebrochen», murmelt er.

Okay, das ist unverfänglich. Beruhigt lehne ich mich zurück, doch neben Indira und Chase muss auch Asher schon wieder einen Wodka trinken, und das lässt es in meinem Bauch verräterisch kribbeln.

Roy ist an der Reihe und grinst diabolisch. «Okay, Leute, jetzt kommt's! Ich hatte noch nie eine Pilzinfektion.» Neugierig beugt er sich nach vorn, aber keiner von uns rührt sich. «Ach kommt schon, euer Ernst? Ihr lügt mich doch an!»

Wir fangen alle an zu lachen, aber niemand greift nach einem Glas. «Shit, beim nächsten Mal überlege ich mir was Besseres.»

Indira sagt, dass sie noch nie in ihrem Leben eine Spinne getötet hat, und fast alle von uns müssen ein Glas leeren. Chase macht eine Feststellung, bei der klar ist, dass er nur seinen Beinahe-Schwager ärgern will. Er gibt zu, noch nie ein

Buch von Ernest Hemingway gelesen zu haben, was Sam dazu bringt, hektisch zu atmen, weil nur die Hälfte von uns trinkt. Dann ist Joel dran und kann mit seinem Grinsen nicht verbergen, dass er den Fehler seines Bruders Roy wieder ausbügeln will. Er verschränkt die Arme vor der Brust. «Ich habe noch keinem aus dieser Runde einen Kuss gegeben. Mit Zunge», fügt er schnell noch hinzu, und ich spüre, wie mein ganzer Körper in eine Art Schockstarre verfällt.

Mit Zunge. *Ashers Zunge.* Heilige Mutter Gottes. Ich kann seine Lippen immer noch auf meinen spüren, und das jagt mir sofort Strom durch den Körper.

Verdammt, verdammt, verdammt. Okay, überlege ich panisch, ich könnte meinen Brüdern einen Gutenachtkuss gegeben haben. Früher. Aber mit Zunge? Ob sich jemand vorstellen kann, dass ich Harper einen Zungenkuss gegeben habe? Wahrscheinlich nicht. In dem Moment lachen Sam und Harper auf und trinken beide je ein Glas in einem Zug leer. Ich sollte Asher jetzt nicht ansehen, aber, bei Gott, ich kann nicht verhindern, dass mein Blick zu ihm schweift. Wird er lügen? Wenn er lügt, dann lüge ich auch. Mir bricht der Schweiß aus, als ich sehe, wie er mit halbgeschlossenen Lidern langsam seinen Arm ausstreckt. Er könnte Harper geküsst haben. Irgendwann. Niemand weiß, dass ich es war.

«Oookay», zieht Noah das Wort in die Länge, als Asher seinen Shot hinunterkippt. «Das ist eine ungerade Zahl, oder Leute? Bahnt sich hier eine Dreiecksgeschichte an? Ein Drama?» Er fängt an zu lachen.

Sam rutscht unruhig auf seinem Stuhl hin und her. «Hast du mir irgendwas zu beichten, Harp?»

«Nein! Du etwa?», faucht sie, und ihr Blick schießt sofort zu mir. Ich schüttele leicht den Kopf, und ungläubig stiert sie von Indira zu Kiara und dann wieder zu mir. Erneut. Indira, Kiara, ich. Indira, Kiara, ich. Hier bleibt sie endgültig hängen, und ich versuche, meine Panik hinunterzuschlucken. Das wäre alles nicht so schlimm, wenn ich nicht so ein Theater darum machen würde. Ich sollte es einfach hinter mich bringen. Bei der nächsten Aussage ist das doch sofort wieder vergessen.

Asher hat die Beine übereinandergeschlagen und spielt mit dem leeren Glas in seiner Hand. Seine Krawatte hat er im Laufe des Abends abgelegt und die obersten Knöpfe seines Hemdes geöffnet. Er wirkt fast unbeteiligt, aber an der Bewegung seiner Finger kann ich sehen, dass er wartet. Ich schlucke, dann beuge ich mich nach vorne und schmecke in der nächsten Sekunde brennenden Alkohol auf meiner Zunge. Als ich das Glas wieder abstelle, ist es im ganzen Haus so still, dass man Staubflusen fallen hören könnte. Seit wann ist eigentlich die Musik aus?

«Nächster», krächze ich.